春意

刘路一 著

中国文史出版社

一

春风第一个登上了东塔，嘴里唧唧吧吧响个不停，忽然从嘴里吐出一张糖纸。糖纸落在空中，一阵狂风卷来，糖纸像一片落叶飞向远方。

春风听到一阵不明不白的嗡嗡声，他扭过头，见一群蜜蜂朝他这边飞来。

"不会是鬼头蜂吧！"

他躲闪一下，那群蜜蜂嗡嗡嗡已到了他的头顶。他站着不动。他知道自己嘴里嚼着糖，蜜蜂嗅到甜味自然被吸引过来。

蜜蜂越来越多，在春风头顶上嗡嗡地转来转去。他不敢动，已经吓得胆战心惊。蜜蜂那嗡嗡声，像是唱着甜润悠长的歌声，又像是在等待着春风的回答。此刻他感到天旋地转，无数只蜜蜂似乎向他伸出火辣辣的尖手，又似乎很同情地说，你不是本地人，来平阳干什么？

"真是见鬼了？"

春风说出这话时，心里感到好笑。他明白：自打来到平阳创业，几年了，这是第一次上东塔。要不是听人说东塔是平阳八景之一，他是不会来的。的确如此，站在东塔，眺望远方，只见霞光万道交相辉映，远山田畴尽收眼底，感觉这里确实是个好地方。这么一想，头顶上的嗡嗡

1

声戛然而止。他抬头一瞧，那群蜜蜂像突然失了魂似的飞向天空。他这才缓过神来问道："丕狗叔他们呢？"

"在转塔啊，你不上去瞧瞧？"一个中年男人，丢下烟头朝塔喊道，"丕狗叔，下来。"

"好！"那回音如同山那边传出来的歌声，穿云过林，然后探出一个头来，"我在这里。"那急切的脚步声，像是接到命令的战士一样迫不及待赶路留下的。

"塔有什么好看，上去干吗？"中年人努努嘴说着，眼睛依然望着塔，不一会儿，便走过来，"春风哥，你不是下午两点要接待客人吗？"

春风并不是他的本名。他大名叫刘三凤，是个女儿名字。按风俗，男人取女人的名字是有讲究的。为何第一个儿子要取个女儿的名字，这里只能随意讲讲，不能深究。因为父母第二胎想生个女儿，哪知事与愿违，第二胎又是个男孩子，父母不得不又把三凤改为春风，当时为这个名字在村里人面前还闹过笑话呢。

春风抬头望望天空，天空蔚蓝蔚蓝的。他觉得时间还早，便顺着小路慢慢走着。

东塔的小径上，微风习习，草木丛生，在秋日的阳光下流金溢彩。青年司机望着他往小路走去，便按了按喇叭。

"刘兵，你告诉丕狗叔，这两天无论如何也要把蜜蜂的事处理好。"说到这里，春风停住了脚步。

"刘总，两天的话可能做不到。"

"怎么做不到？必须得做好！你知道吗，三河水库有人看中了，如果我们不抓紧时间动工，这个项目就会泡汤。你要打起精神，千万别像黑桃那样待在家里不想事。"

黑桃，是春风喂养的一只猫。

刘兵被春风说得很不自在，只低着头跟在春风后面走着。

一阵旋风滚过草丛，一条草蛇飞奔而去，长长的腰身花花绿绿，在草丛中滑动着。

"蛇，一条大蛇。"

春风、刘兵吓得后退两步，只听到呼啸的风声，急忙追了上去。

忽然呼啸声戛然而止，没有风，草丛笔直笔直的，像警卫士兵一样挺立在那里。春风与刘兵都不怕蛇，在老家时，他们经常一起抓蛇呢。现在碰上一条值钱的东西，心里早乐开了花。他们从地上捡起一根木棒各自寻找着，寻着寻着，却看到那条蛇盘起身子像一个蒲团样的一动不动地蜷缩在那里。

春风看见蛇不动，心里有些打鼓，仔细看不像一条毒蛇，左看右看那是一条草鱼蛇，他伸手示意刘兵注意，做了一个抓蛇的姿势。

"不是毒蛇，正合我意，晚上有顿好餐招待大家，抓——"

蛇仿佛真的被抓住了，哪知那一声"抓"字出口，蛇已经呼啸飞奔而去！"怎么跑了？"春风那得意忘形的样子忽然变得有些失望。

嗡嗡声呼啸而来，转眼间，几万只蜜蜂在空中旋转。

与此同时，整个东塔岭上像被一团烟雾遮盖起来，蜜蜂呼啸起来！

嗡嗡声像雷声闪电似的。春风、刘兵看得眼花缭乱，同时感到莫名其妙，那紧张的目光不知往哪个方向转。

这显然是一件特别的怪事，东塔的山峰错落层叠，林木繁密，互相争奇斗胜，活像一幅雄浑壮丽的水墨画。在这个山山岭岭中，各种猎物层出不穷，今天不知怎么回事，突然冒出那么多蜜蜂，让人惊恐万分。蜜蜂此刻飞上飞下东窜西窜，不分南北，一会儿挤拢一团，一会儿纷纷四散，在空中盘旋。

突然蹿出一只大头蜂。大头蜂不像那些小蜜蜂，它飞得很慢很稳，似乎是一位久经沙场的空中老将。它飞向哪，蜜蜂就紧随它，仿佛整个东塔被蜂的叫声掩埋。

叫声很乱，没有一点节奏感，大头蜂像从白云里挤了出来，显得透了一口气。忽然飞向高处，不知是接到了命令还是触碰到了什么，像狂风一样卷入空中。

"呼"的一声，大头蜂又转了回来。

东塔岭上，到处是蜜蜂的痕迹，乱作一团。

"抓住它，别让它飞走。"丕狗叔汗流浃背跑来，满脸的汗把眼睛掩住了。

他急忙脱下外衣，衣服汗淋淋的，外裤却是披一块掉一块，显然裤子已经被树枝挂烂，赤溜溜的腿上蒙着一层血，血依然流着，但他没有感到疼痛，依然使劲地往前跑。

丕狗叔把捉蜜蜂的工具散开，身后一个小伙拿着物件正等着装蜜蜂。小伙子名叫烂斗篷，嘻嘻哈哈却又怯怯地盯着春风和刘兵，似乎很怕他们似的。

丕狗叔手忙脚乱，把蜜蜂引进蜂箱，双手血流不止，边引蜜蜂边抬头看着旁边的人。

"你们别靠近，蜜蜂同样咬人，你看我双手……嘿嘿，烂斗篷，快把药拿出来，装完了，我好上药……"

丕狗叔轻车熟路地将蜜蜂引入一箱又一箱，嘴上却哎哟哎哟叫个不停。蜜蜂拥挤在网上嗡嗡地叫，东闯一下西闯一下，像日本鬼子钻进山谷里任凭八路军就地擒拿。没过半个小时，一网蜜蜂很快被丕狗叔装进几个蜂箱。蜂箱做法很讲究，那是经过一番苦心做出来的，只要蜜蜂进了蜂箱，那就大功告成。

春风看得特别认真，见几个蜂箱装得满满的，他感到满心高兴，却又惊讶。站在旁边的刘兵支支吾吾："刘总……"

春风边笑边走，见刘兵吞吞吐吐，故意往前走。他下午还得去接一位客人。快到小车不远时，他又站住了，抬头望望东塔。东塔，林荫花艳，红绿相映，亭楼塔石，似乎让人流连忘返。一群小学生唱着歌向这边走来，歌声清脆，悦耳动听，在东塔岭上荡起一阵阵回声。

"刘总，有件事我不得不告诉你，但你……"刘兵话没说完脸就像柿子一样，仿佛未出阁的大姑娘，不好意思似的。

"告诉我什么？有事就讲！"

"我肯定会讲，但你不能生气，因为秀秀把她弟弟曾凡找来了……"

刘兵讲得小心翼翼，生怕春风牢骚满腹。

"她找曾凡来干什么？"

到了公司门口，司机小刘一踩刹车，小车嘎的一声停了下来。

"找他来……找他来，可能是他姐姐秀秀的事……"

"嘟嘟"声叫个不停，春风望着一辆辆汽车飞奔而过，那样子似乎是在沉思，但似乎又不像。

"什么事嘛？"

"可能……可能，她弟弟知道你们的事了。"

"这有问题吗？"

刘兵没有回答，只是低着头，他知道刘总的个性。

"你今天是怎么回事？"春风有些莫名其妙，浓黑粗重的眉头跳跃着，一丝火气涌到了脑门，"到底出了什么事？看你平时大大咧咧，今天是不是到东塔遇见鬼了，有什么事快说。"

"刘总，不是我不说，我怕你生气。"刘兵殷勤的脸上变成了满脸惶恐，脸由红转了猪肝色。春风依然感到莫名其妙，走了两步，转过头便说："你今天真是见鬼了，说话老是吞吞吐吐，你不要以为有你表哥这个后台，就万事大吉，那是不可能的。"

"刘总，我哪敢，我刘兵有今日全是大哥你给我的，要不然我还在老家种田呢！"

春风总算露出一丝笑容，顺手关好车门，走了两步又转过头，语气温和地说："别走，到我家顺便吃点吧。"

"不、不用，刘总，中午你休息一下，下午还要接待客人，我也还要去石厂看看。"

"好吧，你去办你的事，石厂要多用点心，千万要注意安全，厂里的安全工作要放在首位。你记得通知刘二吉，晚上要他来找我，有事跟他说。"

刘兵认真地点了点头。春风跨腿就走，小刘开车跟在后面，快到别墅时，敏捷的小刘忙下车推开大门，一群大雁不急不忙地飞过别墅，春风抬头望了望，微笑的脸上不知有几多高兴。

秋雨时不时洒落在平阳县城的大街小巷。清晨公路上不时见到那些穿着一件单薄衣服晨跑的人，那些拖着哐当哐当一箱箱装满东西艰难急切忙碌的人们，那些拖一个背一个嘻嘻哈哈、哭哭啼啼走在上学路上的儿童，那些汽车声、摩托车声、单车声无时无刻地穿进耳朵时，父亲和女友二更天点起炊烟……秋风来了，秋雨也来了，但春风脸上仿佛带着一股凛然。

秋雨说来就来，人们不时有一种舒服惬意的感觉，这种感觉有一个人是漠然的，这个人就是春风，在他心里似乎时间跑得太快。

秋风吹进了窗口，秋雨也飘进了窗帘，春风站在别墅二楼窗前，凝视远方，他好不容易挤出一丝笑容。

别墅二楼舒适优雅，当笑容渐渐凝固，身上掠过一阵麻酥酥的感觉，他把头转过来，依然望着远方。突然门响了一下，他知道小刘进来了。

秋风像一支神奇的笔，给平阳的群山密林涂抹上了金黄色，看着大厅的大小沙发，尤其是那小沙发，蓝色的沙发套上缀着白色的花边。花边是秀秀亲手用勾针打的，是透亮的，轻轻巧巧的。

小刘打过来就一直站在门口，抽他的闷烟，目光不时望一下春风，他知道春风的个性，他不叫自己，自己是不会惊扰他的。

小刘环视了一下四周，这套别墅只有他清楚，因为从老家农村出来就一直跟着春风。现在看着春风，看着这些年在县城所做的事，风生水起，真的让人羡慕死了。这栋别墅初建设计时是一栋平房，当时春风身上没那么多钱，但能把地皮拿下来，已经够威风的了，就连那当局长的也望尘莫及。小刘，就是那种典型的日出而作、日落而息的农民，也是春风第一个从农村带出来的人，他能不听春风的吗？他为春风开车，为春风早出晚归。春风也没亏待他，有他春风吃的就有他小刘吃的，两人就像亲兄弟一样。如果当时那块地不是春风日夜奔波，肯定没那么快盘下来，那块地虽然不是在县城中央，但也不算偏，开公司离城远点，也很正常嘛。当时，县里出台了新文件，为县城发展，对企业县里特别支持，不到两个月，那块地就顺理成章稳稳当当地定了下来，才有了这栋别墅。这栋别墅当时在全县是独一无二的，让人惊讶羡慕。

"真没想到这块肥肉一样的地能拿下来，不容易啊！"小刘总是毫不客气地在人们面前显摆。他对春风的崇拜，是绝对不逊色于对待任何一位伟人或明星。

春风看着得意的小刘总是细眯着眼睛笑。

上午在东塔岭看丕狗叔捕捉蜜蜂的一幕，春风似乎忘记得一干二净。刘兵上午说的话似乎有些模棱两可，这让他心里感到莫名的不快，秀秀跟曾凡为何来找自己，难道是因为春梅……

他感到有些吃惊，对于刘兵他是百分之百地放心。刘兵与人打架，要不是春风托人把他从派出所弄出来，还安排他在厂里做副总，刘兵哪有这么神气；还因为春风跟刘兵的亲戚原人事局长、现已退休在家的贺百龙有着深厚的交情，所以对刘兵，春风很是看重。今天那么要紧的事，秀秀把身为公司主管的曾凡派来找自己，会有什么事情？是不是因为自己与春梅来往，难道自己与春梅来往的事被秀秀知道了……

春风此时百思不得其解。

是不是今天早晨……

今天早晨，自己不该打电话要春梅来厂里办公室。其实春风没有别的意思，就是想跟春梅说件事，这件事本来可以不找她也能办成，但找其他人还是觉得没有她可靠，毕竟她是未来的弟媳嘛。虽然没有结婚，但谈恋爱几年了，完全可以信得过。却没想到事情会是这样，让人产生误会。

"我就在附近，马上去你办公室。"两人同时挂了电话，春梅的话真是温柔可亲。

"就在附近？"

春梅话里的温柔让春风思索半天，她的语气真是动听、耐听，完全是在向他示好。

春风像吃了蜜糖一样，呆呆地站在那里，想着春梅话里有话，不觉喜滋滋的。

大概站在那儿半刻钟，要不是旁边站着来办事的职工，春风很想早点与她交谈。旁边的职工客客气气大大方方微笑着向他打招呼，他却熟视无睹，不闻不问。

但是职工们还是嘻嘻哈哈面带笑容望着这个有胆有识敢想敢干的青年民营企业老板，佩服至极。

春风转过头来勉强一笑，一边招手一边向厂部办公室走去。到了办公室门口，他又站住了，不知什么原因，大脑突然一片空白，心也乱乱的。他伸手拍了拍脑袋，突然想到最近一段时间，他与春梅走得很近，而且近得有点让人想入非非。但他清楚明白，春梅是得意的恋人，两人虽然进展不快，但那是砧板上的肉，想跑也跑不掉的。所以他对春梅说话做事都是很讲究分寸的，却没想到他与春梅见了几次面后，两人似乎心有灵犀，很多时候嘴上没说两人都能想到一块儿，这让春风又高兴又不安，很是迷茫……

春风刚要踏进办公室，身后就传来一个熟悉的声音，不用猜，一定是小刘，小刘是来向他请假的，问他今天怎么安排。

"怎么安排，今天你自由安排吧。另外，你最近听到什么闲话没有？"

"没有呀！"说完，小刘转身而去。

春风见小刘走了，便跨进办公室。春风没有坐，往房间打量了一下，心却烦躁不安，不知什么原因，他在房间转了一圈，就在窗前立定，双眼望着远方。

春梅不是就在附近吗，怎么不见人呢？

他收回视线，转身坐在沙发上。但身上好像有一些虫子在爬，沙发上也像被谁点着一团火。他望着墙上那挂满的相片，蓦地，他专注地看着那相片里的姑娘向自己发出迷人的微笑。

姑娘笑得很自然，长得很好看，中等个子，眉清目秀，长发很随意地披散在肩上；上身穿件藏青色长袖衬衫，下着一条淡蓝色的牛仔裤，这就是平阳的夏天。

春风望着相片里的姑娘，久久没有离开。如果说姑娘如此好看，那么自己为何还如此不安。但是想想，那是不行的。这样看着，这样想着，他慢慢地站了起来，嘴角掠过一丝说不出情由的笑，柔软的内心里透露出不可抗拒的力量。这么想着，他感觉一种情思蜂拥而至。

"春梅，你真漂亮……"

春风眯细着眼睛望着她，她也很不自然地望着自己。

那双迷魂的眼睛，像是一汪清澈的泉水。那泉水流经到他的心田，他不觉感到愧疚。

"你为何这样看我，……是不是我……"

"不是……不是……我是很久没见你了。"

"找我有什么事，没事我就走了。"

"当然有事，春梅，我想问你，你跟我弟的事……"春风腼腆地把双眼离开，等着对方的回答。

"我跟你弟八字还没一撇呢。"

"怎么啦，你们不是谈得很好吗？"春风眼睛里流露出一种让人难以捉摸的猜疑，但很快就凝固了。

"我不想跟你弟结婚，我想……"春梅吞吞吐吐，神情却像钢铁般坚毅。

"你想跟谁结婚？"

"郑工程师，郑技员。"

怎么会是他？他不是从北方回来后一直没有上班，不是想进我们公司吗？两个月前，春风就风闻春梅同郑技员来往密切，没想到事情会是这样的。

"你跟得意谈得好好的，怎么会这样？"

"他太得意忘形，连你都不是他的对手。"

"没有的事，你别骗我。"

"我没骗你。"

无语。屋里很静。

　　风从窗外吹了进来，外面的树枝被风吹得哗哗地响，汽车轧过土黄色的绒毛满天乱飞。春风无话可说，却又不甘心，抬头看看天空，只见污浊云层里藏着一轮暧昧的太阳。

　　春风站了起来，然后点上一支烟，从办公桌上拿起一本记事本，瞧了一眼春梅，欲言又止。

　　烟雾飘上屋顶，他斜眼正与她对视了一下。

　　因为心烦，本来有话要对她讲的。现在春梅想要嫁给郑技员，想说的话就不能跟她讲了。此刻的春梅却全不似初见时的模样，仿佛羞涩的花骨已经绽放，有了一种自信和从容。

　　"本来请你来，我是有事安排你的，但你这么说了，我就不需要讲了。"春风缓和了一下情绪，心已经平静许多。

　　"对不起啊，春风哥。"春梅红着脸，刚才的自信横七竖八地爬上脸庞，"如果你能原谅我，有什么事就说吧！"

　　"原谅你？"春风心里扑通一声仿佛一只青蛙跳进池塘，"你跟谁结婚我不会干涉，但你不能随随便便就嫁了，婚姻大事，不能太草率。再说你跟得意谈了那么多年恋爱，还有……难道你没有看出来外面的人怎么看待你我的？"

　　春梅想起这事，话也磨磨叽叽了："我……我……"

　　"我什么？到底是怎么回事？"

　　"我不喜欢得意，我……"

　　"那你还是喜欢郑技员啰。"春风沉思片刻，脸上有了丝丝微笑，"喜欢一个人是没错，但要看这个人是不是适合你，你说喜欢郑技员，得有理由啊！"说到这停了停，抬头瞧了瞧她，似乎很不理解地说，"我就不明白，你跟得意恋爱多年，难道一点都不爱他吗？难道这段时间我们之间也没有……"

　　春风的话当然不会讲完。春梅心中的滋味更不好受，胸口像被石头压着，沉甸甸的不留一丝缝隙。她心里明白春风是很在乎自己的，不然今天不会要自己来他办公室，现在干脆和盘托出了，看他对自己能有多大反应。她是爱他的，他能从农村来到城市发展，能有今日的成功是需要胆量和智慧的，这样的男人正是女人心仪的对象。

春风没再讲什么，思绪中，他痴情地看着春梅，几次冲动想去拥抱她，但理智让他忍住了，就像看得见，却摸不着的星星。

秀秀怎会知道这些事，曾凡找他又是想干什么？

秀秀跟春风早已确定了关系，虽然没有举行婚礼，但几个月前就领了证，算是合法夫妻了，不明白的是，她怎么知道自己与春梅的事。秀秀是个明白事理的人，应该不会有什么怀疑吧，即便有也是那些是非不分的人引起的。现在既然找上门来，总得有个解释的说法，自己跟春梅只是暗恋而已，没有做见不得人的事。所以也没什么可怕的，但往往有风就会有雨，刘兵的话自己不得不信啊，他打算以后再找刘兵了解了解再说。

桑塔纳在春风的沉思中驶进了会客中心大厦，刚下车，从门口跑出来一个人对春风笑着说："刘总，快进去，城关镇谢书记和市里的胖老头都来了，就等你了。"

春风一脚轻一脚重地走着，心里还有些乱乱的，他不知道今天的会议能不能达到目的。

二

秀秀自从听到春风与春梅来往密切之后，两天两夜没有走出出租房了，她就在屋里转来转去，转累了，就站在窗前，望着浑浊的天空，她的心空落落的，感到难过死了。她只想号叫，似乎只有用足够大的嗓门才可以表达自己的伤心。

不难过是假的，冷静和鄙视都是假的。伤痛早已侵入肺腑里去了。

昨天夜里，她打电话要曾凡马上过来，等到天亮也不见人，直到太阳冲顶了，还是不见人，就迷迷糊糊睡了一下。到了上班时间，她还是不想去，她怕碰到熟人丢人现眼，怎么办呢？总不能这样躲着，得面对现实啊！

"姐，还不起床，这两天你是怎么了？"大厅里传来风风火火的大嚷声。妹妹秀娟满脸大汗没完没了地叫着。

"没怎样，就是感觉有点不舒服，看到你哥了吗？"秀秀一边穿衣服，一边说着，她擦干泪水，不想让她看到。

天太热，秀娟按了风扇开关，风扇呼呼地转起来。她已经汗水淋漓，脱了外衣，内衣是一件衬衫，被风吹得飞了起来，身上露出肚脐，白白的、圆圆的，性感极了。

"姐，你找我哥干什么，他那么忙，整天在公司，这两天你不去上班，不怕被人说吗？"昨天秀秀找了半天，也不见人来。"我找他有事，这几天你听到什么了吗？"

秀娟不解地吹着风扇，白衬衣被风吹得老高老高，嘴里哼着那首"在希望的田野上"，整个出租房飘荡着欢快的音符。

真是气死人，出租房没电话，需要走半里路才有公共电话。平阳这县城，怎么还那么落后，找个人真难啊！

秀秀想去电话亭打电话，洗脸刷牙后，出了大厅，看到秀娟一直开着风扇就说："有那么热吗？"秀娟没理她。秀秀走到门口，见太阳火辣辣的，没好气地坐在大厅小凳上，气鼓鼓的。

秀娟扭头瞧了一眼姐姐。

看到姐姐冒着无名火，秀娟也气鼓鼓地告诉她，说曾凡昨天没在公司上班，听说到财务科找女会计领了钱，跟王出纳去找熟人办事，打电话也没用。听了秀娟一阵嘟囔，秀秀火气更大："你明天必须把你哥找来，我有事跟他说，你明天不上课，去公司转转，看有人讲闲话没有。"说完又气鼓鼓的，她想哭，可欲哭无泪。为什么要称女人水性杨花？在爱情上无拘无束、瞬息万变的是男人。她想去找春风，却又不能明目张胆地去找他吵吵闹闹，那样的话不知会闹出什么笑话。

她没有多想，知道想也是空想，她唯一想知道的，就是春风为何会变心，而且这心变得有些莫名其妙。

男人真不是个好东西！

但没想到事情会这么麻烦。昨天公司召开全体职工大会，而且还来了两个陌生人，这两个人来干什么谁也不清楚。只是想到公司近年来发展如此之快，"平阳房地产开发有限责任公司"和春风名声大振，县电视台和《平阳报》经常不是头条新闻就是整版篇幅。昨天来的那两个人是春风高中时的同学，听说是某市房地产公司老总。秀秀只是听说，不敢去面对，只知道那人是来找春风的。

秀秀找不到春风，心里又气又急，她要找到春风当面问清楚，外面那些风言风语是真的还是假的。

"我非要找到他不可。"秀秀自言自语起来。

出了门，搭了摩的，很快就到了城中心，不多久就到了原公司办公室，这间房公司一直租着。

"他会去哪里，这间房为何总租着？"

街上人来人往，哄闹声此起彼伏。

走近那间出租房时，里面响起了音乐声。

"房间里有人。"秀秀停下脚步，警惕起来，她不知道谁在出租房。这间出租房是为了方便来城中心办事的人用的，春风也经常在这里过夜。

音乐戛然而止。秀秀怔了一下，一缕阳光穿透层层枝叶，明晃晃地落在她的脑门。她抬头看看天空，刚要往前走，那块明晃晃的"平阳县房地产有限公司"牌子映入眼帘，她微吃一惊，怎么还挂着这块牌子？

音乐又起，那个熟悉得不能再熟悉的身影出现在出租房。秀秀此刻感到有些陌生。她听到房间的脚步声很有节奏，灯光一明一暗，显然里面有人在跳舞。秀秀走到窗口偷看了一下，看到里面的人搂搂抱抱，卿卿我我，一双大手不时地在女人身上扶来扶去，她眨了眨眼睛，那女人似乎很熟啊！认真细看，一看是她，脸突然变了色，就想推门进去。天啊，那女的不是春风弟弟的恋人春梅吗？青天白日的他们是在跳舞吗？分明就是在调情。

13

她没想到事情会是这样，她突然感到一阵眩晕，连心跳都似乎停止了，肢体僵冷如冰已无知觉，只有眼泪像泉水一样，从瞳仁深处漫上来、漫上来……

音乐依然动听，舞步依然美妙。秀秀感到欲喊无声，欲哭无泪。她再次忍气吞声趴到窗口，偷偷往里面瞄了一眼，突然音乐戛然而止，舞步也戛然而止，她慢慢踅回原处，忍着巨大的悲伤，好不容易下到一楼。

她看到火辣辣的阳光燃烧大地。

她感到茫然无措，环顾四周，哪有她的立足之地。

她感到自己的心在走向深渊。

秀秀从老办公楼出来艰难地走在大街上。此时此刻，她不知道去哪。她想，如果不是亲眼看见，如果不是坚信神经和视力的可靠，自己怎能相信这是真的？现在什么都不用说了。春风，那是她相恋多年的人啊，原来的山盟海誓，如今到了哪里？她有些想不开，她虽表面刚强，尽量不让眼里的泪水溢出，人却如虚脱般连连摇晃，只得慢慢地往前走。

她走着走着，呼哧呼哧地喘着气，胸脯不断起伏着，头发上鼻尖上汗流如注。在一个转弯处，她停下脚步，她不知道自己为什么突然笑了一下，究竟是冷笑还是讥笑，她自己也搞不清。她知道这事不能让人看笑话。要挺起胸，找到自己的真爱。但对春风的行为绝不放过。

春风，还好，我没有上你的当受你的骗。你这个负心汉，我不会放过你，我要看你变人还是变鬼……

不知道什么时候的一个晚上，天边挂着月亮，月光照在最醒目的几乎占据了整面墙的大书架上。书架上摆满了各种书籍，令秀秀心驰神往。秀秀那时还是豆蔻年华，对喜欢看书的春风已经情窦初开，加上屋里歌声优雅，秀秀站在窗前，听了一曲又一曲，乡村的夜如此宁静，静得让人不忍惊扰。秀秀推门进来就抱住春风。这个动作是那么温馨大胆，与乡村夜色丝丝入扣。她把头埋在他怀里，那时候，她渴望的是一首诗或者一首词，轻声的呼唤或者心有灵犀的沉默。那时候春风已读高中，秀秀在村里读初中。每当春风要去乡办中学读书了，他都会提前告诉秀秀。

秀秀与春风是一起长大的，春风大两岁，两人都长得高高大大。春风一米七几，秀秀则一米六几，在村里谁不夸他们呢。当然，秀秀是知道的，他父亲是老红军，参加过长征，爬过雪山走过草地，之后又参加抗美援朝，一次战斗中不幸负伤。转业后，本来分配在省城工作，可他父亲不同意，偏偏要回农村。当时春风两兄弟很不理解父亲，还跟父亲闹过别扭。春风后来理解了父亲，他知道凭父亲的资历完全可以过上好日子，也可以风风光光。那时春风才十七岁，高中毕业后，他以两分之差没考上大学。秀秀人长得标致，村里很多年轻后生都写求爱信给她，可她一个都不喜欢，她喜欢的人就是春风。

没过两天，也是在一个晚上，天阴沉沉的，没有月亮，没有星星。歌声依然优雅，秀秀又偷偷去了春风家。春风站在书柜前，手拿着书，专心致志地翻阅着，哪知秀秀不小心碰到一块木板，哗啦一声，惊动了屋里的春风。春风跨出门，见是秀秀，丢下一张纸条给她，话没说一句，"砰"的一声把门关上了。

秀秀回到家里，赶紧打开字条，两行刚劲有力的字跃然纸上："秀，我明天就去县城打工了，等我站住脚跟再来接你。"秀秀看完后，激动得热泪盈眶。

那天晚上，她没吃饭就倒在床上，人在床上辗转反侧，并没有睡意，内心的痛苦加上平阳夏天的闷热，她感觉体内似乎有道闸门被打开，汗水和泪水从全身上下的毛孔里争先恐后地往外涌。现在她被背叛，总是最先和反复地回忆起那段幸福的时光。而那个刻骨铭心的记忆，又总是伴随着无可遏止的痛苦和悲哀。秀秀夜晚听到的歌声，与那个晚上的那张字条在心里不时对撞着，那张字条，显然早已被春风从心目中剔除干净了。

春风，我是不会让你得逞的……

那个晚上之后的第十天，秀秀接到春风寄来的信，信中什么也没说，就是要秀秀赶快上城里来。进城的第二天，秀秀被安排到厂办公室工作。

15

秀秀当时有些感激，也对爱情增添了几分信心。哪知没几天，秀秀的母亲得知女儿与春风好上了，立即派人到县城把秀秀拖了回来。回来后秀秀问母亲，母亲什么也不说，只说她不准跟那个老红军的儿子春风结婚。秀秀不依，拎着东西就走，却被母亲拖住，还派人把秀秀关在屋里，二十四小时派人看守。

消息很快就传到了春风那里。春风丢下手头的工作，马不停蹄从县城赶回村里，还没进家，就听到木叉婆（秀秀母亲）在家吵吵闹闹，骂骂咧咧，还言辞决绝地说："春风，你想得美，想娶我女儿没门，你以为你爸是老红军，就怎么样，告诉你，我女儿早就有对象了。"可是女儿不依，偏要嫁给春风。当天晚上，木叉婆把秀秀拉回到家里，还没坐下，木叉婆就摆出做娘的威风，义正词严地说："女儿，你知道我为什么要阻拦你们的婚事吗？今晚我就实话告诉你，当年你那个残疾哥哥想娶春风他娘的妹妹，他父母打死也不同意，现在回过头来，他春风想娶你，门都没有。"木叉婆说到这里，顺手拿出准备好的绳子甩了甩，然后接着说，"如果你硬要与春风结婚，我就吊死在你面前。"可是不管母亲用各种方法劝说，秀秀就是不听，并对母亲说："如果你硬要阻拦我，我也不想活了。"说完从衣兜里取出准备好的安眠药吞进了肚里。

其实秀秀根本没把安眠药吃进肚里，半路上趁人不注意把药吐了出来，等木叉婆赶到卫生院，秀秀已搭便车回到那个因爱情破灭而已近绝望的人身边。

还是在县城出租房的一个早晨。东方现出了一片鱼肚白。秀秀匆匆忙忙满身大汗地奔到出租房。出租房门关着，她抬手用袖子揩着汗，揩完后，抬头望了望窗口，可窗口也关着。加上为赶车，晚饭也没吃，肚子饿得很，想到附近的粉店吃碗粉，然后再来出租房。刚要跨腿走人，门开了，秀秀跨进房，立马抱住了春风。秀秀说："我知道你会在这里等我。"说着越抱越紧，春风顺着秀秀一口咬住了她的嘴，含住了她的笑，那笑声就成了呜呜的声音，不一会儿，竟然成了轻轻的呻吟声。春风说："秀，别哭了，我一定对你好，我们去领证吧。"

就在那个早上，朝霞微露的早上，秀秀顶住压力做了春风的女朋友，两人山盟海誓一番才离开出租房。可是现在春风抛弃了自己，另有新欢，她能坐得住吗？她又能承受这种打击吗？

　　泪水越哭越涌……秀秀心中的苦汁，化作波涛澎湃起来了。

　　曾凡赶到出租房时，正是吃完中饭，他没有直接进屋，在门口站了站，看到黑桃摇着尾巴奔了过来，他没理它，推开门，进门不管三七二十一，就问这问那，怪声怪气，似乎家里一点事都没有。木叉婆却唠叨不止。

　　"秀娟，姐找我有事吗？"曾凡放下皮包，气鼓鼓的。

　　木叉婆依然唠唠叨叨："娟子，快把你姐找来。"

　　秀娟在桌前对着镜子，一边梳头，一边笑，哪里在听他们吆喝，只顾着如何打扮自己。

　　"娟子，怎么这样不听话呀。"木叉婆推门就喊。曾凡这儿瞧瞧，那儿瞧瞧，仿佛这儿不是自己的家。

　　木叉婆和曾凡是一年前来到县城的。曾凡的父亲死得早，木叉婆是个大大咧咧的人，喜欢帮人介绍对象，也就是靠那张嘴巴，连哄带骗，每月才挣点收入养活一家人。曾凡高中毕业后没考上大学，就跟着春风到县城办公司，木叉婆看到儿女每次回家来都大包小包地往家里放，她的心也慢慢地放开了。那是春风公司发生了翻天覆地的变化，春风公司已经成了全县乃至全市的"优秀民营企业"。县城里许多人，包括一些国家公职人员都对春风刮目相看。这时候木叉婆就有些后悔了。秀秀跟春风领证后，也没告诉木叉婆，木叉婆知道后，发疯似的跑到县城来找秀秀和春风，木叉婆找不到人，就在春风公司门口大吵大闹，一天不行就两天，接连几天公司上班下班的人对这个疯婆子另眼相看，唾沫星子满天飞。没过半年，春风的弟弟得意巧遇木叉婆，木叉婆嬉皮笑脸拦住得意，就问秀秀跟春风领证之后是不是睡在一起。得意听后，很不舒服，告诉木叉婆，他们根本没在一起。木叉婆一听这话，既高兴又担心，高兴的是他们没在一起，证明女儿听自己的，

17

担心的是，春风公司现在做得风生水起，钞票一天比一天多，又怕春风甩了秀秀。她知道自己当初不该阻拦他们，她更知道就是自己上吊死了，秀秀与春风也不会登自己的门槛了。

为了挽回自己的过错，木叉婆不得不想办法把女儿女婿召回来，她要当面向女儿女婿认错。她要秀娟放出风说她病危，要秀秀赶快回家。事情还真有那么凑巧，第二天木叉婆真的病倒了，口吐鲜血，本来要送到县人民医院治疗，可木叉婆不肯，非要待在家里吃草药。第二天晚上，月亮刚从田野后面升起来，又圆又亮，照得木叉婆那个矮小的院子，闪闪发光。突然一阵急促的敲门声，门是虚掩着，秀秀与春风看到门没锁，推门就往屋里冲，一声"妈妈"的呼叫，秀秀含着满腔泪水，扑到了母亲的身上。

木叉婆见女儿哭得伤心，以为是在做梦，她一把抱住秀秀，把浑浊的老泪洒到女儿胸前。

秀秀要送母亲去县医院，但木叉婆还是不依，说吐了一下之后再没吐了，不需要去医院。

第二天早晨，木叉婆拗不过女儿好说歹说，终于答应一家人搬进县城去住。住房是春风找的，就离他公司不远的一个地方，他原本不想见木叉婆，但毕竟是秀秀的母亲，不想伤了秀秀的心，就这样木叉婆成了县城里的居民……

"秀秀这么急找你哥干什么？"看到气鼓鼓的秀秀正跟曾凡说着什么，木叉婆再也不吭声了。

"我找他肯定有事。"秀秀望着木叉婆，又朝曾凡嚷道，"我不明白这事是不是真的，我想向曾凡了解一下。"

"什么事啊，有那么急吗？"曾凡一脸的不悦。

木叉婆脸上依然挂着紧张的神色，却一句话也说不出来。

"问你话，怎么不说？刚才还看你紧张兮兮的。"曾凡局促地在屋里走来走去，看到院子里的银杏树上的小鸟呱呱地叫个不停，心里慌乱起来，以为家里出了什么大事，立即把脸扭过来，瞪着秀秀。

"昨天找你半天，去哪了？"

曾凡没回答，知道她在问自己，心里猛然间涌出一丝不安。昨天下午不该跟刘兵到十字街打牌打到深更半夜。出来后在街上吃夜宵，喝了半斤烧酒，醉醺醺地闯进发廊里大吵大闹，还把人家的东西全部摔烂。秀秀急急找他，曾凡以为有人告诉她了，是来找自己兴师问罪的，这下完了，脸上顿时露出紧张的神情。

"你倒是有话就说啊，免得大家都为你担心……"他话说了一半就停了，明显地感觉到秀秀脸上露出一缕难以察觉的失意来。曾凡知道，那种失意正好说明她不知自己昨天在十字街所犯的事。

秀秀望着曾凡，看他脸色很不正常，听说曾凡在谈对象，不知道谈得怎样。

"这两天你看到春风哥没有？"平阳一带习俗，扯了结婚证没办酒席，不算结婚，称呼依然按原先的喊。

"我没看见春风哥，昨天喝醉了，不是来了许多客户，在接待他们吗？"

"我是问，这些天你春风哥跟哪些人来往密切。比如公司那些女的，长得漂亮的。"

曾凡一听，就笑了起来，刚才还紧张万分，这下轻松多了。

"你笑什么，总之这段时间你看到春风哥跟哪些人走得比较近？"

倒是木叉婆听出女儿的弦外之音，忙站起来走到门口望了望，扭头对曾凡说："你真是个木脑壳，你姐说的意思就是近段时间你春风哥跟哪些女的走得近？"

秀娟站在门口听得不耐烦，她踅回进了里屋，把收音机放得老大，走过来反问："走得近又怎样，春风哥认识那么多女的，难道要我哥个个去问。"

曾凡哈哈大笑。木叉婆没好脸色地瞧了秀娟一眼，吼道："你懂什么，还不快去读书，走走走。"

"走就走！"秀娟不满地做了个鬼脸，刚跨出门，又折回来，"妈，你少管我姐的事，有人在等我，我走了。"

秀秀刚要骂她两句，人已跑到门外去了。

曾凡这时已经弄清楚了秀秀急急忙忙找自己回来的原因。曾凡知道春风跟春梅来往密切。不说以前那几次，就单说前天的事，前天去市里办事，本来春风安排自己跟春梅去的，可春梅不让，当着春风的面说自己办事不行，办这样的大事，你老总不去怎么行。春风笑笑说，那你别去了，我去。

当时曾凡想不通，什么大事，不就是去税务局开税票吗。自己只好强装笑脸，想解释一下，哪知春梅拖着春风就上了车。待小车驶向远方，自己马上租了小车跟在后面，快到市区时，春风跟春梅根本没去税务局，而是去了苏仙宾馆。自己跟在后面，心怦怦地跳，怎么会去宾馆呢？明明知道春梅是春风弟弟的恋人，怎么春梅跟春风混到一起了呢。曾凡不信，怀疑自己多疑，或许自己想多了，何况春风已跟自己姐姐打了结婚证，这怎么可能呢。小车到了苏仙宾馆，他没有下车，也不敢去宾馆询问，只好租车返回。

这种事怎么查，俗话说"捉贼捉赃，捉奸捉双"，就算今天跟在他们屁股后面又能怎样，再说自己这个公司财务主管的位置，那是春风安排的，没有他自己能有今天吗？然而，现在的问题是，有影响的是自己的亲姐姐，是自己同胞的姐姐……

"你姐问你话呢，怎么不回答？"木叉婆追问着，双眼已经瞪得快要出火了。

"这事我也不太清楚。"曾凡有气无力地说着，他当然不会乱说话。

"你不清楚？你是分管财务的，肯定天天要跟春风见面，为何你都不晓得？我都晓得了，就是麻子大哥家的春梅。"秀秀说完再也无法控制自己，泪水哗地又涌了出来。

"姐，这事不能乱说啊！"曾凡提高声音提醒道。

木叉婆见秀秀点名道姓，不禁吃惊起来，心想，麻子大哥的女儿春梅不是得意的未婚妻吗？为了不让秀秀生气，装作朝曾凡吼道："你这小

20

子，说的什么话呀，你天天跟在春风屁股后面转来转去，这点事也不清楚？不过，秀啊，这事不能乱怀疑，得要证据。"

曾凡听出了木叉婆话里的意思，胆子大了一些，说："是啊，姐，这事不能操之过急，你想想，得意哥都没讲什么，你先吃什么醋？"

木叉婆见儿子讲得在理，心里不觉涌起了一缕难以抑制的忧伤，抬头瞅着秀秀，又朝曾凡吼道："你小子，以后在春风面前装作什么都不知道，你要时时刻刻盯紧他。你小子要专心，我们这个家要是没有你姐，哪能有今天？要想春风露出马脚，就得让他相信，常在河边走哪有不湿鞋的？"说完，又瞅着曾凡。

秀秀看在眼里，想在心里，知道母亲跟曾凡没把这事看得重，不禁悲哀起来。但她很快就平静下来，想想也对，这种事不能道听途说，必须捉奸在手才行，否则事情闹大了好事也会变成坏事。这么一想，脸上就有了亮色。

木叉婆见秀秀脸上有了转变，忙给曾凡使了个眼色，曾凡会意，抬腿走人。木叉婆赶紧把门关上，对秀秀劝着："秀啊，这事不能道听途说，必须要有证据，你就想开点吧。"说到最后一句时，心里突然为女儿感到委屈，泪水不知不觉地涌出眼眶。

"你这是什么话，事情明摆着……"秀秀已经成了泪人儿，话也说不下去了，目光中看到母亲的痛苦和悲伤，就像母亲看到女儿深受委屈而又无能为力一样。

门口响起黑桃爪子抓门的声音。一缕阳光射进了屋里，只见温暖的阳光里面，微细的灰尘在上下飞扬。

三

春风上了二楼，他东瞧瞧，西望望，二楼很静，没一点声音，他走进会议室，在后面一个位置上坐了下来。

会议是城关镇政府组织召开的，参会人员不多，都是来自城关镇各大企业包括民企的老总。坐在中间的那个是城关镇党委书记谢昌。他刚来城关镇不久，据说是县里重点培养的年轻干部之一。来参加会议的还有一位靠台前位置上就座的，是一位胖乎乎的老头儿，他是谢昌农大的老师，也是谢昌有意请来的。后来是市报的副总编辑，去年退居二线，但在市里仍然算得上是一位人物。这次来参加会议，用他自己的话说，是到县城的企业跑一跑，看一看，为下个月将要召开的全市民营企业工作会议搜集些情况，以便为领导决策参考。

　　会议开得很投入，正在发言的是平阳县赵子龙酒厂的支部书记唐鲜。这个中年人是第一次在镇党委书记和市里的干部面前说话，他发言不要稿子，讲得有条有理，像背书一样。他说赵子龙酒厂是家老企业，也是我县的龙头企业。今天参加城关镇关于企业转型的会议，主题是"企业要发展，必须要转型"。作为县城的龙头企业——赵子龙酒厂，我希望在座的企业家，多多支持帮助酒厂。坐在对面的是城关镇镇长刘老三，刘老三对于唐鲜的讲话很不在意，每次都谈酒厂转型，此刻他听得有些不耐烦，几次用咳嗽来打断，唐鲜却无动于衷。刘老三没办法，碰上这样的企业老板，只好装作认真听的样子，又瞧了几眼城关镇党委书记谢昌，还瞧了几眼胖老头，他们好像没注意到，也是一脸认真听的样子。

　　倒是谢昌发现了什么。胖老头人称刘老，依然认真地听着，时不时拿着笔在本子上画几圈，以示做记录一样。

　　刘老三听着听着心里突然闪出了一点从未有过的火花。这个唐鲜纯粹是个二百五，一个上午发言，扯来扯去，总是讲到如何转型，这个酒厂是县集体所有制，已经山穷水尽了，每年亏损个把亿，哪还能转型？城关镇是全县农村改革的先进典型，也是发展乡镇企业的先进典型，现在成功经验还没开讲，他就没完没了，也难怪，上任三把火，总得听他把话说完吧。

　　刘老三本名刘本山，是他在兄弟中排行第三。他大哥在老家务农，老二在市里工作。他人长得不高，不到一米五，矮胖矮胖。因为年轻，也因为胖，他不但强势，还有点爱好。说他强势是很有例子的，一般干部到他面前不敢乱讲，特别是开干部职工会，除了书记讲完，他发言几乎要讲到会议结束，很多干部对此都有意见。说他有点爱好，那就是喜欢女人，女人对他来说，那就是个宝。但宝有时也会坏事，去年就因为一个女人的事，本来他有可能提升，结果那个女人告到上面，他的事才凉了。这样的例子不止一次，但他很机灵，这么大的城关镇，他依然明里暗里总是能按他的意见出牌，掌控着城关镇的局面。

坐在后排的是没人注意到的春风，本来今天他是唱戏的主角，偏偏他又后来，他不喜欢坐前排，更不喜欢发言。要不是谢书记站起来瞧了瞧，发现了春风，唐鲜会把今天的会议包场。这时会场嘈杂起来，个个交头接耳，这才打破唐鲜高高在上的发言。

唐鲜总算把话说完，他知道自己的发言是老生常谈，没有人爱听，自己不是主角，主角是有钱的老总春风。

这时，春风笑着走上了主席台。

唐鲜的发言总算结束了，整个会场的目光投向了主席台，只有胖老头露出几分询问几分疑惑。

"这是我县民营企业家、平阳房地产开发有限责任公司董事长。"镇党委书记没等刘老三起身，先向胖老头做了介绍。

胖老头打量了一番这个年轻的农民企业老板，忙走过去，拍了一下春风："我当然认识这位年轻有为的企业家，他不就是刘春风吗？"

春风愣了一下，谢昌等人面露惊诧。

"看来你还是没认出我来。我是市报的，好像前年发过你的照片，我亲自安排的。"胖老头见春风没有反应，以为认错人了，又仔细打量了一下，"没错啊，我记得清清楚楚，你现在是我市大名鼎鼎的民营企业家，如雷贯耳啊。"

"啊，我记起来了，不好意思！"春风起身赔笑道。

"大家都坐下来吧。"谢昌招了招手。春风没坐在主席台，还是想蹓回到原来的位置，却被谢昌拉住，"就坐这吧。"

"真是钱老板，连书记也要巴结。"刘老三心里不服，却又马上露出笑脸地说道，"春风，看来你公司做得风生水起，客户多吧。"

"是啊，来了几个客户，想要跟我们公司合伙，准备在县城建一处能让居民休闲又能搞文化旅游的场所。"

这是个好建议，让居民进行休闲文化旅游，早些天就谈到这个问题。春风笑着注视着大家，这一提议，引起了胖老头的注意。

"这个思路非常好。在我们市，平阳是最大的县，现在平阳县城流动人口多，目前还没有一个像样的休闲旅游的地方，我看这个项目可以搞起来。我们眼光应该看远点，你们可以抽个时间去外面跑一跑、看一看，最好去广东深圳，那里正在搞特区，什么样的开发都有。比如，度假村、摩天楼、文化园，这些都可以搞起来。平阳是个人口大县，可以考虑引进外资嘛，你看还有客户主动来找春风合伙，我看这是个好机会。"

听了胖老头的话，会场气氛活跃起来，与会人员交头接耳，好像这个工程已经开始营业，哗哗的票子数不完，个个喜笑颜开。

春风笑了一下，心里却在打鼓，可说话容易办事难，要建成这么大的一个项目，谈何容易。不说别的，从立项到审批，要跑规划、国土、城建、城管、环保等等。还有资金，这么大的工程，不是几千万能对付的，起码上亿吧，钱从哪里来？就算有人合伙，就算政府支持，我公司能有这个实力吗？

春风原本对这个项目想发表自己的看法，因为胖老头一直都在注视着自己，加上刘老三对这个项目非常赞同，但因意见不成熟，又忍住了。

大家对这一项目兴趣正浓，却有一个人知道春风的心思，而且对这一项目也不看好。这是一个二十五六岁的青年人，有一张俊俏的脸，年轻，生动，充满了活力，看上去红彤彤的，像一个熟透了的苹果。从进入会场，他就悄悄溜进一个不显眼的位置坐下，不动声色地听着，观察着，双眼瞪着主席台上面，没有谁知道他的心思。他今日本想在会上发泄一下心中的不快，但他没有那样做，他怕影响会议，想了想还是以大局为重，今后有机会再说。

24

这人叫得意，与春风是同胞兄弟，平阳房地产开发有限责任公司副总。

"春风老总刚从外地考察回来。"刘老三与春风称兄道弟，对于这样的事，他是大力支持，"春风考察回来要做的第一件事，就是办一家印刷厂，这在平阳县还是第一家。"

"春风老总，你是我县有影响的民营企业家，你能不能把情况向刘老详细汇报一下。"谢昌提议道。

春风抬起头："好吧，不知刘老想听哪方面的。"

"刘老很关心民营企业的发展，你谈一下这方面的情况。"

"那我就谈谈吧，平阳房地产开发有限责任公司这几年取得的成绩是改革开放和各级领导支持的结果。在座的都了解我们公司的情况，这里就不多讲了。我就把下一步的设想向刘老和大家汇报一下。"

"很好，很好，我就想了解一下民营企业。"刘老看看谢昌，谢昌点点头，刘老露出微笑，意思是很想听下去。

"民营企业不容易，从父亲给了我五万元来县城创业发展到今天，可以说我尝够了各种滋味。"

似有同感，会议室里鸦雀无声。

"不错，你就谈谈是如何创业的吧。"刘老说道。

春风瞧了瞧会场，突然话锋一转："为了抓紧时间，我就讲讲我目前要投资的印刷厂，我们平阳县还没有一家像样的印刷厂，许多单位要印刷一些精美的纸品都要跑到市区去，费用高不说，来来去去也浪费时间。如果我们县建一个有较大规模、高水平的印刷厂，就能节约许多人力物力。所以说，现在提倡开放搞活，这也是我目前的设想之一。"说到这里，他停了停，又看了看刘老和谢昌，然后说，"前段时间，有两位省报记者来采访民营企业的发展情况，我对他们说了一个问题。"

"什么问题？"

"我说，民营企业是否有发展前途，能不能够发展，关键看政府对民营企业与国有企业能不能一视同仁，这是一个非常突出的问题。"

会议室出现了交头接耳、窃窃私语的场面。大家对春风的发言深有同感。

刘老看上去很老，但看问题却非常敏捷。他抬头瞧了瞧会场，大声说："同志们，前面几个同志发言，各有千秋，都对国有企业、民营企业提出了许多宝贵意见，我认为都提得对。由于市场经济的冲击，许多企业转不动，有的成了半停半转的状态。春风同志，你谈谈对这个问题有什么看法。"

春风笑了一下，脸上露出很为难的神色。

"怎么想就怎么说嘛。"谢昌笑着说，"这个问题应该好说啊，你是平阳县的优秀民营企业代表哦。"

"对这个问题，也不是一句两句话能讲得清楚的。目前也没有什么好办法，但是我看，不要悲伤，任何事情都不是一成不变的。在这个问题上，我只能说我们民营企业要合在一起干，烂麻拧成绳——有了头绪，资金就有办法了，只要我们看准的问题，就大胆闯、大胆干。"

春风话刚落音，会场鸦雀无声。刘老思忖良久，问道："你那个印刷厂今年可以投产吗？"

"应该可以投产，正准备与人合资呢！"

"印刷跟房地产不一样，那是需要技术的。"

春风笑一下："肯定要技术，这方面好办。"

"预计一年能挣多少钱？"

春风犹豫一下："刘老，这个我还真说不准。反正头一年，做到不赔本就算烧高香了。"

刘老抬头看看大家，有人说做生意有三十个人赚钱，其实就有二十个人是赔本的，难道真是那么回事吗？他第一次感到脑壳有点大了，两眼茫然地搜索着那张并无多少特别之处的面孔，试图发掘隐藏在那张面孔里的奥秘和神奇。他瞧瞧大家，心里依然没有找出答案，直到谢昌在耳边嘟哝了一句，他才恍然大悟，伸手指着春风说："你这个年轻人倒是蛮低调的，行，能有赚就行，在这里我先祝贺你……"

不知谁带头拍响了巴掌，掌声由小到大，一阵高过一阵。在这掌声中，他对春风这个年轻有为充满自信的年轻人留下了深刻的印象。

而在春风眼里，刘老却像是一个爱读书死读书的老顽童。

"印刷厂的地基选好了？"

"选好了，正在办手续。"

"投资一个几千万的印刷厂，环保工作要做好啊！"刘老没有问下去，只是把目光投向了谢昌的脸上。

"如果刘老有时间的话，散会后我陪刘老去印刷厂选址看一看，为了全县环保，厂址就定在沙田村的山腰上，估计五个月时间就可以建成投产，到时还请刘老来参加剪彩。"

笑声荡漾在会议室里。刘老激动地说："今天就不去了，我还要去嘉禾县。到时剪彩我可是要来的。"说着就站了起来，在会场上扫视了一番，然后拍了一下桌子，大声地说："今天这个会开得很成功。在参加这个会之前，我就想，为什么我们的企业总是发展不起，这是为什么？原因固然很多，为什么会很多，我看就是思想僵化，缺乏创新的精神。不但农村，城市也一样，一些干部老是小心翼翼，亦步亦趋，只知道看上面的脸色，只知道安于现状，如果老是这样，怎么发展。所以需要我们认清形势，努力工作。"说完，他回到自己的位置，对谢昌说，"对春风同志投资的印刷厂，你们要多支持一下，手续办下来了告诉我一声，我就先请电视台报社的记者来做一次报道，这对你们镇、你们县乃至全市都是一次鼓舞嘛！"

"刘老的一番话，让我们大开眼界，备受鼓舞！"谢昌兴致勃勃地说，"印刷厂的前期工作，我们会催促相关部门抓紧，还要借这个东风把我们城关镇的乡镇企业推上一个新台阶，绝不辜负市领导对我们的关心和期望。"

话刚落音，刘老向身旁的谢昌、刘老三和在座的参会人员扫视一眼，然后主动鼓起掌来。

掌声过后，刘老平静下来，说："同志们，关于民营企业的改革发展，你们如果还有什么不同的意见，现在可以畅所欲言。"

与会人员你看看我，我看看你，没有人回答。谢昌看了看时间，正准备宣布散会，会场却响起一阵叽叽喳喳的低声议论。

　　"同志们有话就大声点嘛。"刘老三有些不乐。

　　会场此刻平静下来。坐在后排有个年轻小伙子突然站了起来，大家转头望着他，原来他就是城关镇二居委会主任龙小军。此人显得很有精神，起身就说："来参加今天会议的人员除几个居委会的人，基本都是全县大中型企业的老总，但我听了春风老总的发言后，感慨至深。"

　　此言一出，与会人员都竖起了耳朵。谢昌和旁边坐的人正在悄声交谈，看到大家都瞟着后面，正准备询问，却看到刘老拿着已经收拢的记录本侧转身来，此刻会场上个个惊奇地望着龙小军。

　　"龙小军，你这是干什么？"刘老三黑着脸，口气里透出逼人的气息。城关镇各居委会的支书和主任都是去年换届提上来的，几乎都是年轻人。这些年轻人经常口吐狂言，很难管控，加上他们都掌握城边上的土地，有钱有势。龙小军就是其中的一个。但让刘老三想象不到的是，在今天这样的场合他竟然也掺和进来。

　　春风感到好笑。他慢慢站了起来，显得格外温和而平静，掏出烟点上，然后一手拿烟，一手搭在大腿上，不露声色地靠在座位上。

　　七嘴八舌的议论声越来越浓，看样子会发生什么事，春风看在眼里，明在心里。但他成竹在胸，相信这争论总会得出结论。对于二居委会主任龙小军，他是知道的。从他上任后，为了那块地，两人就较量过，今天开会他都不把与会人员放在眼里，可谓是财大气粗。

　　龙小军本想大发议论，但忍住了，对大家说："我没有不同的意见，只是我们居委会也想办企业，但与'平阳房地产开发有限责任公司'相比，真是小巫见大巫。"说完，他的脸色由红转为白色，似乎感到不好意思。

　　刘老三见他败下阵来，就朝谢昌和刘老瞟过一眼，批评道："你这个龙小军，真是个小娃娃，你是领会错了，还是特意这样。刘老和谢书记的意思，难道你没领会？你刚上来，要多听听老领导的意见，不要一意孤行。我们要向春风同志学习，学习他如何把企业搞好，多接受行家意见，以后可要加强学习，千万不能像今天会议一样，那就不好了。"

刘老三本来还要讲几句的，见谢昌摆了摆手，这才笑了笑，并示意龙小军坐下。

龙小军没有坐下："各位领导，对不住，是我理解错了，我是说我们居委会也想发展企业，也要地块，也想找一条发展路子……"

"那好啊！"刘老来了兴趣，朝刘老三使了使眼色，说，"居委会土地多，完全可以发展企业，但要找一条什么路子呢？"

龙小军快言快语："我们正跟得意老总谈了一个项目，他是内行，还是让他讲讲吧。"说完，转身望着得意。

得意笑着没动，似乎什么也不知道。

看到大家都看着得意，谢昌说："得意同志，大家都想听听你的意见，把你的想法说出来，让大家听听。"

得意是临时接到通知来开会的，本来他是不想来参加的，因为春风在这里，他不想看到这个忘恩负义多吃多占乱性的家伙。但是没有办法，他知道这个会议的分量，由城关镇主办的民营企业工作会议，这是个机会。要不是他早几天跟城关镇的书记镇长谈到这个项目，他是不会参加的。现在既然来了，自己总得找个靠山，总得要争取一个项目，而且这个项目必须做好，必须要让春风刮目相看。

"我能讲什么。"得意丢下烟头，很冷静地说。他知道，在这么大的企业会上，在自己哥哥面前，渲染或夸张自己的设想和打算，都可能被视为张狂和无知。但是不说出来也不行，既然参加了会议，你就得把你的设想讲给大家，甚至在今天的会议上，也还不能得罪这个哥哥，该要给他面子还得给。这么想着，他清了清喉咙，说："那我就讲讲自己的看法吧。我认为平阳房地产的成功很有特殊性，通过改革开放的春风，房地产企业起步早，适应了形势，加上天时地利人和，三者关系得到了统一，所以有了这种条件。现在要投资平阳大型印刷厂，这些条件也是很有必要。但是，这仅仅是民营企业，如果要和国企相比，民营这条路走下去是相当难的。当然，不管国企还是民企，总得要发展，要创新，那么我们就必须在'新'字上做文章。对于企业发展创新，我们是摸着石头过河，刘老你说是不是？"

话刚落音，会场显得很安静。

不知从哪飘过来的歌声，嘹亮、悦耳、动听，但很快又消失了。随即从窗外射进来一缕阳光，这缕阳光不像炎热夏天时的那样火辣辣，也不像暴风雨前那样暗紫无色，是明朗而又温柔可爱的阳光。

刘老眯缝着眼睛，看似在思考。他向谢昌使了一下眼色，又把目光转向得意和春风脸上，在他们那里连打了几个交叉，之后声调提高地说道："得意同志，你能不能具体谈一下你的设想？"

"具体设想还没有成熟，但我心里还是有打算。"得意清楚，自己的设想基本可以实施，但他有自己的原则，做出文章才是秀才。这么想着，然后清了清嗓子，他说："企业发展，必须因地制宜，有一个原则，那就是有利于发挥自己的优势。城关镇二居委会他们最大的优势是土地多，利用开发潜力大，土地可以变成钞票，离开这个优势谈发展，那就是病人断了气——要（药）来也没用。所以要发挥自身优势，一要利用好居委会的土地；二是利用好宝山岭上的资源，烧石灰、办铁厂、兴办水泥厂，发挥这些优势，就是天作地合。当然话又说回来，土地是国有的，但城关镇各居委会有使用权，在国家政策允许范围内，我们要利用好土地，这样才能事半功倍。"说到这里，他停了停，瞧了瞧与会人员，然后继续说，"关于'平阳房地产开发有限责任公司'近两年来的情况，我大体说一说，就目前房地产项目，人们刚刚解决温饱问题，有几个人来县城购房？但是随着城市化的发展，农村人口开始走向城市，农村人进城打工、找事做，一旦进了城，就得考虑小孩上学问题。那么，他们是不是要买房，房地产是不是会发展，等等等等，要说的问题很多，一口气是讲不完的。所以说，'平阳房地产开发有限责任公司'是大有可为的，不信大家等着瞧。"

得意的话不慌不忙，不紧不慢，他把会议的气氛推向了高潮。随之热烈的掌声从会议室飘向窗外。

春风几次想制止这种无边的夸张，他不但感到震惊，更为得意的言行感到可耻。心里憋着一肚子莫可名状的厌恶。这个狂人简直就是胡说八道，他怎么就不相信自己的大哥。但刚才的一番话他是没想到的，一个对民营企业改革态势没有研究的人，能够得出这样的结论。此刻，他内心涌起一股热潮，热潮冲击得他几乎不可自制。兄弟，这个与自己血脉相通的老弟啊！想到这里，他不得不抬头瞅了大家一眼，他想看看有人是否在议论他兄弟俩的事，但是没有，他的心这才平缓了一些。

得意的发言还在继续："同志们，刚才我讲到'平阳房地产开发有限责任公司'的一笔收入，但还有一笔大收入，我想告诉大家。早几天，我跟二居委会的几位领导谈到一个项目，这个项目也就是前面谈到的，如果我们把这个项目能尽快开发出来，那么给二居委会的居民有了一个交代，不需要多久，二居委会的人就能得到一份回报，这样不但给城关镇增加税收，更重要的能给老百姓带来实实在在的好处。"

与会人员听得很投入。得意露出满意的神情。龙小军倒是听得压力越来越大，他在埋怨得意夸夸其谈，项目还刚开始，就大夸胜利果实。

刘老翻着本子，记一下，目光又投向大家。谢昌侧着耳听旁边的支书主任小声交谈。这时，与会人员也交头接耳议论起来。

刘老见大家议论纷纷，抬手看看表，站起来说："关于刚才得意同志的发言，大家有什么不同的意见，可以当面讲嘛。"

"我看没那么乐观。"唐鲜擦了擦鼻子，似乎感到一身都在发热，讲话也激动起来，"我们赵子龙酒厂是县办企业，应该请政府多加支持。"

唐鲜对酒厂情有独钟。见他要求政府加大支持力度，其他各居委会的企业也要求政府支持。

"大家对企业加大力度改革的态度还是积极的。"坐在春风旁边城关镇分管企业的副镇长欧阳炮，不失时机地站起来。得意这时观察得很细，方才春风瞅了他一眼，就知道什么原因了。

"得意老总刚才说到那个项目开发，听起来确实不错，但是什么项目呢？是建水泥厂，还是开发什么，没有一个具体的项目，要说想开发水泥厂，我看没那么容易，因为建一个水泥厂，县里说过几年了，到现在还是纸上谈兵，所以说，一个居委会想办水泥厂，我看是竹篮打水一场空。当然得意老总思路还是不错，想与二居委会开办企业，精神可嘉。我思虑了许久，对于我县无论是国有企业，还是私营企业，首先还是要定好位，其次要根据自身优势找准路子，这样今天的会议才算没白开，不然又是扯谈。"

话显然说到点子上了，但依然没有击中要害。得意想站起来解释一下，却看到春风脸上露出胜券在握的自信和得意。他故意让那自信和得意持续了一下，然后开口道："这怪我刚才没有明确开发什么项目，现在可以告诉大家，我与二居委会开发的这个项目，同志们可能没想到，水泥厂我们是开发不起，但我们开发的是一个新项目——油茶厂。据我调查了解，全县有百分之六十的茶籽，都是在那些小型榨油厂榨，很多茶籽都运到外县去榨，如果建一个大型榨油厂，那么不但可以节省不少人工，还可以为我县增加收入。"他说到这里，停顿了一下，端起桌上的杯子，呷了一口水，却瞧到春风和欧阳炮正看着他，他泰然自若地笑道，"所以说，我刚才没说到开发什么项目，这个项目投资少、收益快，我们平阳县地处丘陵地带，包括附近的嘉禾、永兴和北湖，都是山山岭岭，有大片的油茶树。前段时间，为了这个项目，我和二居委会的同志走了一圈，觉得这个项目可以开发，不出两年，这个项目的收入是很可观的。"

得意话刚落音，有人稀稀落落地拍起巴掌。春风与欧阳炮同时笑了一下，那笑声显然是在鄙视。得意看在眼里，他想，你越是鄙视，我更要出击："刚才谈到榨油厂，我想还要重复两句，县里以前也想办个榨油厂，不是县里办不起，而是这个项目太小。但从长远来看，小项目可以越办越大，同样能够赚大钱的。"

这回掌声又响起，这是对得意这个项目的认可，会场上的热情高涨起来。

刘老见大家十分兴奋，侧过半边身子注视他的学生谢昌："你们城关镇对这个企业是怎样考虑的？"

"二居委会从去年就上报了这个项目，刚才得意老总做了全面汇报，可以说这个项目应该可行，今年可以投产。"

刘老再次转身扫视了一眼，激动地说道："看到大家的笑脸，听了得意同志的意见和设想，我既高兴又感动，今天的会议开得十分成功，这是我没想到的。来参加这个会议之前，我是有顾虑的，因为市里安排我近段时间对乡镇企业和私营企业的发展写一个调查报告，现在看来，今天的会议让我找到了突破口。我之所以急于到嘉禾去，就是因为那里也是山区，便于更好地找到突破口。可以这么说，现在我已经找到了目标和方向，这就是我们县'平阳房地产开发有限责任公司'。得意同志，听说你想离开房地产公司，有这回事吗？"说完，他侧身与随同的两位记者交流了一下，说，"我看这样吧，今晚就在平阳住一宿了，散会后先与得意他们到二居委会去看一看，然后再到其他地方跑一跑，嘉禾就往后安排吧。"

与会人员听到刘老这么说，知道会议要结束了，彼此的脸上都泛出了浅浅的笑容。

会议结束后，春风给旁边的欧阳炮使了个眼色，然后走出会场。刚到门口，露出莫名的笑，他仿佛感到自己被人漠视了。

四

平阳县城即今桂阳县城，隋大业十三年（617）萧铣复置平阳县，始建平阳城垣。初建时为土墙。古人给四个城门挂牌赐名：东门为"楚南名区"、西门为"汉初古郡"、南门为"控引交广"、北门为"襟带湖湘"。西门为聚宝门。人们只要到了县城，就会想到"赵云屯兵处""宝山积雪""七曲朝霞""西寺蒙泉""十三娘娘庙"等等。但在人们口中流传最广

33

泛还是西寺蒙泉，因为蒙泉至今保存完好，泉丰水清，人见人爱。

桂阳山城蒙泉，在城西芙蓉峰下，正是"蒙水之涯"，所以称"蒙泉"。蒙泉井又称"万军泉"，出自东汉建安十三年（208）三国赵子龙计取桂阳。赵子龙赶跑桂阳郡守赵范以后，领桂阳太守三年。当时领兵驻留芙蓉峰下，冬天气候非常干燥，驻扎的官兵饮水困难，怕引起军心浮动，他便取出锦囊求计解困。哪知囊中只有八卦图一张，他把图摊在地上，反复查看，未得其诀窍，内心分外焦急，怀疑八卦图无用，便提起长矛往八卦图上一戳，没想到地下突然冒涌清泉。赵子龙大喜，令士兵按八卦图掘开，得一井，解决了全军水荒之急，所以把此井叫"万军井"。

这自然是有缘由的。那缘由不仅是万军井，还有很多关于蒙泉井的古老而又神奇的传说。

不知什么朝代的事了。传说有一对夫妻种田种出了一口"神井"，一上春，神井就流不出水了，只能用水桶打水；如果半个月不下雨，井水就会流出来。那水流出来绿黑绿黑的，不能吃，只能灌溉田。那年这对夫妻从很远的地方过来的，看到这口井绿黑绿黑的，加上这个地方很平坦，就在这里扎了根，不久便生下一个女孩。

生下女儿后，不到半个月就能走路，一个月后就能讲话，不到三个月就长成一棵树一样，父母很惊诧，很是不解。只是看到女儿长得高高大大，而且做事也非常认真。那一年，他们就开始挖山开田，他们日出而作，日落而归，不到半年时间就把前面那片山变成了田。

只是田开垦好了，天公老是不作美，老是阴天，井水不流了，父母老是唉声叹气，眼看播种季节就要到了，田里依然没水，急得父母大病一场。

父母见天老是这样，买来神具，烧香拜佛，但天依然没有下雨，神井依然不出水，可女儿知道这里面的原因。她只能忍痛割爱，偷偷摸摸离开了父母。

第二天，太阳就出来了，而且阳光火辣辣的，哗啦啦的水从神井涌了出来。等到夫妻俩起床出门，田里已灌满了水。夫妻俩高兴得跳起来，待去叫女儿时，却发现人走房空。父母不得不丢下田土，寻找女儿。寻女寻了半个月的父母，终于在路边的一片乱石中看到了女儿，见到女儿，父母好不高兴，可女儿却不承认是他们的女儿，父母没办法只好拉拉扯扯把女儿捆绑起来带回家。

女儿回来天就变阴了，井水也断流了，田里的水也干枯了。父母不知道怎么回事，就来问女儿，女儿告诉父母，放了她，你们才能好好种地，不然就会饿死在这里。

父母信以为真，就把女儿放了，哪知女儿就跑到那片田里不脱衣裤，立即翻滚起来，像是得了狂疯病一样，在田间里打滚。这一打滚，山洪就爆发了，洪水正要冲走父母，女儿飞奔过来牢牢抓住父母，随后抛向天空，自己却站在洪水中不动。待洪水缓缓消失，父母不知去向，女儿却变成了一座山，一座奇形怪状的山。

山上有一块巨石，就像那对夫妇的女儿，人们为了纪念她，取名为石女。

然而这座奇形怪状的山，里面埋藏着很珍贵的矿物，政府怕被人乱挖，就派士兵把山保护起来，将这座山取名为保山。后来为了开发此山，又改名为宝山……

"平阳房地产开发有限责任公司"开始选办公地点时就有不同意见，一个提出定在盐行街，那里出监道之口。一个提出在鼓楼街，因为那里古代在街上建了一座钟鼓楼，一旦城外发生什么事便可击鼓鸣钟报警。两人说来说去都有道理，但为了便于开发，最终还是定在宝山附近的一栋大楼办公。这里离赵子龙酒厂不远，下有蔡伦井，上有蒙泉井，两井之间相距不到五百米。这里车辆穿梭，人来人往，好不热闹，不说是县城的政治文化教育中心，但离县委县政府办公大楼也不远，是一个非常理想的办公场所。

办公地点定下来后，时间到了八十年代中期，由于县城近年来以惊人的速度四处拓展，向南的一面，几乎已经与"平阳房地产开发有限责任公司"挨在一起了。房产开发兴旺起来。公司为办理各种手续经常在分管部门办公大楼出入，此事后来验证了选办公地点的关键所在。

好在公司不久就有了小车，办事方便，工作效率也高，公司上下都看到了希望，员工们干劲冲天，几番周折，几个工程同时上马，好一派喜人的景象。

春节刚过，正是"吹面不寒杨柳风"的时节。走在县城的路上，两旁的人行道边，那一排排花树掩映的人家，美丽极了！不是吗？一树树、一支支的桃花，有的斜倚门外，有的探露墙头，明丽鲜艳，灿若云霞，宛如镶在绿满天涯的画屏里。"平阳房地产开发有限责任公司"的职工这天刚好吃过早饭，个个站在公司门口，满面春风，有说有笑，好不热闹。春风看在眼里，喜在心里。他今年的计划在昨天的职工大会上说得很透彻，思路已经明确，方向也已指明，职工们只要团结一致，心往一处想、劲往一处使，全力以赴抓好工程质量就一定会大上台阶。质量大于天，这是公司的看家法宝。春风认为公司必须注重质量，宁愿不赚钱也绝不建豆腐渣工程。

当然，工程绝不能变成豆腐渣，那是做企业的良心。一分钱一分货，让买家放心、卖者安心，这是他一贯的宗旨、原则。

一路想来，春风在离工地不远的一块地基上下了车。地基上，一台推土机正大声呼哧着，把一道碎石垒成的土堰推进一条水沟里。在它的后面，几台挖土机正伸着坚臂利爪，在平整的土地上挖出又深又宽的住宅地基。旁边站着一个中年人在那里叽叽喳喳指指点点。不多久，工地上的人，三个一团、五个一堆，都在议论什么。随着小车的嘟嘟声，大家迅速散开，议论声戛然而止。紧接着又开始忙碌起来，工作态度格外认真，劳动效率也显著提升。

见大家忙碌起来，春风走进正在推土挖土的场地。工地上一个矮胖矮胖的管事人迅速地出现在他面前，他没有理会，只在地上这儿瞅瞅那儿瞧瞧，看到一片片整好的地基。他思忖片刻，点上一支烟，抬眼对管事的人问道："这是按图纸挖的吗？"

"当然是按图纸设计挖的。"

"这条沟有多宽？"

"……五米左右。"

"深度够了吗？"

管事人拿着图纸看了看，感觉不对，又把图纸仔细瞧了瞧，然后笑着说："老总，深度到了。"

春风没有回答，感觉深度不够，大声说道："我看不够，你们自己量一量吧。"

管事人就跟技术员重新量了一下，顿时变了面色，不好意思地说："老总，你说得对，是差了那么一点点。"

春风一听这话，顿时火冒三丈，伸手指着他们吼道："你们是这样负责的吗？快把你们的经理叫过来！"

"经理……可能开会去了。"

"开什么会？到哪开会去了？工地上的事不管，还有心思去开会，真是乱弹琴，快把他找回来。"

技术员胆战心惊，满脸绯红地一边点头一边跑。春风急忙走到施工场地，大声喊道："大家停一停。"不一会儿，施工人员立即停下手中的活，目光切切地望着春风。春风说："我还是那句话，任何情况下，你们都要认认真真扎扎实实，你们知道我是怎么承包这栋高楼大厦的吗？"春风吸了一口烟，接着说，"这些话我每次会上都在讲，看看今天，你们好像在磨洋工，几台推土机稀稀松松，一条沟要挖半天，这样的作业能有饭吃吗？还有我们建的这栋大工程，是安居工程，有上千套住房，所以工程质量不能马虎，特别是基脚，住房偷工减料不得。看看今天的施工，一条五米宽的水沟，实际是四米多一点，这明显没按设计的要求施工。"说到这，他又停了停，烟灰燃到手指才丢掉。随后指着满头大汗的工地管事人和刚赶回来的两个副经理："今天算我来得及时，不然要出大事，要是基脚出了问题，你们趁早给我滚。我春风说话算数，不信你们试一试。"

37

几个人被春风骂得狗血淋头，个个低头都不作声。是啊，只要春风操祖宗骂娘，无论什么场合，无论是谁，都只是咬着嘴唇，低着头，谁敢出声？直到骂完了，他才缓和情绪，一走了事。

　　到了休工时间，待工人们离去，春风又叫几个管事的负责人留了下来，嘴里骂个不停："你们是不是想害我？是不是想拆我的台？你们知道吗，这基脚要承受多少压力？这样的情况不能再发生，哪怕一点点都不行，否则我对你们不客气……"直到上面有人打电话，要他赶回办公室，他才愤愤地离开。没走几步，他又转过头，停下脚步，吼道："马上把那条五米宽的基脚完成，必须按施工图纸挖，你们几个晚上到我办公室来一趟，我要按公司规章处分你们。"

　　几个人被春风骂得一无是处。他们知道春风是一个奖罚分明的人。只要你做得对、做得好，他就会予以奖励，今天是他们过于毛躁，没有按施工图纸的尺寸丈量，以为春风不会来工地检查，迟点丈量也不迟，哪知事情碰得那么巧。他偏偏来了，让他抓了个正着。不怪天、不怪地，要怪就怪自己。

　　回到办公室，在办公室等他的是公司常务副经理刘大雄。春风公司有几个副总，都是他从老家带到县城来的，他们对春风佩服至极，只要春风安排的事，没有一个不听的。按照分工，这几个人都在下边负责一摊子。只有刘大雄被留在公司，掌握公司的具体执行大权，以前是春风的弟弟得意的位子，不知什么原因得意净身出户，两兄弟分道扬镳，他才接任了这个位子。

　　他向春风汇报完工作后，末了还说有两件事需要请示，一是城关镇税务分局来检查工作时，唐副局长提出要两千块砖用来建伙房，他不敢做主，要曾凡请示你之后才能回复，你看这事怎么办？二是城关镇党委办公室通知，过几天有一个外市的民营企业考察团要来，可能在我们公司调研两天。

　　春风听后，非常高兴。第一件事他直接就点了头，第二件事要刘大雄安排公司接待处做好接待工作，并再三强调，一定按高规格接待。一切就绪后，刘大雄正要去安排，春风却招了招手，示意他暂时不走。

"今天还有别的人找过我吗？"

"没有，我上午都在办公室，没听说啊。"

"你再想想看。"

刘大雄转了转脑袋，笑着说："可能秀秀在闹情绪，找曾凡回去了一趟。"

"就知道这些？"

"就这些！"

春风皱起眉头，咬了咬嘴唇，说："你走吧。"

今天中午花园小区工地的情况，并没有影响春风下午参加会议的情绪，他仍旧有始有终地开完会议。他是个讲究干实事的人，对下午的会议并不看得那么重。特别是刘老那种已经退下来、文人气十足的老干部赞扬也罢，批评也罢，他向来看得很淡。让他讨厌的只有一个人，那就是他的弟弟——一个胆敢跟他决裂、依靠自己的奋斗、试图与他一决高低的弟弟。但这不要紧，已经不重要了。但他不能小视得意，也绝不容许得意打乱自己的计划，出水才见两腿泥！

现在最关键、最让他感到头痛的事到底出现在哪个环节，是刘兵讲的那件事，还是刘大雄讲的那件事，秀秀找曾凡回去又是为什么？

他苦思冥想，大脑一片空白，最后想到打电话要曾凡来一趟办公室，同时又拨打了鞋厂的电话。从电话中他了解到，他们的刘会计——秀秀这两天没去上班，也没请假，不知道干什么去了。春风这才感到问题的严重性：按照公司规定，无故旷工是要被开除的。秀秀是个很要面子的人，以前上班从不迟到早退，这两天到底是怎么了？

曾凡汗流浃背、上气不接下气地跑进办公室，春风正要问他，他便老老实实一五一十把这两天的事情复述了一遍。对于他跟姐姐见面说的话死死咬住不讲，也没向秀秀透露任何事情，哪怕一丁点都没透露。看到春风目光死死地瞪着自己，他才说："姐夫，你别听人家胡说八道，我姐什么都好，只是听到一些风言风语，被我和娘骂了一顿。"见春风没说什么，他才慢慢地退出办公室。

　　曾凡离开办公室，春风并没有感到什么，他明白曾凡是在说假话，从他的话里，春风已经证实秀秀知道自己与春梅来往密切的事了。此刻，他心里涌动着一股难以言状的悲凉和不安。"她怎么会知道，难道是有人暗中挑事，还是她前天早上真的看到了什么？"他自言自语地在办公室踱来踱去。这件事对他绝不是皮毛小事，如果真的被秀秀发现了，自己又该怎么办？秀秀无论从哪个方面说，都不能不说是一个好女人。虽然他与秀秀没有举行婚礼，但已经拿证了，秀秀是自己合法的妻子。说心里话，她对自己也特别好，如果没有她对自己爱的付出，自己是不会有今天的。这两年他与春梅走得近，都是因为工作关系，即使自己对春梅有念想，但也不敢迈出那一步。可是前天早上不该约春梅来办公室，这才让秀秀产生了误会，现在没有别的办法，只有在她面前坦诚相告，希望能够得到她的原谅。

　　他来到电话机旁边，电话告诉值班经理，原定由他陪同宴请衡阳来的客人，请转告刘大雄由他跟分管接待处的副总陪同。讲完后立即丢下话筒，感觉全身轻松了许多。他抬手看看手表，已经到吃晚饭的时候了。

　　这一切安排妥当，舒了一口气，才步履沉稳地出了办公室，坐进小车，对司机小刘说："回家吧！"

　　春风从农村刚进县城时租的一套出租房，没过三年就在城郊建了一栋带院子的五层楼，但设计都是按四合院安排的。院子很大，院子里搭了一架葡萄棚，那密密麻麻层层叠叠肥大的绿叶引起了墙外过路人的羡慕。每天早晨黑桃蹲在葡萄棚的木柱边，侧头望着那边一丛月季花上的一只淡红色的蜻蜓。罗汉松像那些走江湖变把戏的班子里常有的畸形儿：身子既短且粗，几乎看不见腿，可是两条臂膀长得很长，一边碰到院子的石台阶。这台阶共有五级，三尺来高的一对龙柏分立在左右。葡萄棚就是从这石台阶直跨到大门口。一楼空着没人住，一年前，为了便于工作，秀秀就把她母亲和妹妹接到了县城，但母亲没和她住在一起，秀秀出钱帮她租了一套房。二楼是秀秀住。三楼就是春风住着，得意离开时是净身出户，走时什么都没带。

这栋又宽又大的五层别墅就住着这么几个人，春风、秀秀、秀娟和黑桃。黑桃是他从广东买来的一只猫，这只猫长得煞是惹人喜爱，耳朵和脊背是浅浅的黑色，从鼻头开始，再由下颌没向肚腹，及至四只腿爪，却是纯净的白色；自然舒展的眉毛与胡须，也是雪色的，最有趣的是那根晃来晃去的尾巴，乌溜溜的一根，只有尾巴尖儿是一撮白色，很像一支尚未着墨的毛笔，高高地、韵味十足地摇来摇去。这猫很听话，讨主人欢心，只要主人有空跟它玩，它就会低声"喵喵"围在主人身边撒娇，或者按照主人的指令，追逐一只老鼠、一颗石子，或者作出凶恶狠毒的样子。主人见它可爱，也把它当作家庭成员看待。

秀娟放假就往家里赶，刚到大门口，抬头望望这栋五层的大房子，既高兴又担心，高兴的是春风真有本事，担心的是姐姐跟他办了手续也不住到一起。这么想着推开了院门，黑桃看到她就摇着尾巴走了过来，进了庭院，一串串葡萄长长的，绿绿的，晶莹剔透，真像是用水晶和玉石雕刻出来的，好看极了。可秀娟此刻哪有心思观赏，看到整栋房屋冷冷清清，她感到有些害怕，要不是黑桃摇着尾巴跟在后面，她还不如回到学校。

进了屋，她丢下书包心事重重地坐在木凳上。

过几天就要高考了，她觉得自己成绩不是那么理想，就想复读，可她知道家里的情况，父亲死得早，母亲没工作，姐姐和哥哥都是在春风公司上班拿工资，哪还能拿出多少钱让自己复读啊？但她没有灰心，想到春风是大老板，在平阳县目前可以说是数一数二的企业家，何况跟自己的姐姐扯了结婚证，就算闹点意见，也很正常，自己去找春风，难道他会不同意？今天几个同学在一起议论上大学时，个个谈到上大学才是年轻人唯一的出路。

"娟娟呀，你想要考所好学校，我劝你还是复读吧。"

"是啊，我也要复读，明年争取考所好学校。"

"我说未必吧，只要大学的专业好，也是一条好路子啊！"

"有这个机会不复读干嘛，娟娟，你千万不要信她的，还是复读，你姐夫是有钱的老板，难道他会不支持你吗？"

秀娟想起同学们的一番话，心里觉得有道理，于是决定复读，可复读也有许多的困难。比如，学校只收两个复读班，而复读班名单早一个月就定下来了，现在说去复读，学校是不是会收还得打个问号。如果复读生早超过名额，那肯定要找关系才能进去。那天一谈到这件事，母亲就说："娟，你别复读了，我是没能力送你复读的。"姐姐说："你不是向来成绩很好嘛，复什么读？"哥哥努努嘴说："别复读了，我们家让你一个人高中读完了，还复。"这种情况，自己还能向家里求援吗？

木叉婆告诉曾凡要秀娟在家随便吃点，她到外面有事，可能要晚上才能回家。

真是烦人，你们不来，我不找你们，我要找的是春风哥，可他人呢，会回家吗？……

吱呀一声，院子里传来黑桃喵喵的叫声，秀娟从木凳上站起来，跑出门去。

春风拎着包站在院子里。

"姐夫！"

"你一人在家，看到我爸回来没有？"春风边问边打量着院子，感觉告诉他父亲没有回来。父亲昨天从老家上来县城，今天一早就被人接去喝酒了。他没回屋，正好让春风有时间与秀秀谈一谈，要是被父亲知道，麻烦就大了。这么一想，他又问："你姐在家吗？"

"我也是刚进屋，没上二楼，她不是病了吗，可能在睡觉哩。"秀娟不敢对春风发火。

春风把皮包放在一楼窗前就往二楼走去。

"姐夫！"秀娟有些面红耳赤，"我想找你有点事。"

"娟，你有什么事，不是马上要高考了吗？"春风笑望着秀娟。他不能问她姐姐是什么病，问了会自找麻烦，这种事还得支开她。他今晚

42

必须要找秀秀好好谈谈。就目前的情况看，不谈好看来对自己影响不好，所以情愿被秀秀骂一通，自己也得忍着，虽然这是个误会，但必须让秀秀消除这个误会。

"姐夫，我想复读一年。"秀娟说，"姐夫你可要帮我。"

"我能帮你什么？"

"你当然能帮，而且……而且……这事非你帮忙不可。"秀娟跟在春风后面，把要复读插班和要用钱的事说了一通。春风笑了笑，为了让她早点离开，就说："钱没问题，复读还要找什么人啊？"

"当然得找校长，因为开始我不打算复读，现在复读班可能名额满了，所以必须得找校长。"秀娟跟春风一边说一边上楼。

"好吧，我帮你去找行吗？"春风耐着性子把话说完，并摆了摆手，示意秀娟下一楼，"我已经答应你了，还有什么事吗，你就准备复读就可以了。不过有些事情你可要帮姐夫说话啊！"

秀娟扬起眉毛想了一下，说："那当然。"说完，水泥楼板上响起噔噔蹬的脚步声。

随后一楼就响起了秀娟那优美的歌声。

春风上到二楼，来到秀秀住的房间，房门虚掩着，他站在门口，想听听里面有什么声音。可站了一会儿，什么声音也没有。他伸手叩了下门，见里面还是没有动静，就叫："秀秀，秀秀，你在里面吗？"

屋里依然没有动静，春风正要推门进去，突然"啪"的一声脆响，好像是一只玻璃杯子落到了地上。他听到响声没多考虑，立即喊道："秀！我是春风啊，我知道你在房里，你不说话，我进来了啊。"

依然没有回答，屋里也没动静，春风感到有些奇怪，镇定了一下，才小心翼翼不慌不忙地走进屋里。刚到卧室门口，突然哗啦啦的响声传了过来，春风瞪大眼睛，随响声望去，一个药瓶溜到了他的脚前，春风急忙抓起药瓶，一看愣了，原来是个安眠药瓶子。说时迟那时快，春风快速奔到卧室，一见秀秀昏倒在床上，立即拨打120，很快就送到了人民医院。

洗过胃，秀秀终于醒了。醒来时，她哭着闹着，闹了好一阵，感觉精疲力竭，慢慢地眯着眼睛，但她没有睡去，而是心事重重。原来她昨天早上找过曾凡后，加上春风的父亲也进城来了，想当着他父亲和自己母亲的面把事情讲清楚。可是一想，她跟春风只扯了结婚证，并没有举行婚礼，在当地，如果不举行婚礼就不算结婚，再加上打了结婚证也没上床。这样一想，秀秀的心稍许安定了一些，可是在老家、在县城只要认识春风的人，谁不知道她秀秀是春风的老婆。想到这个问题，秀秀感到脑壳大了，事情的严重性，不是有没有发生关系的问题，而是活着有没有尊严，如果这样，干脆死了百了，才到医院托熟人买了一瓶安眠药。现在既然又活过来了，那么也不能给春风好脸色看，必须把问题搞清楚。

　　"你还有脸来见我，你给我滚，我不想见到你。"秀秀从床上爬起来，就往医院门口奔。春风没有办法，看到秀秀出了医院，马上交了药费也往家里赶。

　　回到家里，秀秀已经浑身无力倒在床上，眼睛一闭上，就觉得身下这张床像一条千疮百孔的破船，正顺着滔滔洪水，颠簸而下。看到春风站在床前，秀秀越发感到屈辱和伤心，她想爬起来，一口咬死他。但是她没有一点力气，身体只剩下一个空壳，泪水像山洪暴发滚落而下。

　　春风站在那里原地不动，他看到床上的秀秀泪如泉涌，想马上给她解释，但又打住了。他知道这个时候讲什么她都不会听，不如等她冷静下来，然后再作解释。就在他这么想的时候，秀秀从床上一跃而起，像疯了一样，抓起东西就摔，一脚把床头上的镜子踢了出去，发出哗啦啦的响声，满地的碎玻璃片像一层薄薄的雪，覆盖在这广漠的荒原上，闪亮着寒冷的银光……

　　随着镜子的破碎，秀秀的心也仿佛破碎了："你……你……你真不要脸，我被你害苦了，我不想看到你，你给我滚……"可是她说出最后一句话时，心里又有些心痛，毕竟这栋别墅是他的，要他滚没有理由，但她管不了那么多，嘴里依然不依不饶，那骂声是悲凉的、愤怒的还带着哭声。

春风没想到秀秀会变得如此疯狂。在他眼里秀秀以前不是这样的，现在看来没有别的办法，一切都只能等到她平静下来以后再解释了。

秀娟看到姐姐从医院回来，心里难过死了，对她来说，姐夫姐姐他哪方面都不好得罪，只能呆呆地坐在屋里。看到春风从二楼下来，她急忙出来问道："姐夫，我姐好点了吗？"

春风站在一楼门口，他没回答秀娟的话，此时，心里已经乱得不行，他从口袋里掏出一支烟，点燃吸了一口，把烟雾吐出来，口里感到涩涩的、苦苦的。

秀娟见他不吱声，白了他一眼："姐夫，我姐到底怎么样了？"这时，黑桃跑过来，摇着尾巴在他们中间撒起娇来。

春风心里烦，踢了黑桃一脚："给我滚开。"黑桃飞了起来，落地后，它并没有叫，还是抬头望着春风。其实春风也舍不得踢它，它可是家里的宝贝啊。他抓住黑桃，抱在身上，用手抚摸着，然后慢慢把它放下。

春风透过葡萄架望去，突然听到门口传来嗒嗒的走路声，他立刻向门口走去，看到父亲一崴一崴地站在门口。

父亲叫刘冬生，已经八十六岁了，是个老红军，他曾参加过长征，后来又参加抗美援朝。本来他可以留在省城军队干休所安度晚年，可他不干，非要回老家，部队见他回家心切且意志坚定，同意了他的请求。退伍后，回到了生他养他阔别十九个年头的家乡——古楼乡龙下村。

在平阳的革命史上，刘冬生可以说是个非常了不起的人物。十五岁被国民党抓壮丁，当兵没两年，他看到国民党的部队乱七八糟，没有一点纪律性，经常抢老百姓的东西，加上蒋介石攘外必先安内的政策，中国人打中国人，让他产生逃离的想法。在一次战斗中，他趁战火纷飞时，偷偷摸摸逃跑了，后来参加了八路军。经过多次战火的洗礼，刘冬生终于成了一名优秀的八路军战士。新中国成立后，没过两年，朝鲜战争爆发，他又主动请缨参加抗美援朝。在一次战斗中，他英勇顽强，带领部队先遣队摸到一个山头，顺利地把红旗插上了顶峰；然而，就在插旗子的那一瞬间，他却中弹倒在了红旗下。经过抢救，人是得救了，却一直昏迷不醒。他回到祖国，在北京的大医院治疗了半年，人是醒来了，一条腿却废了，只能靠拄着拐杖走路。回到家乡后，他讨了老婆，老婆长得也漂亮，生下两个男孩，由于当时医疗条件受限，老婆生下第二个孩子后大出血，当天晚上就死了。那段时间，刘冬生老是一副悲戚戚的样子。直到看到两个儿子长得生龙活虎，他才感觉自己全身上下每个细胞都被激活了，身体里就像注入了一股新的能量。后来，孩子们都长大了，正好赶上党的十一届三中全会胜利召开。那天下午，正是夕阳西下时，落日余晖照在窗户玻璃上，金光闪闪十分炫目，他就把两个儿子叫到身边，语重心长地说："儿子，爸有话跟你们说，现在政策好了，改革开放，你们兄弟俩都二十几了，可以成家立业了，可以到外面去闯一闯；不要老是看到那几分田，要出去闯才能干出大事，我呢没什么本钱，有点钱也是我在部队转业后作为残废军人发的补贴，现在你们要去创业，我只能给你们两兄弟每人五万元，作为本钱，希望你们好好干！"

春风创办的"平阳房地产开发有限责任公司"让他刮目相看。他几年没来过县城了，如今的县城变化真大，这两天到县城转了几圈，听到的、看到的，让他大开眼界。县城再也找不到原先的样子，到处是高楼，只有几条老街还能依稀可见以前的模样，比如十字街、七里街这几条古街保持得很好。整个县城比起那些不发达地区的县城那可要好出许多了。站在宝山岭上，面对一座座林立的工厂大楼，刘冬生说不出的感叹。不说别人，就说自己儿子春风的公司，不但有鞋厂、公司接待处，还有新开发的几个小区等等，这些都是来之不易的成就；现在看到这栋五层楼的大别墅，顷刻间变作了骄傲和自豪的资本：为儿子，也为自己——自己当年在部队英勇奋战想要获得的新生活，终于在儿子手中实现了。

看到儿子春风来迎接自己，刘冬生脸上绽满笑容，而且笑得十分灿烂。这两天，他走访了几个老战友，他们都谈到自己的两个儿子很有出息，原本县教育局领导安排他去县三中和一中给学生讲一讲长征和抗美援朝的故事，因见儿心切，也把它推了，以后有时间再补上。

看到父亲一崴一崴地走进院子，脸上布满笑容，春风心想：看来父亲还不知道自己跟秀秀发生的事，要是知道了，他不但会生气，而且会暴跳如雷。

"爸，你进城也不告诉我一声。"春风一脸的笑意。

"你那么忙，我上来就到几个老战友那儿转了一圈。"说完就坐在院子中间的石凳上。

"这两天是有些忙，不过忙归忙，爸上城来了，我再忙也得陪您呀。"春风的话语中带有几分客气。

"给我端一杯开水来吧，我有些累，就在这儿坐一坐。"

刘冬生的脚虽然有些崴，但身子却好，在残废之前，他高身材、长脸，有些威严，但他因眼睛小，一笑便眯成了一条缝，于是人们只看见他的高大身躯而觉不出什么特别可敬畏的地方来。现在老了，他倒变得好看一些，黄暗的脸，雪白的须眉，眼角腮旁全皱出永远含笑的纹路：小眼深深地藏在笑纹与白眉中，看上去总是笑眯眯的，要不是残废，他身体会更健康更硬朗，当然还给人们留下那不平凡经历所赋予的内在精气神。

秀娟给刘冬生端来了一杯开水，水很烫，热气腾腾。

刘冬生满脸笑容接过秀娟送来的开水："今天这么早下课了，不是马上要高考，成绩怎么样？"

秀娟是秀秀的妹妹，也是春风的姨妹子，自从建了这栋别墅后，秀秀一家就搬了过来，除了秀娟读书外，他们都在春风公司上班。当时为春风取名字时，就是根据他的性格取的，春风，春天的春，即盼望着、盼望着，春天的脚步近了，意思是说他有春风的快捷、暖和，这与他的性格相符。小儿子得意，生下来就喜欢笑，干什么事情都能满意，也是按照他的性格才取名的。而现在，看到儿子们都能闯出一片天地，自己反倒有些"春风得意"了。现在站在他面前的这个少女，虽然不是自己所生，但他看重年轻人能好好学习，将来可以报效祖国，他也特别高兴。

"茶就放在这里，你有事就去忙吧。"他呷了一口开水，望着秀娟。

秀娟亲热地说："亲家爷，我没事，这么久没看见你了，你的身体还是那么硬朗，我好高兴。"说完，停顿了一下，等刘冬生放下茶杯，她又接着说，"亲家爷，你今年八十几，耳朵还听得见吗？"刘冬生微笑着点了点头。秀娟继续说，"你听得见，我就把我的一些想法和愿望告诉你。马上就要高考了，我的分数可能不理想，不是我不专心听课，而是现在的作业太多、太难，上课时间少。当然说来说去，还是怪我自己，我想复读，可我妈不让我复读，连我姐也不让，我哥就更不用说了。我也想考所好大学，毕业后，将来能找份好工作。可他们就是不听我的。刚才回来，我把我的想法告诉姐夫了，姐夫同意我复读，但我总得要我妈点头啊！亲家爷，您是老红军老革命，您帮我在我妈面前讲句话，您讲话的分量要超过我们全家人。"

刘冬生听后笑了笑："啊，是这么回事，你能这么想，就得认认真真读书，这事你妈真不同意？"

"我妈就是死脑筋，转不过弯来，一根筋咬到死了，我正为这事发愁呢？"

"想法不错！"

"那您愿意帮我说啰？"

"不要急，这是件好事，你妈妈会答应的。"

"要让我妈同意很难啊！"

"你姐夫不是答应了吗，复读需要很多钱，你妈当然不会同意，可你姐夫有钱啊。你姐夫同意让你复读，难道你妈还不让你复读吗？"

秀娟听得笑了起来，见亲家爷讲到点子上，越发来了兴致。

"我妈要有亲家爷这么爽快，这么明理就好了。可我讲了好多次，她就是不答应，虽然我姐夫同意让我复读，但毕竟是我姐夫出钱，加上我姐姐也不同意，这事就让我为难了，没办法，所以才求亲家爷帮我讲。"

"你妈为什么不让你复读，是什么原因，让我想一想，有事你去忙，想好了我告诉你。"

秀娟的笑容忽地消失了，转身去了房里。刘冬生顺手拿起拐杖站起来，他感到坐久了，不但屁股难受，就连全身也感到无力，想起刚才秀娟的话，心里有一种说不清的味道，为什么她妈妈不让她复读，这里面是不是有什么原因？

"爸，进屋来，家里没人弄饭菜，等会到外面叫几个菜过来。"春风一边说一边朝二楼张望了一下。不知秀秀起床没有。

刘冬生一崴一崴地在上楼，他没上三楼，到二楼就止步了，看到秀娟拿着碎玻璃片出来，问道："这是干什么，你姐还没回来？"

"她没去上班，身体不舒服，早睡了。"春风来到二楼门口抢先回答。

"得意怎么还没回来？"刘冬生站着没动，他不知道是进二楼房间还是去三楼，前几次都是进了二楼，他没有多想，还是一崴一崴地进了二楼秀秀的屋里。坐下后，刘冬生就问："得意好久没回来，听说你们兄弟在闹别扭，有这回事吗？"

春风只顾着给刘冬生倒茶、递烟："他呀，要我怎么说呢？"

刘冬生这次来县城就是为他两个儿子闹矛盾才上来的。春风知道父亲来的意图，他不想说什么，得意现在跟自己分道扬镳，自己还能说什么，那只有骑驴看唱本——走着瞧。

"两兄弟干得好好的，怎会闹得这么僵？你是当大哥的，有些事就不能让着他吗？得意是你的亲弟弟，不是别人，不要让外人看笑话。"刘冬生说到这里，呷了一口茶，瞪着春风，"春风啊，这次我来县城没别的事，主要是你跟得意的事，坐下来好好聊聊，你是老大，可要拿出高姿态啊。"

"爸，我这边好说，主要是得意误会我了。"春风不得不答应着，老爸的话，他不能不听。老爸来县城，他就猜到了。

"有什么误会的，自家兄弟。"刘冬生似乎觉察到了什么，目视秀娟道，"秀娟，刚才的话，你听到了吗？"

秀娟笑着说："亲家爷，他们兄弟俩的事，我没有发言权。要我说，还是要把得意哥找来，这件事就能说清，有什么误会，就不能消除吗？"

春风望着秀娟，生怕她乱说话。秀娟被春风望得不好意思，转身走了几步。

饭菜还没送过来，刘冬生感到一点也不饿，心里想的是如何化解他们兄弟之间的误会。看到春风站起来，刘冬生说："春风，那年你写信说你花嫂出事了，出的什么事，到底出的什么事？"

春风听到这话，顿时心里有点局促，仿佛闯了禁地一般。"亲家爷，你说的那个花嫂，是不是那个当干部的花奶奶？"秀娟在一旁搭上腔。

"你懂什么，快去门口看看送饭菜的人来了没有？你不是要去找景红吗？"春风有点恼火。

秀娟没回答他，知道自己不该乱插话，看了春风一眼，转身走了。

春风很想尽快结束与父亲的对话，想到父亲突然问起花嫂的事，让他感到很不安，就说："也不算什么大事，反正不能出门了。"

"你花嫂到底怎么了？"

"我也很久没见到她了。"春风爱理不理，似乎很不耐烦的样子。

"你信中说她出事了，我以为她死了，就没在意，加上去她家总碰不到人，这件事一直让我不安，她究竟在哪里？"

"爸，你刚进城，你不累啊，休息几天再说吧。"春风劝说道。

刘冬生并不领情："你懂什么，我想马上见到她……"

门口传来叫喊声，黑桃蹦蹦跳跳奔了过去。一个中年人站在院子里望着挂满了的葡萄，伸手摸了摸。春风立即下来迎接，两人不知说了什么，随后向刘冬生摆了摆手，便要出门。

刘冬生一崴一崴地下楼，嘴里说道："春风别走，你带我去。"

春风见父亲跟过来，说："爸，你别急，急也没用，你自己都成这样了，改日我抽个空带你去，好吗？"

院子里的大门"吱呀"一声关上了。刘冬生站在那里，叹息着，过了一会儿，才一崴一崴地往三楼走去。

院子里像一塘死水，看不到一点生气。

待刘冬生拄着拐杖上了三楼，秀秀才出了门。她吸了一口气，看到葡萄架上的黑桃跳来跳去，秀秀想笑又想哭。是啊，半年前她在这个家里有说有笑，如今却变成了陌生人。

五

他们曾经一起长大，成为恋人；兄弟联手干事业，立足平阳县城，过着让人羡慕的生活。

生活是美好的。两个年轻人为了一个共同的目标，为了一个共同的誓言，春风拿着父亲给的五万元来到县城打拼，他把父亲给的五万元存入银行，不舍得用。他白天找事做，晚上在饭馆里替人洗碗刷盘。一天上午，正好碰上本乡一个熟人。那人姓郑，名叫逢开，与春风村田土相连，逢开问他来县城干什么，春风告诉他到县城找份事做做。两人越说越来劲。逢开二话不说便拖起春风到饭店，很快把菜点好，不到二十分钟，菜就端上了桌。二人两杯酒下肚后，逢开问春风，下井挖矿愿不愿意。春风没多想一口答应。第二天来到矿上，下午就下井了。春风以前在井下挖过煤，井下工作轻车熟路，所以工作起来十分上手。井下负责人见春风这么能干，就给副矿长汇报，要求把春风从临时工转为合同工，副矿长同意了。当井下负责人告诉春风时，春风只是笑笑，他下井并不是为转合同工，而是想多挣几个钱为讨好秀秀。那天要离开家里上县城，秀秀对春风说："只要能在县城立足，我就嫁给你。"这句话让春风一直记在心上。为了这句话，他信心十足，在井下扎扎实实干了两个月。副矿长高兴地找他谈话，要把他从临时工转为合同工。

消息很快传到了乡里，也很快传到了秀秀的耳里。那几天秀秀高兴得没睡个好觉，想着自己心爱的人这么快就能混到今天这个样，心里美滋滋的。让人意想不到的是，当春风正要转为合同工时，他却不干了。

他告诉副矿长，他的心不在矿上，他另有打算。没过几天，春风领出几个月的工钱，在城里买了两身新衣服，也给秀秀买了一套。在离开县城的那个晚上，春风穿着新买的衣服，容光焕发，好不气派，真应了那句老话：人靠衣装马靠鞍。

第二天，春风拎着一袋东西坐车回到了古楼圩，在圩上的酒店里，他买了一瓶白酒，灌进了肚里，在路上边走边唱，路人看到他以为是个酒癫子，也不理会他。他晕晕乎乎回到家，进门一头栽在床上，整整睡了一天。春风还想睡，门口就有了脚步声。春风以为是秀秀来看他了，立即从床上爬起来，推开门一看，站在门口的是老支书欧阳花嫂。她是五十年代的老党员，从"文革"起就一直担任村支部书记，是个老模范。由于年龄和身体的缘故，她几次提出要找个年轻人接替自己。因为早年欧阳花嫂与刘冬生有过一段非同寻常的经历，春风自小在她心里就是儿子一样。但让春风担任支部书记她并不放心，她觉得春风胆子太大，心气高，不够稳重，加之村里最大的刘姓家族想抬出自己的人。当有人劝她到乡政府反映春风的情况，欧阳花嫂一直没有去，直到乡党委书记亲自来做春风的工作时，她才松口。然而事情并非如欧阳花嫂那么想的。

乡党委书记边走边做工作："春风，我想问你，宝山铜矿那么好的单位你不干，那是为什么？是不是有什么更好的打算？今天我跟欧阳支书来找你，你应该明白我们来的意思吧。"

"我不明白，我倒是有点受宠若惊，有什么事就在这里说，叫我去村部干什么？"春风边说边走，快到村委会办公室时，春风立住了脚，他疑惑地看着乡党委书记和欧阳花嫂。

欧阳花嫂见春风站着不走，她给乡党委书记使了个眼色，才开门见山地说："春风啊，花嫂不会说话，不像你有文化，能说会道。今天我跟乡党委书记来找你，就是以前我跟你讲过的，要你出任村党支部书记，你看怎么样？"

春风心里当然明白，只是不想说出来而已。现在乡党委书记出面了，自己总得给他们一个说法。他想了想就说："感谢书记和花嫂的关心与信任，说心里话，我不是当支书的料，我的心不在农村，我要出去闯世界，所以我不想多说，请你们理解。"乡党委书记与欧阳花嫂只好失望地离去。春风来到秀秀的家里，秀秀家里坐着春风的弟弟得意，秀娟在桌上做作业，他们都对春风不愿当支书感到莫名其妙。

秀秀对春风当支书是不支持的。那时他们开始谈情说爱，虽然心里面都默认了，但就是没有捅破那层纸。得意知道哥哥在与秀秀谈恋爱，看到春风在秀秀家经常出入。

一天，秀秀正在看一张报纸，突然发现一个招工广告，她正想用剪刀把广告剪下来。这时刚好春风进了屋，秀秀拿着报纸兴奋地走到春风面前。春风见了，问道："你拿着报纸干什么？"

"你看看就知道了。"

"一张旧报纸有什么好看的。"说着，春风就把报纸丢在一边。

秀秀见他把报纸丢了，没好气地说："你真是的，看都不看一眼就丢掉，算什么事？"

春风笑了笑："一张旧报纸，你要我看什么？得意不是在你这儿吗，我想要他到县城找事干，不能天天待在家，他到哪儿去了。"

秀秀抓起丢在一边的报纸，不满地说："你看，这张报纸上有一份招工广告，你不是想带你弟弟去县城闯世界吗？"

春风接过报纸，看了招工广告，脸上现出微笑，正好得意闯进来。春风把报纸递给得意说："得意，明天我们就去县城，好吗？"

得意早就想去县城了，说道："我就等你这句话了。"

"明天就起程，先到外面做做零工，然后慢慢打算。"春风信心满满地说。

"希望你们早点站稳脚跟。"秀秀说完就忙碌起来，忙着忙着，大眼睛突然瞪着春风："你们去县城闯，我十分支持，如果不出去闯，整天待在农村无所事事，一辈子都会没出息。你们两兄弟那么聪明，肯定能在县城闯出一片天地，等你们站住脚跟了，就把我们全家接过去，我帮你们看家。"

秀秀的一番话，让春风心里激起了千层热浪。他明白自己应该做什么，一种刻骨铭心的感觉瞬间涌上心头……

转天春风兄弟俩来到县城，租了房，然后四处打听县城的工作。经过几天几夜反复思考、谋划，春风和得意决定先从承包小工程入手。几个月下来，他们承包一个建筑队的小项目完工，大把的票子进到了春风的腰包。不多久，春风就把这些赚来的钱加上父亲给他们兄弟的十万元在县城办起了一家砖厂。

"现在砖厂就可以生产了，可是销售这条路，还没走通。"一次吃饭时，春风对得意说道。

"销售的事好办，可以去找建筑老板。"得意信心十足地说。

"话是这么说，求人不如求己，现在的关键是砖要好，要抓好质量。"秀秀担心地说。

"保证质量是肯定的，得意，你要主抓质量，有了质量不怕没人要。你没见县城到处贴的标语：'改革开放，搞活经济。'其实那是宣传口号，我们要抓实际的。至于销售的事，我来负责。"

"那要看哥的能耐了。"

春风看到沙坪上到处码好了刚出窑的砖，突然手一拍，对得意说："好家伙，过两天我们兄弟俩去找建筑老板找销路。"

安排好砖厂的事后，第二天兄弟俩骑着刚买的新摩托，在县城转了一圈，没有一点收获。平阳县城是一座古老的城市，是丘陵地带，树木不多，倒是居民小建小造敲敲打打的建房满城皆是，大小房屋一栋接一栋。兄弟俩把眼睛朝四下里一瞭，便觉得信心满满。但是，县城还有大大小小的砖厂，有的还是国有企业，一般的工地用砖早就订购了。对于他们来自农村的农民，许多建筑商正眼也不瞧一下。第一次来到县第一建筑公司，经理不在，守门的大伯告诉他们，今天是礼拜日，星期一再来。到了星期一，兄弟俩登门拜访。经理是个女的。他们兄弟俩一进门见女经理叼着烟，爱理不理他们。还好春风早有准备，身上带了烟，他把烟递过去，女经理不接，还说你们的砖我们公司不能进，我们是国有企业，由国营砖厂供应，你们走吧。第二次，第三次，除重复第一次的经历外，还招惹了一大堆冷嘲热讽。那时，"开放搞活"还是报纸广播上的新名词，建筑公司却还是一潭死水。这可苦了兄弟俩，他们骑着摩托车高兴而来，扫兴而去。每天顶着太阳，冒着风雨，穿梭在县城大街小巷。渴了趴在水龙头下喝几口水，饿了就带着秀秀给他们准备好的烧饼，吃完了就饿着肚子到天黑。

下午上班时间到了，春风与得意早早又赶到建筑公司门口，看到来公司上班的员工，三三两两来到门口，春风心里头乱糟糟的，得意却不同，他脑袋瓜一转，从摩托车上取出几块刚出窑的红砖放在门口，大声吆喝起来："平阳第一砖，大家细细看。谁要买到它，建房保平安。"这一吆喝，就引来许多人围观。

一个干部模样的人拿着砖，在手上掂了掂，瞧了又瞧说："这砖质量还可以啊！"

"当然可以，这是我砖厂的俏货，老板，你要买了，包你满意，只是销路难找。"得意笑着说。

"只要质量好，不会没销路。"干部边说边拿着砖敲了敲。

"质量没得说，我跟我哥好不容易在县城办了家砖厂，这几天跑遍了全县，发现你公司需求量最大，可是你们公司有的干部不识货啊！"得意望了望汗流浃背的哥哥，笑了笑。

"不可能吧！"干部带着几分惊讶地打量了春风一下，问，"你们的砖厂在哪儿？"

"就在车站旁边，质量我可以百分之百保证，买得多还能够优惠。"春风这时心里已经明白了几分，笑着说道。

干部思忖片刻，见门口站着十几个职工拿着砖议论纷纷，说："这砖质量不错，你们砖厂有多少砖？"

"有一百多万块，如果你们公司全要，我可以给你九分一块的砖。"

"七分，我全要了。"干部当即对站在前面的那个人招了招手，吩咐把春风两兄弟请进了公司办公室。

合同很快就签下了：兄弟红砖厂每月做的砖，由县第一建筑公司全部购进，定价七分一块，货款按每月销售量的百分之八十计算，剩下的年终一次性结清。

这份合同，让春风砖厂每年大赚了一笔。通过多方努力，春风很快又成立了一家"平阳房地产开发有限责任公司"，由得意任常务副总经理，并且以超乎想象的速度在发展。

谁知世事难料，好日子没过三年。一次春风正同几个职工喝酒，红砖厂的销售科长刘大雄前来报告，说前天送去的红砖质量有问题。春风听了，丢下碗筷，站了起来："不可能吧！"

根据刘大雄的汇报，春风立即来到砖厂查看，并派车装上砖，准备去县第一建筑公司说明情况。就在这个时候，从建筑公司传来消息，该公司一把手刚刚换人了，如果不及时处理，就会终止合同。春风为挽回局面，想了许多办法，没想到，建筑公司新任的经理不买账。

"砖的质量没问题啊，我看是这个新上任的领导故意在给我们出难题。"刘大雄气愤地说。

"我看就是这样，明明质量没有问题，他偏说有问题，这件事要尽快得到解决，否则后果不堪设想。"

"没错，是要尽快解决！"

"我认为新上任的领导，可能是眼红，想压价哩……"

这时正在喝酒的几个人与新上任的平阳房地产开发有限责任公司副总经理得意，也在愤愤地议论着。

"我看是故意整我们的。"春风突然把酒杯一放，议论声很快停了下来，"妈的，欺到我头上来了，如果我们不保护砖厂的合法权益，那么合同肯定会终止。他有他的上策，我有我的对策，我早就留了一手，律师早就请好了，那就走着瞧吧。"春风端起酒壶自个儿倒满，一口吞了下去，对刘大雄说，"你去建筑公司告诉那个新上任的领导，他想怎么做，我会奉陪到底，不解决就上法庭。"

几个人见春风说得有把握，一齐叫好。得意作为刚升任的常务副总经理，正想表现自己，对县第一建筑公司背信弃义的行为进行回击，自然举双手赞成。

刘大雄听得脑子一片空白，因为他怕酿出不可预料的事端。

秀秀也听得怒火中烧、义愤填膺，但她望着被酒水烧透的恋人和得意，劝说道："我看今天都喝多了酒，大家都冷静冷静，明天再去找他们……"

"说得轻巧。"春风决心已定，对刘大雄说，"立即去找人，砖也拖过去，看他怎么说，是质量问题还是有意卡我们。"

砖拖到了县第一建筑公司门口，把公司几位副总堵在了门口。春风为了打嘴皮官司特意喝了点小酒，与建筑公司几位副总几个小时的磨嘴，还是没有效果。秀秀虽然没有陪春风去建筑公司，但她一夜是梦，她梦见春风站在法庭上吓得说不出话来，得意哭哭啼啼求法官不要判哥哥春风的刑，秀娟考不上大学回乡务农……醒来后，她大汗淋漓。

经过两天的酝酿考虑，得意和刘大雄终于与律师一起商量，做好了打官司的一切准备。

到了第四天上午，眼看就快开庭了，春风突然提出，他要亲自去建筑公司会一会那位新上任的领导。

刚入夏，春天悄悄走了，夏天披着一身的绿叶在暖风儿里跳动着……向阳路边高树上的叶子在阳光底下一晃一晃地泛着一层绿光。七里街上的蓝天挂着一层似雾非雾的白气，这绿光和白气叫人觉得心里非常痛快。春风砖厂虽离县第一建筑公司不到五华里，但步行需要半个小时，砖厂一行人个个心里顶着千斤压力，想快也快不起来，路上没有一个人说话，都闷闷不乐跟在春风后面。快到县一建公司门口时，春风突然停下脚步，他左看右看，随行的几个人不知道他在看什么。他说肚子饿了，喝点小酒才有精神与人打嘴仗。于是，就在路旁一间饭馆点了几个菜，简单地吃了一顿饭。饭后，个个有了精气神，步行也快了，直奔到县一建公司门口，才缓了下来。

好像是特意为了迎接他们的到来，县一建公司那个宽大的办公室坐着十几个人——他们是县企业局的领导和镇政府的工作人员，脸面清一色是严峻的，十几个人在一个不快不慢的电风扇下乘着凉，你看看我，我看看你，那样子仿佛有什么话要说。

"你们来得好，不如来得巧，刚好有事要跟你们说。"新上任的领导满脸堆笑地迎了过来。他对春风笑了一下，然后开始介绍在座的每一位，介绍完毕，坐回原来那个位置。

与春风进来的几个人依然站在那里。没有人让座，也没有人倒水，甚至没有一句招呼。两担整整齐齐的红砖挑了进来，摆放在春风面前的空地上。

这红砖的质量还有什么可说！得意和刘大雄把红砖摆弄了一下，顿时办公室像铺了一块长长的砖毯。

春风一直在观察着，只见他们个个脸上堆满笑意，不禁感到疑惑起来，于是问道："你们笑什么，我们生产的红砖质量有问题吗？徐副经理、兰副经理，你们倒是说句话呀！"

"刘总，你们不要急嘛。"坐在新上任领导旁边胖得像头猪的副经理似笑非笑，他从公文包里拿出一份文件，认真看了看，他生怕拿错，然后读了一遍，送到春风面前，"刘总，情况就是这么回事，不是我们要终止合同。"

春风接过文件，他不相信会是这样，顿时感到一种难以言表的震惊！随后放下文件，说："原来是这样，建筑公司体制要改革，那要怎么改？"

没等对方做出任何反应，春风指着得意说："不管怎么改制，房还是要建，砖还是要烧。这位是我老弟，春风红砖厂厂长，平阳房地产开发有限责任公司副总经理刘得意。"说着他向得意使了个眼色，"还不向徐副经理、蓝副经理和各位大叔见个礼！"

得意被搞得晕头转向，勉强起身，腼腆地点了点头。

会议室那台吊扇哗哗啦啦地响个不停，尽管有点风，但还是不能解决身上的热度。随着事情的明朗，春风一行人似乎没话可说，各怀心思。

"那么，刘总接下来还有什么事可说……"胖副经理瞅了瞅旁边的徐副经理，依然保持着警惕状态。

春风长长地叹了口气，仿佛心中郁结了多少委屈，勉强地笑了笑，说，"现在没有什么可说了，我代表公司向县一建公司的各位领导道歉，是我们误会你们了，在这里我要特别感谢你们公司这几年对我春风砖厂的大力支持，在此我表示深深的谢意。不管贵公司怎样改制，县城要开发，离不开你们这些搞建筑的，也离不开我们这些玩泥巴的，所以我们还是要心连心，以后还有机会合作，用句官场的老话，'宰相肚里能撑船'，希望建筑公司徐副经理、兰副经理和各位领导，别跟我们这些乡里人一般见识。谢谢你们！"说完，春风深深地给各位鞠了一躬。

胖副总经理和在场的人都露出笑脸，唯有新上任的总经理正襟危坐，不动声色。

"那么，门外那一车砖，刘总是不是要拖回去，还是打算怎么处理？"

这话一出，办公室像一潭死水凝固了。好话好说，动真格儿的才见虚实。运回去虽然不远，损失还是蛮大，就地处理，价格不压到一定程度，你误会也罢，道歉也罢，九十度鞠躬也罢，全当放屁。

得意和刘大雄冰冷的脸上会意一笑。拖回去就拖回去，虽然损失一车砖没多大问题，但是砖厂那么多砖，这合同一终止，今后的销售怎么办？

恰在这时，建筑公司一个年轻的办公室副主任推门进来说，刚才城关镇党委书记打来电话，问刘总有没有在这里，党委书记要他接电话。

刘春风立即站起来："是我。"春风跨步来到另一间办公室。电话是亲热的，作为老乡的镇党委书记管辖城关镇还是有些分量的，说是刘总的司机去找了书记，书记很是关心家乡能有这样的能人，让他感到骄傲。春风一边接电话，一边看着那个副主任。春风连声称谢，但表示请领导公事公办就可以。

回到前台办公室，春风坐下，副主任也跟了过去，他把刚才电话的内容一字不多一字不少向在座的领导做了汇报。汇报完后，那个新上任的总经理不禁露出了几分不自在，目光在春风脸上逡巡了几个来回。

得意和刘大雄明白了春风的意思，明白了叫小刘去找城关镇书记的意图，这会儿，心里像吃了蜜糖一样，双眼盯着新上任的总经理，心里骂道，狗日的，看你怎么处理！

春风似乎还很茫然，毕竟县建筑公司是由县委政府领导，与城关镇平级，如果这个经理不买账，也是白高兴。他端起茶喝了一口，然后扫视大家一眼，他看到新上任的总经理和胖副总经理脸上没有亮光，心事重重。

"刚才徐副经理讲到外面那车砖是怎么处理？"春风坦然而谦和地朝新上任的总经理点了点头，"你们公司不是在建一栋大楼吗，即使要改制了，但搞建筑还是要砖的，徐副经理，是不是能把这车砖留下来呢？"

"说实话，是要改制，但前面的工程还是需要砖的。"新上任的总经理尴尬的脸上露出了笑容。

"这就对了。"春风爽快地把手一挥，说道，"有总经理这句话，我春风肝脑涂地也值！这样吧，这一车砖，我们按五分一块的价格销售给你们，成本价，你看可以不？"

此时，办公室的空气活跃起来，所有在场的人都把嘴巴张得老大，许久许久，大家才缓过神来。

这是一场戏剧性的演变。当然县建筑公司的领导又商议了一下，针对春风砖厂送来的砖如何处理，很快就达成了一致。散会后，胖副总经理过来告诉春风，这车砖公司还是要，因为前面的工程还在进行，所以还需要大量的红砖。

"这事总算成了，真是不打不相识啊……"

新上任的总经理送春风他们来到门口，拉住春风有说有笑，亲热起来。

两天后的一个下午，春风借了一辆桑塔纳把新上任的总经理和几个副总接到了砖厂。下午的太阳明晃晃，照得人眼花，好在还不算闷热，春风先是带着他们看了砖窑，然后又看了压土制砖工地。看到一排排整整齐齐烧好的红砖，无不感叹，个个都夸赞，好砖，好砖！

转天，春风正在砖厂检查工作，刚坐下，就见县一建公司的总经理和胖副总经理气喘吁吁地来到春风面前。春风不知他们的来意，忙问，

"是什么风把你们给吹来了？"

"我们能来，说明你的砖厂应该是财源广进吧！"总经理表现出少有的爽快和决断，"根据公司目前的形势，看来今年还得购买你们的砖，原先的合同不变，几个工程工地上没砖了，你得尽快运过去。"

半年后，县一建公司终于改制了。春风红砖厂烧好的砖一块不剩的卖完了，单是该公司用砖就达五千多万块，除了成本，砖厂盈利了五十万元。

春风红砖厂这天举办了一个盛大的晚会，刘大雄和村里来砖厂上班的五十多人折服了。连得意也为哥哥表现出来的谋略和气魄所折服。春风回到家里，像订婚那天一样，抱起秀秀亲了一口又一口，然后附在她耳朵上说，他之所以能够有今天的成功，是因为秀秀那天给他那张报纸上的招工内容，同时他也精读了一些关于民营企业家成功的故事。

六

谁能料到，正当春风在县城干得如火如荼的时候，一件让人痛心的事爆发了。

二十世纪八十年代末的一个风雪交加的日子。早晨，春风早早起了床，刷牙洗脸后，正准备出门通知公司几个副总召开一个会议。推开门，白茫茫一片，起初如鹅毛一般漫空飞舞；随后如扯絮团一般，大团大团朝下撒，再被朔风一吹，如沙，如粉，整个世界成了一片白色。

看到这种情况，春风站在门口思索了好一阵，最后决定会议改在晚上召开。

县一建公司购买砖厂的红砖数量可观，砖厂取得了丰厚的收入。事业做得风生水起，但是在事业做大做强的情况下，也遇上了不少麻烦，比如工商、税务、城管等等，隔三岔五来砖厂检查，有的还索拿卡要。春风性格心直口快，不管你什么人，只要你做得不对，他都会直言不讳，让人家下不了台，这样一来二去，也得罪了不少人。

吃过晚饭，春风出了院子，抬头望了望天空，几颗赤裸的星星可怜巴巴地挨着冻，瑟瑟发抖。脚踩在雪地上，发出咔嚓咔嚓的响声。离开院子五百米远，有一辆吉普车停在公路旁边，公路上没有人走动。几颗寒星，加上地面上白雪，路还能看得见。春风左手拎着包，右手拿着点燃的烟，满怀信心地向车旁走去。谁知一到车旁，从车上下来两个穿警服的公安人员，春风以为是在等人，就没理他们，继续往前走。没走几步，那两个穿警服的公安人员冲了过来，春风意识到事情的严重性，立即拔腿就跑。说时迟那时快，就在春风转身时，就被那两个穿警服的公安人员追上来按倒在地，然后就什么也不清楚了。

吉普车在公路上奔驰。春风浑身发抖，睁开眼什么也看不见。他想动，动也动不了，待他清醒过来，才知道自己被人装进麻袋放在车后备厢里。他眼前一片黑漆漆的，听到路上吱呀吱呀的声音，不知不觉昏昏欲睡起来，过了大约一个小时，车停了下来，春风被人从后备厢抬出来，你推我撞的进到一个山洞里。

在平阳房地产开发有限责任公司办公大楼会议室里，得意时不时抬手看看表，几个副总在会议室已是等得不耐烦了，但谁也不敢说什么，只是这儿站站那儿坐坐。

窗外的雪依然下着，会议室里的炭火旺了又熄，熄了又旺，一担木炭快烧完了，也没见春风的影子。

得意急得团团转，他独自走到门口，目不转睛地盯着公路，左看右看没看到春风，也没看到公路上其他人影，只看到天空几颗星星闪着寒光。得意回到会议室坐下，有的说，我看不用等了，春风肯定有事，忘记开会了。有的说，春风不是那样的人，一定是有急事去了。有的说，再等等吧。

在家等着春风、得意两兄弟的秀秀见时间快到十二点了，也不见他们回来，起坐不安。那时秀秀与春风还没有打结婚证，但已经确定了婚恋关系；虽然住一栋楼，却分别住自己的房间，只要春风不回来，她就不会去睡觉。此刻春风没回，得意没回，她心里有些着急。突然听到院

62

子里的响声，她以为春风得意回来了，就把门虚掩着，可等来的是黑桃喵喵的叫声，待黑桃溜进秀秀大厅时，只见黑桃背上有一张用绳结系好的纸条。秀秀立即从黑桃背上取下那张纸条，打开一看，秀秀惊呆了……

天刚刚亮，秀秀上到四楼，叩开门，见屋里没人，得意昨晚没回来。她想跟得意商量一下，是否马上报警，可那张纸条上说不能报警，否则春风得死。她又怕又担心，最后决定还是不报警，按那张纸条的要求准备需要的物件。一切安排就绪，秀秀才出门，她到工商银行取了两万元现金，租了的士，按照纸条上指定的地方驰去。

快到指定的那个地方，秀秀就下了车，她让的士司机先回去。

秀秀心惊胆战地往前冲，一心一意想见到春风，没走多远，一眼就看见大山脚下一个岩洞。岩洞四周都是墓地，吓得秀秀浑身发颤。一到岩洞旁，一个穿警服的中年人走了过来，不等秀秀开口，便问，"你是不是秀秀？"

秀秀没理他，甩开双手就往洞里冲，却被中年人挡住。

"我要见我男人，你们为何这样做！"秀秀又要往前冲，嘴里骂骂咧咧。

"好一个泼妇！敢在这里骂人，你找死吧。"穿警服的中年人狠狠抓住秀秀的双手，向岩洞一推，秀秀倒在荆丛里。

秀秀很快爬起来，她的脸上、手上、腿上都在流血，嘴里依然不依不饶："你们为什么要捆绑我男人，不晓得这是犯法的吗？还不快把人放了，我男人要是有个三长两短，公安局不会放过你们。"

穿警服的中年人哪里管这些，只是笑，那笑声，阴冷阴冷。岩洞里寂静无声，吓得秀秀愣在那里，傻了似的。

"要想你男人早点离开这里，就别吵别闹。"穿警服的中年男人口气压低了一些，取下墨镜擦了擦，又戴上，用树枝在秀秀面前晃悠了一下："怎么不吵不闹了，想告公安局，你去告啊，就是公安局局长要我们抓你男人的。你只要乖乖听我们的，你男人不会掉一根毫毛，否则就是死了死了的。"

秀秀听到此话，盯着穿警服的中年人，一时不知说什么好。

在岩洞看守春风的是那个蒙面青年，听到洞口没了声音，匆匆跑了出来，对穿警服的中年人招了招手，要他把秀秀带到岩洞口来，以便让洞里的春风听到。

岩洞外所发生的事春风听得清清楚楚，他在岩洞已经把这几年的事用大脑过滤了一遍，觉得好像没有得罪人，就是工商、税务、城管，即便发生一点矛盾，那也是工作上的事，怎么会出现这种情况？难道是宝山那块地？他知道那块地有几个老板都在打主意，难道有人想用这种手段来制服自己？

"哐当"一声，秀秀被那个穿警服的中年人从岩洞口甩进洞内，刚好甩在春风身上。春风紧紧抱住她，看到她血泪斑斑的脸，一股苦涩的味道在心里翻腾。

"你怎么跑来了，让你受难了……怎么会发生这类事？我知道有些事没听你跟花嫂的，但也不至于这样啊……"

就在几天前，为了宝山那块地招标的事与几个老板吵得很凶，还与国土局下属单位的几个领导发生了口角，又跟公司几位副总闹了一次。得意告诉了秀秀，秀秀劝过春风，春风不听，一根筋咬到死。欧阳花嫂刚进城，知道这事，要女儿刘飞梅把他找来，毫不客气地骂了一顿。春风还是一意孤行，听不进花嫂的意见。

"这是为什么？为什么？我也没得罪谁，难道就是为了那块地。这几年，你是知道的，我付出多么大的心血，才把砖厂、房地产公司搞起来。从一个穷小子变成了富人。难道这些被人眼红，才落到今天的下场？"

"别说了，天快黑了，我们要的东西，你带来了吗？"蒙面青年吼道。

"带来了，你们总得让我们商量一下吧，快走开，我跟我男人有话要说。"秀秀朝他们吼道。

蒙面青年见秀秀这么说，招了招手，示意要穿警服的中年人走开。

"他们要你带什么，你为什么要答应他们？"春风说着盯着秀秀，"他们是不是要你带钱，是不是？"

"我也是没有办法，早晨我想跟得意商量一下，可得意昨晚没回，我又不敢报警，只好按他们那张纸条说的做，我不想让你出事，所以才自作主张。"秀秀说着又泪流满面。

"别哭了，别哭了，把他们给你的那张纸条让我看看。"春风说完伸出手，秀秀在衣袋里摸了许久才掏出来，春风接过来一看，愣了，情况都明白了，全是为了那块地。

"到底是什么情况，是不是按他们的意思办？"秀秀急不可待。

"不行，我看他们敢把我怎么样，那块地我们通过国土局竞标，他们凭什么这样做，你别管，事情已经明朗了。我叫他们进来说清楚。"说着扶起秀秀站了起来，然后转向岩洞口，大喊道，"你们进来，我有话跟你们说。"

蒙面青年和穿警服的中年人进来。穿警服的中年人说："是不是想好了？想好了，把东西给我，你们就可以走了。"说完伸出手来。

"别痴心妄想，我现在可以猜到你们是谁了，请把你的面具扯开，非要我喊出名字来吗？"春风恼怒地说。

蒙面青年和穿警服的中年人知道事情被揭穿，只好撕开面具。蒙面青年尴尬地说："刘总，我们也是没办法，你还是按我们的条件办吧，否则回去，我们交不了差。"

"痴心妄想！你知道你们已经犯法了吗？还不快把我们放了，否则我不会原谅你们的。"春风指着他们呵斥道。

"放你们当然可以，不过我们得请示老板，你们就委屈一下吧。"蒙面青年说完忙给穿警服的中年人使了使眼色，穿警服的中年人会意对春风说，"你们再等等吧。"说完拔腿就跑了。

天已完全黑下来了，雪雨交加的严冬，岩洞四周的灌木挂下来一根根长长的冰凌子，像一颗颗獠牙，又像一把把倒挂着的尖刀，一阵北风刮来，岩洞冷得要命。秀秀一边用柔软的躯体紧紧拥抱着恋人，一边盯着岩洞口的蒙面青年。

大约一个小时，穿警服的中年人返回来了，一进岩洞就向蒙面青年打了个手势，立即冲到春风、秀秀面前，二话不说就把春风与秀秀推出岩洞，上了车，并在城里将春风与秀秀押到金龙宾馆。蒙面青年和穿警服的中年人什么话也没留下，把门一关，就溜了。

春风与秀秀两人在房间里，冷得抖抖索索，春风气得有气无力。他要秀秀放开门，秀秀拉了几下，门被他们上了锁。春风气不过，起身跳起来，这一跳全身疼痛，不禁喊了一声唉哟，秀秀急忙扶起春风，她边扶边用手巾擦去春风脚上的血。擦完后把春风扶上床，待春风入睡后，她才坐在床边上，眼里流出了两行伤心的泪水。她不服气，他们是有意伤害春风的，必须请律师上法庭，必须让他们给春风一个满意的交代。

天亮了，门依然被他们严严实实地锁着。直到十点钟门外才有了脚步声。秀秀清楚，那是他们开门来了，也是他们要春风在他们的合同上签字的时候到了。

然而推开房门的，既没有看到那个蒙面青年，也没有穿警服的中年人，而是一脸尴尬、带着难堪微笑的另一个人。

"春风老总，对不住，让你受委屈了，我给你赔礼道歉来了，希望你能原谅……"城飞国际房地产有限公司副总郑利民动情地连连擦着眼角。

"春风老总，我们真的对不住你了，对不起你们平阳房地产开发有限责任公司的全体员工。这里面很复杂，我就不一一说出来，希望你能原谅我们……"

情况发生了什么变化，东西南北、严冬盛夏突然转换了位置？

"我也是昨晚十二点钟才知道这回事，公司今早晨就召开了会议，决定立即向你们赔礼道歉，并且赔偿你们医药费和损失。另外，还要告诉你个好消息，这次宝山那块地，你们公司中标了，所以……"

原来是中标了，要不他们不会放手的。

"我们公司十分诚恳地向平阳房地产开发有限责任公司赔偿，这事你看怎样处理。春风老总，都是同行，难免出现磕磕碰碰的。公司决定，不但赔偿你们的损失费，而且也要作书面检讨，希望春风老总看在同行的分上，网开一面。"

直到这时，春风和秀秀才真的相信，难怪是那块地中标了，他们没有了希望。但春风不会放过他们，对这种下三烂的手段，他会理直气壮地站出来伸张正义。

从金龙宾馆出来后，春风、秀秀没有直接去公司，而是去了县人民医院，通过检查，身体没什么大问题，只是有些皮外伤。

回到公司，春风还没坐下，公司员工都围了上来，个个很气愤地指责城飞国际房地产公司的恶劣行径。春风郑重告诉各位，一切损失由城飞国际房地产公司负责。

晚上平阳房地产开发有限责任公司组织班子成员，就如何声讨城飞国际房地产公司的罪行做出决定，要请律师上法庭，打官司。

第二天，律师请来了，律师名叫徐发。春风和秀秀是当事人，他们俩把城飞国际房地产公司的绑架行为经过，认真陈述给了律师。

吃过中饭，律师就送来了起诉书。春风看了徐发写的起诉书后，十分满意。有了这几条罪证就可以把城飞国际房地产公司的老总拉下台。起诉书后面还附上春风和秀秀受伤的照片，照片上的血痕，这些证据，足以把城飞国际房地产公司的老总送上法庭，让他身败名裂。

这次的事件，让春风一下子成了平阳县的新闻人物。半个月后法庭送来传票，律师徐发又一次来到了平阳房地产开发有限责任公司。

他的到来，几个公司副总都围了过来，七嘴八舌问东问西，弄得徐发不知道怎么回答。这次他是跟律师事务所的所长齐良宝一起来的，与半个月前的那次不可同日而语了。

徐发是一个穷苦农民的儿子，高中毕业没考上大学，回乡务农。父母都是苦吃苦做的人，看到儿子没考上大学，又不喜欢劳动，整天捧着一本书，父母收工回来就唠叨不止。但儿子没有放弃考大学的理想，第二年复读重考，结果考上了中国人民政法大学法律系。几年的寒窗苦练，终于造就一番好口才，毕业后被分配到平阳县人民法院；之后，又考取了司法证，成了一名法官。但因他年轻，参加工作不久，跟他一个办公室的主任瞧不起他。一次他负责审理一个案子，主任说这种案件你能审理吗？主任的话，弄得徐发哭笑不得，当面锣对面鼓与主任争辩起来。

徐发简直气爆了，心里暗骂一阵后，情绪才缓和了一些，但内心的冲击却无法平息。稍后，徐发觉得自己过于激动，为了避免把关系弄僵，缓了口气说，"主任，你搞法律工作比我长，案子搞得比我多，就事论事，上次那个案子，原本就可以调解，不要走诉讼程序，可你不同意。主任，不是我不尊重你，你是前辈，培养年轻人也是你的职责，你说对吧？"

徐发的本意是想以尊敬的口吻，通过上次那个案子能让主任吸取教训，今后对自己的态度有所收敛。主任是半路出家来到法院工作，工作勤奋，但很自大，一些重大案件把握不准，有的案子怎么安排还得问其他人。但他怪就怪在瞧不起那些所谓的名牌大学生，同时也最怕这些大学生们瞧不起自己。徐发劝说他，主任却不买他的账。

"我不要这个职责！你以为你是政法大学毕业的就都懂，你现在嫌你的位置小了，屈才了！是不是？这样吧，我马上去找院长，让你来当我这个主任，行了吧？"

徐发一下子慌了神，不知怎么向他解释，刚要说话，主任歪着头瞧了他一眼，气着走出了办公室。

没过两天，院办公室通知徐发要他去院长办公室。徐发一听知道事情不好，但他觉得没什么了不起。去了院长办公室，被院长骂了个狗血淋头。

"这不是明摆着整人吗，真气人？"徐发不服气，找到大学时的同班同学——朝阳律师事务所办公室主任郑明星那里诉苦。

郑明星看着老同学愤愤不平，笑了一下，劝道："既然在法院工作不愉快，你就来我们律师事务所嘛，刚好我们这里有个大案子，既能显示你的才华，收入也不错。"不多久，徐发跳槽来到了朝阳律师事务所，并接下了春风公司的诉讼案子。徐发之前，在法院也审过几个案子，有较好的法律基础，他想，只要自己努力，一定会成为一个优秀律师。他加班加点，很快完成了春风公司的诉状。目前只是他们送来的材料不足，必须自己亲自出马,亲自去调查平阳房地产开发有限责任公司老总春风,通过挖掘调查,一定能够得到意外的证据。

春风那天正在商谈接收赵子龙酒厂和筹建制鞋厂的事宜,忙得不可开交,听说律师来了,立即停下手中的工作准备接待。

"春风哥,有客来了,好像是法院的同志。"刚来接待处上班的春梅大声嚷道。其实春风已经知道了,那天公司的人已经找过律师,是不是他就不清楚了,于是放下手上的工作马不停蹄赶过来,接待律师。

"知道了,知道了,这场官司是赢是输就看律师的了。如果赢了……"春风在心里说。当他看到站在自己面前的是一个年轻小伙子时,肚子里的热气又凉了。这就是曾经让他仰慕和信任的律师吗?年纪轻轻的他能做什么……

徐发看到春风脸上发生的异常变化,心里没有紧张,保持一个律师该有的气度,依然露出满脸的笑容。交谈了一阵,徐发便让春风感到他的分量。春风看着这个小伙子英俊的脸蛋,高大的身躯,有理有据的谈吐,立马有了安全感,当听到他是中国政法大学毕业时,觉得这场官司一定会打赢。春风就滔滔不绝地诉说起来。从他由农村来县城如何发展,如何创业,如何与县城很有实力的老板争夺市场,从刚来时的租房到现在住着一栋五层楼的别墅,从那天晚上被绑架到出来以后的打算……他们谈了两个多小时,临走时,春风拉着小伙子的手,拜托他一定要帮自己打赢这场官司。

第三天,春风带着几个人赶赴广东深圳,为办酒厂及鞋厂的事展开了紧张的洽谈,那天下午的谈话和与之谈话的律师,在他脑海里已经被抛到九霄云外了。

徐发回到律师事务所,把调查的情况进行了梳理,并写成了一篇关于城飞国际房地产公司侵犯人权一事的调查报告送到了郑明星手里。郑明星看过他的报告,听了他详细讲述平阳房地产开发有限责任公司老总刘春风被人绑架一事的经过,听完汇报,立即召开会议,并由徐发亲自把这个报告交给所长。两天后,徐发把要向所长汇报的情况送给郑明星先过目。郑明星很满意，要他马上送到所长办公室。几天后郑明星告诉徐发，那份材料所长齐良宝看了，夸奖他的材料有理有据，法律性强；按照齐良宝的安排，事务所将加大力度介入这起案子，让他把材料做实做细。

诉状经过事务所几个同志的研究讨论，一致通过，所长齐良宝签字。

春风被绑架一案终于以胜诉而结案。此事在全县引起了轰动，齐良宝在一次会议上夸奖了徐发，他说像徐发这样的小伙子大有培养前途。

齐良宝先在司法局工作，分管朝阳律师事务所不到三年。他是一位很有实力的律师，这次他想到几家民营企业转转，一来看看这几年县城的发展变化；二来想去平阳房地产开发有限责任公司调查一些问题。他说像春风这么年轻，这么有头脑，又是从农村来的，发展起来不容易，我们要为他保驾护航，让他们为县城发展做更大贡献。

他没有告诉任何人，只带了城飞国际房地产有限公司副总郑利民。起初郑利民不肯陪同，上次春风跟他们公司打官司就是郑利民出面的，所以他感到不好意思，要不是齐良宝好说歹说他也不会来的。

齐良宝要来的消息，在春风公司激起了波澜。

"齐所要来，我们要接待好，要不是他为我们公司抓紧诉讼，这场官司不知还要拖多久。再说了，官司赢了，各项赔偿都到账了，也该好好谢谢人家。"秀秀几乎是喊着说。

春风沉稳地笑了笑："他来，我们得尽心尽力接待好，确实的，没有他主持公道，这场官司可能很难赢啊。"

"我就不信天底下没有一个讲公道的人，想起那个晚上，我现在还胆战心惊……"

"是啊，谁说不是，但我们还真得感谢齐所长啊。"

"怎么感谢，感谢什么，这也是他们的工作，是吧。没有齐良宝，还会有郑良宝，总之一条，来了就是客，不管是谁都要好好接待。"

一对恋人没完没了地说开了，得意坐在一旁边笑边抽烟。

"得意，你是二把手，你也说说，那天你哥被架走，还弄得全身是伤，你怎么一句话也不说啊？"秀秀转头对一旁抽烟的得意说，"不过，这次要来的是齐所长，这事他是帮过忙的，要是事务所那个主任来，饭都不给他吃。"

"秀秀姐，现在说这些话有意思吗。官司赢了就算结束了，反正以后干什么都得小心些。"得意怪声怪气地笑着，看也不看春风，说，"反正齐所长来是要热烈欢迎，不能怠慢，我不参与接待。"说完自个儿站起来走了。

秀秀没得到援兵，仍不依不饶："二把手都不愿参与接待，以后怎么工作，干脆打个电话要齐所长不要来得了。"

"秀，怎么这样说，他不参与，有我们就行了。"春风怕秀秀不高兴，便坐在秀秀旁边的凳子上，和风细雨把自己的想法一五一十都告诉了秀秀。

齐良宝到平阳房地产开发有限责任公司来时，大门口都站满了员工，个个脸上露出笑容。他由春风和城关镇党委书记郑光明、镇长刘老三陪同，对公司进行了一番参观，然后被带到了刚启用的会客厅。

"的确不错。"齐良宝、郑明星和徐发站在会客厅东瞧瞧，西看看，脸上都露出微笑，春风招呼接待处的送来了茶水。刚坐下，齐良宝就说："非常不错，让人进来就有种舒服感，我是很受感动。一个从农村进城来创业的小伙子，几年工夫就办起了平阳房地产开发有限责任公司，还有了办公楼和几支建筑工程队，发展得这么快，让人想象不到，这是很不容易的！不是我当着春风的面夸奖他，就是我们在座的同志，恐怕也未必干得出他现在这个样子，了不起啊！"

"春风同志年轻有为，敢闯敢干，值得我们学习。"郑光明接着说，"发展民营经济就要靠春风这样有头脑的人，上次春风被绑架就是有人想搞垮他，才这样干的。"他小心地注视着齐良宝的脸色。

"这件事已经过去了就不必提了，现在关键的问题就是人人要增强法律意识。现在是法治社会，那么怎么才能增强大家的法律意识呢，过段时间我们所要给全县民营企业老板举办一个法制培训班，普及一下法

71

律知识，你们说这个办法能起到作用吗？"齐良宝笑着说。

"思路不错，齐所长是行家，只要人人守法，办事就容易多了。"郑光明瞧了一眼春风，"春风老总，齐所长想搞一次法制宣传，你公司是否可以搞个协办单位？"

春风一听这话，心想，所谓协办，就是要资助啊，他脸上虽然没变色，心里却在骂娘："搞一个宣传还要拉个协办单位。"嘴里却应着："可以啊，有齐所长出面来抓，我当然得支持。"

"春风老总，听说你还有个能干的老弟，怎么没看见？"齐良宝突然转了话题问道。

春风说："办事去了。"他怎么会提到得意？得意这家伙很有情绪，却不知哪里出了问题，既然他不愿意参与这次接待，下午的活动就没喊他参加。

"年轻人能干很可贵，城关镇党委作为县城的一方领导，应该大力支持民营企业的发展。"齐良宝忽然站了起来，目光转向郑光明："我听说城飞国际房地产有限公司与城关镇关系特别密切，前些日子，为了一块地，春风公司与城飞公司闹矛盾，有这回事吗？"

郑光明一听，脸色变得铁青，刚刚浮出的笑容立刻凝固了。是谁在胡说八道？郑光明虽然与齐良宝同级，但他是搞法律的高才生，很多问题一旦被他发现，那得脱层皮，想到此，郑光明不得不十分坦诚地说："齐所长说的这个情况也确实，只不过这只是工作来往。不让人议论是做不到的，嘴巴长在人家身上，人家要说，总不能把他们的嘴巴都封住吧。所以说三道四，鸡蛋里头挑骨头，这些情况是有的，也有个别人在捣鬼。那时我还在乡下工作，情况并不太了解。现在不会再有这种情况发生了，春风啊，以后你要开发哪块地，城关镇党委会全力支持你。"

春风心里坦然，爽快地说："有郑书记这句话，我就放心了，城关镇的土地很多，肯定需要开发，我相信郑书记会一碗水端平的。"

齐良宝抿住嘴唇不出声了。徐发疑惑的目光，一连在春风脸上扫了几次。其实很多事情齐良宝早有耳闻，毕竟县城就这么大，一传十，十传百，闹出点动静谁不知道，今天他是特意提到这个问题，也是有意给城关镇提个醒：搞一家企业特别是民营企业，像春风这样一个从农村上来的，没有熟人，全靠一双手打天下，如果我们再不依法办事，民营企业怎么发展，谁为他们保驾护航，最终还是要靠法律，法律才是他们的保护神。

齐良宝凭着自己的直觉，看出了事情的大概。他原本不想说这件事，听了春风的话只点头了事。郑光明的心这才缓和下来。

没想到春风又挑起事端："谈到这件事本来不想说了，因为官司赢了。但不说闷在肚子里又不甘心，为什么不是警察会有警服，那天晚上就是一个穿警服的带我走的，不但对我拳打脚踢，还打了我女朋友，到现在她全身还疼痛不已，每一个星期还要上医院吃药打针？"

"这就是法治意识淡薄的问题。"齐良宝露出气愤的神色，他瞧了瞧郑光明，心里说：如果没有人支持，城飞国际房地产有限公司会派人做这些愚蠢的事吗？这个问题春风提得好，就是因为有领导遮着，这些人才会胆大恣意妄为。

郑光明没料到春风半路上会突然亮出剑锋。昨晚春风表示不会在齐良宝面前提及已经打赢官司的那件事，副镇长是向他汇报过了的，没想到他刚刚平稳的心又抖动起来。这么一想，突然问道："那个穿警服的不是被派出所辞退了吗？"

这话问得让人更加猜疑，原先有诺言，已经处理好的问题，不再追问，可是没有不透风的墙，你犯都犯得，我为什么不能提。

"没辞退！"春风愤愤地说出了那个穿警服的工作人员的名字，"昨天还有人看到他还在派出所上班，听说那人是城关镇里一个副书记的儿子。"

"真是乱弹琴！"郑光明气愤地站起来，他本来不想发火，春风官司赢了，为何还要扯出这个事来，难道是有人故意针对他？想想为了息事宁人，做做样子说道，"这件事该怎么处理，就得执行，千万不要留出尾巴。"说着他又扫视了一下会客厅，对随行的副镇长说："这件事你回去后马上落实，不管是谁的儿子，犯了法就得该怎么处理就怎么处理，知道吗。"

春风心里笑了。他没想到一个律师所长，居然让一个城关镇党委书记服软了，更没想到自己官司赢了再提出来，也还见效，看来法律是无边的。想到此，他又说："这件事对我来说很重要，虽然官司赢了，但法制观念还得增强，不然我们在这里办企业，连人身安全都无法保障，又怎么谈得上发展企业？"

看着时间快到吃饭的时候了，郑光明见大家还不想走，生怕再出事端，大声地说："春风啊，快到吃饭的点了，我们也该走了，但有一点现在我可以告诉你，在城关镇管辖的范围，今后还有人对你乱来，你可以来找我，再说现在有法律给你撑腰，还怕什么？"

问题总算明朗起来。春风满脸微笑，语气陡然和缓起来："感谢法院和城关镇党委领导对我们平阳房地产开发有限责任公司的鼓励和关怀，我春风没什么文化，讲不出什么大道理。但我特别感谢党的富民政策，感谢改革开放。我从一个脚沾泥巴的农民只身来到县城打拼，发展到今天，完全靠领导鼎力支持，所以今后我也会依法办事，绝不辜负领导对我的期望。"

春风话刚落音，齐良宝和郑光明绽放出满意的笑容，随后带头拍起巴掌……

七

得意回来时，一场春雨刚停，柳枝绿了，桃花笑了。

他是陪着刘老一行坐着中巴车回来的。刚下车，刘仇发、刘金龙就在公司门口等着。一阵寒暄后，大家才进了会客厅。

按照得意事先的安排，先让技术员金雄带他们去各工厂转转，看看环境，熟悉一下情况，但又改变了主意，他想先汇报，然后再带大家去参观。会客厅此刻摆满了各式各样的水果,大家随意拿着水果品尝着。一切安排就绪,得意就开始汇报。他汇报不像别人长篇大论,既简单又准确,把所做的事、办的厂、今后的打算原原本本说完,没有半点夸张。末了他还说,刘老,您是知道的,我办的这些厂,产品销售都不成问题,比如玻璃加工厂、电子厂、鞋厂,包括我承包的茶山茶油。刘老边吃边听,脸上的笑容总是挂在嘴边。得意还没汇报完,他就插话道:"得意同志,上次我来你们公司,你哥春风好像没提到这些厂,怎么两年没来,你们公司又办起了几个厂,真不容易啊!"这话一出,大家的眼睛都望着刘老,会客厅一下子安静下来。刘老见大家望着自己,就笑笑。得意急忙补充说:"刘老,以前是以前,现在是现在,形势在发展,我们公司也不能落后嘛!"刘老听得满脸兴奋。在他的印象里,上次来平阳房地产开发有限责任公司,得意好像说话吞吞吐吐结结巴巴,今天汇报倒是十分流畅,十分简洁,真是士别三日,刮目相看。他没有再想下去,继续听得意汇报……

"很了不起,大有发展前途,让我一听就想马上见到它。"刘老拍手站了起来,那一瞬间的神情,像一个从战场上胜利归来的威武将军。

"那片茶山是怎么承包的,现在结茶籽了吗?"

"当然结了。产量还比较高,而且盈利很大。我们公司食堂现在都是吃这茶山的茶油。"

刘老听得眉飞色舞,动了动嘴,好像闻到了茶油香味的样子,又问:"面积这么大,怎么管理呢?"

"当然是承包呀。"

"茶山有水源吗?没有水怎么灌溉?"

"茶山脚下就有一条长年流淌的小溪,水很清澈,小溪上还筑了坝,不仅能引水浇灌,还可以发电,的确是个好地方。"

"好啊,好啊!能有这么好的地方,等会我们就去参观……"他高兴得仿佛就站在茶山脚下,神采飞扬。

跟刘老一起来的随行人员笑着说:"真有开拓精神啊!"

"过奖了。"得意笑着说。

吃过午饭，准备出发参观，得意和城关镇镇长走在前面。刘老站在这栋高楼脚下，这儿瞧瞧，那儿看看，不时发出感慨："看来十一届三中全会的精神深入人心，富民政策让有胆有识的能人才华得以施展，开拓创新这才是现代年轻人所具备的品质。"他来到公路旁边的中巴车旁，对得意说，"得意啊，你们的开拓精神我很佩服，可我有一事不明白，你跟你哥怎么会分开干？"

风好像突然间停滞了，大家用眼睛望着得意。

刘老三见情况不对，接上话来："是这么回事，他们两兄弟各有特长，在家亲兄弟，出门双虎将，他们想在房地产这个行业，来一场友谊创业大竞赛。"

刘老望着得意，笑道："原来是这么回事，我还以为得意同志跟他哥闹矛盾呢，不会是为了一个女人吧？"

众人听出了话外之音。得意却很镇定，他不明白刘老是不是听到了什么，或者说是随意还是有意的。但他不在意，就算有人告诉他了，因一个女人又怎样？

出了城，快到茶山脚下。因为刘老那句话，大家的神经绷得紧紧的。事实确是他同大胆创业的哥哥春风曾经为了一个女人，有过一场纷争和较量……

分歧最初发端于从县建筑公司销售红砖回来的第二天早上。因为销售问题得到了解决，春风早早起床。那时春风公司办公室是租用的，所以春风吃住都在办公室。闲着没事，突然叫来了春梅。来了之后，春风没话找话，还用录音机放了带子，磁带是一支舞曲，春梅刚从学校毕业不久，春心萌动，少女的心如同鲜花般热烈，一个人就跳了起来。一曲完后，春风拍手称赞。下一曲歌声又响，春梅就拉着春风一起跳舞，春风不肯，但拗不过少女的执着。哪知两人刚刚跳着，办公室就闯进来一个人，这个人就是春梅的恋人得意。

为这事春风喊本公司的几个副总来调解协商，却没有效果。

"我就是跟她刚跳了一下舞，你怎么就不相信我呢？"春风气得跳了起来。

自从春风红砖厂销售找到了突破口，特别是销售给县第一建筑公司的数量大增以来，春风在众人眼里身价百倍，他提出要干什么就干什么，那些副总都听他的，从没有谁提出过异议或有过迟疑。这次因为事情特殊，他请几个副总出面帮忙算是十分的例外。

"你们都不相信我，是不是？我是那样的人吗？春梅是个活跃姑娘，你们都知道，就算跳了一下舞，又会怎样？总之你们要相信一个人。我也是一时高兴，喊春梅过来办件事，那也是为了公司的事，喊她来难道错了吗？"

没有人回答，办公室像一潭死水。几个副总嗫嚅着。

"春风哥，这事说起来也很正常……"

"正常是正常，但还是要得意说说……"

春风把眼睛瞟到得意身上。以前开会得意都是帮哥哥说话，可现在情况变了，得意表面沉着，可心里像被刀割一样难受。

得意思忖良久，才抬起头说："我无话可说，自己做的事，自己要负责……"

"我负什么责，这也算调解协商！"春风一股怒气涌了上来。没想到会出现这种状况，他起身把凳子一踢，愤怒地冲出了门。

第二天，春风想通知刘大雄和另外两个副总商量去北京一趟，刚要派人去通知，得意吊着脸就进来了。当时春风正准备吃饭，刚盛满饭，得意就气势汹汹地说："我想找你谈一谈？"

"好啊，你想谈什么？"春风边吃边说，黑桃围着他们兄弟转圈圈。

"我想谈春梅的事。"

"昨天不是告诉你了吗，我就是跟她跳了一下舞，你难道就不相信，我还是不是你亲哥？"

"是哥哥，不假，但你……"

"我什么？你不要听别人说，为这事人家春梅哭过多少回了。昨天刘大雄不是帮你解释清楚了吗？"说完春风放下碗筷，黑桃跟在后面，被他踢得老远。

得意看到他把气撒在黑桃身上，就想发火，想想又忍住了，就说："我还是那句话，你为什么要找春梅……"

"你这人？"春风火气又涌了上来，盯着得意，"为什么跟你总说不清楚啊，为何总要拿这件事扯来扯去，有意思吗？"

"你抱我的恋人，还说没意思。"得意大声说道，"我告诉你，这件事你必须说清楚。不说清楚，我再不上班了，就算你把平阳县城买下来，我也不稀罕。你明明知道春梅是我恋人，为什么不经过我你就叫她，你安的什么心，对，现在让人看笑话了，闹得满城风雨，你满意了吧。"

"你要我怎样跟你解释才行？"

"怎么说，你自己想想。"

"我没做见不得人的事，我说什么？"春风像不认识似的把得意打量了一番，又略带不安地在院子里打了几个回旋，"那依你看，你要我怎样你才相信我，你可以去问你的恋人春梅啊。"

"我问了，她就是死哭，如果你们没做什么她会哭吗？"得意步步紧逼。

"真是好笑，我能跟她干什么。"春风烦得吼叫起来，"如果你不相信我，那我随你，你去告我呀！但你想过没有，我们兄弟是从农村来的，别相信那些不负责任的话，那样不但我们兄弟会反目成仇，而且会让村里人看笑话，所以你要冷静再冷静地想一想。"

得意沉默了一会儿，说："对于这件事，你是死也不会承认？如果你不承认，那就别怪我……"

"你想怎样？"春风已经听得愤愤不平，甚至把他看作了眼中钉、肉中刺，"既然我们兄弟说到这个分上，那也不怕你，随你去告，如果你还纠缠不清，我也要跟你打一场官司，看谁能赢……你呀，我看你鬼迷心窍了，让人牵着鼻子走。"

两个月后，接管赵子龙酒厂成功，春风制鞋厂也竣工。虽然被工商税务等部门弄得一阵忙乱，但春风心里还是美滋滋的。在一片赞扬声中，春风撤了两个副总的职务，那两个副总不服气，把春风告到了镇党委。得意与春风也吵得不可开交，气愤不过，得意就把事情告诉了刘飞梅。

　　刘飞梅是欧阳花嫂在树脚下捡回来的一个孩子，与得意年龄差不多。他们同在村里念过书，加上两家关系本来就很好，得意、飞梅经常来往，童年时就像一对亲兄妹一样。那天飞梅回到家已经很晚了，睡在床上的欧阳花嫂就问她为什么这么晚才回来，飞梅就把得意讲的情况告诉了欧阳花嫂。欧阳花嫂一听，哪里还坐得住，顾不上病痛，立即要飞梅把春风叫了来。当时春风不知道怎么回事，进门就问叫他来干什么？欧阳花嫂一见气就上来了，不分青红皂白，狠狠地把春风骂了一顿。春风开始没听明白，知道欧阳花嫂病恹恹，就让欧阳花嫂骂。她说什么骂什么，他只听着，点着头。欧阳花嫂骂了一会儿，气也消了些，觉得春风还是个听话的人。第二天，春风左思右想，知道是得意跟欧阳花嫂讲了自己与春梅跳舞的事。春风气不过，立即找到得意，不管三七二十一，指着他的鼻子痛骂一顿，并声称：凡是在县城开发的各个项目都不给得意。得意更是气得受不了，既然你当哥的这么狠，也就别怪我这个做弟弟的了，于是偷偷摸摸找到镇政法委书记，把情况一说，书记愿意帮这个忙，才有了春风被绑架一事。

　　得意对春风心生不满不光是他与春梅跳舞的事，还有对他平日许多做法和日益滋长的专横霸道作风，怀有很深的成见和憎恶。这种情况的出现，得意曾提醒他几次，春风多少还是收敛了一些，知道自己办事过于急躁，造成公司分裂。但是，他为了达到自己的目的，不择手段，拉拢各派势力，公安局、工商税务部门等等，一时间春风红得发紫，上班有小车，出门有人陪。他挎着包走到哪骂到哪，许多职工和几个副总只能忍气吞声。最让人无法容忍的，是那天飞梅不该告诉欧阳花嫂，事情非但没有得到好转，反而害了两个副总。得意早就看不惯哥哥的骄横，早就暗地里与人合伙成立了城飞国际房地产有限公司，他要与春风比高低，他要让春风威风扫地。可是话是这么说，真要让春风头破血流还是于心不忍，春风毕竟还是自己的亲哥哥。加之现在的春风财大气粗，实力雄厚，弄不好，一句话就能把得意踩在脚下。要对付春风这个平阳房地产开发有限责任公司的"皇帝"不容易。得意处在当时的情况下，也只能叹叹气、摇摇头、骂骂娘而已。他恨春风变本加厉，更恨他与自己的恋人跳舞，还恨那些呼风唤雨的官僚个个见钱眼开。"这个人有几个钱就沾沾自喜？"哈哈，看你有多大能耐，走着瞧吧。

病毒结聚久了，往往会肿脓包，脓包的爆发点，发生在欧阳花嫂身上。

那天春风从镇长刘老三办公室出来后，就来到郑生花租住的家，把郑生花痛骂了一顿，然后又来到欧阳花嫂出租房。那时春风醉意正浓，看到欧阳花嫂坐在沙发上，就问："是你，是你和郑生花那个泼妇反对我投标宝山那块地的，是不是你，不应声，就是你，对不对？"

欧阳花嫂不知道他在说些什么，想站起来，由于腿脚不灵便，动了几下站不起，就问："你刚才说些什么，我没听明白。"

其实欧阳花嫂心里还是明白的，她只是不想听春风说话的口气。欧阳花嫂对春风的批评是对的。县城开发房地产的公司有好几家，为何你春风都要占着？欧阳花嫂那天对春风说得清清楚楚，说不要把县城搞建筑的老板得罪完了，以后不好做事，我这么说也是为你好。听说城关镇新调来一个书记，他以前是学建筑的，宝山那块地，刚好由城关镇拍卖。我听飞梅说，你跟得意闹翻了，这很不好，你是当大哥的，有些事还得让着小弟。当然啰，你已经很不错了，要不是你开拓有为，我们村哪有上百口人来县城打工，这都是你的功劳。你们兄弟应该要团结，要和气生财，真正到了兄弟反目成仇，那得意什么事都会做得出来的。

欧阳花嫂给春风打的预防针，对春风却根本没起作用。

春风丝毫没有听她劝的意思，心里气愤不已，大声说："你说这话是什么意思，好像我做错了什么，还要你劝解，我是搞房地产的，哪块地好我当然要哪块，再说这是公平竞争，我为什么不能争，为什么要我放弃，你大事不管小事不问的人，管这么多干什么？就算我跟得意反目成仇，他又能怎样？"

欧阳花嫂见春风依然顽固不化，还想再劝他几句，没想到春风还没完没了："我现在真的很后悔，我把村里上百口人带到县城来，有吃有住有工资，到头来还让你们说三道四、指手画脚，我真后悔。"

"有吃有住有工资，这话不假。可人家是通过劳动赚来的，没给你做事？这话你最好别说。"欧阳花嫂不客气地说，"再说了，我们村里来的人，谁不听你的话，哪天做事不都要深更半夜才回？可以这么说，没有这些村里人，你能有今日的风光吗？"

"没有他们我同样能做好！"春风吊着脸径自出门而去。当天下午，天快黑了，他给刚进城的父亲回信时，发狠地写下了"欧阳花嫂不知去向，我去她住的地方找过她，听人说得过一场大病，是死是活，村里人也不知道"。他自然未曾想到，如今父亲进城来，第一个话题就问起欧阳花嫂的事来。

得意从武汉出差回来，没去公司，正好碰上上班回来的飞梅，飞梅就把母亲与春风争吵的事告诉了得意。得意二话不说，转身就跑到公司，进门就问："哥，你为何对一个有病的人也不放过？"

得意侧身瞟了一眼春风，紧接着一阵冷笑，冷笑之后便是质问："你明明知道欧阳花嫂是个病人，为何你对她还要凶巴巴的？你明明知道那块地许多老板都在争，新来的城关镇党委书记不想给你，为何要怪一个有病的人呢，你真是胆大包天。"

"谁胆大包天，你是不是吃错药了！"春风几乎跳将起来，"你别在我面前耍横，谁要花嫂多管闲事？"

"我看你是被钱蒙昏了头，好坏都不分了！"得意凶巴巴地说。

"我好坏不分？"春风冷笑道，"你是不是又看上那个没爹没娘的飞梅了？我告诉你，春梅还在等你，你可别忘恩负义，人家等你几年了，不要不讲良心，否则我也不会放过你的。"

得意一听"春梅"二字，暴跳如雷："别提春梅好不好？"

春风也不示弱："我就提，你要怎样？"

得意依然凶巴巴："就是不能提，那女人已经被你伤害了，我还要她干什么？告诉你，你如果不好好改变，有你吃亏的那一天……"

"我看你鬼摸了头，你帮谁说话。"春风气红了眼，抓起地上的砖头就想砸，正好碰上急急赶来的秀秀和大雄等人，秀秀急忙抱住春风，同时连推带搡把得意劝出屋院。

一个礼拜，这栋五层高级别墅似乎平静了许多。

不多久，这栋别墅又热闹起来。得意提出要搬出去住，他要重新组建一支工程队。

秀秀听了大吃一惊，问："要另组建工程队？你可要想清楚，姐劝你别去冒那个风险……"

春风倒是不感到惊奇，他知道得意的个性，一旦他做出的决定，就是十头牛也拉不回。他也知道外面的一些耳闻，说他老弟早就想另起炉灶。既然这样，一个人无心在这里，还不如让他离开。这么一想，春风拉住秀秀："让他走，留也没用，他的心已不在这里，他要那么作践，就让他去吧。"

得意也知道大哥心里的想法，也就再不多说了。

"你要想另立山头，当山大王，迟早要吃亏，不信就等着瞧。"春风吼道。

得意牙关紧闭，什么话也没说，提着早已准备好的衣物跑出了门。秀秀挣脱春风，追到门口，外面雨声突然急骤起来……

得意从春风别墅出来后，第一个要找的人就是刘飞梅。

刘飞梅是一个苦命的女孩，是欧阳花嫂把她从树脚下捡来的，那时还不到两个月，欧阳花嫂精心照料小飞梅，小飞梅也很听话，从不哭泣，即使饿了她也忍着。那时婴儿奶粉十分匮乏，欧阳花嫂想尽办法，不让小飞梅饿着。眼看飞梅一天天长大，而且长得亭亭玉立。她读书很用功，回到家除了帮花嫂做家务，就喜欢一个人躲在卧室看书，从小学一直到读到高中，成绩总是在学校名列前茅。毕业那年，她以最高分考上了重点大学。然而世事难料，欧阳花嫂忽然重病，被立即送往县人民医院，通过检查，欧阳花嫂患的病是神经肌肉萎缩症，已经全身瘫痪。飞梅为了照顾花嫂，打消了上大学的念头。花嫂出院回家，在床架上看到大学录取通知书，才知道飞梅不上大学的原因。但花嫂还是不忍心，拉起飞梅的手，发了一通脾气，抹了一阵眼泪。花嫂与春风关系变差，飞梅是看在眼里的。一个职工每天要上十二个小时的班，这完全是一个不正当的剥削行为，并且猜出了春风之所以把事情做绝的最内心的缘由——不说自家能看出来，就连一起来县城的工友都清楚。得意不像他哥春风那样独断专行。飞梅知道他们兄弟已分道扬镳。他们兄弟决裂后，她觉得逢己不该多嘴多舌，可自己想做到的却没能做到。

　　一天早晨，太阳还没露出脸来，得意与刘飞梅就来到了东塔门口。他们一边走一边聊，快到半山腰时，飞梅就说，你从春风哥公司出来打算干什么？得意只是笑笑。飞梅又说，我有个同学的爸爸，名叫金雄，是个很有头脑又有文化的人，他与人合伙开了家房地产公司，名字叫城飞国际房地产有限公司，跟春风一样搞房地产的。因为缺乏管理人才，目前公司出现状况，银行三天两头来要还款，当时担保贷款的是城关镇政府一个副镇长王凯。王凯没办法，要求拍卖公司来还清贷款，现在公司要发包出去，看哪个孙猴子敢包？

　　飞梅讲完盯着得意："你敢不敢当那个孙猴子？"

　　这的确是个好机会。凭得意这几年东奔西闯和办砖厂的经验，承包一家公司，而且是家房地产公司，应该问题不大，况且他一直想搞个房地产公司。这是他许久都在想的一个事情，现在现实就摆在自己面前。

　　飞梅见得意在那儿转来转去，一会儿往东走，一会儿往西走，就朝他故意讪笑："我劝你别费这个神了，当不了孙猴子，当猪八戒也好嘛，回去给春风认个错不就得了，反正那里还有你的股份。"

　　得意听后，立即站住，掏出烟点上，然后就往下冲，冲到下面，已是汗流浃背。太阳很刺眼，他走到大树底下，底下很凉快。站了一会儿，他便走到欧阳海石像前，伸手拍了拍，看到飞梅跑了过来，不无感慨地说："你别刺我啊，我担心，只我一个人，就算孙猴子，也不敢保险不栽跟头啊！真栽了跟头，我就成笑话了。"

飞梅拿着一片树叶扇着凉，大口大口地喘气，边走边说："怎么是你一个人啊？"

"不是我还有谁？"

"还有春梅啊！"

"谁？"

"你恋人春梅呗！"

得意一听提到春梅，脸顿时变成猪肝色，飞梅用她特有的敏感，感到了一丝尴尬。

得意突然感到大脑像灌了铅似的，在往下沉，牙根咬了几咬，才算缓和了一下情绪，一头倒在欧阳海石像旁边躺下了。

飞梅微吃一惊，走近得意旁边，眼里露着歉意，揩了揩汗，解释道："算我瞎说行了吧？我的意思是不只是你一个，还有别人，比方我。"

得意一跃而起："你，真的吗？"

飞梅吓了一跳："不相信？"得意不知道，为了鼓动他去承包那个公司，飞梅私下里去考察过几次了。

得意这时双眼盯着飞梅，露出兴奋的笑容："我相信你，但你母亲会同意吗？"

"这还不容易，我们把积蓄拿出来，再托人向银行贷款，把公司盘过来，等她知道了，生米已煮成熟饭了。"飞梅嗔怪地白他一眼。

"哎呀！还是你文化高。"得意满面笑容，伸手摘下地上的一朵花，插在飞梅头上，然后飞快地折回半山腰。飞梅笑着喊着跟在后面追，由于速度快，那朵花飞了起来，飞梅正要去抓，一脚踏空，正倒在跑过来的得意身上。

得意来到城飞国际房地产公司，金雄一个人正躺在一块木板上，见有人来了，立马爬了起来。老婆帮他送饭来，扒了几口，感觉没味，只好丢在一边。得意把情况告诉他，他不敢相信。

金雄拿过来一条短凳，得意没有坐，只简明扼要把来意说了一下，金雄一听他敢承包公司，开始还露出笑脸，停顿了一会儿，又摇头说："就你这个样子敢承包公司，只怕是水中捞月——白费功夫。"

　　直到得意认认真真把他承包的条件说了两遍，一再表明要签合同，合同实现不了愿负法律责任，金雄才双手搂住得意的脖子，说："刘老弟，我算是找到救星了，只要能盘活公司，我给你跪下都行，你说什么我就干什么，今后，我全听你的。"

　　公司盘活正式拉开了序幕。飞梅首先把已经生了锈的牌子重新用红油漆刷了一次，把它挂在公司门口，亮堂亮堂的，十分抢眼。得意的主要任务是跑外，他的第一个目标就是找城关镇分管企业的副镇长王凯。王凯是老城关了，县城的企业个个熟，四十多岁的人，依然一头青丝，精力过人。他去看过城飞国际房地产公司，看到新挂的公司牌子，公司有了生机，跟得意交谈一会儿，感觉得意还真有想法，认定此人是能够做一番事的人。

　　王凯问得意，"你找我有什么事？"

　　"有两件事找你，看你能不能帮个忙？"

　　"什么事？说吧。"

　　"一是帮我贷款一百万元，二是介绍一两个工程。"

　　王凯思忖良久，两件事都应了下来。

　　得意内心几乎高兴得快要跳起来，对王凯笑着说："还有就是……"停了一会儿，得意带着几分期盼注视着王凯，"要说还有，就是等城飞国际房地产公司建几栋像样的高楼大厦后，请镇长一定帮我来剪彩。"

　　"好啊，我一定参加！"王凯笑道，又说，"工程设计师需不需要？我帮你介绍几个。"

　　"谢谢镇长，公司已经聘请到对象。"

　　"是谁？是本县的吗？"

　　"本县的，城郊附近的黄伯军。"

　　"是他？"王凯拍着脑壳，"你能聘请他，那不用说，这人我知道，就是当年给县里设计四家大院的那个老鬼，不过，他要求高，很难伺候。"

所谓"要求高"是因为黄伯军做事有些古板，过于严苛，但这人有事业心，业务能力强，虽然年过七旬，精神依然饱满，还能说会道。所谓难以"伺候"，是那年春风经人介绍见过面，春风一听那人六十有余，而且喜欢耍些小动作，还给他送了个轻蔑的绰号；有一次走在路上，得意碰上他，他爱理不理，似乎有些怪里怪气，很难弄懂他，但是此人一旦用上，还是把好手。得意本想跟王凯解释几句，又觉得没必要，只是笑着点头。

"这个人有个性，你可要注意。"王凯提醒道。

"这我明白，当然，有句俗话，用人不疑，疑人不用，公司对他的待遇，目前还没研究。"

"待遇可能会很高。"

办完贷款，又租了一套办公楼，难以伺候的黄伯军也来到公司了。这位建筑高才生当年被打成右派回到家乡，如今有了用武之地。上任伊始，他便与得意立下"君子协议"：凡是公司行政财务一概不管，他只负责建筑设计和技术管理，其他都听得意的。得意一听这话，似乎完全理解这个人了，签合同之前他还没有一点把握，现在看来一切都好办了。黄伯军虽然年过七旬，却如苍松古柏，腰不屈腿不弯，声如洪钟。他有一个最大的爱好，特别爱抽烟，一根接一根，几乎不用打火机。第一天，他就跑工地，设计图纸。得意非常满意。得意和飞梅每天分开行动，一是找领导，二是找客户。不久，公司设立了接待处、广告中心，还组织了腰鼓队开展宣传，这样一来，城飞国际房地产公司项目遍地开花，吸引许多想购房的客户。由于黄伯军设计的房屋实用，地段又好，楼房还没竣工，个个抢着预订，迟来的客户还找熟人拉关系，几天时间就预售一空。

一切工作都紧张而又井然。即将倒闭的城飞国际房地产公司，如同冲出发射架的火箭，以令人瞠目的速度飞跃起来。

销售得到了解决，得意又为下一栋楼盘开发动起了心思。一时间城飞国际房地产就成了整个县城的热门话题。开发不到一年，两栋房子耸立在县城中心，通过概算，纯利润便超过了五百万元。金雄得知这事惊得目瞪口呆。在城关镇一次企业会上，炸开了锅。春风虽然没把得意放在眼里，却也惊讶不已，他的心情是淡漠的，既后悔又不服气，复杂的表情都流露在脸上；睡在半夜时，时常在梦里叫着，我不服你……

春风不服归不服，他先前之所以没有阻拦得意，那是断定得意必垮无疑。但他没想到怎会忽然冒出家城飞国际房地产公司，就算有这么家公司，也是个烂摊子。一个不懂房地产的怎么去承包，就算得意这些年跟着自己搞房产，他也是只负责一方面，里面的事多复杂，他真不知道自己有几斤几两。因此，不管秀秀怎么劝怎么求，也无论刘老三和汤主任等人自告奋勇要为他们兄弟劝和，春风都是一句话：随他去吧，看他有多大本事！春风想象得意会乖乖地、老老实实地回到公司来上班，他相信，那个时刻是要不了多久的。

殊不知等来的不是城飞国际房地产一败涂地，等到的是自己的兄弟——一个不知天高地厚、血气方刚的家伙成功了。

就在前不久的一个企业能人会上，老实巴交、被喜气冲得神魂颠倒的金雄，报出纯利润超过三百万元的捷报。一家歪歪倒倒的房地产公司，承包一年就有如此显赫的业绩，这让坐在会议室里的大大小小的老板们该是怎么想，怎能不让人刮目相看？

"你们说刚才金雄那些话谁能信，要是能挣那么多钱，我春风可以说不用再做了，你们说是不是！"春风阴阳怪气地笑道。

忽然一个小厂的经理站了起来："是啊，是啊，刘总说的实话，谁不喜欢钱，可钱有那么容易来吗？"

"有那么容易，全县那么多家房地产公司，都挣过多少钱了？我就不信，现在的建材又贵，劳力成本也高了，算算还能赚多少钱，我看是给狗起了个狮子名——有名无实。"

会场上，与会人员叽叽喳喳交头接耳议论起来。

"这样下去，不要两年房价肯定下跌。"

"你这么说，还有人买房吗？现在本身房价不高，怎么还会下跌？"

"跌不跌，那要看市场的需求，我公司可以保证房价不会变，起码不会像那些歪歪倒倒的公司。"春风说到这儿，突然醒悟，搧了自己一下脸，说，"对不住，刚才的话算我放屁，要不然，这辈子我春风跟我老弟会坐不到一条板凳上了。"

会议散了。两个月后，县城这块小小的地盘上，很快又冒出了几家房地产公司。什么花明房地产、森态房地产、平安房地产等等，五花八门。街上到处是推销房子的，售楼广告搞得县城乌烟瘴气。

"不知什么原因，城飞国际房地产公司几天没开门了。门外倒是站满了人，个个敲打着大门。"消息不胫而走。

春风第一时间得到的消息，悠然自得。秀秀与春风虽然没结婚，但看到他们兄弟不和，心里总觉不安。那天正好刘老三和汤主任检查工作，顺路进了春风别墅。

热气腾腾的茶端上了桌。刘老三望望别墅，说："得意还是一意孤行，你做大哥的，要看到他倒霉才甘心？"

"他很有本事，让他跳几跳，看能跳多远。"春风又来了气。

秀秀听得心里难受，毕竟是自家兄弟，碰上得意总要劝两句。可她听春风这么一说就来气："你们兄弟之间何必要这样说，你当大哥的就不能原谅自己的亲弟弟吗？"说完，用脚踢了一下凳子，由于用力过重，凳子四脚朝天。秀秀没有去捡，黑着脸就走到门口。

春风当时没吭声，依然喝着茶，突然间来了气："你发哪门子火，这是我与我弟弟的事，你难道也有气？"

秀秀当然不敢接腔，毕竟他们还没结婚，只有忍气吞声，见刘老三、汤主任还不想走，就问他们是否在家吃饭。听了这话，春风就笑了起来，起身边扶凳子边说："肯定吃了饭再走。"秀秀这才出了门。

见秀秀出了门，春风口气自然大了；刚才脸色云阴雾罩，现在雨过天晴。

看着春风得意扬扬，汤主任话题一转："我说刘总，你跟秀秀还不扯结婚证，怎么还不睡在一起？"

刘老三见是时机，说："是啊，都老大不小了，人不能总只顾赚钱，结婚可是终身大事。"

"是啊，男大当婚，这是天经地义。"春风说，"可是我们的情况有所不同，我是想结婚结不了，秀秀也没得说的，可她老娘脾气怪，不同意我们马上办，要不是我在县城发展这么大，她老娘死都不同意。"

这边春风自信满满，得意那里却是寸步难行。

那天会议开过不久，紧急会议又蜂拥而至。听完金雄一番话后，得意此刻感到大脑一片空白。原以为承包城飞国际房地产公司是很有发展前途的，原以为有了飞梅的大力支持，公司慢慢会壮大起来，原以为有了城飞公司，自己的哥哥会刮目相看，却没想到有了城飞公司，自己的哥哥却在背后处处刁难自己。我得意真是好糊涂啊，我怎么会有这样的大哥啊。

站在门外的员工们，个个急得摇头晃脑；正在屋里商量如何应对措施的几个公司老总争得面红耳赤。只有黄伯军跷起二郎腿，闭目养神，如同进入了梦乡。

得意在屋里急得团团转，他抓起桌子上的烟点上，抽了一大口，顿时咳嗽起来，吐出一口痰来，一看有血，众人微吃一惊，屋里安静下来。

还是金雄坐不住，无可奈何地说："我看也不要太着急，事情还没发展到那一步，不就是几十套房子的销售吗？"

"说得轻巧，要说不急那是骗人的，几十套房子积压多少钱，银行贷款的利息越拖得久就越多，还得想办法。"金亮吐了一口烟说道。

金雄也似乎感到很大压力，脑壳晃了几下，想说的话又咽回去了。

大家的双眼集中到得意身上。得意似乎完全没有以前的那种豪气奔放风云激荡的样子。承包人的责任和担子，那是其他人无法替代的。

得意咳了一下，就说："老黄，你说说看。"

"要我说呀，目前还是要让广大的客户了解我们公司的情况。我们最大的失误，就是那几天不该关门，这是影响客户对我们信誉的问题。

不过现在只有一个办法，那就是加大广告宣传力度，组织宣传队在街上宣传我们公司房子的优势；另外一条，就是每平方米减价五十元钱，这样也许……"黄伯军的话没说完睁开眼睛，看着大家。

得意瞟了一眼黄伯军，对他的发言反复思考着，稍许他站起来，不容置疑地说道："也许只有这条路了，就按黄老说的办，大家有意见吗？"

每平方米降五十元？还要打广告宣传？金雄、飞梅和站在门外的员工们有些失望。这算什么好主意，还不如去睡大觉算了。

"别说那些气话，按刘总说的办。宣传工作一定要做到家喻户晓。"老谋深算的黄伯军立刻跳将起来，并且破例地不等得意同意，便布置起执行的具体方案和措施。

公司的决策得到了严格执行。第二天清早，公司就拉起了五十人的锣鼓队伍，在街上边走边喊，一条长长的"热烈欢迎购房客户到城飞国际房地产公司购房"的横幅，气势壮观。五天后，城飞国际房地产公司门口购房的人又排成了长长的队伍，仿佛一条长龙。

工地上的机器又转动起来，电动机、吊装机又歌唱了。两栋高楼大厦的房款，进入了银行中公司那个专有的账号。

这个突如其来的消息，让春风听了心脏顿时猛跳了几下，与会人员见他脸都变了青色，都不发表意见了，春风说："大家不要看着我，你们知道不？就是那个'要求高'的黄伯军的主意，这就是能人啊。"停了停，话锋一转，"你们知道那个老东西吗？他的确是个能人，不佩服不行啊！不过，大家不要悲观，他有上策我们有对策，我就不信难不住他们，难不住那个老鬼黄伯军。他们这么快就搞起了两栋大厦，难道就没有文章可做，说不定那些不达标的水泥和钢筋正在等着质量监查呢，你们说是不是？"

城飞国际房地产公司的工地上，此刻正在紧张地运行，突然闯进一伙人进来，进来的人不管三七二十一，一是翻水泥，二是测钢筋。墙角那堆水泥被翻得东一包西一包，乱成一团。然而，得意并不慌，心也不跳，知道是有人发难，他心里既暗恨又坦然。得意是一个很讲诚信、讲道德的人，来不来人检查都是不怕。

消息传到了秀秀耳朵里，她也没有办法。只知道最近春风来别墅很晚，每次回来都酩酊大醉，还没进庭院就倒在门口，嘴里骂骂咧咧："妈的，家门不幸，我要整死你。"这事传到得意那里，当晚就立马把黄伯军、金雄、飞梅、金亮几个叫到公司开了个小会，并特意买来好酒，喝到半夜。

这场"火与水"的战斗，经过不少人的口头加工，传到了镇里。王凯亲自赶到公司，了解情况，对得意表扬了一番；要回镇里时还介绍了几户要购房的客户。得意本来烦躁的心，一下子清凉了许多。

不知不觉一年就完了，新的一年春节就要来到。为了更进一步搞好来年的工作，公司对财务进行了清理，经过结算，一年来，除去支出，账本上还盈利两百万。两百万元，得意有他的安排：发放职工工资，剩下的作为新年工程的投入。然而事情并非那么简单。快到过年了，职工们见工资迟迟没发，个个问为什么？一传十，十传百，员工们都来公司找得意，得意却不见了。

见不着人，怎么过年？员工们开始怀疑是不是得意拿着钱跑了？有的员工站在公司门口哭着闹着，说要马上告公安局。这事一告就准，公安局立即展开调查，来到公司办公室，门是关着的，把门踹开，里面没人。这一闹，就连最相信得意的黄伯军也坐立不安了。

黄伯军一出门，看见得意跟飞梅，每人提着一个沉甸甸的大包向公司走来，走到跟前，得意要黄伯军通知员工马上到工地上开会发钱。黄伯军一听脸上笑得眯成一条缝，立即就通知去了。待得意与飞梅到工地，员工们都个个笑脸站在那里了。看到员工们基本到齐了，得意就宣布开会。紧接着鞭炮声巨响，满天的烟雾飞向空中。得意首先总结了公司一年来的工作，又把来年的工作打算简要地说了一通。然后宣布发放工资，还有奖金。有二十个员工领了五百元奖金，有个员工领了两千元奖金。发完奖金，得意说，感谢大家辛苦了一年，在公司最困难时，大家任劳任怨……最后告诉同志们一个好消息，明年已接到五栋大楼的项目，希望同志们过个好年，明年又是一个丰收年。

员工们带着信心和满足，在纷纷扬扬的瑞雪中散去。只有那几个闹得最凶的人垂头丧气，在人们不注意时，偷偷溜走了。

黄伯军走到得意面前竖起大拇指，笑着说："好样的，小伙子，没想到你的脑子比我还好用，佩服！"

飞梅听了，哈哈地笑了笑："你现在才晓得，这几天，得意为公司明年的发展出外去找工程。项目谈了好几个，个个都有成效，所以马上可以发工资，弄得黄伯伯也不知所措。"

黄伯军边走边说："原来如此。做得好，做得对，连我这个老东西也让你们蒙在鼓里。"黄伯军发出一阵爽爽快快的大笑。

好不容易到了茶山。得意拉着刘老的手下了车，还没站稳，跟在后面的车"嘎"的一声，几个副总笑眯眯地走到刘老身前打招呼。城飞国际房产公司有四个副总，一百多名员工。金雄是公司的元老，但从不倚老卖老，脸上总是一脸的微笑，如果当时不是他的坚守，公司也难走到今天。

金雄是一个靠得住的人，在公司他是一个无话不谈、无事不做的人。那一年城飞国际房地产公司取得显著成效。一天，金雄主动找到原公司的负责人，要求承包期满后继续由得意承包。但得到的回答是：得意可以继续承包，但必须提高承包费。金雄一听，脸色变了，找人说情不能增加金额。春风也想要承包，一直在托关系，还找过几个副总，说可以提高承包费。金雄后来通过王凯找了企业局的方九胜和刘老三亲自登门去做工作，春风才答应不去插手。去年公司快到承包期了，听说春风还是想来插手，金雄又找刘老三给春风打电话，几个回合总算又说通了，得意这才松了一口气，平平安安过了一关。

然而，没过多久，又有坏消息传到金雄耳里，他又马不停蹄地找人——找刘老三，刘老三知道金雄找他的意思，就躲着不见。后来没办法，得意使出招数，把所有原来承包的资金不付，这样使公司不好发包。金雄见得意这招行，又稳住了公司。金雄干劲冲天，每天跟在得意后面，得意去哪，他也去哪。得意更加看重金雄，公司凡有大事，总要先与他商量，然后再召开公司老总会议做出决定。得意越是这样，金雄越是觉得得意这个人好，更加支持得意的工作，并且逢人便说公司的变化和得意的为人分不开。

县里召开企业工作会议，来到公司观摩考察，金雄很高兴。他作为公司年龄最大、资历最深的老技术员，作为新承包的公司的参与者见证了公司的复兴，更让他激动不已的是，全县所有企业领导人都来到公司，这在平阳县是没有先例的。城飞国际房地产公司远近闻名，市企业的负责人也曾来过，可有这么多的企业老总一块来，春风公司有吗？没有！你春风再吹自己、再暗地里捣鬼，又能怎样？现在还有谁会相信你吗？

企业负责人在城飞国际办公楼坐过之后，又来到新开发的茶山。漫山遍野的茶树，新的芽、绿的叶、白的花，看了让人赏心悦目。

金雄满脸的笑容，右手拿着大话筒，用沙哑的嗓门不停地讲述着，回答着参观人员提出的问题。

大家来到茶山最高的岭上，看到眼前一眼望不见边角的果园。

"这片山，说起来是得意承包公司之后干的第一件大事，这里头可大有故事哩。"金雄对参观人员讲起来，"那年公司快要承包期满，有人想来插手承包公司，我一听愣了：这家烂公司刚通过努力有了起色，怎么就有人来横插一杠，这简直是胡搞。为了这事我就对得意说，有人想公司期满后要来承包公司，你打算怎么办？"他笑笑，没回答，我知道他在笑一定是心中有底。我故意问他，你笑什么？他还是没有吱声。我正在琢磨着，没等我缓过神来，他就说，不要急，合同不是还没到期吗？为了继续承包下去，我们还得做一件事，目前既要把公司的事做好，又要开发新的项目。当然公司主要工作是以房地产为主，但还要多种经营。太和村不是有片荒山吗，我们到那里去开发一片茶山和果园，你看这个如何？当时，我有些不太理解，一个搞房地产的怎么去承包荒山，这能行吗？我就说，不行，我不看好你的经营方式。得意依然笑笑，说，我看很好，没有说搞工程建筑的就不能开发茶山果园。他两眼盯着我，但我还是不理解。后来，这事拿到公司讨论通不过，有的员工还说他是发神经。有人还趁机起哄，我去制止，就说我跟得意一个鼻孔出气！得意倒沉稳，在台上坐着，一动不动像个佛爷。直到员工们争得不可开交时，得意才站起来说，大家说得没错，我是承包公司搞建筑的，不是承包来开发茶山的，我是公司老总，我有自己的想法；你们想一想，现在公司百多号人，有时工程不多，不需要那么多人，拿出一部分人去搞开发，人尽其用，这样不好吗？大家如果想早日富起来，那就听我的，如果开发茶山失败了，我得意一个人承担损失，不连累大家。如果大家还是不愿意，我只有辞职不干了。他拍拍屁股就走到门口，返身又对大家说，公司财会室已结好账，除去现有没完工的工程，其他的账我已结了，大家是留是走随便。这一下，那些反对的人个个愣了。这时，我见大家没作声了，起身说，我看刘总这个想法是可以试一试的，我相信刘总，他是个说一不二的人，讲得出就能做得到。现在我们来表决，同意刘总决定的请举手。金雄先带头举了手，紧接着，大家你看我，我看你，之后陆续都举起了手。

"得意说干就干，第二天就在公司安排了五十名员工上山开荒。那时用拖拉机翻地还很少，只能用人工挖。得意安排我主抓这件事，我接受了。但意外的事情还是发生了，这山都是板石山，很难挖，按人头一个人要完成五亩山，需要十个工作日，但是到了时间，却没有一个人完成任务。我向得意汇报，得意并没说什么？他知道挖这些山的难度，他要自己去试试，结果五亩山不到八个工作日就挖完了。员工们无话可说，只能硬着头皮加班加点地挖。一片五百亩的荒山，终于开垦完成。翻过的红泥土，像是铺着起伏的红地毯。这时刚好又是植树的季节，得意那段时间忙上忙下。功夫不负有心人，总算把茶苗和部分果树栽了下去。第二年茶树发出绿芽，第三年就开花结了果，员工们怨言没了，对得意信服了。

"往后的事大家晓得了。第四年茶山迎来可喜的收入，五百亩茶山，每亩产一百斤茶油，每斤二十元，五百亩就可得十多万元。得意从这笔钱里拿出两万元购买肥料。山上还有二十亩果园，种植了水果。水果公司不卖，过年过节，发给职工作生活补贴。金雄看到这一切，喜上眉梢，就对刘总说，得意啊，多亏你有远见，不然哪有今天。得意说，我也是没有办法啊，要负责百多号员工的生活啊！"

金雄介绍得满脸大汗，与会参观的人听得很认真。他意犹未尽，举起话筒又说："说心里话，从那时起我就佩服得意这个年轻小伙子了。他能说能干，总是有些新想法，能事事走在前头。这些年，我总是支持他，要他大胆干。现在我老了，但我还要继续跟着他干下去，还要看到城飞国际房地产公司发展更快更红火。"

金雄的话在参观人员心里激起了强烈反响。在茶山转了一圈，穿过一条小溪，就到了茶山管理所。进了管理所，得意高兴地上来迎接，龙小军、刘金龙围着得意有说有笑，都说你小子行啊。

参观人员休息了片刻，得意把刘老和随行来的人送到车上，看到小车向前驰去，他才返回到茶山接待所。桌上已经摆满了果园摘下来的新鲜水果，大家拿着水果把玩着。

"怎么不吃啊，转了一圈不饿吗？是不是对我有意见啊！"得意半开玩笑半当真地说。

龙小军咬了一口水果，说："意见肯定有，这么好的事，怎么就不和我们分享一下？"

"分享一下，怎么个分法？"在场的人都在往下听。

"所谓分享，其实我认为城飞国际房地产公司这几年可以说是突飞猛进的发展，路子也拓宽了，但是要继续发展还要费很大的努力，当然这话轮不到我说。在这里也算是班门弄斧。"龙小军继续说，"现在土地越来越值钱，农村人陆陆续续都往城里挤，所以土地开发快要走向好前景。可是得意为什么能发展得这么好，怎么就不教教我们，他一个人吃得胖胖的，而我们都是瘦肠子。分享一下，其实就是要得意不要独吞，让大家分享，个人富，不算富，大家富了才算富，你们说是不是？"龙小军又说，"所以我说啊，我们这些人每月聚一次，是不是定个规矩，选出一个人来领头，成立一个'议事厅'，这个领头人就让得意来当。"

"这个主意好，我同意。"唐鲜和城北居委会的头头率先响应，他们早就有这个想法。

"这个'议事厅'就是大家聚在一起议论，的确是个好地方。"

"是不是要请示一下镇里，虽然说是议事，难免怕人家说我们搞小帮派。"

"这事是得考虑，心难测，不吃他的，不穿他的，却反而说我们乱搞帮派活动。"

七嘴八舌一阵后，大家的目光这时落到了一个人身上。

得意知道大家的目光都聚在自己身上，他有些顾虑，因为不是城里人，他是一个从乡里走出来的人，遇事需要考虑周全。

"龙小军，你这不是在害我吗？我有城飞国际房地产公司就已经够累的……"

"时间是一条河，莫让它在你指尖流过。这是拉丁美洲流行的一句谚语。因为在座的人，你头脑最好用，才让你……"掌声响起，大家拍着双手，脸上泛着笑容期待得意的回答。

"龙小军，你别再说了，桌上的水果还让不让人吃啊？"得意脸上故意显得沉重，但心里还是挺乐意的，"大家拿水果把玩，怎么不吃啊，吃不完分给大家，让家里人也尝尝我们水果园的水果。"

龙小军甜甜一笑，脸上露出一种明亮的光彩，他一手抓着一个水果，在桌上转了一圈："看来不吃白不吃，今天总算看到得意老总的诚意。"说完，他又挑了两个大的拿在手上，二话不说，一口咬在果子上，甜甜的，酸酸的。大家纷纷拿起水果大口大口地吃了起来……

八

东方渐渐发白，县城郊区村里的公鸡叫了，右边一叫，左边村头里的公鸡随声附和。它们嘹亮的啼声，像是从很远的地方传来。这时，天开始亮了，洁净的蓝天上，一抹罗纱般的玫瑰色慢慢地伸展开去……

上午，太阳像火球一样，没有草覆盖的水泥地板上，热气烤人，此刻站在门口东张西望的飞梅，急得走来走去。

太阳升得老高了，得意为何还不回，是不是……

这是得意从哥哥春风那栋别墅净身出户后租的一栋矮房子。几年前的那个夏天，成了城飞国际房地产承包人的"办公地点"。这几年翻天覆地，屋子依然如故。原来天花水泥板上漏水，阴冷潮湿，墙壁上粉刷的白灰胶，到处是披一块掉一块。经飞梅的整修，如今阴冷潮湿的水泥顶和墙壁已经被高档的材料代替。客厅虽然小，但很整洁；两边摆沙发，正中一张小圆桌，桌上陈列着一盆雨花台的纹石。这石头的宁静、明朗、坚实，似乎也象征着主人的性格。那天，来做客的欧阳花嫂，看到屋外是农村，屋内是城市的打扮，拉着飞梅的手夸了一阵。进入卧室又是另一种装饰，墙的上方挂着风景画，下方是一个书柜，书柜摆满了书。因为得意喜欢文学，除了理论书籍，大部分都是文学作品和各类杂志。得意的爱好也让飞梅渐渐喜欢上了文学。一天，飞梅闲着没事，顺便拿出一本书，打开一看，吃了一惊，书上写着两行刚劲有力的字，飞梅读着无比兴奋。

得意见飞梅拿着那本书看得入神，就只是笑。飞梅看了好一阵没吱声，正要说什么，得意快速说道："那两行字的意思，我是当真的。"

"讨厌，我才不！我才不！我配不上你，我……我……"飞梅吞吞吐吐说着，笑着，像咧开的槐花灿烂香甜。

那两行字的意思是双关语，看你怎么理解罢了。那是得意用了爱迪生的一句名言："无论何时，不管怎样，我也绝不允许自己有一点灰心丧气。"那是初中同学龙小军送给得意的。飞梅对这本书爱不释手。看到得意心情不好时，她就会主动念这句名言，念完后，得意那种愁眉不展的心情，立即就烟消云散。

飞梅站在门口好一会儿了，得意还是没回。她想给他一个惊喜。她把刚从街上买来的肉从袋子里拿出来，左想右想，突然心中一笑，有了，她把肉切成丝，然后把肉丝放进已经炸好的四角形豆腐里。飞梅拿在手上欣赏了一下，觉得很好，心花怒放做了好大一碗。

豆腐煮好后，整个房屋弥漫着香味。她帮欧阳花嫂盛了一碗。已经是快到吃饭的时候了，得意还是没回来。她就跑出门口，还是不见人影，感觉心里凉凉的。好不容易做一次饭菜想让他尝尝自己的手艺，给他一个惊喜。

飞梅在城飞国际房地产公司担任办公室主任。当时得意净身出户，如果没有飞梅的帮衬，就没有今天的城飞国际。她不但统筹全局，为得意出谋划策，还要精心照料一个瘫痪在床的老人欧阳花嫂。她要把自己的全部爱心奉献给欧阳花嫂和得意这两个人，一个是救她性命育她成长的人，一个是并肩战斗的情侣。有了他们，她每天的生活才充满阳光。

这两个人已经占据了她的整个心灵。欧阳花嫂吃了她煮好的豆腐，已经进入梦乡，可得意呢？

飞梅回想几年前，不知什么原因得意爱上了春梅，她的心像被老鼠啃咬着。如果不是春风那天请春梅有事，两人一起跳舞，被得意发现，得意不会放弃春梅转而与自己恋爱。如今，两个人的感情早就融为一体了。

这时，外面突然起了风，四周的树木呼啦啦地响了起来，公路上传来急急的喇叭声。人行道上那边，一群儿童唱起了歌，歌声嘹亮，悦耳动听。而山脚下，村边那条急流滔滔的小河，就像唱着一首好听的歌。

她在门口站了好一阵，也没看见得意回来，他到底干什么去了？是开会，还是别的事？

飞梅站在门口还在东瞧西望，正要转身进屋，一双眼睛突然被后面一个人悄悄地蒙住。飞梅当然清楚是谁，只是得意用力过重双眼有些疼痛。

"你干什么？要我过来，你又走开，什么意思？"飞梅嗔怪地瞪着得意。

得意嘿嘿笑着："今天阳光明媚，愿不愿去小溪边走走？"

"我也有此意，我们想到一块儿了。"

得意吃了飞梅做的豆腐后，简单收拾了一下，两人小步向溪边走去。溪水很清，映着蓝天，照着他们在桥边上的影子。二人嘻嘻哈哈，指指点点。得意说："梅，看你心情很好，是不是有什么事要告诉我？"

"我没事，你刚才干吗去了？"飞梅走了几步，故意摆出一副生气的样子。

得意追过去，拉住飞梅的手，飞梅没动，仍然做出生气的样子。得意说："好了，好了，我告诉你不就得了。"

飞梅脸上露出灿烂的笑容。得意顺手一把抱住她，说："今天我们什么事都不做……"

他们沿着右岸往下走，前面展开出一片开阔的水面，清清可鉴，泛着涟漪。二人站住，看着水面的鸟在那儿戏耍，如同一幅精美的山水画。

"刚才不是说有事要告诉我吗，怎么不讲了？我们不要待得太久了，家里还睡了个老人要照料呢！"

"你妈妈来了，刚才怎不讲？我好给她买些东西。"

"买不买东西不要紧，要的是那份心，你是知道的，当年如果不是妈妈发现我，如果妈妈没有一颗善良的心，哪有我的今天，所以说，我把妈妈接到县城来，能让她过得好一点，尽尽我的孝心。"

"那是应当的。"得意一边说一边拾起一个石块抛向水面，水面上荡起了一片片涟漪。得意就把清早去城关镇的事说了。飞梅拉着他的手静静地听。当他讲到去镇政府的时候，就联想那天刘老与谢昌的每一句话，每一个动作，和那天与会的热闹气氛，都清晰地浮现在她的面前。飞梅是一个有追求的姑娘，得意的话经过她的大脑，立刻幻化成色彩斑斓的画面。

"龙小军口气特别大，在榨油厂尝到了甜味，现在又要开发一个苗圃，要我加入，还要选我为场长，我才不干呢。"

"有想法是不错，关键是要实干。"

"他的口气太大了，讲话总不过脑子，我怕到时事没做好，牛皮吹破天。"

"榨油厂，每年有多少盈利？"

"多少盈利？还真不好说。"

"怎么不好说呀？"

"因为建厂时，贷款就上百万，每年利息就得要多少？"

"创业肯定有风险，办企业首先考虑的是利润，还要有决心。"飞梅坚定地说。对办企业飞梅比较熟悉，因为得意每干一件事都离不开她的指导。

"这不是风险不风险的问题。"得意边说边抓起脚下的石块抛向水面，"开发苗圃成本虽然不高，但我不太感兴趣……"

"不感兴趣，我看不是主要原因，主要原因是县林业局有个苗圃。不过居委会山多土多，能调动一切劳力开发也是件好事。你想想，只要有山，开发苗圃成本低，挣钱快，我看主要问题就是决心的问题。"

得意以拳击掌："还真是决心的问题，开始我只是考虑负债问题，以为榨油厂贷款还没还清，这里又要贷款，没想到二居委会山多土多……"说到这里，他立即站了起来，"好家伙，有你这句话，鼓起了我的勇气，可真要感谢你啊。"

"怎么谢呀？"飞梅半是高兴半是期待地瞟过几眼，转身站了起来说，"还没想出来，是不是要我提醒……"

"想出来了。"得意此刻的心如灼烧般，他直视着这个心爱的女人，神情却出奇地平静。突然上前把飞梅拦腰抱起，原地打了几个旋转，把一腔爱的温柔和粗暴一齐倾泻出来。飞梅没有挣扎，甜甜地笑着，双手搂住得意的脖子，沉浸在令人心驰神迷的爱情激流中……

他们手拉手从小溪回到那栋矮小的房子时，秀秀正向这栋矮房子走来。

晚饭后，木叉婆听说秀秀要去劝得意回来，就拉着秀秀的手苦口婆心劝了一阵，但依然没有效果。秀秀不知吃了什么迷魂药，非要去劝得意不可。劝，当然得劝；去劝，不是为了春风，而是为了春风他爸，虽然他们人影也没见着，但听到那些流言蜚语，她破碎的心，好似又被狠狠扎了一下。木叉婆不想跟她啰唆，立马鼓起那双细眼，破口大骂，"你还替他着想，你是病了，还是少了哪根筋，他现在对你怎么了，你难道不知道，你这个蠢货，你不气死我才怪。"木叉婆骂了一阵，心里就发慌，气喘吁吁。秀秀就走到母亲跟前，帮她捶背，木叉婆不理，嘴巴翘上天。秀秀见她这样也不管了，反正自己决心已定，不会动摇。不过，秀秀还是有点顾虑，不是母亲的话不对，现在的春风有了钱，与往日不可同日而语，说话口气大，做事胆大包天，目空一切，让她担心又害怕，毕竟他还没找自己说什么，就算到了那一步，他下定决心要离，自己也没亏，所以尽管母亲唠唠叨叨骂骂咧咧，为了得意的父亲刘冬生，她也要去找得意谈一谈。

不过，谈归谈，自己的事还得有个目标——目标就是把春风背叛自己的真相告诉刘冬生，看他当着儿子的面怎么说服他儿子。要是春风不理不睬，自己该怎么办？

秀秀一时拿不定主意，身子飘飘的，心中有一种想说却又说不出的感觉，母亲几次提醒她向刘冬生说出实情，几次又都徘徊在门口，她不知道怎么对老头子开口，不知道老头子知道真相后，会不会按照她的愿望管教儿子，如果……如果……秀秀想到此，已经心乱如麻。怎么办？怎么办？最后打定主意，就是劝得意回来，让他重新回到春梅身边，把误会消除。然而事情并非她所想的那样如意，自从春风与春梅跳舞后，得意的爱已转向了飞梅。但不管怎样，自己要尽心尽力去做，死马也要当作活马医。

她越想越急，恨不得立马见到得意。她从母亲的出租房出来，转过几道弯，好不容易看到那栋矮小的楼房。

得意从那栋五层楼的别墅净身出户后，就一直租住这栋郊区的矮房，这栋矮房经过装修，也还不错。虽然，夏天的阳光热得要命，蚊子也多；冬天，在白雪的覆盖下，房里冷得浑身打战，但是得意心中有着奋斗目标，再热再冷也能战胜。功夫不负有心人，得意能发展到今天也算不错。近段时间，得意跟春风斗得你死我活。春风真不要脸，就算是有跳舞的"瘾"也不能跟自己未过门的老弟嫂跳啊。这让得意能相信吗？得意总算闯出了前途。春风啊，你是聪明一世，糊涂一时啊。男女间的事一旦有了风吹草动，你就是没做，跳到黄河也是洗不清啊。现在闹到这种地步，为了得意他爸，为了龙下村不再出笑话，也为自己能顺顺利利跟春风和好，自己不得不来劝得意，希望他能顾全大局，与春风坐下来交流交流，自家兄弟哪有一辈子仇恨啊。

如今秀秀总算看清了。虽然近段时间再没搭理春风，但一起居住在一栋别墅里，总得碰上，你看上唇与下唇还要咬上，何况住在一栋楼呢？每当看到春风无精打采，怜悯之心会涌上心头。一路想来，不知不觉就到了得意那栋矮房门口了。

门虚掩着，秀秀知道得意在屋里，推门进来，看到屋里整理得干干净净，不禁一阵惊喜，正要叫喊，得意拿着一本书从卧室里出来。

"不错嘛，屋里够干净的。"秀秀笑着说。她这儿瞧瞧，那儿看看，她是第一次到这里，看到得意忙这忙那，很快就倒来了开水。

瞧了一阵儿，秀秀到沙发上坐下。沙发上放着一件花衣，和一堆怪里怪气的石头，不用猜，飞梅肯定在里面。

"飞梅来过？我劝你还是三思啊。"她问。

"没有考虑的余地，我现在爱的人是飞梅。"得意回答得干净彻底。

"飞梅是个好姑娘，但你也不能这样对待春梅呀，毕竟你与春梅恋爱这么多年，不能……"

"秀秀姐，你不用再说了，你来我欢迎，要是来说这事我就不爱听了，我知道你是无事不登三宝殿的。有什么就说吧。"

"我也不骗你，还真有事要跟你说，怎么没看见飞梅，是不是走了。"他没有回答。

"怎么不回话，我来的意思你应该明白，我劝你还是搬回去住，你知道这段时间你哥的情况吗，整天无精打采，像丢了魂似的。其实我也恨你哥，但想想跳了下舞能说明什么？"

"还有就是你跟春梅的事，你不能就这样甩掉人家，你们毕竟恋爱那么多年，多不容易，现在喊散就散，你总得跟人家讲清楚呀。"秀秀见得意双手蒙住耳朵，只能把话打住。说心里话，她也是能够理解得意的，也理解得意跟飞梅来往，因为欧阳花嫂跟得意父亲有着特殊的关系，现在看到得意态度不冷不热，心里一头雾水，不知道该怎么说了。

"话我是带到了，听不听由你，你是个有文化的人，孰轻孰重你应该明白。"秀秀见他这样立即起身出门，得意什么也没说，看到秀秀满脸气愤离开，一时也不知说什么，只愣愣地站在那里一动也不动。

飞梅一路奔跑，一路哭哭啼啼地往家赶，她不知道自己为什么会哭。来到住宅附近街道上的一株桂花树旁边，她站住了，看满树的桂花，淡黄的，橘红的，香了一条街道。刹那间，一种甜蜜幸福感涌满全身。

站在桂花树下的飞梅，已是出落得亭亭玉立的大姑娘。今天得意的主动让她感到意外惊喜。这么多年了，自己一直暗恋他，自然这种暗恋和事业把他们的心连在了一起，从现在的苗头看，相信得意会爱上自己的。你想，他能抱着自己转一圈，那高兴的样子，如同一缕阳光一丝春风，满载着温暖飘进自己的心田……

飞梅进了出租房。抹了一下高兴的泪水，她不想让欧阳花嫂看到，欧阳花嫂眼泪浅，要是发现飞梅落泪了，不高兴了，她也就会伤心得没完没了，问这问那，让你哭笑不得。

飞梅悄悄地移动脚步，还没进门，卧室里就有了响声，知道妈妈在起床了。

"飞梅，清早就野到哪去了。"卧室里传来妈妈的声音。

"妈，我能野到哪里去。"飞梅乐颠乐颠走进卧室，脸带笑容，站在母亲跟前。

飞梅对母亲过去的情况一概不知，是她长大后才慢慢听人家说的。

那时欧阳花嫂长得漂亮，初中毕业后，她完全可以读高中，是因为一场灾难落到了她家。父母离世早，全靠亲朋好友救济。那时欧阳花嫂已经长成了一个大姑娘，村里的年轻人看到她长得漂亮，都请媒人来说亲，但她一个都不同意，她心目中爱的那个人，就是刘冬生。刘冬生也很爱她，两人经常书信来往，他们正准备结婚时，刘冬生就被国民党抓了壮丁，待欧阳花嫂知道，刘冬生已是人去楼空。那段时间，欧阳花嫂像丢了魂似的，每天不管天晴还是下雨，都会站在山岭上望着那个方向。时间确实是一副好良药，花嫂急躁的心慢慢缓和下来，但她决心已定，不见刘冬生绝不结婚。时间不等人，一晃就到了五十岁，也没听到刘冬生的下落，她没有办法，只好离开村子，一直到老再也没有结婚……飞梅想起母亲就联想到自己，所以每当想到这件事，她的心总是痛痛的，苦涩的，她原本可以去上大学的，为了照料好花嫂母亲，她放弃读大学的机会，以报答母亲对她的养育之恩。

"你是不是去找得意了？得意现在是不是很有钱了？"花嫂坐在床沿上问道。

"妈，怎么问这事啊？"飞梅有些莫名其妙。

欧阳花嫂盯着飞梅，发现她今天有些异常，看她的目光里还透着一股喜气，忙问道："看你的神色，是不是有什么好事要跟妈说。"

飞梅听妈这么一说，心情豁然开朗，一身轻松。满脸的笑意，于是伸出双手在母亲的肩上揉了起来。

"是有好事要跟妈说！"

"什么好事，是你跟得意的事还是你们公司的事？"

"两者都有，你想听哪个？"

"先听听你跟得意的事。"

"我们的事暂时保密，我还是讲讲公司新开发的那片茶山，好不好？"

"好，好，好，你就讲吧。这几年开发茶籽还是不错的，得意的头脑好使，不但开发茶山，还种了那么大片的果树，了不得！"

欧阳花嫂虽然病魔缠身，但心里总是惦记着公司的发展，凡是公司有新的开发，她总唠叨不止，所以飞梅回家来就会讲给她听。每每听到这些，欧阳花嫂的病就比吃药还见效。

"得意的年龄跟你差不多，就能干出一番事业，是个好后生。听说这几天市里来了一位老人，对得意评价还蛮高，有这回事吗？"欧阳花嫂坐直身子问道。

"有啊！"飞梅露出满脸的笑意，说，"不但有这回事，而且得意说你上次那个建议非常好。"

"我能有什么建议？"欧阳花嫂愣了一下，随即笑道，"我那是随便说的，你要得意别当真。"

上次，得意开完会兴致勃勃来到欧阳花嫂的出租房，得意就把开会的事告诉了欧阳花嫂。飞梅边倒开水边听，哪知飞梅听到得意说到项目的时候，很敏感地制止。欧阳花嫂听后思索了一会儿，就说出这个项目可以搞，飞梅却不敢当着欧阳花嫂的面说不行，只摇头示意得意，得意当然明白飞梅的意思。考虑再三，这个项目还是没有开发，但没过多久，镇里召开全镇企业负责人会议，得意又把这个项目提了出来，市里来的刘老觉得这个项目可以开发，才有了欧阳花嫂随便说的这个项目。飞梅得知这个项目能开发，对欧阳花嫂刮目相看，一个病魔缠身的人，能对项目开发看好，那不是两句话就能讲得清的。

跟花嫂聊了一阵后，飞梅想回自己房间，正要跨腿，欧阳花嫂又叫住她："飞梅啊，你刚停学，我劝你还是参加明年的高考吧。"

飞梅笑笑，没有吱声，她决心已定，不再离开花嫂。同时她知道欧阳花嫂的意思，要自己把读大学的事摆上日程，提醒自己要多复习，不能把原来学到的知识荒废。

"高考我是不会去参加了，复习功课我会抓紧，我打算明年参加自学考试。"飞梅笑了笑，走进自己的卧室。

自从春风开公司后，村里能进厂的村民都被他招进了县城。本来飞梅是住厂里的，因为欧阳花嫂需要人照料，她特意租了两间房子，大约四十平方米，飞梅把房子打理得干干净净，整整齐齐。

房子虽然不大，但有两个卧室，一间厨房，一个卫生间。那天得意来看了之后，他找人把屋内重新装修了一次，而且装潢考究，地面与棚顶都实木安装，墙面贴着银灰色的墙纸，屋内摆设清一色的柚木家具，风格古香古色，显得贵气。

　　飞梅来到屋里，就想起了得意，脸上又变得火烧火燎了。与得意在一起的感觉，可以让她快乐得没心没肺。

　　飞梅虽然快乐无比，但想到自己的身世，内心深处就像长满了刺的仙人掌一样，无比脆弱。如果心灵不受到创伤，得意那天抱她，她完全可以给他。然而，飞梅是个命苦的姑娘。

　　说到飞梅的身世，得从二十年前秋天的一个晚上说起。那天晚上，天空是铅灰色的，迷迷茫茫、混混沌沌。从龙下村准备离开这个村庄的五十岁未结婚的欧阳花嫂走出了山庄，快到一个村子山坡时，忽然传来一个婴儿的哭声，她停下脚步，循声望去，见大树脚下放着一个婴儿。她急忙走去抱起婴儿，左瞧瞧，右看看，没有发现有人，她心里嘀咕了一下，这婴儿一定是有人特意放在这里的。当时正是纯女户结扎，婴儿的父母肯定想养个男孩，结果又是一个女儿，父母只能忍痛割爱，丢弃女孩。欧阳花嫂抱着婴儿就像抱着自己的孩子，看着婴儿大声哭啼、伤心至极的样子，欧阳花嫂心里难受死了，她不知道怎么办，她想，是抱走还是把婴儿放回原处？正在徘徊之际，婴儿不哭了，而且脸上有了笑容，花嫂看了心里涌动起一股暖流。她用手摸了摸婴儿的脸，婴儿好像对她笑了起来，看着天要完全黑了，加上天气也热，欧阳花嫂抱着婴儿已是汗水淋漓。她把婴儿依然放回原处，突然看到婴儿的勃子上放有一张纸条，欧阳花嫂一看，没有感到吃惊，知道是这么一回事，立即决定把婴儿抱走。抱回到娘家，那时，父母早已离世，房子空着，欧阳花嫂住在娘家。抱回孩子那晚，欧阳花嫂没有睡，一直想着如何养活婴儿……一晃就过去几年，婴儿取名叫飞梅，小飞梅她也开始懂事了。为了让飞梅没有后顾之忧，加上自己没结过婚，就叫飞梅称呼自己为妈；到了八岁，飞梅开始读书了，她读书很用心，一直到高中都是学校年级前三名。哪知飞梅高中快要毕业了，因为填表格，学校领导才把她的身世告诉了飞梅，飞梅知道后跑回家，跪在母亲面前拉着母亲的手放声大哭，直哭得母亲也跟着抹着泪水。

"飞梅啊，别哭了，是妈对不住你，让你这个时候才晓得。不过，你可别怪你的亲生父母，他们肯定也是没有办法，那个时候农村重男轻女的观念很浓，哪个父母不想养个男孩传宗接代。所以这件事就别去想了，我就是你的亲妈，你就是妈的亲生女儿。飞梅啊，现在妈把你养大成人，你就得好好做人，要做像得意父亲那样的人。"

母亲的一番话，让飞梅记在心间。从此她与母亲相依为命，后来欧阳花嫂因病缠身，不能劳动，原本飞梅可以考上大学，但她为了照顾母亲才放弃上大学的机会。有一次，几个姑娘坐着聊天，聊着聊着，就聊到飞梅身上。有人就问，飞梅，你这么大了，亲生父母可能还在，想不想他们？飞梅听了这话，开始没有发火，心却在燃烧着。后来又有人问飞梅，毕竟那是你的亲生父母，有血缘关系，他们那时把你丢弃也是没有办法。这话还没落音，飞梅一跃而起，气愤地说："我不想见，不想见，别再说了。"

气愤归气愤。其实飞梅心里还是想找亲生父母的，毕竟血浓于水。时间是医治心情受伤的最佳良药，慢慢地也淡忘了。她对现在的母亲欧阳花嫂体贴入微。欧阳花嫂虽然病魔缠身，但她总为飞梅着想，不到万不得已，从不喊飞梅做，哪怕一丁点。

飞梅在得意公司上班，从不迟到早退，她工作认认真真，扎扎实实，她的愿望就是做一个有出息的正经人，她喜欢的人也要有出息，绝不跟那些不正经、没有出息的人来往。想到这些往事，她后悔不该从得意房间跑出来……

飞梅擦过几行泪水后，情不自禁地微微涨红了脸，她感到此刻心境平复多了。然而让她没想到的是，刚平复的心里，得意的相貌又立刻出现了，而且很快占据了她心灵的所有空间。

得意就是自己所要找的那个人，为何自己还那么扭扭捏捏，为何他有那个举动，自己怎么不积极配合，他的主动，已经证明他对自己有好感，自己为何还不接纳呢……飞梅想到此，平静的心湖里掀起了小小波澜。

飞梅进卧室就躺在床上了，外面响起了雨声，雨声中，她有意无意触摸自己丰满富有弹性的乳房时，不禁感到内心如同一个小女孩般雀跃起来，她想得意是自己的，一定要死死抓住他，这辈子非他不嫁。想到这些，飞梅再次感到一阵阵心跳，面红耳赤，心里涌动起一股暖流，是一种被爱的幸福暖流。

九

春梅陪完最后一桌客人后，总算松了一口气，她满脸绯红站在门口。看看太阳快要落山了，夕阳从树梢头喷射出来，将白云染成血色，将宝山染成血色。春梅急着要赶回出租房，她一步低一步高往家赶，因为她还有一个妹妹在读书，快到春风房地产有限公司新建的广场，她又停下了脚步。新建的广场是春风投资兴建的，也是目前县城一个较大的广场。她歪歪斜斜往前走，路人见她红红的脸，都投来猜疑的眼光，她想在广场转一圈，欣赏一下周围的美景，可她没心情去享受那种娴雅安逸的乐趣。

出租房位于一条僻静、狭窄的小巷子。她进了小巷子，见出租房门虚掩着，推开门，屋里没人，父亲没有回来，桌上丢下一个书包和几本翻烂的课本。

她见家里没人，就倒在烂沙发上睡下了，她今天喝得太多了，一桌一桌地陪，一桌一桌地走，喝了一杯又一杯，喝得烂醉如泥。好在她酒量大，人也漂亮，客人喜欢跟她喝酒。她刚倒在沙发上，很快就入睡，呼噜声也打了起来。

呼噜声并不大，梦就来了，她梦见一个人压在自己身上，让她喘不过气来，那人压在她身上东摇一下，西摇一下，使劲在捉弄她。然而正在她做梦时，外面就传来小妹和另外一个人的吵闹声。

"烂斗篷，烂斗篷，到哪我都叫你烂斗篷！"

"我不怕你叫，我们两家越闹越会变穷！"

"穷、穷、穷，你家才穷呢……"

"春蕾。"春梅急忙从沙发上爬起来，走到窗口喊了一声。嘴战停止了，一个气喘吁吁的少女进屋里，喊了一声"姐"，门嘭的一声关上了，顺手抓起一条毛巾擦着脸。

春梅看到小妹汗流浃背，呵斥道："玩、玩、玩，就知道玩，作业就不做。"

春蕾一边擦脸，一边笑着做了个鬼脸。

"刚才跟谁在吵架？"

"没吵架啊，就跟烂斗篷闹了几句。"

"不是跟你说了吗，不准跟他玩。"春梅带有几分气。

烂斗篷也随母亲来到县城，他母亲名叫郑生花，读了很多书，是龙下村最有文化的女强人。自从来到县城进公司上班后仗着有点文化，爱出风头，喜欢惹是生非，把春风跟春梅的事情说得头头是道，所以春梅很恼火，才要妹妹别跟他儿子玩。

春蕾依然擦着脸，似乎没听姐姐的呵斥。

"以后不要再跟他玩了好吗？"春梅接过春蕾的毛巾。

"记住了……"

"记住了，这三个字说过多少遍了……"春梅把毛巾放在衣架上，坐回沙发上，又问，"爸去哪了，没看见他去上班？"

"刚才烂斗篷说，爸去抓蜜蜂了……"

春梅"哦"了一下，这才想起昨天刘兵因临时要蜜糖的事找过爸，她本想阻拦，因为是春风安排的，为了给一个重要客户办事才装了哑巴。可既然蜜糖搞到手了，这个时候怎么还不见爸回来。爸，她这个爸呀。

母亲活着时，托人给春梅算了一卦，说她长大后克夫，谁敢娶她，谁就会离婚。那时春梅还小，听了这话，心里很不高兴。妈却不相信，还趁着父亲去赶集了，偷偷摸摸找人又算了一卦，说春梅身上有一颗痣，那颗痣必须要除掉，如果不除掉，的确会克夫。回到家里，趁着春梅读书回来，为了让春梅乖乖听话，母亲专门为她煮了两个鸡蛋。那时春梅刚读初中，已经长得亭亭玉立了，皮肤白而细，樱桃嘴，高鼻子，大眼睛，身材长相无不周周正正，俊俏得馋人。但是怪就怪在春梅不像她爸，有一次，她爸跟几个人在一起谈天说地，无意中就谈到春梅，说你女儿一点儿不像你，她爸听后，笑笑而已。回到家里，春梅爸什么也没说，一头倒在床上，饭也不吃，春梅妈见他不吃饭，就问他什么原因。可他哪敢说。他知道春梅妈是个要强的女人，又有文化，嫁给他那是没有办法。因为那时论成分，春梅妈是个大地主的女儿，长得漂亮，村里人说她是个水性杨花的人；春梅爸没文化，胆量小，外面怎么说他只能当作没听见，但脸憋得通红，像是被人当众撕开了衣服，没办法，他只有忍，忍才是他最好的良药；直到春梅考上初中，村里人慢慢地对此事也淡忘了，而且还对她刮目相看。

　　春梅初中毕业没考上高中，变得沉默寡言，整天呆头呆脑，像得了瘟病一样。那时刚刚实行田土责任制，她可以不去做事，但家务事还得做。她爸累了一天回到家里见春梅什么都没做，心里恼火，却又不敢发，心里憋着一肚子气没处放，就打了春梅一个耳光——他想反正不像自己，不是自己的种，打了就打了。哪知被春梅妈知道，进门就给春梅爸一脚，春梅爸当场被踢得四脚朝天。春梅爸挨了打却不敢还手，不敢还手还是有原因的。春梅爸长得矮，又丑，满脸的麻子，没兄没弟，一个人，房屋都是土改时分的，所以春梅爸在家永远抬不起头。他走路很有特点，蹿上蹿下，像一条狗一样，村人都叫他歪狗，又叫麻子哥。但他有一点也不赖，他有一门绝技，那就是抓蜜蜂，只要蜜蜂到他手上，就会乖乖地跟他走。这绝技方圆两百里传得沸沸扬扬，不管是村里人看到蜜蜂，还是外村人看到蜜蜂都会请他去捉；蜜蜂抓来后，不是几只，而是几百只几千只，每捉一次就能搞到蜜蜂糖，糖通过加工，就能吃，每次抓到蜜蜂卖一半，留一半。这不但能给家里挣些钱，而且把两个女儿养得红光满面，所以春梅妈没有非分之想，一家人就这样过着。

到了二十世纪八十年代末期，春梅已经是出水芙蓉了，五官端正，眉清目秀，特别是那双大大的眼睛，写着不满意的心，挥之不去的忧伤。这种说不清也道不明的忧郁气质仿佛与生俱来，抑或与她从小的经历有关。不久，母亲突然急病身亡，更让她悲痛欲绝。为了生活，为了妹妹，也为了那个不会养家的父亲，她只能忍气吞声撑起这个家。这期间，不少媒人上门说亲，父亲不着边，天天不归家，春梅接待一拨人又一拨人，她不知道怎么回答，只有一笑了之。

接下来，她更是说不清道不明成了这个家的主要劳力，既要做女儿照顾父亲，又要做姐姐照管妹妹，又成了一个忙上忙下的农家妇女。那时，她才刚过完十六岁生日。

尽管是替代妈妈的农家妇女，她却与其他姑娘不同，不同的是，她的父亲没有像其他的父亲的那样劳作，父亲从不下田干活，成天背着一个箱子到处找蜜蜂。她却日出而作日落而息，不管天晴，还是下雨，为了这个家，她必须撑起。虽然天天风吹雨打，但皮肤依然细润白皙，身子依然苗条丰满，这样的姑娘谁不喜欢，说媒的人把她家围得团团转，可她依然一笑了之。

春风认识春梅是公司到村里招人时才相识的。那时，春风在县城刚刚办厂，成立房地产有限公司后，需要大量员工，春风只得把村里满了十六周岁的男女青年招为员工。那天招完工，正要吃饭，突然闯进一个人来，这个人就是春梅。春风见站在眼前这个姑娘，眼睛一亮，不禁心动起来。姑娘面容姣好，皮肤白皙，留一头短发，鼻梁上架着一副近视眼镜，这使得她看上去多了一种少女的灵气。而这种灵气恰好又是她身上所独有的特征。春风从上到下打量了一阵，这是谁家的姑娘？龙下村还有这么漂亮的姑娘。春梅站了一阵，似乎感到不好意思地笑了一下，露出两排整齐白白的牙齿："春风哥，你不认得我了？"

这一喊把春风弄愣了。他抓了抓头，忙在招工表上看了看，他知道人长得这么漂亮，应该名字也漂亮，翻了几页，没看一个响亮的好名字。春风感到很好奇，抬头再一次认认真真仔仔细细地看了一下，显然这姑娘很不一般，可她怎么认识自己，还知道自己的名字，这是怎么回事，难道她就是我们龙下村的。

"春风哥，你真是当了老板，就不认识我了，我是春梅，春蕾是我妹妹，我还是丕狗的女儿……"

春风笑着在春梅身边转了两圈。真是女大十八变，古人说穷山恶水出刁民，山清水秀出美人，这话确有道理。春风这些年东奔西忙，很少回村里。要不是她自我介绍，他怎么也不能相信这会是丕狗叔的女儿，他知道丕狗叔老婆很漂亮，因为阶级成分高，才嫁给了孤苦伶仃的丕狗叔，看春梅穿着很寒酸，他就想到丕狗叔这个人。

"春梅妹，你想进城打工，这很辛苦的喽……"

"我不怕吃苦，我还要带我妹进城读书，我爸也……"

听她口气蛮有自信，春风不禁笑了起来，随后春风向春梅交代了一番，才自言自语地说："我要的就是这种有自信心的人。"

春梅进公司后，春风忙于项目投资的事，很少见到春梅。那时公司初建，砖厂需要大量的劳力，村里的姑娘小伙子们把能去县城进厂打工当作一件莫大荣耀的事，来到县城砖厂的办公地点门口，一大堆人把砖厂门口挤得个水泄不通。当春梅怯怯地出现在拥挤的人群后边时，几个男生围着她，你推一下我，我推一下你，发出一阵鼓噪声。

"你来砖厂不怕脏了你的手吗？"

"是啊，这是苦工，挣钱难，你这么漂亮，该到十字街小巷子里上班。"

"对啊，漂亮女人怎么来做重活，十字街按摩店一天能挣好几百元呢……"

春梅被几个人弄得脸红心跳，差点哭了起来，但她忍住了，只是用力咬紧嘴唇木然地站着。这时，刚好被春风看见，春梅也看到了春风，春风急忙奔到正在安排工作的副厂长面前，很不友好地对那几个年轻人怒斥道："你们几个不好好干活在这里胡说八道，那请你们回去种田，到砖厂不是来玩的，是来干活工作的，下次再让我看到你们这样，卷铺盖走人。"

那几个年轻人被骂得狗血淋头，目瞪口呆。春梅暗笑不止，心里被一种感动的情绪包围得水泄不通。那几个年轻人你看看我，我看看你，个个红着脸再不作声了。

从此后，厂里再没发生类似的事情。第二天晚上，春风为了扩大砖厂的销售，召开了厂部门负责人会议，会议决定成立一个销售部，这个部门专门做推销工作，春风心里早就定下人选了，他在会上宣布："为了砖厂的发展，厂里成立销售部，销售部由春梅负责。"

春梅就这样走马上任了，她白天带着几个姑娘走街上户，不管天晴还是下雨，各建筑工地上都有她们的身影，不到一个月，砖厂的销售量大幅度上升。那个月，春梅拿到了两百元工资。领到第一个月工资后的春梅，拿着钱在家里转了几圈，爱不释手，兴奋得脸上焕发出夺目的光彩，仿佛自己成了明星一样。然而，由于工作调整，春梅又调到了公司，那时春风刚成立房地产有限公司，春梅从砖厂的销售负责人调到公司任接待部长。在接待部工作的春梅，工作兢兢业业，热忱接待好每个客户。有一天，市里有个领导来参观春风房地产公司，春梅主动热忱接待，把市领导徐开列安排得十分满意。当时春风正在外面出差，回来听到徐领导表扬了春梅，春风对春梅越发器重。一个月后，春梅又领到了一份可观收入。

有了一份沉甸甸的收入，春梅对工作更是卖力，把接待处工作当作自己家事看待。春风很满意，把春梅看作公司的骄傲。一次，新田来了几个客户，他们听说春风房地产有限公司有个女能人，他们想见识见识。春风笑着二话不说，立即安排常务副总经理刘大雄把春梅找来，没多久，春梅来了，进门一站一笑，那几个客户瞪大了眼睛，看到眼前这个漂亮的姑娘目瞪口呆。进入饭局后，首先由主人敬酒，那天春风有点感冒，酒桌上全由春梅接待，春梅笑着点了点头，几杯五十二度的白酒下肚，那几个客户已趴在桌边上了。春梅虽然满脸绯红，但她愿意这样，她对春风怀有由衷的敬佩和感激。在她记忆里，除了母亲，没有谁像春风这样把自己当人看，所以她要对工作尽心尽责。现在春风的公司让她得到了大显身手的机会。

然而在春梅心里，依然是一半欢喜一半悲，想到自己的家和那个没用的爸。

丕狗叔进公司上班的第一天，差点就闹了笑话，笑话还是由一杯酒引起的。那天刚上班分配任务，到了快吃中饭的时候，几个原在村里玩得好的大老爷们说要开怀喝几杯，现在进城了，有事做，以后不用在农村种地，不用受红杠杠日头晒，汗掉地上摔八瓣的苦，大家说是不是该庆祝一下。丕狗叔一听这话立即响应。几个老人来到公司附近的一家饭馆，坐下就点菜，菜很快上了桌，每人一瓶白酒，喝光后都还比较清醒，但兴头十足，都唱起了歌，他们唱得豪气、奔放，风云激荡。接着又上了几瓶，这一唱不打紧，引来了许多旁观的人，很快几个人都倒在饭馆门口。春蕾刚好放学从那儿过，看见那里围满了人，她很好奇，挤进去一看，见是自己的父亲，春蕾立即跑到公司门口，就大叫"姐姐，你快出来"。春梅一听是自己妹妹的声音立即出来，听了妹妹的话二话不说就跑了过来，一看是父亲喝醉倒在饭馆门口。春梅的心底猛地泛起一股酸水。可是她们姐妹俩没有办法，只好去公司叫人，哪知等她们赶回饭馆门口，围观的人走了，只有父亲依旧倒在门口，那手，那脚，被狗舔着。春梅看到父亲这副样子，泪水就哗哗地流出来，像受了委屈的孩子一样，扑到饭馆门框上哭起来。

当时春风也站在旁边，第一次窥见这姑娘内心深处的痛苦。他走了过去劝她，安慰她。可是他越劝越安慰她，她哭得越凶，那哭声，听起来真是叫人悲伤。春风见春梅依然悲痛，心想只好把她拉到公司去。可是拉也拉不动，没法子他也管不了那么多，背起春梅就走。春梅那高高凸起的乳房，又柔软又有弹性，让春风忘记了自己到底背的是谁了……

次日，春风在公司门口碰见春梅时，春梅报以羞涩和感激的一笑，此情此景，温馨中不免几许感伤，幸福中透着丝丝缕缕的苦涩。她多么希望春风能为自己撑起一片蓝天，多么希望能有这样一位刚强果敢又关心体贴人的大哥为自己遮风挡雨，给她沙漠似的心灵喷洒一点滋润的甘露啊。

丕狗叔那次醉倒在饭馆门口后，一段时间没来公司上班。春风知道丕狗叔不好意思，即使来上班，也没什么事可做。他的心思是在抓蜜蜂上，看在春梅的面上，他不来上班，春风照样发给他工资。当时，春风也有个想法，公司正准备租一片地让他养蜜蜂。春梅知道这个意思后，与春风更亲近了，有什么事都乐意跟他说，春风也真的把她看作自己的小妹，只是有时那眼睛会发出一种异样的光，心里也会随之引起一阵连自己也难以遏制的骚动。

这样一来二去，他们之间的关系非常融洽了，直到广州参观结束的那天，春风才如梦初醒。

机会往往是人创造出来的。一天下午，市委统战部组织民营企业团去深圳参观考察，县里只有一个指标，县委统战部领导研究把这次参观名额安排给了春风的公司。对于春风来说，这是一个绝好的学习机会。一是他要安排公司的设计、策划人员参加；二是重点安排房地产销售人员，学习人家是怎样推销的。三是他急需了解沿海一带公司管理经验，为下一步公司发售制定决策。然而，市里给公司只有两个名额，公司要去那么多人，怎么办？最后春风一拍桌子，说道："凡是需要去的全部去，公司出钱，接待处也去一人，就这样定吧。"

转天清早，春风就带着一拨人赶到市统战部指定的地点，刚下车，统战部的一个同志就把火车票送到了春风手上，春风立即数了数车票，刚好十个人。下午二点四十分，春风一拨人就上了火车，第二天下午五时就到了深圳，下了火车，租车来到指定宾馆。春风赶紧走向前台了解情况，宾馆值班员告诉春风，来参观的同志都安排好了，统战部也把你们的房子都定在这里。停了停，宾馆值班员说，这是你们的住房卡，共六间，一个单间。春风很满意，拿着宾馆门牌，每人发一张卡，刚要送给春梅那卡，他仔细看了一下门牌卡，然后才笑着给春梅使了一个眼色，意思要春梅放下东西在门口等他。春梅领会提着东西上了楼。

春风跟同行的一拨人上了楼，两人各一间，春风放下东西就下了楼，见春梅已到门口等了，他心里不知有几多高兴。夜色渐深，一轮明月当空，清辉照人，他们俩慢慢地走在街上，谁也没有说话，各怀心思。

不知不觉两人就来到了深圳的云瑶桥上，他们似乎什么话都没说，一直站在那里；举目望去，但见远方的海岸漠漠，楼群隐约，阵阵海风劲吹，带来淡淡咸腥；回望来路，目标艰难，但苦中有乐，放眼前方，一片大好前程。这样一直站着，还是春风打破了尴尬，说，你是第一次来深圳吧。春梅点了点头。春风就向她介绍，这儿就是宝安县，走过去就是麻布村了，这条街都是电子厂、工业园，今晚太迟了，下次单独带你来玩吧。

春风的一番介绍没让春梅感到开心，她不明白这个时候还带她出来转街，他是什么用意？却又不能问，她也不敢问，春风待自己这么好，如果他有非分之想，自己该怎么样？这个问题一直在她大脑里徘徊着，直到春风说太迟了，回去，她脸上才有了笑意。

然而，他们接下来并没有回宾馆，却在宾馆附近的小饭馆点了两个菜喝起小酒来。春梅没有办法，只能依着他，内心里却在打鼓。她想，只要春风哥对自己没有非分之想，她愿意一辈子做牛做马跟着他在公司上班。她这么想的时候，两个菜端上了桌，春风把酒打开，把两个酒杯倒得满满的。两杯酒下肚后，春风说他很开心，出来转转，看看深圳的发展，学习他们的经验，带回去，他要大干一场。春梅听着笑了起来，她说我也很开心，能跟春风哥出来见识见识，太让人高兴了。

酒醉饭饱后，春风丢下一百元，拉着春梅就往宾馆赶，上了住宿的房间，春风推门就进去。春梅愣愣地还站在那里，看着灯火通明的卧室，看着倒在床上的春风，她顿时涌出酸酸的滋味，怎么办？是进还是不进，如果不进？或许是自己想多了，误会了春风哥。这样一想，不觉伸手拍了自己一个巴掌。

按照考察程序，第一天是参观深圳房地产公司。春梅跟在春风后面，由于深圳的天气多变，这天太阳高照，热死人，春风脱了外衣拿在手上，春梅见机行事，走近春风跟前把衣服接过来。来到深圳一家大型房地产公司，一行人进了展览大厅，讲解员拿着话筒在大厅等候着。春风走在前面拿着准备好的记录本听着讲解员的介绍。不一会儿，参加展览的人都出了大厅，春风跟自己公司的几个设计、策划的负责人说，你们看看人家怎么弄的，你们几个要仔细地了解情况，特别那些高层设计，将来我们公司也要向这方面发展。几个随同人员都笑着点了点头，然后跟着春风走出大厅。

来到另外一家房地产公司。这家公司是深圳的民营企业，规模很大，技术力量强，是目前全国最大的民营企业之一。

一连几天，参观团把深圳大小不同的企业转了一圈，特别是春梅感受至深，到哪都要大叫一声，"我的天啊，这么漂亮。"市代表团团长追问春风，这姑娘是谁啊，长得这么水灵……

参观结束，回到宾馆，大家被太阳晒得满脸通红，个个无精打采。春风在宾馆宴会厅里点了一桌菜，并要服务员立即端到302房。一桌饭菜端上了桌，春风意气风发端起酒杯走到春梅面前，说："这次深圳一行，大开眼界，让我们学到很多东西，回去后，我们要好好大干一场。这杯酒，我要特别敬我们公司的穆桂英，来，穆桂英干了。"

大家都举起了杯子。春梅满面红光，不好意思地说："我可不是穆桂英，没有你们，哪会有我今天。我也特别感谢春风哥，没有春风哥，就没有我一切。这杯酒我干！"说完，把满杯酒一饮而尽。

桌上的杯子又倒得满满的。

公司一个副总笑哈哈地端起酒杯，转了一圈，然后来到春风面前，说："这杯酒，我先发个言，不管穆桂英怎么好，都离不开我们的大元帅，大元帅也离不开穆桂英。大家还是为春风老总和春梅共同干一杯吧！"

"对，对，对。"大家起哄道。春风举杯一饮而尽，春梅也笑眯眯地把酒倒进了口里……

酒醉饭饱后，各自离开了。只有春风和春梅还在房间。春梅带着微微的醉意，站起来，又坐下，这样来回了两次，才走出房间。春梅进了自己的房间，由于有些醉意，加上天热，进了房间就把全身的衣裤脱光了，正要走进洗浴池泡澡，门被推开了，进来的是春风，春梅吓了一跳，忙用手遮住一双大大的乳房，说："春风哥，快出去。"春风笑笑，并没有出房间，他看到春梅赤裸裸、白鲜鲜，那张如花似玉的脸，那高挺诱人的胸，那丰满颤动的臀，那颀长柔软的腿，还有那双含满柔情让人心醉的眼。他的心跳加速嘴上同时不由自主地回了五个字"明天晚上见"。

　　春梅可没有等到明天晚上见的意思，当晚就理直气壮地做出了决定，她并不爱春风，她爱的人是他弟弟得意，她与得意早就暗恋多年，虽然没有正式公开，但两人已经确定了关系。现在突然冒出春风来追自己，自己必须当机立断告诉他。她思前想后在房间里转了转，最后写了一张字条，从门缝里塞进春风的房间。待第二天早晨春风醒来，拾起字条一看，春风愣了，一句话也没说了。

　　丕狗叔醉醺醺地回到家，推门就倒在门口，吓得房间里的春梅、春蕾一跳。春梅见父亲满身酒气倒在门口，心里又气又恨，但是没有办法，自从母亲死后，父亲就破罐子破摔了。

　　倒在门口的丕狗叔，手依然抓住那箱蜜蜂，蜜蜂箱经他一动弹，箱底自然流出了蜂糖。他是在回来的路上在饭馆里喝的酒。喝完酒，出了饭馆，在门口一站，醉意浓浓地在街上一闹，这一闹，就迎来看把戏的人。大家看他醉醺醺，也不敢向前打听，只有他自己东崴一下、西崴一下，时不时提着那箱蜜蜂高高举起，走到旁边围观的人面前："你们知道这是什么吗？"围观的人个个摇头。他就告诉大家，这是刚从东塔岭上抓来的蜜蜂，大家不信。他只好一脚高一脚低地往回走。但有一点他是最听话的，那天刘兵和春风交给他上山抓蜜蜂的任务，他一点都不敢怠慢，抓蜜蜂对丕狗叔来说，那不在话下。

蜜蜂箱底的糖依然在滴，丕狗叔已经被女儿扶进门，拉到了沙发上。

丕狗叔在沙发上坐了一会儿，酒渐渐醒了。他见蜜蜂在家里，急躁的心，总算缓和了一些。

"谁要你去抓蜜蜂的。"春梅原本心情不好，见父亲老是这样，不觉心里五味杂陈。

丕狗叔低着头，他不敢面对女儿，他知道只要不作声，什么事也没有。

"我姐问你话呢？"春蕾帮着腔。

"我……我……我去抓蜜蜂是刘兵跟春风安排的。"

春梅一听是他们安排的，急躁的心情稍有些好转，但还是带着气说："他们安排你去抓，有什么用？"她知道爸还在春风公司拿点工资，养他自己一个人还是绰绰有余。见他没吱声，她又问，"他们要你去抓蜜蜂，用来干什么？"

丕狗叔没有办法，不得不告诉春梅，他知道这个家全靠女儿在支撑。

"好像是有个领导要真蜂蜜吧！"他抬头看了一眼春梅，不乐意地嘟哝一句，然后站起来把蜜蜂箱提到杂房去。春梅却还气鼓鼓地坐在凳子上。

"春蕾，快期末考试了，你要抓紧复习，姐带你来城里读书可不容易呀！"

春梅站起来，叮嘱过春蕾，匆匆出了门。为了郑技员能在公司上班，她必须硬着头皮去找春风。

此刻，春风正跟宝山石厂的负责人刘二吉谈着一些事，因为宝山那块地要划拨给宝山学校，不能再开石厂了。听了刘二吉与刘兵的发言后，春风说："去公司吧。"那是因为不方便讲话。三个人起身就出了门。

按照村里的家谱，春风与刘二吉还是堂兄弟，两家没出五服，算是自家人。春风在管理公司上从不马虎，刘二吉管着石厂虽然没出大问题，但每年效益不好，员工发工资还得要公司拨付，他一口一个老总，叫得春风有气也往肚里吞了。

他们拐过一道弯，见一辆大卡车装着一车石头，石头掉在马路上，被养路工人拦住了车。春风向刘二吉招了招手，立即奔了过去。

　　春风与刘二吉赶到时，不知什么原因，马路上大吵大闹起来。原来拦车的不是养路工人，而是石厂的员工。那辆卡车装的石头，石厂根本不知道，这些人见石厂没人，装起石块就走。事情已经弄清楚。刘二吉一听是这么回事，十分恼火，立马要那几个吵闹的员工把车扣住，补完手续交了钱才能走。春风突然感到后背蹿过一丝凉意，他看着刘二吉略显苍白的脸，意识到事情远没有那么简单，他想发火，但还是忍了。紧接着那两个装车的和石厂的员工把情况再次向春风陈述了一遍，春风脸色才恢复了原样，但还是不依不饶地说："你们上班不按时间，一个个还吃里爬外，你们说要我怎么处理你们？"

　　石厂的员工和来装石的人见春风正在火头上，都低着头不再作声了。

　　春风伸手指了指他们："你们说要我怎么处理，是你们自己不按厂规办事，就别怪我不讲情面。"见他们几个依然低着头想哭的样子，又说，"做错了就得敢承担，其实这事好处理，要拖石头就得给钱，至于这车石要付多少钱，你们自己去协商，处理好后要刘二吉给我汇报。"说完，不等他们几个解释，立即吩咐旁边的那个员工说，"你当他们中间调解人，现在天不早了，你们看着办吧。"

　　那几个人见他这样说，不再说话了，立即就在车旁边算起价来。

　　春风把石厂的副厂长和负责登记的办公室副主任叫到面前，指着他们的鼻子说："有你们这样上班的吗？有人送钱来，没人收，你们平时上班都是这样吗？你们知道吗，石厂每年亏损多大？"说到这里，他点燃一支烟，然后又指着他们吼道，"好在石厂要改制，不然今天这事你们要负完全责任，哪有你们这样上班的，上班松松垮垮，我看呀石厂每年亏损那么大，今天这事就是其中的一个原因，平时开会我是怎么给你们讲的，我们来县城打拼多不容易！"他丢下烟头，见他们个个心悦诚服，才又说，"今天这事就算完了，以后你们要以公司为家，如果再出现类似行为，就别怪我春风不讲情面。"说完，他甩手就向办公室走去，嘴里还在骂骂咧咧。

刘二吉见春风边骂边走，心里很是尴尬，说："刘总，这事我有责任，怪我管理不好，我会吸取教训的。你这样处理，给了我一个台阶下，我要感谢你。"刘二吉说话的口气很低。

春风像喝了酒一样，脸上泛起了红晕，他走路很快，噔噔噔，一溜小跑往二楼赶，刚才还怒气冲冲，这会儿脸色正常了。刘二吉跟在春风后面，带有几分气喘，满脸大汗。进了办公室坐下立刻汇报今年石厂的收入情况，把如何改制的方案交给春风。春风听后，他才松了一口气，刘二吉又慢悠悠地从公文包拿出一个方案，放在面前的写字台上。

"刘总，你看这个方案是否满意，通过我请几个朋友论证，比以前几个方案好得多……"

春风笑了笑，刘二吉也笑了一下，两人相互对视了一眼，彼此的脸上都泛出了浅浅的微笑。是啊，这个方案从年初弄到现在才算有点眉目。为了石厂改制，刘二吉和刘兵也费过不少心思。

他们正谈着，门外响起咚咚的敲门声。

他们互相对视了一下。

咚咚咚的门声又响起。

春风极不高兴这个时候有人找他。刘二吉收起办公桌上的方案，朝门口喊道："谁，怎么不说话。"

没有人回答，仍然听到敲门声。

刘二吉走过去，猛地拉开门，刚要开口骂人，愣了一下，见是春梅，立即露出笑容："哎呀，是春梅部长，快进屋。"

春梅进了屋，刘二吉站也不是坐也不是，拿起方案找个借口走了。春风追至门口喊住他，给他递过一支烟，然后压低声音说："下午开会，刘老三告诉我那块地已经批给我们了，你就抓紧办吧。"

刘二吉笑了笑，说："好啊，我马上去落实。"说完转身溜了。

春风折回办公室，轻轻关上门，似乎有些尴尬，急忙帮春梅倒了一杯茶，这才坦然地坐在对面，春梅的到来令他惊讶。本来他以为，自己越是慷慨大度，在春梅心目中的分量就越重。可是自己却想错了，现在自己跟她跳舞被秀秀发现了，生出了误会，秀秀不会原谅自己，自己的亲弟弟也不会原谅自己，几重阴影压得他喘不过气来。现在春梅又来找自己，这是为什么？

"春风哥，那天你答应郑技员来公司上班，怎么还没听到通知。"

"我哪时答应过你，他不是高级技术员吗，怎么还到我们这些民营公司来。"春风似笑非笑地说。

"那天喝酒时，你亲口答应的。"

春风脸上出现了短暂的尴尬，然后自我解嘲地说："那天我真的说了吗？"说完瞧了一眼春梅，心里暗想，"她不是跟得意打得火热嘛，怎么现在又替郑技员求情，这是什么原因？"

"你自己答应的事，难道就忘了吗？"春梅微蹙双眉，舌头立时变成了火焰喷射器，"是不是那天晚上在深圳我拒绝你了，你才不认账了。你知道那时我正跟你亲弟得意打得火热，我怎么能背叛他呢？春风，刘总，我希望你理解，同时你也得换位思考一下。现在我不爱得意了，我爱郑技员，你是不是要为难我。"说完，她立刻站起来准备要走。

春风起身拉住她，看她表情，心里也不愉快，但嘴上还开玩笑说："春梅，你别这样，你说话的口气大了，说心里话，你不应该以这种口气。那天晚上你说爱我弟，没过半年现在你又爱上了郑技员，我凭什么要他来公司上班。再说我得给公司管人事的处长说啊。你说是不是？"

"那是我没看清你弟弟，你知道吗，我暗恋他那么多年，他却爱上了飞梅，这是我的错吗？总之你说话得算数。"春梅嘴上不依不饶，心里已经认了账。

"这样吧，我也不管你们的事，反正这事我是答应过你，但你得给我时间，公司管人事的处长出差没回，等两天再说吧。"春风说完就用谨慎的目光审视着春梅的脸，"你说这样好不好？"

春梅没有回答，低着头，一脸猪肝色，她感觉生活就像一盘绞住了的磁带，节奏有点乱七八糟。

"怎么不说话，你该听清楚，我们公司的确缺郑技员这样的人，他的确有技术，设计也不错，但我们也考虑了他的情况，他一个高才生，怎么能在我们这小打小闹的民营企业，他应该去国企更有希望，更有发展前途。"

春梅依然没吱声，她感觉就像被人在心里剜了一刀，先是剧烈地痛一下，然后就空了。

春风站了起来，又给春梅倒满了茶。他知道春梅在公司还是有作用的，光接待上面来的客人她是非常合格的，她人长得好，就是有点像她妈年轻时候，有些水性杨花。不然当初暗恋得意，回过头来又爱郑技员。唉，这些事别管她，只要能把公司的接待工作干好就行了。然而，现在既然她不爱得意了，她爱的是别人，自己是不是能在她身上做点文章。反正秀秀已经闹着矛盾，就让她闹吧，自己羊没吃一点，还惹一身骚，既然这样自己也快活快活一下，刚好她有求自己，不如谈一下交换条件。看她能不能给这个机会，否则郑技员是不可能进公司的。

事情想好了，他要试一下，看到底有几分把握。

春风双手放在了春梅的肩上。

春梅顿时像触了电一样，随即转过身，说："你这是干什么，春风哥，我……我不能对不起郑技员！"

春风心里突然涌起一股巨大的失落感，像潮水一样将他淹没。但他不甘心，走近春梅面前，抓住她的手，说："春梅，如果，如果，你想郑技员进公司，你就得听我的。"

春梅眼里流露出一种让人难以拒绝的神色，她抬头望了一眼春风，羞得无法抬头，只好站着不动。待春风的手摸到她的乳房时，她用力甩开了春风，说："春风，求求你别这样，就算我求你了，如果你真要那样，郑技员的事我就不求你帮忙了。"

"不要我帮忙了，这是你说的……"

"我当然想让你帮忙，可是你……"

"可是我怎样？"春风再没了勇气，话到这分上，多说无益。看到春梅走到门口，他没有追上去，只冷冷地说了句："你等我电话。"

十

刘二吉从春风办公室出来后,没有回出租房,而是回到石厂那用石头砌成的矮小房里。他琢磨了一晚上,石厂如何改制,如何把城关镇划给公司的地块用活,直到天亮了,他才有了眉目,立即召集石厂那几个人开会。

石厂是开办在宝山岭上,从赵子龙酒厂一条路上来,往右是宝山矿,往左就是石厂,周围还有许多石厂。现在政府要开发石厂这片山,自然石厂得另谋出路。但是,石厂需要改制,他也得把石厂现有的石片原料卖掉。整个宝山岭上这儿一堆,那儿一堆,都是石块,远看白茫茫一片,近看却是青绿绿的。原本开采石厂是听了欧阳花嫂的话才做的。现在回过头来想一想,开采石厂确实不是长久之计,好在春风有眼光,早就想到了这·层,才扭转了公司的命运。

当然公司命运不完全是一个人能改变的,其中也少不了平阳房地产开发有限公司石厂分公司的厂长刘二吉。刘二吉是总公司的副总兼分公司厂长,他个性强,脾气不太好,对员工总是吊着黑脸,没一丝笑意。很多员工碰上他都得绕道走,不想见他,但不见他又做不到,他是厂长,厂长在员工们的眼里是上级。所以人前人后没人敢说他一个"不"字,说了只要传到他口里,第二天就会有人叫你滚蛋。说话的这人也是一个有权的人,他就是刘兵,刘兵不像刘二吉,他能说会道,能把死的说成活的,所以只要刘兵找你谈话了,你就得离开公司。

这几天忙于搞石厂改制及城关镇招标的那块地承包的准备,忙了两个通宵,总算把初步方案拿出来。到第二天,几十个员工就跑到公司办公室门口等着消息,有的说,我们这些在石厂上班的人会分到哪个部门;有的说,管他分到哪,春风老总是自己家乡人,总不能丢下我们不管吧;有的说,不见得,春风这些天根本没来石厂瞧一瞧,怕是出了什么事?

人们叽叽喳喳站在公司办公室门口猜测着。办公室门一开，几十个员工蜂拥而上，个个双眼瞪着刚来开门的刘兵，刘兵有些莫名其妙。正好此刻刘二吉也进来了。

作为春风公司里五大经理之一的刘二吉，倒是春风得意，精神十足，带着一种欣赏的目光，望着村子里一起来县城打工的叔伯兄弟们，个个无精打采，一股凄然落寞的样子，什么话也不问了。

当然，这些叔叔兄弟们对工作的的确确是卖力的。春风也很满意，从来不欠员工的工资。这一点倒让刘二吉佩服至极。

刘二吉是春风最信得过的副总经理。他对春风无话不说，他们虽然有点沾亲带故，但在公司办事一就是一，从不违背原则，可见，在春风的公司里，刘二吉是起到了无人替代的作用。

现在春风安排他处理那块地的事情，让他一点准备都没有。

说起那块地的事，那是五年前春风听到一居委会有块地要招标，就暗暗地去看了那块地。那块地不到五百亩，但在县城边上。春风看后，立即安排刘二吉处理这件事。当时，春风公司实力还不是很大，刘二吉知道春风的意思，二话不说就安排村里既懂技术又喜欢种水果的郑生花承包。那时郑生花还在农村，为了那块地能使用，春风公司不得不把郑生花一家接到了县城，并把那块地承包给了郑生花。承包时，一切从简，公司不发工资给郑生花。公司只把那块地种上水果，一半种上了青梨，一半种了橘子。不到两年，水果树长势好，郑生花像捡到一块宝似的，精心养护，爱不释手。

到了第三年，老天风调雨顺，加之郑生花懂技术，对果树施肥杀虫，样样在行，使得果树提前挂果。那一年二百五十亩青梨，二百五十亩橘子全部挂果。郑生花作为一个女人能担起这副重担，已是叫人大开眼界，让人羡慕不已。刘二吉来到果园看着这片果树挂满了沉甸甸的水果，帮郑生花算了一笔账，他在那片梨树地转了一圈，说："二百五十亩梨树，每亩算五十棵，二百五十亩乘五十棵，等于一万二千五百棵，每棵算一百五十斤梨子，就可得一百八十七万五千斤，每斤算两元，可得三百七十五万元。还有橘子呢，你想想，郑生花，你可赚大了。说得郑生花眯缝着眼睛笑。刘二吉也笑着往回走，哪承想没过多久，事情就发生了不可想象的变化。

郑生花看着刘二吉走远了，心下不安起来。她知道这片山是春风公司的，她是没有分配权力的。现在这片山已经有了收成，春风公司自然会要她上缴利润的。这么一想，她心里就感到冰凉冰凉的。那天经刘二吉估算她心里有了底，立即派人打广告宣传，没过两天，山上就停满了来收购梨子和橘子的车。郑生花看着看着，脸上洋溢着笑容，到了下午，待二十几部运水果的车走了后，她看到桌上堆满了"大团结"，这块孤寂了多年的山地，一时间仿佛成了大商场的供货基地。

从不来这片山的春风，听了刘二吉的汇报，那一天，他也来到了果园。

"春风哥，你也来看看果园。"那些在果园里除草的人说道。

"我不能来吗？"春风看着那挂着沉甸甸梨子的果树似笑非笑地说，"梨树挂果有两年了，应该说发小财了，这片土地很肥沃，养了那么多人，不简单。当时我是小看它了。你们的郑生花场长呢？"

没有人吱声，个个瞪着眼睛望着他。见没人吱声，春风只好往果园的小路走，走了一阵，脸上有了汗水，他便停下脚步，伸手摸着那些吊满了梨子的果树。春风心里装满了快意，正要往前走，郑生花提着一篮梨子跑到了他面前。

郑生花笑着递了一个梨子，春风没接，对她说："生花，不简单啊，当年要你来承包还有顾虑，现在尝到甜头了吧。"

"多谢春风老总，当时的确有顾虑。当然如果没有你的大力支持，这片果园是不会有今天的。"郑生花笑着说。

"知道就好。但也不完全靠哪个，我是给了你一个机会，关键还是靠你自己努力。这片荒山已变成了一片绿山，以后可能会另有开发！"春风无遮无挡，一吐为快。

郑生花一听这话，愣了一下，感觉嗓子不通畅，像瓶子塞了瓶颈："春……风老总，这片山另有开发，我……这是有……合同的。"

"我知道有合同，有合同但要开发时还得开发！"春风似乎明白她话里的意思，就问，"这几年果园收入还是不错吧，我刚说要另外开发这块地，你好像不高兴啊。"

"春风，明人不说暗话，我是有点不高兴。"

"不高兴，这是公司的地，得听公司安排。"春风透出一丝严厉。他抽出一根烟点上，吸了一大口，看到郑生花吊着黑脸，就很不客气地说，"这事目前公司还没研究怎么开发，哪天有了开发项目，你就要积极配合。"

郑生花忽然露出一丝笑脸，说："我会配合，但还得按合同办啊。"

"合同是合同，公司要开发了，合同可以改嘛！"

"照你这么说，合同没有法律保障。"

"对公司有利的开发是前提，这可没得商量，你要有所准备。"

郑生花听了，低着头，眼睛上溢满浑浊的泪珠。她蹒跚地移动了一下脚步，避开春风。心里有种莫名的难受，她觉得自己这一辈子活得特别累。好不容易把这片荒山变成了绿山，受益才两年，今天春风就要毁合同，她今后的日子将会摇摇欲坠。她抬起头，硬挤出一丝笑意，喊道："春风老总……"

"我知道你是舍不得。"

"是的，你看这片青翠长势那么好，就要……"郑生花没有再说下去，她知道春风的意思。那就是说，只要春风公司要开发这片山，合同不合同的都无效，没得商量。但是合同上写得死死的，一包就是十年，现在才五年，得益才两年，如果真要废了合同，她该怎么办？

"怎么办？合同是死的，人是活的。"春风说，"不过，现在公司还没有好项目，等有了，你也没有吃亏，从承包这片荒山到栽下果树都是公司支付的成本，现在你已经盈利两年了，每年多少收入，我不算也还是清清楚楚的，所以，你并没有损失什么，要亏损的还是公司"。说完，春风拔腿就往公司方向跑去。

郑生花望着春风远去，心里升起一股难言的无奈和忧伤。但她自己清楚，合同上白纸黑字写在那里，春风想要马上收回这片山，有那么容易吗？这几年刚刚是果树结果高峰期，不说一年能卖几百万元，起码每年几十万元还是有的。她想，有合同他春风凭什么想收就能收，既然合同在手，我又怕他什么呢，只要能硬顶上几年，那时他春风要怎样，自己也没话可说，可现在谈到这件事，这让她浑身颤抖。

然而，郑生花忽视一个关键的问题，那就是这片山是春风的公司雇请她来承包的，这里是在县城，而不是在乡下。

春风的公司成立之后，把村里能劳动的人都带到了城里，其中郑姓人家就有一大半，公司不断壮大后，一时间在乡下引起轰动。郑生花来县城，是公司把那片山招标后才请她来的。因为郑生花是农校毕业，又喜欢钻研果木技术，春风挑来挑去，只有郑生花有这个能力。现在春风既然说到要把这片山拿出来另外开发，自己是不是坚持合同协议，如果坚持，自己又能有几分把握，自己是一个女人，怎么能跟他斗。再说今天自己已经摊牌了，春风虽然没有当面发火，至少心里已经清楚要打合同官司，怎么办？是召集郑姓人开个小会，还是等待春风来找自己；如召集郑姓人开小会，要是被人知道了，可能会引起一场风波，后果难以想象。

罢，罢，罢。这事不能操之过急，急了事情会更糟，她想，暂时不能得罪春风，要是违背了春风的意图，有可能这片山很快就会被收走，因为这片山是春风公司的。

春风要收回那片山的消息不胫而走，整个公司传得沸沸扬扬。刘二吉自然心里有数，他明白，只要春风发话了，收回那片山那是一句话的事。当时他向春风汇报时很婉转的，没有冲动，现在闹得整个公司沸沸扬扬，不收回那片山是不可能了。他知道郑生花是一个女流之辈，能把那片果园经营得那么好，是费了一番功夫的，你看现在正是果树结果出效益的时候，谁不心疼呢？当时公司请她来承包时，合同是五到十年，现在就要收回，自然让郑生花有苦难言。但难言归难言，公司要发展，要开发，必须放在首位，你那片果园从挖山到种植树苗都是公司出的钱，郑生花要怎么强行也是无济于事，必须以大局为重，大不了公司给她另外安排一个活，让她能在城里有班上，有饭吃，总比在农村要好一百倍吧。

然而，事情并非如他所想，刘二吉正式找郑生花谈收回那片山的事时，郑生花不但不同意公司收回，而且扬言要打官司。这让刘二吉心里很不舒服，他好说歹说，还是没能说服郑生花。

两天后，为了能圆满完成收回那片山的任务，刘二吉便要他的一个亲戚找郑生花谈了一次，但还是于事无补。刘二吉只得去找春风，刚到别墅，正碰上秀秀，刘二吉问秀秀，春风在屋不？她没吱声，用手指了指。春风听到门外刘二吉的声音，就起身前来迎接。

葡萄架上的黑桃跳了下来，轻轻地摇着尾巴奔到刘二吉面前，刘二吉没理会，大步跨上二楼，春风已站在楼口迎接。两人笑着进了房间。

"不好意思，刘总，郑生花的工作十分难做，听她的口气可能拿合同来做文章，怎么办，公司是不是早做准备？"刘二吉说到这里，见春风笑了一下，又说，"我看这个郑生花是个硬茬，她要这样做，我们就奉陪到底。这个女人以为她有点文化，在你面前摆起谱来了，不给她一点颜色看看，到时还会说我们公司没能人。"

春风听后，并没感到惊诧，那天他就跟郑生花较量了一下，知道这个难缠的女人，他想如果不采取果断措施，看来很难对付她，就说："你工作没做通，我早就猜到了，这个女人的确难对付，她想拿合同打官司，那就让她打吧。当时合同就有一条，任何时候公司要收回，乙方必须遵守，有了这一条，她打官司也是浪费时间和金钱，既然她不仁，就别怪我不义。"

果然，转年开春，春风召开了公司老总会议，会议议题主要讨论收回郑生花承包的那片果园。刘二吉把情况一介绍，几个副总把郑生花请到了会议室，把合同一摆，郑生花哑口无言，但她还是不服气。回到果园后，她立刻写告状信，告状信先是告到县里，然后市里。很快市里就组成了调查小组，经过两天的调查、询问，最终不了了之。郑生花像泄了气的皮球，再也不说话了，但她心里总觉得不公道，依然到公司吵吵闹闹。春风见她是个女人，也不跟她闹，嘱咐刘二吉想办法安置她。

刘二吉听到春风指令，并没有直接去找郑生花，回到出租房，苦思冥想，对于郑生花，他已经见识过了，不能来蛮的，只能智取。吃过中饭后，就把果园干活的那几个人召集在一起，还有两个副部长也参加了。

"你们来了就好，都是一个村出来的，应该为公司利益着想。"

刘二吉见那几个人来了，故意说了一句表面话。其实他们都知道刘二吉叫他们来的目的，也明白他现在在公司的地位，说话是很有分量的。"平阳房地产开发有限责任公司"的老总是春风，春风自然可以呼风唤雨。石厂的厂长是他刘二吉，自然说话有分量。现在石厂要改制，那片山开发又由刘二吉来管。所以你不听，那就得滚蛋。

"厂长，可以开会了，他们都来了。"跟他一起来的办公室主任说道。

"那就开会吧。"刘二吉抬头瞧了瞧大家，又朝刘兵递过一个眼色，挺起鼓鼓的啤酒肚，"你们来了就好，今天叫你们来，你们应该清楚，春风老总为了一个村的人在县城打工，不想把意见闹大，不想伤大家的心，所以请你们来，就是做好郑生花的工作，大家有什么想法都说出来，以便你好做工作。"说完，他又瞧了瞧大家，并从公文袋里掏出郑生花的告状信拿在手里，对大家晃了晃，说，"说句心里话，春风老总把大家从农村带出来，多不容易，可有些人就不听话，像郑生花这样的人，还敢带吗？公司要发展，必须要开发那片山，当时为什么要种果树，是因为招标后公司没那么多钱，所以没办法开发，但总不能把那块地荒了吧，现在出现这样的事，你们说怎么做好郑生花的工作。"

大家低着头，都不知道怎么做工作，只是你看看我，我看看你，屋里静得像一潭死水。

刘二吉见大家不吱声，站了起来，目光盯着果园来的那几个人。随后，他指名道姓叫道："李民生、李民汉、刘典发、李书本，你们说这工作怎么做？"

他们四个人互相盯着，都不知道说什么。看到他们几个的穿着打扮，估计来城里不久，想要说的话，刘二吉又咽了回去。

"怎么不说话，按村里规矩，郑生花不是跟你们还是一房人吗，既然是一房人，我想只要你们肯用心，这工作……"

"我跟她是一房人。但工作我是做不好的，因为……"李民生说话的声音很小，而且还吞吞吐吐。

"因为什么？为什么做不好，你讲讲看！"

"做不好的理由是合同没到期，公司就要收回，这工作当然做不好。不是我不去做工作，做了会让郑生花骂，她那人你是知道的，骂人不经过大脑。我觉得现在既然收回来了，就别去碰她，让她吵，让她闹……"

"你这个李民生，这种态度很不好。"原石厂的一个副厂长说道。

刘二吉笑笑："让她吵，让她闹，这是什么意思？"

"什么意思，这不是很明显嘛，她闹烦了，就不会闹了嘛。"李民生知道自己的理由不充分，知道这里面不单单是为了做郑生花的工作，而且公司肯定知道他们几个参与了写告状信，所以他怎么说也是于事无补的。

"你知道她会烦吗，知道她不会闹了吗？"见李民生不言语，刘二吉这才站起来，大声道，"好吧，刚才李民生讲了让她吵，让她闹，也许这是心里话，也许这是没办法的办法。但不管怎样，今天叫你们到公司来，也是为了公司，为了团结，我们都是从农村来到县城的，是不容易的。所以，请你们几个来，开个小会，怎么做才能让郑生花消消气，不要让她再去告状了，她再怎么告也是没用。合同虽然没到时间，但有一条写得清清楚楚明明白白，公司要开发，随时可以收回。所以，你们要以大局为重，如果你们不愿做工作，或者做不好，就别怪我不讲家乡感情，你们好好想想……"刘二吉没再讲下去，因为从他们讲话中发现，那就是他们根本不想去做郑生花的工作，所以不给他们几句硬话，这个会白开了。

那几个人低着头，只有李民生听到刘二吉那句话里的意思。他不由自主地握紧了拳头，两眼鼓鼓的，就想揍人。他这一行动，被刘兵发现了，刘兵就是想让李民生动手打人，这样，刘兵正好有借口把他抓到派出所去，以扰乱社会秩序，好好整治李民生一下，为公司出口气，也让那个郑生花知道公司的厉害。

李民生忍着剧痛，终于把那握得紧紧的手松开了，只把那倔强的脑壳昂向屋顶。刘兵一直注视着他，见他握紧的拳头又松开了，不免感到有一些失望。按照春风的意思，如果他们几个大吵大闹就必须给他们一点颜色，可现在一点颜色没使，反而"和平"起来，这让他怎么向春风交代。

刘二吉显然也很不舒服，为了让他们几个人做好郑生花的工作，他断然宣布："你们几个听着，今天就说到这里。但是，你们回去后必须做好郑生花的工作，如果做不好，你们就准备回老家去种田吧。"

会议结束。刘兵走近刘二吉跟前使了一下眼色，刘二吉明白他的意思，就走到烂斗篷面前："还有你，你虽然年纪小，但人小鬼大，你必须跟你妈讲清楚。否则，你们全家都得回老家去。"

烂斗篷吓得脸都变了，结结巴巴地说："我……我……我怎么做……"

"你们可以走了。"刘二吉丢下一句话，鼓着双眼，上了二楼办公室。

烂斗篷从春风公司办公室出来后没有回家，而是顺着沙坪小路往前走。沙坪有条小溪，水很清洁，他想洗去身上散发的霉气。他想，为何命运不济，几年前父亲在外面打工被车子撞死，肇事者逃之夭夭。家里全靠母亲那点收入，根本养不活全家，他只能辍学。加上母亲是个急性子，眼睛容不得半点沙子，动不动就吵吵闹闹，凭着一点文化，喜欢写状子往上告，在村人眼里成了一个"告状专业户"，使得他也在村人面前丢了面子。看到春风公司来村里招人，他不得不调整情绪，心里就想着要去县城打工。那时他才十岁，十岁的他能有这种想法不易啊！然而，他走近春风公司来招工的人面前，说他要报名去打工，这话一出，引来一阵哄笑，在场的人你一言我一语，把他气走了。

那段时间，他时常一个人待在家里偷偷地哭。那天丕狗叔正好听到烂斗篷在哭哭啼啼，进屋劝了他几句后，他才明白人有苦才有乐。第二年，烂斗篷上县城打工的机会终于来了，春风公司刚投标一块荒地，特意来请他母亲种植果树。然而好景不长，不到六年，那块地要开发，他和母亲又开始走上了"告状路"，结果他和母亲被春风公司辞退回老家。

"我又没犯错误，怎么要我也回去，这是怎么回事，王八蛋！"烂斗篷忍着巨大的愤怒和悲伤，刚好走到刘兵、刘二吉新建的一栋房子前，外面堆满了红砖。他发疯似的抓起一个锤子"砰砰"把那一堆红砖乱砸一通，砸了一阵，已是满头大汗，便脱下衣服，继续砸，口里还骂个不停，"我打死你，打死你，你们这些王八蛋，仗着有几个钱称王称霸，我要你称王，我要你称霸。刘二吉、刘兵你们两个人不得好死，还有春风，我要你变牛变猪……"

烂斗篷这一阵乱砸，不知砸了多少块红砖，整个一堆砖砸得粉碎，像垃圾场上丢了一堆散乱的红碎布。突然，他听到前面来了一辆汽车，他忙躲闪，不小心一脚踩空，人立即倒在地上，他就顺势扑在地上哇哇地哭了起来。泪水和鼻涕在干燥的地面上播下了种子——这也许是他一生中最重要的一次播种，在他幼小的心田中，必定会结出坚硬的果实，是果实吗？也许是，也许不是？

见汽车声远去，烂斗篷心里怦动了一下，感觉自己原先还不理解母亲的行为，现在他理解了，而且觉得母亲太有能耐。刚刚烂斗篷脑子里还存在着一片充满阳光、长满花草的绿洲，现在绿洲消失了，变成了一片沙漠。刚才他还为自己的劲儿大、本领大沾沾自喜，现在他觉出自己是那么熊，那么可怜，就像一个泄了气的皮球，任人踢来踢去。

他好不容易从地上爬起来，挺起矮小的腰板，沿着小溪的长堤向前走去。快到一个水深流急的地方时，他心里有了主意，先是跳下溪水洗一个澡，然后，他要马上去找母亲。母亲是一个有文化的人，又有技术，他要跟母亲回到老家承包一片山，然后种下水果，来年挂满沉甸甸的果子，他要让春风公司的人见了面就得向他低头致敬，让他们佩服。

沙坪清清流淌的溪水里，映出一个英俊少年的身影。

他在水中用手拍啊拍、拍啊拍……"干吗、干吗？"一个熟悉沙哑的声音传来，一个清脆好听的铃响，使少年的身影凝住了。他立马上了岸，穿上衣裤，情不自禁地朝响声那边张望，随之一阵小跑，向山那边跑去。

奔到山上，一阵嗡嗡声传来，只见地面放满了蜂箱，箱边围满蜜蜂，进入场地，不时嗅到甜甜的味道。丕狗叔手上拿着一个木箱，正在装蜜蜂，装好后，取出一块木板，木板上滴满了蜂蜜，蜂蜜就像岩洞挂着的长短不分的石笋。丕狗叔嘴里念念有词："我的天啊，我的天，有了你我就有好日子过了。"听得烂斗篷心里痒痒的。装完蜜蜂后，丕狗叔正要站起，一群蜜蜂围到了他的头顶，丕狗叔急忙缩回来，那手在头上不时地拍着，像是街上玩猴子把戏一样。

烂斗篷看着满脸嬉笑地走到他跟前，说"丕狗叔，你不怕死啊，蜜蜂会叮死人哟！"

丕狗叔举起手依然在头上拍着，转过身，得意地说："是你小子，怎么突然玩到这儿来了。"

烂斗篷看到蜂群飞到他面前来，他急忙趴下，说："叔，你快过来，我怕，我怕！"

丕狗叔没有理他，刚才装蜜蜂已经筋疲力尽，不想搭理他，看到他在地上吓得打滚，心里暗暗发笑。

烂斗篷见蜜蜂在周围转来转去，吓得屁滚尿流。丕狗叔笑道："你小子怕蜂，跑来干什么，还不给我滚！"

"你要我去哪，我现在……"烂斗篷结结巴巴没把话说完，起身来到丕狗叔旁边坐下。

"你不是在果园干活吗？现在怎么了？"丕狗叔见他年龄小，也不逗他，又说，"你小子怕蜂，其实蜂有什么可怕，我这里养的是大众蜂，即中华蜂，唉，不跟你说，说了也没用。你不是在果园做事吗？怎么有空跑到我这里来，是不是被你娘赶出来了。我可告诉你，这是县城，不是农村老家，跑丢了没办法找的，你还是赶快回去，免得你娘到处找你。你要想学抓蜜蜂，我不会告诉你，养蜜蜂是一门科学，科学你懂吗？"丕狗叔边讲边比比画画，然后用嘴吹了一下，箱里的蜜蜂蜂拥而出。

"啊！"烂斗篷看得出奇，不禁哈哈大笑，急忙问道："丕狗叔，蜜蜂好听你的话呀，你真了不起！"

"你这个烂斗篷，什么了不起！"丕狗叔露出两排黑牙："蜜蜂有什么了不起，它见我就得乖乖听我的。虽然咬人，但没毒，出点血，痛一会，两天就好。你想吃蜂蜜吗，想吃就自己动手。嘿嘿，你小子，平时不来，今天来是不是有事要告诉我。"

"丕狗叔，我不吃蜂蜜，我有件事想找你帮我妈评评理。"

"有什么理可评，你妈承包果园不是蛮好的吗？"

烂斗篷见他不知道果园的事，欲言又止。

"你怎么不说话呀？你丕狗叔没文化，能评什么理，你家的果园是不是出什么事了？"

"……我家果园被公司收回了……"

"什么？不是合同还没到期吗？"丕狗叔又问道，"到底怎么回事？"想了想说道，"呃，我明白了。你妈承包的那果园可能春风公司要开发。我是听我小女春蕾说的。要是这事，我没办法帮你。"

"我不要你帮，是要你评评理，合同时间没到就要收回。"烂斗篷气急败坏地说。

"这个……这个……不好说。"丕狗叔脸一变，"你妈爱告状，告状有什么好下场吗？真是……"

"真是什么，丕狗叔！"烂斗篷听了十分气愤，气得老大不分地吼道："告状怎么了？你当然会这么说，你在县城靠山大，不想做的事就不做，还拿满工资。整天养养蜂多自在啊！可你想过没有，要是没有你女儿跟春风兄弟俩在鬼混，你能过上今天的好日子吗？丕狗叔！"

丕狗叔被烂斗篷说得两只干涩的小眼睛直打愣怔，好一会儿才明白过来："你说什么，我女儿在鬼混？"

"难道你不知道吗？你女儿当初跟得意哥谈恋爱，后来又跟他哥春风乱搞，这不是事实吗？"

"放你娘的屁，再胡说八道我打死你！"丕狗叔鼓起一双小眼一跃而起，握着拳头伸在烂斗篷的面前。

烂斗篷并不怕他，知道丕狗叔的为人，在村里是个有名的"和事佬"，他伸手只是做做样子，吓唬一下罢了。

"我不是胡说，村里人谁不知道，没有春风你能有今天吗？"

"你这个捣蛋的小东西，敢在我面前胡说八道，我打死你。"丕狗叔抓起地上的枝条，用力向烂斗篷打去。

烂斗篷还是没动，以为丕狗叔不会打人，哪知这回真打了下去，只见烂斗篷"哎呦"一声："你真打人！"

"打你还要商量吗？谁叫你胡说！"

烂斗篷叫声不断，嘴里骂个不停："我不是胡说，你女儿春梅就是乱搞……"

"我打死你！"丕狗叔一改以前做派，用力狠狠地把木条打了下去。烂斗篷边走边叫"哎哟"。

这时天上的一团白云突然浑浊起来，丕狗叔也浑浊起来，糊涂起来，如同疯了一样。

烂斗篷边叫边跑着，却不敢再回头看后面追他的……

十一

春梅好不惬意地笑了，那笑声脆亮甜润，自信竟然达到了这种程度，好像已经把未来的命运牢牢地掌握在自己手里！她欣慰，似乎心灵的重负已经解脱了。

一天上午，她在公司接待处，今天要接待来参观的重要客人。这两拨重要客人，一批是永州市宁远县的客人，一批是广东深圳的客人。他们都是董事长春风请来的。参观一天就离开,但安排规格非常高,按照春风的意思,这次接待规模虽高,但他没时间出面接待。因为他正在策划一个水上娱乐场。这个娱乐场是他多年来要做的项目,所以,无论这两拨客人多么重要,接待工作由她春梅全权负责。春梅心里既有些紧张,又充满了自信。

到了第二天下午,客人总算走了。春梅进了公司接待处办公室,她站在办公室镜子面前,东扭一下,西扭一下,对着镜子无声地笑了笑。那笑容是悠闲、甜甜的。

"好漂亮啊!"几个姑娘异口同声地叫道。

"我有那么漂亮吗?"春梅不自然地咂了咂嘴。

"当然漂亮,春梅姐。你是公司里的一朵花,长得太好看了,让我们羡慕死了。你看你生得白白净净的,眼睛又大又亮,嘴巴眯成一条线,脸上笑吟吟的,像从云后边钻出来的一个月亮。"

春梅现在是接待部的部长,是春风房地产公司的一朵花。春梅要去拉住她们,哪知被她们几个拉着转了一圈又一圈,个个笑哈哈的。笑着闹着,整个房间洋溢着喜气:"你们把我当成笑宝是不是,我让你们笑,让你们闹。"春梅也拉着她们跳着笑着,心里泛起甜蜜,给房间增添了无限乐趣。

乐趣过后,春梅又感到有些难过,难过的是前天晚上与春风见面时,春风虽然答应郑技员来公司上班,但只是答应。她知道自己与他弟弟得意分手后,他就提出条件跟他上床。如果不答应,郑技员是进不了公司上班的,而且自己在公司也难有发展,怎么办呢?想到这里,春梅不由得泛起一阵伤感。

伤感归伤感,事情还得找出原因。跟郑技员建立关系的几个月里,春梅一直处于苦恼之中。她知道如果不答应春风的要求,郑技员就进不了公司,答应了又怕郑技员发现,一旦发现更会丢人现眼,一传十,十传百,会闹得不可收场。所以这段时间她与春风的接触都是小心翼翼。她知道春风是个不达到目的不会放手的人。就说前天晚上吧,前天晚上通知自己去春风办公室，春风那时正在泡茶，见她来了，他还是笑脸相迎，做出大大方方的样子，那双眼睛却死死地盯着她那身子。尽管她用恭顺的笑容、和善的言语以求得春风的容忍，但是她完全想错了，她还没坐两分钟，他的一双大手就放在了她的肩上……春风那张变化莫测的脸浮现在她的面前，那张脸，是那么可敬、可怕而又可恨。

当时，就在她想办法逃离之时，春风那双大手紧紧地抱住了她。她挣扎着，可越挣扎抱得越紧，她没有别的办法，突然猛地站起来，由于用力过猛，便撞在门框上，顿时血流不止。春风急忙去扶她，她推开他的手。但她没有离开，双手蒙住头部，血止住了。她知道这个时候，他是不会乘人之危的，听完他的安排后，自己一个人慢慢地走出办公室。一路走着，一路想着，突然觉得很委屈、很心酸，当然这事要怪还得怪他弟弟得意。是他弟弟翻脸无情，是他弟弟不要良心，想起那时两人在农村关系就很好，一直上完高中，得意读书很卖力，却不知道什么原因，高考落榜。尽管如此，他们的关系还一直保持着。村里人都不知道他们在暗中恋爱，直到得意跟他哥哥春风来到县城创业，他们的关系才明朗起来。然而就在这个时候，得意又跟村里的飞梅好上了。那天下午，天空下着雨，春梅看到得意跟飞梅手拉着手，两人有说有笑，亲密无间。一气之下，春梅与得意就断绝来往，她见得意有了钱，态度高傲，一些所作所为让她产生了厌恶。从此两人再也没有联系，即便有时碰上，也是擦肩而过，装着不认识似的。

那段时间，春梅心里一片哀怨和凄凉。当时这些情况春风并不知道，是后来她主动告诉春风的。这些年有了春风的呵护，一家人在这个人生地不熟的县城过得还算安逸，否则就要回老家。可以说，春风算得上是她的知己。但是她需要一个可以互相依偎、共同走完生命历程的知己，跟着春风能走远吗？她有秀秀了，逼他离婚，自己嫁给他，可郑技员又该怎么办？思来想去，觉得一个女人最终得有一个好归宿。郑技员对自己一往情深，他才是自己的归宿。

东边的月牙儿已经转到了西南，天色从浓黑变成了灰白。春梅恍惚地走在路上，她不知道是回出租房，还是去找郑技员。郑技员目前在县城一家私人开设的设计院工作，工资很低，一天工作十几个小时，有时还拿不到钱。春梅一心一意想把他弄到春风的公司来上班，可没料到春风有条件。她一边想一边走，脸色苍白而疲惫，而一双眼睛却充满了光彩。转了一道弯，前面不就是郑技员工作的地方吗？她的心顿时感到一片光亮，于是拔腿向前面奔去。

郑技员大学毕业后一直在找工作。本来他是有工作的，毕业分配在一家设计院工作。那时的他，学业有成，风华正茂，人也长得帅，学校许多女大学生追他，他却无动于衷。原因有二，一是郑技员毕业分配在北方。北方冷得要命，找个大学生结婚不成问题，然而要娶回南方老家，姑娘生活习惯很难适应，即使在设计院工作，他的心仍是恋着家乡。二是在设计院上班压力大，经常加班加点。你越是有水平，领导越要你加班，特别像郑技员这些南方来的单身汉，反正没家庭，也没拖累，每天除了加班还是加班，但不知道什么原因，尽管加班累死累活，领导也不满意，反而说他工作效率不高。郑技员听后很是不解，感觉自己受了委屈，于是他就想调回南方，可调回还得找熟人，接关系。听说家乡改革开放后房地产发展很快，经过考虑，郑技员便向单位打了辞职报告，送报告没几天就批准了他的要求。

回到家乡，郑技员没有回老家看望亲朋好友，而在县城住了下来。清早出去找工作，下午回来，接连几天，没有找到合适的工作。正在他烦躁不安心灰意冷之时，碰上了村里的阿牛，经阿牛介绍，第二天就找到了春风的公司，当时正好碰上春风，郑技员把证件一递，春风眼睛一亮，知道公司就要这样的技术员，可是转天就听说郑技员正与春梅谈恋爱，春风听后心就冷了一半。郑技员来公司上班的事就这样搁置了。

春梅听说郑技员回到了县城，心里特别高兴。一个久存的念头在她脑海浮现了。读小学时，春梅就跟郑技员共一张课桌，两人关系虽然不是很好，但相互帮忙合得来。现在郑技员从北方回来了，同时知道他是辞职回来的，她又知道他大学读的专业是搞设计的，听说春风的公司缺欠一个搞设计的人，郑技员正好是专业对口，大家知根知底，郑技员进公司应该是顺理成章的事。这么想着，春梅像吃了蜂蜜一样，满脸的笑容，就想立刻见到郑技员。可郑技员刚来县城，多年不往来，他还会认识自己吗？

俗话说，有缘千里来相会，无缘碰面不相识。春梅与郑技员相见是在一个晴天的夜晚，那晚月亮明晃晃的，春梅早早来到了公司门口，她知道郑技员会来公司找春风的。一来郑技员是搞房屋设计的，二来又是春风的家乡人，美不美家乡水，亲不亲故乡人。这么想着，后面传来一个似曾熟识的声音，"春梅老同学。"声音还是那么清脆，那么熟悉。春梅扭过头，见是郑技员，立马笑着奔过来，两人寒暄一阵后，春梅二话不说就把郑技员带到了自己那个出租房。那时父亲正在搞蜜蜂箱，满头大汗，见郑技员站在身后笑了一下，又自顾自忙去了。郑技员笑着说："大伯，你还在搞你的老本行。"丕狗叔没回答，倒是春梅感慨万千。她想在这个村庄，有几个人能这样亲热地称呼自己的父亲，不是丕狗丕狗的叫就是老东西，甚至还当着父亲的面吐口水，捂鼻子，斜眼睛。现在突然听到有人这样喊自己的父亲，春梅不觉感动得热泪盈眶。

春梅与郑技员没坐多久就出门了，那时月亮升得老高老高，月光明晃晃地照着他们的身影，二人有说有笑。那个晚上，当她听完了这个老同学平静地讲述他那段在北方工作时的种种苦甜酸辣，那颗同情心就在她心上扎下了根；慢慢地便萌生了爱情的芽苗。郑技员对春梅感激不尽，春梅却觉得是自己乐意。

春梅跑得上气不接下气，快到郑技员上班的房屋时，她便停下了脚步。看到来办事的人进进出出，她又怕打扰到郑技员，毕竟他是私人老板聘请的，工作时间不能随便谈私事。她站在门口张望了一下，看到两个人站在办公桌上谈着什么。

声音很小，春梅想进去看看，刚要跨腿，那个人就离开了。她本来想给他一个惊喜，但又怕别人看见，只好喊了一句"郑技员"！

郑技员一听声音就知道是她，立马走出房门，见春梅笔直笔直地站在门口，周身的血管顿时活跃起来："来了怎么不进办公室。"郑技员说着，边把春梅拉进了办公室。

办公室很静，谁也没有说话，只是彼此互望着对方，似乎两人有千言万语不知怎么倾吐。

春梅不眨眼地盯着他，弄得郑技员有些不好意思，但春梅的那种魅力随着年龄的增长而越来越强烈。见郑技员不说话，春梅就想把心里的话全盘托出。

"你呀，为何总躲着我，弄得我几个晚上都不合眼，到底是为什么？能讲出来让我听听……"

没有回答，只是两只疲倦的眼珠在眼眶里打转……春梅没有再问下去，他不回答肯定是有原因的。今天春梅穿得朴素大方，楚楚动人。其实在郑技员心里有一种涓细而又激越的清流冲击着，这股激流，时强时弱，时隐时现，让他欲罢不止。

"你来找我到底有什么事，这儿是办公室，被人看见多不好，有事快说！"

"没事就不能来吗？告诉你，你要去春风的公司上班，可能有点难，春风要求很高！"

"要求很高，什么要求？"

"就是……就是……"

郑技员知道春梅一定碰上了难题，所谓要求就是你要满足他春风的要求，可春风的要求是什么，还是特别为难自己。想到这里，他抬头看了看春梅，春梅蓬松地挽着个发髻，面庞消瘦，眉目清秀，神情羞羞答答。

"为何你这样看我？"春梅带着几分娇气问道。

"我看你为我的事很为难？"

"为难又怎么样？活着总是难。有句这样的谚语说'爱情常常使人哭泣，痛苦常常使人诉说'。我就不信他的要求能为难你什么。"春梅似是劝说，又似是倾诉。

"说得好，没想到我的春梅还有两把刷子。"郑技员说着笑了起来。他走近春梅跟前竖起大拇指，却被春梅拉了下来，这一拉就不管三七二十一了，两人就紧紧抱在了一起，只觉得他宽宽的肩膀，挺实的腰身，充满了青春活力，脸上的羞涩和腼腆全部褪去了。

这天，天气热得要命。天空没有一丝云彩。上班族们走在公路上，被太阳烤得滚烫滚烫；一阵南风刮来，从地上卷起一股热浪，火烧火燎地使人感到窒息。半下午时，春梅去找郑技员，感觉气温降了许多。自那天见了郑技员，那种迫切的心情涌上了她的心头，特别是为了他的工作，想尽快落实。于是立马又返回公司去找春风。尽管天气炎热，也阻止不了她的决心。她一路奔跑，一路想入非非，是答应他的要求，还是跟他撕破脸皮？撕破脸皮，那损失惨重；答应他的要求，以后要是被郑技员知道了，该怎么办？思来想去，想去思来，她的脸上似乎又蒙上了一层阴云。她默默地站了片刻，是去还是不去，这样徘徊了很久，最后还是决定见了春风再说。

骄阳似火，午后天空亮得耀眼，好像一大块烧烫了的白马口铁板。路边垂柳的细枝一动不动，树影缩成了一团，蒙着一层尘土的叶子都蔫蔫地打卷了。柏油路面也被晒得又烫又软。春梅走在车水马龙的公路上，马路上似乎有一片透明的蒸气在升腾。

春梅走着走着，已是汗水淋漓。她用手巾擦了又擦，走进了一片松林，起起伏伏的土坡上铺满了绿茵，一条弯弯曲曲的黄土小路引着她往前走，也不知是什么地方，几弯几转，豁然开朗，前面出现了一片烟波浩渺的碧水。

春梅知道这条路是通往父亲养蜂的那片松林。她不明白自己怎么会走到这条路来。于是立刻折回到春风的公司，她想见一下春风，可公司大门紧闭着。这时，她的脸上、身上，都汗淋淋的，眼睛被汗水腌得睁不开眼。她找不到春风，只好回到出租房，稍许平静一下怦怦乱跳的心，才发现家里只有自己一个人。

她在房里东瞧了瞧，西瞧了瞧，就喊："爸！春蕾！"见没人回答，她就来到门口，再喊："春蕾——"

　　春蕾背着书包，手上拿着一本书，快到门口时，她把书包取下，甩了过去。门口"砰"的一声："干什么，春蕾，爸去哪了？"

　　"我刚回来，哪个晓得。"

　　"也不看看天气，这么热的天，他不怕热，闹不好会中暑。"

　　春梅赶忙找出一个凉帽给春蕾，又递过给她一把伞。说："你快把凉帽给爸送去，他肯定是在树林里养蜜蜂，千万别在路上玩，快，听话！"

　　春蕾答应着，消失在火辣辣的阳光里。

　　春梅喝了一口冷开水，清口爽凉，来到镜前照了照，便抓起门口的一把伞也出了门。

　　"爸——"沙田路边，传来春蕾尖叫声。

　　"爸——"春梅顺着叫声奔了过去，那火辣辣的阳光晒在伞顶，同样烫得痛人。

　　丕狗叔倒是清闲，天再热也热不到他。他知道今天的气温最高，早早地就回到离公司不远的一棵大树下，手里拿着烟，躺在大树脚下，头上盖着一个老掉牙的烂凉帽。这棵大树是一株百年老柏树，树枝青青绿绿，撑起一把巨大的绿伞，再大的太阳也能遮住。丕狗叔就这样躺着，有一个十四五岁的少年刚从树下过，看到树底下躺着一个人，他立即停下脚步，仔细瞧了一下，感觉这人似曾相识，就想玩玩人家，于是立即从地面捡起一根树枝，轻手轻脚走到树下用树枝在丕狗叔耳朵上挠了几下，丕狗叔以为是蚂蚁，用手搓了搓。少年忍不住笑了一下，但没出声，见老人还没发现，少年又用树枝挠在他耳朵上；耳朵有些痒，丕狗叔用手重重地拍打了一下，只听"哎哟"一声，少年吓得屁滚尿流地逃了。

　　这时，丕狗叔才发现刚才耳朵痒是这个小鬼弄的。他站了起来，不远处传来春蕾的叫喊声，心里骂："喊个屁！老子死不了。"春梅的喊声也传来了。他又骂："喊，喊，就知道喊，老子让你喊个饱。"骂了几句，又躺在了大树脚下。

昨天与烂斗篷闹了一家伙，下午两人又和好了。但烂斗篷讲的那件扎心的事儿，依然扎在丕狗叔心上。他朝着春风公司的方向跳起骂了春风一通，见有人来了，骂声就小了，想想也是，如果没有春风的公司，自己一家能来县城工作？但他恨不过，他恨自己女儿不争气，被人哄，被人骗，怪自己女儿长得太漂亮，如果不漂亮，春风那个龟儿子就不会看上自己的女儿。"妈的，搞到我头上来了，我要你去死。"他骂。但是骂归骂，女儿也是没有办法，现在女儿找到了意中人，他要马上跟女儿说，要她马上结婚，结了婚就不会听到这些流言蜚语，春风就不会缠着女儿。这么想了一会儿，感觉全身轻松了许多，听到春梅还在喊叫，知道她是为自己着急，心里反而得意起来，"喊，喊，喊，有什么好喊的，你再喊老子也不答应，谁叫你给我在外丢人现眼。"

　　蜜蜂嗡嗡声传来，春蕾的喊声也随之来了。

　　"爸，干吗不答应，累死我了。"

　　"谁要你们喊，喊天，还是喊魂？"

　　"快回家，我姐可能找你有事。"

　　"找我能有什么事？不回！"说着，丕狗叔又躺在大树脚下，嘴里咿呀咿呀起来。

　　"你真的不回？我告诉我姐去。"春蕾知道父亲怕春梅，故意这么说，然后抓起罩在父亲头上的那个烂凉帽，大喊道："姐，爸在这里，他不肯回去，你来喊吧。"

　　听她这么一叫，丕狗叔一跃站了起来，指着春蕾骂，"你不要命了，要你姐过来干什么，我回去就是了。"说完，就一脚重，一脚轻地往回走去。

　　丕狗叔前脚跨进屋，春梅和春蕾后脚就跟进门来。春梅满脸的汗水，春蕾也汗流浃背，急忙拿着毛巾擦了又擦。春梅打开风扇，把伞朝丕狗叔面前一丢，铁青起脸："你知道今天的气温有多高吗，四十度，四十度是要晒死人的，喊你不吱声，又不愿回家。好，既然你不想要这个家，我也没办法，你就去你的蜜蜂林，我带着春蕾走，免得出钱租房子。"

丕狗叔翻着白眼，想骂回去又不敢，坐在木凳上听着春梅数落。

春蕾把风扇转到自己这边，春梅见她这样没作声，看到爸生气了，连忙又把风扇移到父亲这边来。

"爸，不知我说你什么好。"春梅依然不依不饶地说，"你听说了吗，春风哥说你一年也没上交蜂蜜了，他说要停发你的工资了。"

丕狗叔一听这话，顿时满脸的汗水流到鼻头上，说："这怎么可能，我交就是……"

"你用什么交。"春蕾知道父亲把今年的蜂蜜卖给别人了，卖了的钱，都被他买酒喝了。

春梅双眼瞪着父亲，想起前几次有人买蜂蜜的事，那声音还在她耳朵里冲撞着，心顿时狂跳起来，好像一个拳头在嗓子里捅着。看着父亲低头不作声，就知道了全部，可是怎么办呢？如果父亲交不起蜂蜜糖，父亲的工资肯定要扣除，去求春风哥吗，肯定也不行，郑技员的工作还没办好，父亲这里又得求人家，看来自己的命真是苦，想到这里，春梅不禁哭了起来，惹得春蕾也跟着哭起来。

丕狗叔看到她们姐妹都在哭，也不禁老泪纵横，站起身大叫道："别哭了，我去求春风，就算我这张老脸不要了，也要去找他。"

十二

曾凡一手提包，一手拎着一袋水果，直往春风公司走来。走着走着，汗水就湿了全身，他不知道春风这么急着叫他有什么事，进了总公司，问了总台服务员，才得知春风正在二楼会议室会客。曾凡按公司规矩在一楼大厅的沙发上坐下来，想尽快去见春风哥。

平阳房地产开发有限责任公司总部的气派，在郴州地区能否列入等级，或者应该列何等级，我们暂且别论。但在平阳县和周边相邻的几个县城当中，公司无论从办公室的规模、装修格调，以及各种办公设备条件，在目前可以说是数一数二的。这是春风多次在外考察，专门请了高手设计的，除了二楼办公，三四五六层都用来接待客人。这办公楼从外观看，主体十二层外形十分壮观，白墙如雪，造型奇特，与两侧建筑群相配合，恰似白天鹅舒展双翅，伫立水面。这栋楼院具有美的旋律、诗的情怀、画的意境，是春风智慧心血的结晶。当人们走进自动开启的办公楼大门，仿佛来到了一个鸟语花香的公园，映入眼帘的是一派大自然的景象。近处，花草繁茂，清泉潺潺，红鲤青鲫，漫游其间。远处，假山重叠，怪石嶙峋。山上有亭，金顶红栏，小巧玲珑，煞是奇观。亭下有泉，一渠水汩汩流出，沿山崖飞流直下，形成飞瀑，宛如玉带轻飘，仿佛演奏着一曲天然交响乐。这里铁树峥嵘，棕榈青青，新竹吐翠，芭蕉含情。各种鲜花，争芳斗艳。一位曾在春风公司品过茶的心理学教授说：这座办公楼的布局，如同春风那栋别墅家中的陈设一样，倾注的正是春风这个人独有的"心理构造"。

当然这些"心理构造"，在春风眼里也没什么，他要的是能增加收入，要的是能让人赞美和瞠目结舌的气派。办公楼自建成后，他大半时间都在这里办公，会客人，召开会议，做决策，发布指示和命令。

曾凡等得不耐烦，还是走进二楼会客厅了，他见春风坐在沙发上大口大口地抽烟，正听着刘大雄汇报工作。茶几上烟灰缸里的烟蒂放得满满的，他吸掉一根，又点上一支，吸一口，然后吐出烟雾，烟雾绕上空中，转起圆圆的圈；那吸烟的动作，是春风多年的习惯，他抽得越多，越感到兴奋，这就是他一路来的风格。

听完刘大雄关于三河水库兴建文化园的情况后，春风没有发表意见，只有他知道三河水库投标后一直没有开发。三河水库离县城不到两里路，是一座小型水库，现在周边的田土都由政府征收，水库的水就搁置了，政府为了兴建文化园，把水库投标了出去。现在水库投标几年了，还是一片荒芜，听说有一个老板想投资文化园，春风自然就想把三河水库纳入投资文化园建设目标上来。

"……政府的人说我们公司投标后，不冷不热，我想肯定有人在谈论这个事了。"刘大雄汇报说。

春风听完后，若有所思，然后说："不冷不热我倒是不怕，现在关键问题是如何开发！"

"不是做出最后的决定了吗，兴建文化园，政府参与，为百姓做件好事，你可就功德无量啊。"刘大雄大大咧咧地说道。

"话是这么说，可是……"春风没有继续说下去，因为他不想让人知道，这是关系到个人的信誉问题，所以话到嘴边又咽了回去。曾凡见里面有几个人，脸上的表情都不是很好，他就随便找了个位置坐下。

这是一间会客厅，这间会客厅是专门接待特殊客人的，一般客人是无资格进来的，钥匙都是由春风自己保管，打扫卫生才让服务员用两个小时，搞完后还得交给春风。厅内十分宽敞，高高的圆形天花板构思奇特，巨大的圆柱顶天立地，威风凛凛；靠墙摆着一圈温室花卉，千姿百态，挂满芳香的花蕾，绚丽多彩，从叶片中隐隐露出头来。一看就知道是大师手笔设计的作品。

春风见坐着的几个人都低着头，也没再追问他们工作的过失，会客厅此刻安静如水。春风把目光转向站在一边的两个副总——分管石厂的副厂长和办公室主任："不说话能解决问题吗？"

副厂长说："刘总，不是我们不说话，这件事是怪我们没有及时处理好，我应该接受处罚。"

主任说："这件事是我们没把握好，石厂损失惨重，我们愿意接受处理。"

"处理，怎么处理，你们真是不见棺材不落泪。"春风指着刚赶来的财务主管的曾凡："你把这个月所卖石头的数据，念给他们听听。"

"石厂改制后，石厂库存的石块总共还有三万二千方左右。"

"这个我们清楚，你报一下这个月的销售情况。"

"我还要报吗，这个月没销售多少。"石厂办公室主任回答。

"没销多少，那石块会飞走吗？"

"我们也不知道，反正……反正……"

147

"反正什么？"

"……"

"说话呀！"

"石厂我们派人去量了方数，和前面的数目是差了不少。"

"差多少，你没数吗？"

"主任知道这回事。"

"知道这回事，就能把石块的数目变少吗？"

"不是这个意思。"副厂长红着脸说道。

春风见他们对不上号，确实生气，从沙发上跳将起来，吼道："不是这个意思，那又是什么意思？"

副厂长见春风发火，脸变了猪肝色，吞吞吐吐地说："我的意思是石厂的石块，可能开始量得不那么准确。"

春风越听心里越气恼，思索了片刻，就对曾凡大声说："你马上通知各部负责人过来开会，从现在开始，石厂人事进行调整，石厂副厂长停职反省，由原副厂长接任。现在石厂虽然改制，但石厂的石块还在销售，所以工作不能马马虎虎，不想干好的就滚出公司，回家务农。"

曾凡听春风这么说，心里也有些害怕起来。

会客厅此刻静得掉一根针在地上都能听得见。

"你们这些饭桶。"春风鼓起两眼，在屋里踱来踱去，踱了几个圈，便又停下来，见曾凡心事重重，就说，"会暂时不开，到时再通知。但是，好不容易办好的一个石厂，现在改制了，最后一班站不好，给公司带来损失，这是给公司丢脸，这样的人我还能用吗，还留着干什么？"说完，春风见大家都不吭气，心里稍许安慰了一些，突然放缓语气说："好吧，你们两个可以回去了。"说着坐回沙发上。

被春风骂得狗血淋头的石厂副厂长和公司办公室主任吓得不轻。

"刘总，我一定能知错就改，看在……"

"春风哥，看在我们是邻居的分上，你就……"

春风抽了一口烟，烟雾飘到他们两个人头上，他们被浓浓的烟雾呛得咳嗽起来，不禁似笑非笑。春见见他们笑了，也勉强笑了笑，心想他们好歹都是一个村的，看来只能调整一下算了。随后似笑非笑地说："我才不信你们那一套，要不是一个村的早就把你们开了。"

那个分管的副总和原石厂副厂长看在眼里，满头冒汗。两人你看看我，我看看你，很尴尬地退出了会客厅。

会客厅里，曾凡呼哧呼哧地直喘着气，胸脯不停起伏着，头发上鼻尖上都在滴汗。

春风看着曾凡这副样子，哭笑不得，突然转向刘大雄，说："刚才讨论的那个事，我看还得有人合作，三河水库地形虽然不复杂，但开发起来需要的资金可能要好几个亿。"

"是啊，要不我们去一趟三河水库看看。"

"可以啊，等会就去，设计人员来了吗？"

"来了，人已安排在招待所。另外，为何政府催得急，是不是有人在背里作怪？"刘大雄说着就站了起来，准备出门。

"是不是我那个无聊的老弟？"春风说着，气愤又涌上心头。

"没证据，我不好说，这样吧，我去安排。"刘大雄说完打了一个手势，其他几个人也跟着出了门。

"曾凡，你坐呀！"这时，春风露出了笑脸，一改刚才那凶相，表现一副宽厚、和气的样子。

曾凡把刚才拎来的水果放在茶几上，然后坐下。春风忙吩咐服务员倒茶、摆水果。

"两天没见你了，在忙什么？"春风说着把水果递到曾凡面前，"吃啊。"自己也拿着水果吃起来。曾凡心里就像阴雨天里见着了云层里露出的阳光，也抓起水果吃了起来。

"城关税务分局唐副局要的红砖拖走了吗？"

"拖走了。"曾凡回答说。刘大雄早就安排了，春风以为没有拖走。

"税务局不是在各个单位检查，有这回事吗？"

进行税务核查是上次城关分局唐副局长随便说了一下，作为一家企业，税务检查那是顺理成章的事。但一般都是走走过场，没有什么可怕的。

"听说你找到女朋友了是吗？"春风显得越发亲近，"那天我给汤主任说了，你找女朋友，肯定需要很多钱，你要钱的话，他会给你准备，但要提前告诉他。"

曾凡受宠若惊。找女朋友的事，压根儿他没敢奢望得到这位姐夫的关心。一家人能来平阳县城打工，这已经很感谢他了，何况姐夫那么忙。眼下姐夫与姐姐正处在冷战状态，心情并不怎么好。但他很快意识到，姐姐对姐夫另有看法，这种事是不是要告诉姐夫自己是不是多此一举了呢？

"秀娟想复读的事，我帮她弄好了。"春风又开了口。

"那要谢谢姐夫了。"曾凡不等再问，说，"秀娟想复读，她想考所好学校。我姐这两天可能感冒了，在家躺着。"

"这两天我的确忙得不可开交，没顾上去看她，你姐拿了感冒药不？"

"拿了，可她老是哭，我妈劝也没用。"

"我爸去找过你妈了吗？"

"没有，亲家爷不是去他们的老战友家喝酒了吗？"

春风苦笑了一下，心里就有一种说不清的失落和惆怅。早两天跟秀秀见面闹崩，为了避免再生事端，他就没再进家门，为的是让秀秀冷静下来，不想再纠缠。秀秀如果把事情闹开了怎么办？秀秀现在口口声声说要跟父亲讲清，不讲清楚就要把刚领取的结婚证撕掉。撕掉容易，可一旦把事情公开了，自己在县里和企业界还有家乡父老乡亲那里怎么交差，特别是父亲那关怎么过？自己对父亲向来是唯命是从，没有父亲当时给的那五万元，怎能有自己的今天，加上秀秀对父亲特别孝道。还有那次被两个假公安抓到石洞里，差点被人打死，是秀秀挺身而出救了自己。要是秀秀与父亲联手来对付自己，事情会全部曝光。怎么办？偏偏父亲来到县城，来的目的虽然是为了调解他与得意的事，要是把这件事联系到一起，父亲的高血压病会要他的命。想到这里，春风心里不由升起一股自愿缴械投降的情绪。这时房间里悄无声息，空气好像凝固了一般。看到曾凡也是心事重重，他的心稍许安宁了一些。

女人啊，女人！如果一旦黏在一起，就实在难以说清好坏对错了！

面包总会有的，同样办法也会有的。只要牢牢抓住曾凡，就算木叉婆煽风点火也是白费劲。

曾凡的回答让春风心情稍安。

"我爸这次来县城是来调和我与得意矛盾的，如果你亲家爷去你那里，你可要多留心点。"春风看着曾凡说道。想到那天父亲问起欧阳花嫂的情况时，自己也只是敷衍搪塞。虽然自己是在骗父亲，但也是没有办法的事。父亲与欧阳花嫂以前的关系，自己很清楚，父亲一旦知道欧阳花嫂也在县城，而且跟得意住在一起，那该怎么办？现在父亲只顾着看老战友，可能还不知道这事。

"我爸这次来县城，可能会住上一段时间，你告诉刘二吉和刘兵，要他们搞点有营养的菜送到家里去。"春风对曾凡说。对于父亲，他是十分敬重的，父亲一辈子转战南北，已经很不容易，现在是儿子该孝顺的时候了。

曾凡说，我去跟他们说。春风思索了一下，忽然又说："其实你姐生我的气，我没什么话说。我哪知道春梅在跟得意谈恋爱，现在搞得我们兄弟反目成仇，我是有责任的。但愿是一场误会。"

曾凡听得心里咯噔一下，心情马上阴冷下来……

"一定是个误会，人家春梅根本就不喜欢得意，现在人家又跟郑技员谈到一起，那天春梅找我是想介绍郑技员到我公司来上班，他们现在正准备结婚呢。"说完，他看了一下曾凡。曾凡哪管这些事，只是一脸的微笑。

"我怎么说这些事呢，我忙都忙不完的事！"春风点上一支烟吸了一口，吐出烟雾，烟雾在空中旋转，"春梅的事我是很想跟你姐讲清，那天春梅去找我是为郑技员的事，刘二吉也在。你想想，现在公司人满为患，我怎么会答应春梅呢？为这事她天天到我办公室去纠缠，我这人很讲原则，现在设计人员是欠缺，但也不是火烧眉毛嘛，公司现在不是很好吗？"

曾凡总算听明白春风话里的意思，总算明白姐姐跟姐夫闹矛盾的起因，他不知道该说什么，说好的，肯定对不住自己的亲姐姐；说坏的，春风肯定不高兴，以后他肯定不会相信自己。他只能保持沉默，沉默是金。

春风见曾凡什么也没说，表情还很自然，就把刚抽完的烟头丢入烟灰缸，站起身来，说："就这样吧。这段时间可能很紧，三河水库的立项，要马上去跑政府要求在水库兴建文化园。家里的事你要多担待点，秀娟复读的事，你告诉她，要她别担心，你姐病了，要赶快去看医生，有时间我陪她去。"

"行，姐夫，有我在，家里的事你就少操心了。"

春风笑着摆摆手，曾凡知道他在下逐客令，立即起身出门。

"税务要来检查的事，你得做好一切准备。"

"你放心，我知道了。"

"汤主任那里，你去找他联系就行了。"

曾凡出门后，春风又在背后补上一句。

曾凡带着春风安排的任务回到家，还没进门就听见木叉婆正没完没了地唠唠叨叨。

曾凡要结婚了，家里什么也没准备。女方是城郊一个村子里的姑娘，姑娘不高不矮，文文静静，白白嫩嫩，在春风公司打工。开始两人只是通通书信，时间一久，两人来往就很密切，仿佛一天不见面，感觉如隔三秋。二人的关系发展到这一步，不结婚就会出问题。女方怀孕了，必须要结婚，可女方狮子大开口，说要手上戴的、脚上踩的、路上跑的这"三大件"。当时曾凡不明白女方的话，说是什么意思？女方哈哈大笑，细细给他解释，说手上戴的就是一块女式手表，脚上踩的就是一部缝纫机，路上跑的就是一辆单车。曾凡听得吃了一惊，要准备这"三大件"可不易，但想到女方长得那么漂亮，也管不了那么多，满口答应了女方。

可是，木叉婆哪来那么多钱？如果没钱置办这"三大件"，女方不肯结婚，就要把胎打了。这件事，让木叉婆几天几夜吃不甜，睡不香。

木叉婆左思右想，她要想出一个办法，这个办法既能让女方满意，又能让曾凡抱得美人归。

世上有这样的好事吗？我看没有。木叉婆没办法，找到秀秀要她想办法拿主意。秀秀哪有什么主意，半天也说不出什么来。只见木叉婆一拍脑袋，猛然一笑，就跟曾凡讲起自己跟他爸的事来。

"我跟你爸如何结合的，也有一段坎坎坷坷、跌跌撞撞的经历。那时你爸家里穷，你爷爷长年病在床上，全靠你奶奶挣工分维持这个家。你爸爸没进过学堂门，整天拎着一个粪箕在村外的路上拾狗粪。不管天晴还是下雨，天一亮，你爸就在路上拾粪了。当时，你爸已二十五岁了，还是光棍，你爷爷、奶奶急得团团转，尤其看到村子里一个又一个人结婚，你爷爷奶奶就没有一点心情，只是眨巴着溜溜的眼睛，愣愣地看着屋顶，心里冰凉冰凉的。

"又过了一年，你爸爸二十六岁才找到我的。那时我家也穷，想嫁给一个生活宽裕一点的人家，可偏偏要我嫁给比自己还穷的人家。当时我是不同意的，但听媒人说，你爸虽没有文化，但劳动很卖力，老实巴交，是个靠得住的男人。我经不起媒人好说歹说，勉强答应了，但我有个要求，结婚可以，但男方必须把房子修好。我这个要求传到媒人那里，你爸告诉你爷爷奶奶，他们一听就采取拖的办法，一拖就是两年，房子也没修好，我的肚子也大了，最后只好跟你爸结了婚。

"现在你要结婚，女方要求'三大件'，我们家哪买得起，也只能拖着，反正生米已煮成熟饭。先答应她，但不要说借钱的事，拖久了文花肯定会改变主意，曾凡，你说这个办法好不好？"

曾凡没理木叉婆，知道她讲的那些陈芝麻烂谷子的事是用来糊弄自己的。家里的确没有钱，但也不能把爷爷奶奶和老爸以前的老皇历抬出来说事。等会儿文花就会来家里，如果让她知道木叉婆的想法，会是什么感受？不行，必须制止这种行为。木叉婆见曾凡一点反应也没有，以为曾凡同意了她的办法，哪知曾凡一拍桌子说，不干！

"不干？行，你拿钱来？"

"妈，你别啰里啰唆，我有话要跟你说。"曾凡向木叉婆摆摆手，自个儿进了屋。

木叉婆边走边问："什么事？"

"我姐的事？"

"什么？"木叉婆吃了一惊，鼓起两只眼睛跟在曾凡后面进了屋，急忙问道，"你姐还没去上班？"

曾凡转过身来，做出一副可怜的样子："你没听到公司的人在传，说我姐无理取闹，春风哥会跟我姐离婚？"

"离婚？"木叉婆心里咯噔一下，脸马上阴下来，"你听谁在胡说八道！"

"听谁说不要紧，要紧的是有这么回事。那天是人家春梅找春风哥为那个郑技员上班的事，可我姐就把事情闹得那么大；现在事情出现了，我姐还不理春风哥，这样下去，春风哥不离婚才怪呢？"

木叉婆表面上装作若无其事，心里却一阵阵刺痛，好一会儿，才问："你说的这事，难道是真的？"

"怎么不是真的，我还特别问了二吉叔。妈，事情闹到这个结果，你还不管管我姐，再不管你就等着春风哥办离婚手续吧！"曾凡说完甩头就走，木叉婆一把拽住他吼道："你这个没良心的东西，我哪时说不管你姐，没有你姐，你能有今天吗？你马上去找二吉叔，要他劝劝你春风哥。你春风哥在乡下时，没有你姐的支持，他能有今天吗？现在出点小事，他就想离婚，他敢？他要离婚，我打断他的腿！"

"妈，你这么说我就不管了，你还是劝劝我姐吧。"

"你姐的事我来劝。"木叉婆说完，很快冷静下来。秀秀的事她自然没有不管的道理，自己的后半辈子还得靠秀秀，再说，秀秀也离不开春风啊。

木叉婆与曾凡在屋里说话时，文花跟媒婆在院子里走走停停，东瞧瞧，西望望。木叉婆隔着窗口瞧见了，她立马来到院前，边走边说："有什么好看的，我家什么东西也没有。"她指着媒婆，"你呀，要我怎么说，我家哪拿得出那三大件来哟，没办法，等我家有了钱再说吧。"

文花听了她说的话被噎了一下，知道木叉婆话里有话，心里很不舒服，说："大婶，这话可不能这样说，你有话跟我和曾凡说，却不能责怪人家做媒的……"

"我哪敢责怪做媒的，你也知道我们这个家，你还要三大件，曾凡，我看这事得缓一缓，如果你们真要结婚，我没意见，但要从家里拿出三大件，我是没办法，你就看着办吧！"木叉婆说着眉毛倒竖，双目圆瞪，一脸不高兴。

曾凡见媒婆出了院门，文花脸色也变了，生气地指着木叉婆吼道："妈，你今天是不是吃错药了。"

木叉婆一听儿子这话，先是一愣，然后顺手抓起屋门口的扁担要打曾凡，人没打着，却被曾凡推了一把，木叉婆一下子就倒在地上，四脚朝天，在地上呼天号地。顿时，屋里乱作了一团。

这一闹，院子里进来好几个人，刘兵正好赶来，一见此种情况，立即冲过去，把木叉婆扶起来。

"有什么事不能好好说吗？这样闹下去能解决问题吗，真是的！"刘兵不失时机地吼着曾凡。他俩平时见面就没正经话，你不服我，我不服你。曾凡气不过，反口咬道："不听曲子听评书——说的比唱的好听。"

这时，两人你看看我，我看着你。刘兵心里不服，却还想说下去，看到秀秀与秀娟一起走进院里。刘兵只好把冲到嗓子眼里的刻薄话咽回肚里，给秀秀使了个眼色，对那几个看热闹的人吼道："看什么看，还不走开，人家家里商量个事儿，有什么好看的！"说罢他和那几个人都走出了院子。

院子里，木叉婆跟曾凡与文花各站一边，三个人的火气未消，正要准备开战。

秀秀是强打精神被秀娟拖出来的，见屋里这种架势，冲着三人就是一阵火气："你们这是干什么？是不是吃饱了没事干。好，既然没事干，家里的责任田，你们回去种算了。"

"你吼什么吼？家里出了卖国贼，你问他去！"木叉婆指了一下曾凡，看着秀秀。

曾凡不吱声。文花插上话："大婶，你说这话就不对，谁是卖国贼？曾凡是吗？既然话说到这分上，我也不藏着掖着，曾凡要想跟我结婚，少一件都不行。"她故意气气木叉婆。

木叉婆也不甘示弱，大声地说："不行就拉倒，反正家里拿不出钱，现在是什么年代？还摆什么花架子。"

"这是花架子吗？你这个老不死的。"

"好啊，你骂我老不死。今天我就死在你面前让你看看。"说完就要用头去撞墙壁。曾凡立马拉住木叉婆："妈，别闹了好不好。"

"不闹可以，那你要文花答应，我家里买不起三大件，她还能跟你结婚吗？"木叉婆那套顽固不化的歪理成筐成箩的，"你能说服你女朋友吗？我看，你就知道到老娘这儿耍威风，你有本事到她身上试一试。"

秀娟看到这一幕很不开心，忙使眼色给秀秀，秀秀正气得脸色铁青，哪顾得上秀娟在给她使眼色。

文花忍了一肚子火，说："大婶，我们婚要结，三大件不能少……"

"三大件不能少？"木叉婆瞅瞅曾凡又瞅瞅秀秀，"你们结，反正我没钱。"

"没钱我们怎么结婚？"曾凡补上一句。

"曾凡、文花，你们就不能少说两句吗？妈说没钱是事实，但总会有办法的！"秀秀有气无力地劝着他们，让曾凡和文花不要再吵。

"到底是闺女体谅我。"木叉婆脸色有了好转，"结婚本是件大好事，可我一个寡母，把你们拉扯大多不容易，你们要结婚，妈同意，可我这个家还哪能拿得出钱来买三大件。"

"妈，这事先放一边，你先进屋吧。"秀秀说着给曾凡、文花使了个眼色，要他们先出去，自己扶着木叉婆进到房里。

"秀，你发现没有，曾凡好像变了一个人似的，以前蛮听话的，到了县城，妈的话也不听了，你看婚还没结，他就听文花那个狐狸精的，你说文花真要那三大件，我哪有钱给他们买啊。"木叉婆说完，就坐在那张老沙发上，看到秀秀脸色不好，就眯着眼睛，嘴里不停嘀咕着，"春风一直没回别墅，原来是多好的姻缘，都是丕狗家那个春梅给害的。"说到这儿，突然捂住嘴巴，想到上午曾凡讲的那事，就说，"我看事情还得想开点，人家说了那天早上丕狗家的那个春梅是为了帮他男人找工作才去找春风的……"

屋里突然一点声音也没有了，木叉婆感觉有点不对劲，睁开双眼一看，秀秀已经不在屋里。

爱情，这不是一颗心去敲打另一颗心，而是两颗心共同撞击出来的火花。秀秀已经完全没有那种撞击的火花了，春风在她心目中仿佛化成了灰、变成了烟雾。然而，经木叉婆的几句话轻轻一拨，那看似破灭的希望，又急速地浮现和膨胀起来。

由于生活清苦和感情的裂变而暗淡的脸上出现了前所未有的痛苦，秀秀的心已变得麻木。几天前发生的那件令她撕心裂肺的丑闻，仿佛是一个梦，一个似真似假朦朦胧胧的梦。然而当夜深人静时，她就会想起刘冬生、秀娟他们的画面。面对孤冷淡漠的灯光，看到在葡萄架上上蹿下跳的黑桃，秀秀的记忆便情不自禁地一遍遍翻腾，去寻找那痛苦和怨恨的因由及来龙去脉。

但是，她想不起来是什么时候春风开始背叛自己的，是自己做错了什么，还是二人性格不合所引起的？

沿着二人相处的线索寻找，秀秀终于找到了一条产生矛盾的线索。那是一次由市企业局组织的公司派人参与广东深圳的考察。深圳是个靠海的特区，那绿黑绿黑缠绵的海水，染蓝了一幢幢豪华的高楼大厦，夕阳的余晖和满街的华灯交相辉映，为这座精巧的港口城市披上了如诗如梦的幕纱。两天的参观结束后，当春风一行载着满满的收获回来时，公司特意把秀秀派作代表，专程到郴州接站，迎接凯旋的参观团。

火车站人山人海，人声沸腾。秀秀站在出口处。春风一眼就看到了秀秀。当他面对秀秀的笑脸，不知为什么，脸上忽然染上了一层红晕。原本站在春风身旁的春梅，仿佛故意拉开了距离，脸上同样泛起了只有少女才有的红云。当秀秀一手接过春风的皮包和衣服，一手亲热地拉起春梅走向接站的商务车时，春风的脸上不时显出一缕尴尬游离的神情。

当时秀秀就想问春风怎么了，但她没有料到，春风尴尬脸上的背后，竟隐藏着一个见不得人的秘密！

自从深圳回来后，春风好像忽然变得主动勤快和柔情起来。以前他很少回家吃饭，即便回家来，也说不上几句又走了。那时别墅刚好建成，秀秀与春风还没有扯结婚证。有些事秀秀也不多问。要在平常每天不到晚上十点难得见他进屋，可那几天他竟然门也不出，拿着一堆图纸，琢磨来，琢磨去，还对秀秀说，过几天就去扯结婚证。

"怎么想起去扯结婚证啊？这事啊，该不是这次去深圳发生了什么？"接连几天，春风又一次谈到这话时，秀秀戏谑地说。

春风听了一怔，脸一红，仿佛这才明白了秀秀话里的意思。他把图纸一丢，说："你难道不想去扯结婚证？"随着这图纸的一丢，那持续了几天的勤快和柔情戛然而止，并永远消失了。

秀秀怎么都没有想透，那如此反常的勤快和柔情背后，究竟隐藏着怎样的秘密呢？

如果这仅仅是秀秀与春风感情出现裂痕，围绕欧阳花嫂劝他不要过于出风头，春风故意说欧阳花嫂不知去向，秀秀当场劝他，春风才对她的感情出现裂变？那么说，他们之间算是一次大冲撞。

"花嫂来县城几个月了，她对你爸是有恩的，你现在有空，我陪你一起去看看她？"那天刚好是周末，春风在家。秀秀递给他一杯开水，笑盈盈地劝春风，一来去给花嫂说明那天是喝醉了，说了不该说的话；二来花嫂病得不轻，上门看看老人也是应当的。

然而，没想到春风一脸冷漠，说道："你最好少管闲事，我是不会去看她的。"

"这算是闲事吗？"秀秀不满地看着他，"你爸不是在花嫂家吗？现在去跟花嫂道个歉，也许她会原谅你的。"

"我道什么歉，要她原谅什么？"春风忽然暴跳起来，"你少啰唆好不好，你最好在我面前少提花嫂，我一听这人就特别不舒服，你难道不知道吗？"

秀秀记不起当时是怎样带着满脸的委屈和泪水出门的，自己一片好心好意，却变成了驴肝肺，于是她手一甩，跑出了门，来到花嫂租住的家，并且在那里待到半夜，直看着花嫂安睡之后才走。就是从那天起，春风很少回别墅，还在办公室铺起了床，不用说，那肯定是跟春梅在一起。当然这话只能闷在心里，却无法说，因为自己没证据。但那团火却灼烧着秀秀的每一根神经，种种委屈、难受和痛苦在心中一齐翻腾，仿佛整个身子被包裹在一团熊熊烈烈的魔火之中。

她不知道自己是离婚，还是这样拖下去。既然那个男人心中没有了自己，自己留在这里还有什么意思？

然而，木叉婆的几句话，使她的想法又转移了方向。不错，春风原本在村里时不是那种随随便便的人，如果不是春梅来到县城，春风被她的姿色所勾引，春风绝不会坏到现在这种地步！当她顺着这条思路追寻往事时，千刀万剐都难解恨的春风，竟被这个搔首弄姿、妖冶放荡的春梅取代了。但自己一直不明白的是，那时得意为何会跟她分手？这个小婊子把春风兄弟俩搞得团团转，跟得意分手后又跟郑技员搞到了一起。秀秀心里已经拿定主意，一定要把春梅好好教训一顿，以解心头之恨。

秀秀说干就干，她很快出了门。她在门口瞧了瞧，看到路上没有多少人，就从另一条路走，刚转弯就见前面春梅正提着一个包向自己走来。

这天正好是周日，春梅休班，郑技员也休班，她利用上午把家里收拾了一下，两人约好下午去体育广场看电影。电影是露天电影，广场挤

159

满了人，放的电影是一部爱情片。春梅跟郑技员两人爱得死去活来，一起享受这个最"浪漫浪漫"的时光。

春梅是个喜欢打扮的人。她肤白如雪，体态风流，一双水汪汪的大眼睛，两条柳叶眉，口若樱桃，唇不染自红，见人笑颜常展，娉婷袅娜就像从古画上走下来的一样。郑技员就喜欢她这个样，春梅觉得自己会永远漂亮、年轻。她今天特别高兴，也特别喜欢跟郑技员在一起。

午后的阳光火辣辣的，春梅提着包就往体育广场方向走，想到马上就能见到自己心爱的人，她感到格外高兴。走着走着，却突然发现前面一个熟悉的身影，那个人也正往这边走来。

是秀秀！真是冤家路窄，那不是跟春风刚领了结婚证的秀秀吗？

从那次跟着春风跳舞和上次从深圳回来后，秀秀就一直不理自己；春梅感觉到秀秀已经对自己怀有敌意。要怪也只能怪自己，自己为什么要跟春风跳舞？自己为什么要跟着春风一起去深圳参观？自己跟春风虽没干什么见不得人的事情，但秀秀可不是那么想。如今冤家碰头了，自己得跟秀秀讲清楚，讲清楚了才能恢复到原来在村里那时的亲热关系。尽管如此，春梅心里还是禁不住敲起一阵小鼓。

秀秀怎么会来这条街？难道她也来体育广场看电影？春梅这么想着的时候，秀秀已经来到她面前。

"秀秀姐，你今天也有空来体育广场看电影的？"春梅努力地笑着迈上两步。

秀秀不吱声，抬头向四周打量了一下，见路上没人，于是站定，把冰冷的目光射到春梅身上。

"春梅处长，看你打扮得花枝招展，是不是又去找男人约会啊！"

"我……没有……"春梅支吾着。她并不想让别人知道自己与郑技员浪漫的事，否则会成为别人议论的话柄。一个有感情经历的老姑娘，在这方面特别注意保守"秘密"，比起那些初恋的少女不知要成熟多少倍。

秀秀见她不说话，一股怨恨涌上心头："怎么没有，你是不是跟郑技员约好来看电影的，他怎么不来接你呀，是不是他又有事去了，我知

160

道你们现在正打得火热，是不是？"

春梅见秀秀说破自己与郑技员约会的事，不知道怎么回答，心里暗暗埋怨，这个郑技员，这种事怎么能让别人知道，可一想不对啊，郑技员是在个体老板单位上班，又没在春风的公司上班，她怎么会知道？

秀秀见春梅愣着，就不依不饶地说："别愣着了，你以为你不说，我就不知道了，你的事我清清楚楚。我看你真有本事，能把男人哄得团团转，我真服你了。可你也别高兴得太早，有些事我正要跟你讲清楚。"

春梅听了全身的肌肉绷紧，她万万没有想到秀秀会在这种时候挑起自己与春风的那件事，而且话说得那么直截了当，没有丝毫回旋的余地。看见对方脸铁青着，她不得不有所防备，于是，她走了两步，对秀秀说："秀秀姐，我……是不是……改个时间……"春梅舌尖打战，似乎全身的知觉已变得麻木了。

"改个时间，我看没有必要，你说说，跟你跳舞的那个，跟你去深圳的那个，你们怎么了？不只我们公司的人，而且半个县城的人都晓得了。为了你那个歪狗爸，你就豁出去了，真不要脸。你明明知道春风是我的男人，你明明跟得意好上了，现在又爱上了郑技员，你这样做，知不知道是玩弄人家的感情，破坏人家的家庭，你还真是不要脸！"秀秀的话连珠炮似的，言辞尖刻，不讲情面，她不给春梅有丝毫狡辩的机会。

春梅听了秀秀讲出的话，站在那里脚在发抖，脑袋飘飘空空的。秀秀说的都是事实，春梅知道事情已经抵赖不过，羞红着脸说："姐……我对天发誓，我没做对不起你的事，你要相信我！"

"谁是你姐？要我相信你，鬼才信呢？"话音刚落，路上有人走过，秀秀便压低声音、语调却越发严厉起来，"不过，我现在还真有点可怜你。你也是个大姑娘，找男人无可厚非，但不要抢人家的男人。我们同是女人，我可要警告你，以后，你得跟春风保持距离，如果你继续勾引春风，我可不是今日这样骂你几句，我会把你送上法庭。现在公司的人谁不说你是个水性杨花的人，希望你记住教训，别再让我

161

找你第二次，到那时你可就死路一条了。"见春梅嘴唇乌紫，浑身哆嗦，秀秀觉得自己的目的达到了，转身往回走，走了几步，又掉转头，瞅了春梅几眼，说，"记住我刚才说过的话，别再丢人现眼，再那样做我会让你滚出公司的。"

秀秀心中的怨气一吐，顿觉大获全胜，转身就走。春梅这么多年来她第一次被人呵斥，第一次受到这样的委屈，尤其是最后那两句话，一下子把她深藏在心底的侮辱和痛苦所累积起来的仇恨都翻出来。那仇恨结下的果子——不顾一切后果的报复欲，也随之升腾起来。

"刘秀秀，你给我站住！"一声喝叫，春梅快速拦在了秀秀的前面，"你骂完了就走，这不太好吧，我还有话要跟你说呢！你给我竖起耳朵听，你说我勾引你男人，那是放屁！我会勾引你男人吗？是你自己没本事管不住，你男人才去外面偷吃，怪谁？怪你自己。你男人跟你扯了结婚证，为何不跟你睡在一起，是因为你没女人味，没有姿色。你男人看不起你，你应该找你男人算账，怎么找我来了，真是吃错了药。不错，你男人是想泡我，几次都被我拒绝了。他要我在公司做接待工作，就是你男人为了搞我方便，可是我看不上你男人，更看不上得意，所以，你今天这些话都是放屁。"

秀秀听了大惊失色，她张开的嘴，合都合不拢，人都成了一只木雕的呆鸟。

春梅见自己的反攻起了作用，更是越发汹涌地攻击："我明白告诉你，我看不上你男人。你男人虽然有钱，但我不在乎，我在乎的是一个爱我的人，那就是郑技员。"

秀秀的心理防线彻底崩溃了，捂住脸恸哭着，踉踉跄跄朝来路奔去。望着远去的秀秀，春梅也蹲到路边落满浮尘的草地上，呜呜地大哭起来。

远远地听到前面的哭声，正匆匆赶来的郑技员，看到春梅哭得伤心至极，立马奔了过去，一把抱住春梅，心痛地问道："这是怎么回事，跟谁吵架了……"话没问完，转头看到那个快要消失的背影，顿时大脑过滤了一下，似乎才明白了这一切。

十三

由城关镇组织的老干部老军人参观县城发展一行人，早早地就坐在一辆中巴上。刘冬生是老军人，他住在县城，被邀请出席了，但他并不感到惊讶。惊讶的是刘老和城关镇一班人，觉得能请到老军人很自豪，他们详细地向刘冬生汇报了关于近年来县城发展变化的情况，认真听取了刘冬生对今后县城发展的意见。这次活动让刘冬生深感震撼。对刘冬生而言，能参加这样的活动已经很满足，也可以说是他受到尊重的体现。

中巴车在县城公路上行驶，县城撩人的秋色扑入车窗，刘冬生喜悦的心情难以形容。

路，是新修的柏油路；山，是成片绿色的山。对于平阳县城，刘冬生实在是久违了。他进城时间较少，这次他终于得到一次欣赏美景的机会。

中巴车快到宝岭上时，刘冬生突然叫司机停车，他笑着向车内的人说，他要下车步行转一转。目送中巴车离去，站在宝岭的石头上，心中涌起一股如潮的激情，宝山是他心中的记忆之岭！无论逝去多少岁月，宝山总是在他心头经久不息地留存着记忆！

宝山变了。记忆中那高高的石山，现在变成一片片碎石，他不明白，是岁月模糊了记忆，还是现实改变了山的面目？那时他曾跟几个同村的人来过此山，那成片的石头高低不平，他们在石头上追啊跑啊，当年的情景历历在目。

循着记忆，刘冬生心生感慨，似乎又见到宝岭当年的风采。看宝岭的石头，清亮亮的；一块硕大隆起的岩石，上面长着矮树，绿茸茸的；岩石脚下被河水冲刷，有几分像一只大乌龟横卧水面，又活像一座拱桥，底下可以望见明亮如镜的河水。河在这儿仿佛睡着了，尽头远远有飞瀑喷泻于巨石之间，石上有几株矮小的杨柳，受水力冲击，东摇西摆。

在这些多姿多彩的岩石当中，刘冬生最感兴趣的是那种深褐色的石头。迎着阳光看，石头好像涂了一层蜡那么油光。他伸手摸一摸，发现石头表面光滑又坚硬，像一件瓷器。他不时走到一大片有这类岩石的地方。周围的岩石是一片黑色，他就好像被围在一大堆发亮的无烟煤里。他好奇地捡起一块岩石，好像陨石，但没有陨石那么重。他手中握着的只不过是地面上的一块普通石头，但它差不多与太空落下的陨石一样的令人兴奋、神秘。如果不是自己上了年纪，刘冬生还真想同当年一样，在这片石山碎石上，烧石灰，挣钱养家糊口。

沿着一条小石路，远远就能看到那条小河。河里长满了草，草青青的绿绿的，像一片青色的云霭，弥漫在河堤畔的草地上。当年，这是远近几十里绝无仅有的风景。青草片片，叶子很长，像带子似的，五月端午用来包粽子，散发出清香，村民把包过粽子的草叶还要留下来年再用。如今小河河水清清，当年刘冬生在宝岭烧石灰，满身的石灰就在小河清洗。

四十多年前，正在小河清洗身子的刘冬生，被突然闯来的十几个国民党兵抓了壮丁。欧阳花嫂为了让刘冬生逃走，被那些来抓壮丁的国民党兵打得头破血流，半身瘫痪，后来她为了等刘冬生，一直没有结婚……

青草荡起波浪，浪花轻轻摇荡，恰如刘冬生的思绪翻滚。

刘冬生在河边一崴一崴地转了一圈，踏上宝岭的小径。宝山他是熟识的，山的变化不同人，人如儿童或少年，眼睛一眨，就让人认不出原样儿。而山是老人，无论过去多少岁月，只那条皱纹深了些，发丝白了些，或是那白发脱落了些。大山深处隐藏着许许多多秘密。哪一个在山里长大的人，心里没有山的记忆？走了一阵的刘冬生，突然站定，看着宝山岭上，望着远远的小河，一股激情又弥漫上来，一段往事又展现在他眼前……他曾记得，那天中午，太阳火辣辣的，刘冬生和几个同村的人在宝岭山上挑片石，从早上挑到中午，已是很累很累，一颗颗汗珠从他的鼻尖滚落，仿佛头顶烈日挑着千斤般难受。于是，刘冬生就叫村里一起在宝山岭上挑石头的人去小河洗澡。那时，挑片石是做包工，每天挣不到五角小洋。到了河边，河面水平如镜，太阳洒下来的光射在水面上，像是一个柔和的光环浮在河上。刘冬生热得全身烦躁，哪有时间欣赏，一蹦跳下河里。他双手拨打着水，然后又往身上泼，一阵清洗后，感觉凉凉的，一种舒服感弥漫全身，睁开双眼，正要上岸，却没看见一起来洗澡的村里人。刘冬生喊啊叫啊，一点声音也没有。他立刻爬上岸，穿好衣裤，拔腿就走，然而没走几步，前面突然拥出了十几个人。他们穿着军服，戴着大盖帽，松松垮垮，稀稀散散。刘冬生不知道发生了什么，刚要问，那个领头的在他面前打量了一下，然后说，你叫刘冬生，你是我们要找的人，现在马上跟我们走。刘冬生一听，刚要说什么，喉咙被一只有力的大手紧紧掐住。走啊，还要我们动手吗！这话一出，那伙人就把刘冬生你推我撞拖起就走。就在这时，欧阳花嫂冲了过来，她告诉刘冬生，这伙人是国民党抓壮丁的，你赶快走，我来对付他们。话音没落，欧阳花嫂就被人一锤打了下去，鲜血流了下来。刘冬生看在眼里，痛在心里，他立马抱住欧阳花嫂，刚要说话，就被那伙人捆住，拖起就走。他挣扎着，身上却一点力也没有，看到欧阳花嫂倒在地上，鲜血直流，但一点反抗的办法也没有……就这样，刘冬生被国民党抓去当了壮丁，欧阳花嫂晕倒在那里，好久才被村人送到医院……

穿过一道凹地，转过一道山梁，刘冬生沿着小径来到矿山脚下——

宝山矿什么时候开办的？刘冬生不知道。新建的宝山矿作为省管企业，比起当年的个体小矿规模大多了。那宝山地下到处是有色金属，矿的含量非常高。当年十八岁的刘冬生刚来矿上做工，可以说是初生牛犊，跟着村里大龄青年在宝山岭上挑片石，踩煤球。他个子不高，做事却很卖力，矿主很喜欢他。他做事除了卖力，还很负责，每件事做完都能得到矿主的表扬。当年在矿上的事，总在眼前浮现，刘冬生不时激情在涌动。

站在宝山的山坡上，脚下的地平线如今被一片矿区所遮盖，满眼都是运矿的车在流动，雄伟极了。矿区又一次牵动了刘冬生深沉、凝重的情思。

那是二十世纪八十年代初期。

刘冬生回家探亲的那段时间，村里几个年轻人见到他穿着军装，雄赳赳，气昂昂，他们要邀请刘冬生到县城玩几天。刘冬生听后，就想到了宝山，想到那时在宝山岭上做工的情景，更想到了那时自己被抓壮丁的事。于是刘冬生二话没说，就同几个村里的年轻人爬上了开往县城的汽车，进了县城，在县城转了一天。第二天，刘冬生带着大儿子春风来到了宝山。

　　宝山岭上很是壮观，看到宝山矿区喧嚣、欢腾的景象，只见各种色彩的矿灰，混合着雪花，飘浮在烟囱里、车间房的上空；满载矿石的车辆隆隆地开进来开进去，仿佛在赛跑一般，直把刘冬生看得眼花缭乱。

　　"爸，带我来宝山岭上是找花婶吧！"春风揣摩着父亲的心思。

　　那年刘冬生被国民党抓了壮丁，刘冬生在一次战斗中，他乘机逃走投奔八路军。多年来他对欧阳花嫂怀着感恩的思念，曾多次给欧阳花嫂写信询问她的情况，可一封回信也没收到。后来刘冬生转战南北，在战斗中受伤，几年过去，便再没有与欧阳花嫂联系。这次，他以治病为由，特地来打探这位昔日善良的女人，这个埋在心底爱恋自己无怨无悔的女人。

　　"爸，你带我来这里干什么？是不是这条小河有你的故事？"儿子边开玩笑边扶着刘冬生走着。他们从宝山岭上下来，没有进矿区，而是来到了山下的小河边。

　　真巧，在河边看见一个中年妇女，一看这人，好不面熟，只见女人站在那里一动不动，似乎在想着什么心事。刘冬生没有犹豫，他猜想那人就是花嫂，于是激动地喊道："花嫂。"

　　一听这个似曾熟悉的声音，那个妇女不由自主地转过头，一见是他，目光有些呆滞。她审视着叫唤自己的人，不觉发出一声惊叫："是冬生，真是冬生，怎么，你的脚……"

　　"我是冬生，我的脚在战场上……"

　　笑声戛然而止，欧阳花嫂望着刘冬生那条断了的腿，端详着，眼眶里滚下两串泪珠。那同样的泪珠，也在刘冬生眸子里滚动着。

　　"你怎么还记得这里？"欧阳花嫂一抹脸面，直看着刘冬生说，"没想到在这里见到你，真没想到！"

"你怎么也到这里来了？当年是我害了你，让你头破血流。这么多年我一直在找你，给你写过好多封信，却不见你一封回信，我以为，我以为……"刘冬生尽量抑制自己激动的心情，又问道"你是几时来宝山的"？

欧阳花嫂没有回答，此时，她平静的心湖里掀起了波澜。她看着刘冬生身旁站着的少年，知道是他的大儿子，心里涌起一阵悲凉。

"花嫂，三十几年前的那件事，你……"刘冬生欲言又止。

欧阳花嫂当然记得。刘冬生在部队不止一次萌生退伍回乡后要娶她为妻的想法，在部队多次写信找她，却像大海捞针，一直没有音讯。他清楚地记得，当时欧阳花嫂对他说的话，她要等他，等他回来。后来，自己负伤成了残废军人，才打消了娶她的这个念头。从部队退伍后，刘冬生还多次打听花嫂，却一直没有她的消息。现在她就站在自己的面前。他问花嫂，你现在过得怎样？爱人是干什么的？孩子多大了？

听了刘冬生的问话，欧阳花嫂脸上的表情变化着。她不知道怎么回答，顿了顿才说："我过得还好，只是这么多年来，我一个人肚子饱了，全家都不饿啊！"

从欧阳花嫂看似轻松的语调中，刘冬生听出了花嫂生活的不易。

"如果不是当年国民党抓壮丁，你为了让我逃走，也许现在……"

"过去的事，不用再提了。"

"怎么能不提！花嫂，你今天站在这里，我就知道你还忘不了在这里的故事。你没有忘，我更没忘。我忘不了你当时那么勇敢，一个女孩子能为我挺身而出，为了让我逃走，不惧国民党士兵殴打，这件事我终生难忘！今日遇见，才知你的处境，才知道你还是独身，我真好惭愧，好后悔啊！"

欧阳花嫂注视着眼前的刘冬生，满是感激的情思里透出些许责怪："你这么说我就有些不自在了，当时，我不是勇敢，我是怕你被抓了壮丁后会变成坏人，因为在我心里你一直是我最喜欢的人。后来，你参加了八路军，我的心才放下来，直至你负伤退伍回到家乡，而且娶妻生子，我才离开村庄，住到我外婆家。"

刘冬生沉默了。把春风叫到面前说："春风，这就是我曾经多次跟你说过的那位花婶，当年国民党士兵抓壮丁，是你花婶挺身而出救了我。为了保护我，你花婶受了伤，至今还是孤身一人，你今后可要好好待她，以后她就是你干妈，知道吗？"

"不，不，使不得，做干妈可以，但不能总在儿子面前提以前的事，那件事不值一提。"

"春风，给你干妈磕个头吧。"

春风早就听别人讲过欧阳花嫂勇敢护人的事。在他心里一直怀着敬仰，心里早就把欧阳花嫂当作自己的亲人。听到父亲吩咐，他没有犹豫，立即恭恭敬敬给欧阳花嫂磕了三个响头。

"快起来，快起来，亏你还是个战斗英雄，怎么还兴这一套！"欧阳花嫂边说边把春风从面前拉起，对刘冬生说："让儿子叫我干妈干妈的，我看不太好，就让他叫我花婶吧，你的儿子就是我的儿子，叫我婶子就行。今天能碰上你们爷俩我特别高兴。"

刘冬生接着说："也行，叫婶好。春风，你可要记得，你花婶就跟你亲妈一样，你要是不孝顺，我可饶不了你。"

"婶——"十五岁的春风叫着。花嫂"哎"了一声，紧紧把春风揽在怀里。

刘冬生要请欧阳花嫂吃饭。三人来到矿区一家饭店，刘冬生点了几盘菜。他转过头发现欧阳花嫂脸色不是很好，他没有多问，知道刚才自己有些话说漏了嘴，想向她解释。谁知花嫂拉过春风抱在怀里，痛心地说："你妈是怎么死的？我怎么没听说过。这些年，我几次想去看看嫂子，要不是今日听到你们爷俩说，我还不知你妈死了，到底发生了什么？是什么重病让她死的？"说完双眼望着刘冬生。小小年纪的春风，提到自己的妈，伤心地哭着说："婶，我妈是生我弟弟时大出血死的，妈死时还不到三十岁。"春风的声音带着悲伤，嘶哑得似乎要扯出血来的，那分伤感，那分母子深情，在刘冬生耳边回响……

　　站在宝山岭上，站在河边当年欧阳花嫂与国民党士兵搏斗的地方，那一幕幕场景，刘冬生至今难以忘怀。

　　欧阳花嫂，你在哪里，这么多年，我一直在找你，你在哪？你让我找得好苦！

　　刘冬生离休半年回到村里后，想方设法打听欧阳花嫂，却没有任何消息。几年前，他先是听说欧阳花嫂不在了，不久又传来欧阳花嫂生了重病。那时刘冬生在医院治伤，腿不能行走，想去找欧阳花嫂的念头都未能如愿。他知道花嫂的病因，一定是国民党士兵打的落下了病根，要完全恢复是很难的。但他一直没有死心，他要知道花嫂现在的病情，想早一点前去安慰和探视她。昨天早上看到秀秀心情不好，几次想问问欧阳花嫂的情况但又没问，秀秀正在火头上，怎么好急急火火去问呢？

　　黎明的晨曦在平阳县城渐渐显出亮色，初升的太阳露出了脸。刘冬生起身站在门口，有些心急如焚，却又不知道欧阳花嫂住在县城什么地方，没有办法，他只有沿着那条熟悉的街道走去。

　　拐过一条街，前面站满了人；再跨过马路是一处郊外田野，那里比较荒凉，野草蔓延到人行小径上。缀满露水的野草闪出幽幽的微光，再往前走，草丛里躺着一个粗胖的少年。

　　"哎呀，你怎么睡在草皮上，快起来，沾着露水会着凉的。"刘冬生来到那人面前，问道，"你是本地人，还是从农村来的？"

　　少年坐起来，双眼望着老人，说："跟你一样，也是从农村来的。"他爱理不理地又躺在草地上。

　　"跟我一样？你怎么知道我是农村来的，难道你是古楼乡来的，你以前认识我吗？"刘冬生忽然来了兴趣，崴着脚在少年旁边的草地上坐下了。

　　少年似乎有些惊慌失措，连忙翻了个身，盯着刘冬生。

　　"你不用怕，你叫什么名字呀？"

　　少年依然怯生生地望着他，没有吱声。

"我是残疾人，我只是好奇地问问你，你爸叫什么名字？"

"……我没爸了，我妈叫郑生花！"

"郑生花……那你爷叫什么？你知道吗？"

"听我娘说，叫郑石平。"

"哦，是石平，那你就是石平的孙子，叫烂斗篷对吧！"

烂斗篷翻身坐了起来："你认识我爷爷？"

"不只认识，小时候还一起下塘摸田螺呢！"

烂斗篷听了，脸上露出几分惊喜。

"唉，石平的孙子，我向你打听个人好吗？"

"打听人？"

"是呀，你知不知道我们那儿有个叫欧阳花嫂的女人，以前当过村支书，后来……后来一直没有结婚……"

"有这个老人，她现在也住在县城啊！"

"真的，住在县城，那你现在能带我去找她吗？我想去看望一下她老人家！"

"住在哪我就不知道。"烂斗篷茫然地望着刘冬生。

刘冬生："不知道，她是来县城看病还是搬到县城来了？"

烂斗篷双眼盯着刘冬生，猛地站起，对着刘冬生嚷道："你儿子不是个好人，花嫂她老人家大病不起，你儿子管都不管，你还要我带你去找她，你们有钱人都不像话。"

刘冬生听得愣住了，也不知说什么好；只看到快要落山的太阳像个红球往山埂里沉去，那光线已不耀眼了；山也暗淡了，云也暗淡了，树也暗淡了。

十四

得意来到城关镇政府大门口时，他的父亲刘冬生早已离开多时。他

170

站在门口，不停地徘徊着。

他知道父亲上城来了，上城的原因不说自己也清楚，父亲这般年纪还为他们兄弟操劳，实在不应该。这两天他在心里琢磨两件事，第一件事好说，只要把春风与春梅的事如实告诉父亲，我离开春风另起炉灶，父亲会理解自己的。第二件事有些难办，就是与二居委会一起开发的茶山。这几年茶山收入虽可观，但库存的茶油销售出了问题，尽管有刘金龙他们帮忙，但即便他使出全身解数，也难以根本解除困境。

这几天，经过紧张的工作，现在虽然有了眉目，但这事还得刘金龙他们出面处理。得意从城关镇政府出来，他要办的第一件事就是通知他们尽快到平阳房地产开发有限责任公司找到父亲，同时告诉金亮按最高规格，赶快安排一桌酒席。

吉普车驶进榨油厂颇为气派的大门时，刘仇发、刘金龙几个人都到了厂部。他们正在叽叽喳喳议论着天气真像秋老虎，热得要命，有的说得意有点像他哥春风，一样霸气十足，整天让我们几个围着他团团转。

金亮在伙房忙得汗流浃背，很快给每人倒了一杯茶。

"得意是什么意思，叫我们来干什么，是不是要我们去找他父亲？他父亲是个残疾人。我看可能是为了那批剩下来的茶油怎么销售的事吧。"刘仇发很不乐意地说道。

"帮他找父亲也是一件事，让大家来主要还是为了那批茶油销售的事。"金亮故作神秘地眨了眨眼，说，"他父亲也怪，来了也不找儿子，却被城关镇政府请去参观了。我呀，巴不得替他去找人，我现在担心的还是那批茶油如何销售出去。"

"你不帮他去找，不怕得意那小子骂？"

"我才不怕，我们还是商量如何卖油的事吧。金亮兄，茶油厂是你在负责，现在库存那么多油，你打算怎么办？"

"唉！"金亮听刘仇发提到这事，有些无奈，搁下茶壶出去了。

在座的人一阵茫然。其实，得意还没成立公司时就跟二居委会办茶油场的那段经历，刘仇发他们谁不清楚。

茶山见果的第三年是个好收成，五百亩茶树长势非常好，第三年全片的茶树都挂起了果。当时就讲好了，茶籽榨成油，专门有人销售，可是把茶籽榨成油，销售那班人跟收购的那帮人，因为价格问题闹了纠纷，销售的坚决不要那批茶油。得意鬼点子多，他召集厂里的人，把茶油向市场上送，赚回了一笔款子。看着场里还有几千斤茶油销不出去，得意又把茶油降价，分给每个职工！他采取"八方交友，千里联姻"的办法，结果搞活了销售。第一批茶油，由得意、金亮带着样品去了宁远县、道县跑市场。在宁远他们结识了新成立的"宁远茶油销售站"站长王保成，是位有经验的商家。得意与他倾心交谈，二人一拍即合，合同很快签下来，榨油厂每年发送两千公斤，由宁远茶油销售站销售。

两千公斤茶油分作几批，如期送往宁远去了。宁远却突然来人要求退货，理由很简单，通过宁远茶油销售站检查，大量茶油有水分、茶渣，质量不行，按照合同必须退货，原来已销售的也要退回。得意一听是这么回事，立即派人联系县技术监督局的人。通过检查，根本没那回事，茶油质量没问题，但人家就是不要。办事人员找到销售站站长王保成，先是表示感谢，然后据理力争，但好说歹说都不管用，只恳请得意谅解他们的苦衷。

摆在得意面前的只有一条路，按照合同规定要求对方补偿一部分赔偿金，然后将这两千公斤茶油在当地另找出路。以得意的个性，他绝不服输，他不相信这两千公斤上等质量的茶油会销不出去？

真是急死人。当晚得意与金亮便带人员去了宁远。

到了宁远，已经是第二天早晨八点，双方经过协商，王保成表示愿意赔偿合同规定的违约金。这样总算出了一口气，得意也只能自我安慰一番，黯然而退。

不知是谁走漏了消息。第二天清早得意刚起床，还没来得及洗脸，当地几十个居民便闯进他下榻的宁远宾馆 206 房。

一位自称平阳老乡的居民，十分亲热地拍着得意的肩膀说："我们是正宗老乡，亲不亲家乡人。你老弟在这儿遇到难题，我这个老乡没二话，两千公斤茶油，就按你给销售站王保成的价，我全要了"

"那怎么行！"另一个居民连忙说，"你要那么多，那是搞投机，我不多要，只要两百斤……"

"我要五百斤！"

"我要两百斤，如果全部卖给我，我愿意每斤加一元价。"

"我要五百斤！按原价。"

有这等好事真是意想不到啊！愁思满腹的金亮当即便要跟他们分配，还说如果不够可以回去运货，但要签下合同。

得意心间升起了一股暖意，像是黑夜里燃起的烛光，说："各位朋友，感谢大家对我们的信任，我们的茶油质量绝对是上好的。我们还没吃早点，让我们先跟销售站的事情处理好了，再卖给大家。"

这些人见得意没立即办理，有些不快，心想，这个嘴上没毛的乡下小子原来是个猴精！不但是他们手上都用杯端着茶油，用鼻子闻了闻，感觉非常好，虽然脸上有些不快，但态度还是友好的。买卖不成仁义在嘛！何况人家刚到，轻松一下再谈生意，也完全应该，完全应该！嘴上这样说，心里自然还有另外一种想法：你小子再猴精，我们也可以看出来，你那两千公斤茶油想要轻轻松松出手，没那么容易。人家销售站不要了，你还等着干什么，到时我们也不要了，看你们还会拖回去？到那时，嘿嘿！……

好不容易安静了下来，临走时，每人笑着把联系方式写在纸上然后放在桌上，声明说，有事可以随时联系，他们随时可以来提货。金亮看出得意的棋，感觉自己谈生意还是欠火候，比不上得意这小子。

果然，当天得意对宁远需要茶油的客户摸得个一清二楚，还对当地市场的价格进行了详细调查。他想，按当地行情，每斤茶油至少可以提价五毛钱，两千公斤就能多出两千元。得意很为自己的如意算盘高兴了一番，晚饭时对金亮说："你知道吗？这才叫作'塞翁失马，焉知非福'，销售站不要，倒让我们捡了便宜！行，晚上你跟客户通通气，约他们明天来正式谈。"

世事难料，按客户留下的联系电话都通知了，但奇怪的是都像预约好了似的，一律回话：明天没时间，改日再说，请多多谅解！至于什么时候有空，回答也大同小异：你得意老总难得来一趟宁远，宁远有许多好风景，可以先好好观赏观赏，玩上几天再说嘛！

玩就玩，宁远就那么大，有什么好看的，干脆睡觉吧。可是哪睡得着，那两千公斤茶油在库房多压一天，便要多付出一天的场地费，弄不好还会变味了呢？

"真没想到，他们也有一肚坏水，还说是老乡呢。"得意说。当然，这也是情理之中的事，做生意嘛，哪个不耍点手段，总不能让别人像捏柿子一样捏来捏去吧。但想到自家的茶油货真价实，那点小手腕终究改变不了大局，一段小小的插曲罢了。

当晚，得意在房间久久不能入睡，一会儿抽烟，一会儿望着窗外，踱来踱去，弄得金亮一夜未睡好。

金亮清早起来，就问："今天怎么安排？打算去哪儿？"

"去哪？当然得把宁远附近的景点看个够，既来之则安之，没有什么大不了的。事到如今只能顺其自然，我们只有以逸待劳，稳住阵脚。"

得意并不灰心，神情自若。吃过早饭，站在门口，抬头看了看天空中的云朵。他在宾馆门口拦了一辆的士，直奔宁远销售站，还找到另外几个客户，去跟他们扯扯闲、聊聊天。闲聊的中心是那位倒了台的站长王保成。据说他原来是一家事业单位负责人，改革后，他自动离开单位，经人介绍开了一个专门销售各类特产的门面。他本有机会可以转为公务员的，但他是个妻管严，凡事都听老婆的。现在销售站倒台了，他老婆一脚就把他踢出了门。金亮以为得意只是出于无聊或好奇心，至多也不过是想从销售站王保成那里吸取某些教训罢了。果然，得意第二天便对王保成失去了兴趣，开始真正的"玩"。他们花了一天的时间先把宁远的每个景点逛了一遍，然后跑到道县、江华等县走了一圈。他每到一地，都要对当地风土人情、物产市场进行一番考察。一路考察的情况记了满满一大本子。

但金亮认为，这好比凤凰身上插鸡毛——多此一举。转一个圈回来，两千公斤茶油如何销售，却还是没有找到路子，但得意还是一如既往，心情依然不错。对于那几个留下联系地址的所谓"老乡"，却不是开玩笑的事情。得意回到宾馆不到半个小时，这些老乡不约而同地来了。他们脸上似乎很平静，像戴了一张面具，嘴里说出的话，一半热，一半冷。但谈到茶油价格要适当提高一点时，他们没有什么表示，只是你看看我，我看看你，似乎还有很多话要说。

主动权又一次回到得意手里！他要看看这班"地头蛇"还要玩什么把戏。金亮虽然兴奋得插嘴，但话到嘴边又咽了回去，他怕说错话了，弄得下不了台。

看着客户不想让价格增加，得意对那几个客户说："那两千斤茶油我们已经有主了。"

几个客户顿时脸色就变了，然后冷笑一声，拂袖而去。

金亮双眼盯着得意：你这是怎么啦，搞的什么鬼名堂，这几天我们四处转悠，忙上忙下，不就是为了这两千公斤茶油的销售吗？辞了这些客户，那两千公斤茶油卖给谁？难不成我们还要拖回去！

更让金亮大为不解的还是在晚上。按照预先约定的时间，王保成带着好不容易凑齐的赔偿金来到宁远宾馆时，得意已经安排了一桌酒席，同时，还拿出了一纸新拟的补充合同：两千公斤茶油的货款待销售后补付；城飞国际房地产公司自愿暂借二十万元，作为"宁远销售站"开展业务的临时经费。

王保成惊呆了。他眨巴着湿湿的眼睛，愣愣地盯着桌子上那一张补充合同，感动得泪水涟涟。

"王站长，我知道你是个角色，现在正是落难的时候。"得意诚恳而豪爽地说，"我得意虽算不上是条汉子，但对你的落难感同身受，我愿意帮你一把。我只有一句话，希望不要因眼下一时的挫折失去了志气！我看重你，等着你那个宁远销售站重新振兴的那一天。"

年过四十、身高一米七八的王保成，被得意几句话感动得泪珠大落。

他早已知道几个大客户抢着要那两千公斤茶油的消息，他想象不出天下竟有如此仗义之人，真是奇事！当确信这一切都无疑之后，他起身倒了两杯酒，一杯举到得意面前，一杯举过头顶，咬钢嚼铁般地说："得意老弟，我不知道说什么好，但有一点我是不会变的，那就是我要把你当作生死兄弟！老天爷在上！日后我王保成和我创办的'宁远贸易销售站'有翻身之日，我永远不会忘记得意老弟的大恩大德……"

他高举一杯酒，洒到地上一半，然后同得意手中的酒杯一碰，昂首向天，一干见底……

三个月后，"宁远贸易销售站"奇迹般地搞活了，宁远来信告捷报喜。又过了半年，"宁远贸易销售站"振兴了，崛起了，销售站长王保成带着七八个销售员，意气风发来到郴州……

如今，"宁远贸易销售站"已成为当地跨省区、经营额超亿元的大公司。现在很多厂家千方百计，争先恐后与之联系，但是销售站对"城飞国际房地产总公司"旗下的榨油厂、茶山、果园各类产品，一律优先销售。得意用一条无形的纽带，把城飞国际房地产公司同宁远贸易销售站连接在一起。

一波未平，一波又起。得意走进"城飞国际房地产公司"会客厅，立即被刘仇发、刘金龙那个分厂的厂长围住。他们都沉着脸，似乎发生了什么？会客厅像一潭死水。得意觉得很纳闷，同时也预感到准是出了什么重大事情。

"这是怎么回事，从我进会客厅起，你们都吊着脸，发生什么事了？"得意望着他们说，"你们一个一个讲，不要有什么顾虑，天大的事由我得意来承担。"见大家还是不吱声，得意又说，"怎么不说话，大家是不是对我得意有意见不敢讲，刘仇发你先讲！"

刘仇发看了一眼大家，沉着脸说："这回完了，如果追究责任，我们可要……"

"可要什么？你讲清楚！"

没人张口，一个个低着头。

"说呀，到底哪儿出了问题，刚才不是讲了吗，出了问题，我得意一个人担着。"见大家还是不讲，他指着刘金龙，"你说！"

"不是我们不讲，像刚才仇发说的那样，我们公司完了，损失惨重啊！"刘金龙讲完哭了起来。

"到底怎么了？"

"其实，这也不是我们的责任，现在抓住时机，可能还来得及挽救。"

"挽救什么呀"

"就是锦绣花园有二十套住房退了房。"

"什么？"

"是啊，我们根本没想到。"

事情总算弄明白了，原来是为这件事！得意觉得自己的头一下子大起来，一股无名火直往上蹿。这些日子真的是忙得焦头烂额，多少事情都在等着自己去处理！本来完全可以高高兴兴的，却没想到出了这种事，他不明白锦绣花园为什么会有人退房，而且一退就是二十套，对公司来说二十套那是一个天文数字。此刻，他心急如焚，看着刘仇发、刘金龙吊着脸就想骂他们几句，想想又忍住了。

"既然事情发生了，就要面对现实，更不能泄气。"得意看看大家，又看看桌上摆满退回来的购房合同，说："干事业没有一帆风顺的，金雄叔，你是我们公司的元老，你说说这事要怎么解决？"

金雄接到公司通知，本来高高兴兴想喝两杯酒的，进门看到客厅既没摆酒，又没摆菜，一个个吊着脸，心里就明白了几分；听了介绍的情况，知道公司碰到了难题，就说："事情出现了，就要想办法解决，我看关键还得找准原因。客户为什么要退房？是价格高了，还是房子质量不好，我们首先要把情况摸清。"金雄说到这里，停了停，然后又望望大家，征求意见地说，"大家都动动脑子看能不能想出什么好办法。"

房里很静，刘仇发原本是怕得意发脾气的，现在看到他还比较冷静，心里放松了些。自从他辞去居委会干部后，跟着得意干，虽然没有做出很大的成绩，但也能发挥一技之长。那就是他在平阳县城熟人多，人缘好，能争取到客户买房，所以得意也很器重他。

房里依然很静，依然没人发表意见，个个心里有些紧张和压力。

"仇发，你讲讲吧！"

"我不知道这里面到底发生了什么，刚才金雄叔讲的话，我倒是很赞成。"刘仇发望着得意说。

"你们几个都是居委会的一把手，见过世面。"金雄点上一支烟说，"你们年轻有为，这点事，我相信你们能处理好的。"

还是没有人发表意见，大家你看看我，我看看你。会客厅依然静悄悄的，除了院子里的虫鸣和远处偶尔传来的汽车喇叭声外，几乎再没什么声息。

"大家还是听听金雄叔的意见吧，在这里你文化最高。"

金雄是五十年代的老牌大学生。他平时很少发言，见大家还是没有找到解决问题的办法，他就说："能不能帮我拿瓶酒来，我要喝酒。"其实酒早就准备好了，听他说要喝酒，立刻就有人把酒拿来了，把酒倒上，送到他面前。金雄接过酒杯，看也没看，一口倒进了肚里，然后把杯一放，鼓了鼓眼睛，就趴在桌上。这是他一贯的做法，他这样做，是在思考问题；在座的人心里都明白——每逢遇到事情，没人能想出法子，金雄这个动作，就是在想主意。

没过多久，金雄抬起头，说："我想了一下，看同志们是否有这个决心。"

"什么决心？只要能解决这二十套房的退房问题，这个决心肯定要下的！"

"那好，我来讲讲吧。"金雄就一本正经地讲起来，"首先，要找到事情的起因。事物的变化是有规律的，为何会有这么多人退房？不是房子的地段不好，也不是我们的质量有问题，而是有人在我们锦绣花园暗地里做文章，可能是有人眼红。你们知道吗，得意这几年在房地产上做得风生水起，没有人妒忌吗？我看有，那么是谁呢？这就不

178

好说了，因为这要有证据。这只是我一个大胆的猜想，大家不要以为我在开玩笑，不会的；我年过花甲，但脑子还好使，牛皮不是吹的，书不是白读的，我想问题可能就出在这里。有人会说，你这是无根无据乱猜。说得对，目前是没有证据，那么要如何去找原因。我想要从两方面下手，第一，找到退房主家问清原因，广泛宣传我们锦绣花园楼盘的优势，同时，查找谁在背后兴风作浪；第二，改善我们公司的服务态度，主动上门，把工作做扎实，这样不多久，一定能找到那兴风作浪的人的蛛丝马迹，又能说服客户遵守合同。你们说，我说的有道理不？"

得意与刘仇发听后露出了笑脸，然后一声招呼"摆酒"，在座的人个个拍起了手掌，客厅洋溢着笑声，酒菜很快就摆上了客厅。

金雄这个主意好，个个端着酒杯敬了他一杯。

"既然金雄叔说得这么有理，大家喝完这顿酒马上行动。"得意笑着对大家说。

"好的，我愿意去做十个客户的工作。"刘金龙给每人倒上酒，"这杯酒我敬大家。"

"我去做五个客户，这杯酒我敬大家。"

"我也去做五个客户。"

"我也去！"

"那好，大家有决心把这件工作做好，看来这顿酒没白喝，只要能挽回这二十套房的合同，我给大家发奖金。"

"好，好，大家等着拿奖金。"

"话是说出去了，做起来可能有难度的。"刘金龙郑重其事地说，"只要我们把原因找出来，那些客户也会通情达理的。"

"是啊，这次就算是过火焰山，我们也得过啊。"

"一定要有耐心，找出原因，定会挽回局面的。"

酒后大家散了，约好下午六点在此会合。得意听完金雄的话，总觉得他话里有话，难道他说的背后搞鬼的会是他？不可能吧，就算近段业务做得差，也不可能对我们下毒手吧。何况他的公司也做得还好，再说亲兄弟再有意见，也不至于用这下三烂的手段对我下毒手啊。得意边想边在会客厅踱来踱去。想来想去，他觉得很有可能，春风就是这种性格，只能许他好，不能让人家好。如果这次真的是他派人干的，自己还能原谅他吗？假若真是他，就算金雄说得有鼻有眼，但毕竟没指名道姓，也只是一种怀疑。

六点一到，出去到客户家做工作的几个人陆续进了会客厅。刘金龙露着笑容最后一个进来，众人一看他就笑，得意也笑了。

"同志们都到齐了，辛苦大家了，现在就把下去做工作的情况谈一下吧。"

刘金龙喝了一口茶，正准备说，刘仇发抢先对得意说："经过仔细了解，锦绣花园那些客户提出他们退合同的理由，说我们在售房时没按时间就先装修，客户要求重新装修。"

得意听了想要发火，但他忍了，他想听听其他同志了解到的情况。

"依我看，那是他们在故意刁难。"

这时，房里又静了下来。有人时不时用眼睛瞟一眼，其他人都你瞧瞧我，我瞧瞧你。得意突然站起说："怎么不讲了，有什么讲什么。"

"我去的那五户人，没有说这些情况，他们好像口气一致，都说还想缓一缓再购房。"

"扯淡！"

"是的，我去的那十家客户也是这么说的。"

"我认为这些客户是故意在挑唆，想扰乱市场。还是金雄老有眼光，看问题准。"那人说完，望了望得意，一本正经说道："这里面一定大有文章，我们得想办法对付。"

刘金龙说："办法肯定有，至于购房客户，让他们缓一缓。"

"不用缓，我去的那十家客户已有答案了。"刘仇发信心满满地说。

那人听刘仇发的话，心里咯噔了一下，他本想从中捞点好处，现在看来很难了，于是笑道："真有答案了？刚才还说，客户提出是装修的问题呀？"

刘金龙说："这到底是怎么回事？"

"怎么回事？这还不简单，有人想从中捞点好处，仇发兄如果不那样讲，事情就露不出马脚来，现在既然知道这回事，事情就好办多了。其实，那二十户人是反映我们的服务态度较差。"

"胡扯，胡扯，谁想从中捞好处，你们这是在胡扯。"那人愤愤地说着。刘仇发、刘金龙等人却哈哈大笑起来。

"别说了。"得意听了，忽然站起来，脸色变得非常难看，猛地抽出一支烟，又狠狠丢到一边。

"你们这是怎么回事？"金雄看到得意发火了，"一个说东一个说西，如果我没猜错的话，是不是那二十套房的购房客户基本落实了。"

得意一愣，坐了下来，又从兜里掏出一支烟慢慢点上，说道："你们是不是合伙起来想骗我一下，然后再给我一个惊喜？"

话音刚落，大家一同哈哈大笑起来。这时，金雄心里压着的石头总算落了地。

笼罩着天空像浓雾般的灰色蒸汽散了开来，太阳在地平线上渐渐露出了它的脸庞。得意坐在茶山脚下的小河边上一声不吭，身上仿佛有什么心事压在他的肩上。

"我看你心事重重，还是回公司吧！"金雄来到得意身边劝说，"有什么事就讲出来，我和金亮会一同负责的。"

"这我知道。"得意随口应了一句。是啊，承包城飞国际房地产几年来，他一直尽力克制自己，遇事尽量少发脾气。今天差点又要大发雷霆，说心里话，自己还是书读少了，缺乏修养。这几年为了公司的发展，基本没顾上看书学习，办公室柜子里的书很少翻过，真是书到用时方恨少！

"回去吧，有事明天再说。"金雄劝说着。他对得意有一种既尊敬又亲切的情感，如果没有得意对自己的赏识，哪有自己的今日。

"别急，你让我再想想！"得意思索一阵后，对金雄说，"我问你，我要你办的那件事怎么样了？"

　　金雄忽然有一种感动从心底里生出来。得意所说的那件事是指郑生花儿子烂斗篷的事。当初不要烂斗篷来公司看大门，是飞梅提出来的，但也没具体怎么说，现在得意提起这件事，不知有何用意。得意的心情可以理解，他为人善良，公司招聘那么多人，还会容不下烂斗篷这个不到十五岁的少年？但这个烂斗篷不应该惹下这不可原谅的事，那伙人至今依然在告得意的状。所以现在公司招聘人十分严格。现在得意又要发慈悲，看到烂斗篷成天在城里溜溜达达，不变坏才怪呢；本乡本土人，他母亲承包果园，没时间管他，得意自然大发慈悲。今天忽然提到这个事，金雄也不知道得意心里有何用意。

　　"我想，暂时把烂斗篷领进来继续来公司看大门，毕竟是本村人，你看如何？"得意似乎征求金雄的意见。

　　"当然可以，你老总都发话了。"金雄笑着说道，"但你想过没有，如果你把他招进来，春风那边肯定会找你算账的，毕竟你们是亲兄弟……"

　　"管他的，我不找他算账就不错了。你不说这事我还忘记问你了，上次那二十套房子退合同的事是不是跟他有关？当时，你虽然没点名道姓，但你心里明白得很。再说，烂斗篷在城里混来混去，没人管着也不行，就当我们公司养了一条看门狗嘛。"得意有些冲动，停了一会儿，缓了一口气说，"把他比作看门狗，那是开玩笑的。只要我们待他好点，给他发工资，他自然会懂，他那母亲也会明白，你说呢？"

　　"我想飞梅会同意的，人心都是肉长的嘛，我现在就去找飞梅……"金雄笑着走了。

　　得意起身拍打了一下裤子上的灰尘，向河边那栋曾经拥有股份的别墅走去。他想找那个未过门的嫂子秀秀讲明原因，她还会像以前那样疼自己吗？虽然兄弟不和，秀秀不会不体谅自己吧，尽管他是这么想着，但还是来到了别墅。得意推开大门，院子里静悄悄的，刚跨进门口时，屋里却传来一声甜甜的叫声："得意哥，什么风把你吹来的！"

秀娟笑眯眯地从屋里出来，讨好般地递给他一张奖状，奖状是秀娟复读期末发的，得意接过，黑桃吱吱地爬在他身上，得意抱住黑桃边看奖状边抚摸着它。

"哥，你好久没回家了，吃了饭再走吧。"秀娟马上要参加高考了，对她来讲时间就是生命，所以她从得意手上接过奖状立即又去复习功课了。

"我爸在吗？"

"我不知道，我也是刚进屋。"

"你姐呢？我找她问点事。"

"不清楚。"回答已经在门外了。

得意站在院子里，东瞧瞧，西看看，似乎有一种陌生的感觉。

黑桃见得意愣在那里，原本摇着漂亮的尾巴，却警戒地注视着这位似曾相识的主人。得意感到有些奇怪，以前黑桃见了自己，那尾巴摇得十分漂亮，很讨人喜欢。可如今黑桃尾巴竖得笔直笔直，那双发亮的眼睛望着自己，很生疏的样子。但得意没有工夫去管这些烂事，他得趁着春风不在时尽快见到父亲。

得意刚跨腿上楼，黑桃冲了过来，那样子就想挡住他一样，嘴巴还传来"呼呼"叫声，完全把得意当成了陌生人的意思。

"什么风把得意老总吹了回来。"

得意转身一看，见木叉婆从厨房冒出来，手里抓着一把发黄的小菜，丢在垃圾箱里。

"得意啊，这么久也不回家看看，就算跟你哥闹别扭，你爸来城里也这么多天了，你也应该来关心关心一下你爸。"木叉婆心直口快，得意只好赔着笑脸。

"我爸人呢？"

"你爸昨天出去就没回家。我也是昨天来的，来劝劝你秀秀姐，你姐摊上你那个哥呀，算是倒了八辈子霉啦。"

"别提他，我没这个哥，我也管不了。"

"话是这么说，你们是亲兄弟，打断骨头连着筋。"

"连个屁，爸不在，那秀秀姐呢？"

"你姐给你哥气着呢。"

"婶，你别再租房了，搬过来住吧，这样也好照料我姐跟秀娟啊！"

"照料她，不气我就好了，你说你哥跟你姐扯结婚证那么久了，一直拖着不办婚礼，也不是一回事啊，也不知你哥心里怎么想的。"木叉婆越说越来气，走了几步，又说，"得意你是个好后生，又有良心。本来你爸是想做你哥的工作，可你哥经常不回家。你跟你秀秀姐关系蛮好的，她会听你的，你劝劝你姐，要她想开点，不要整天无精打采病恹恹的，我看着心里难受。"

木叉婆提着篮子往门外走了。得意站在那儿不知道是走，还是等着父亲，徘徊不定。

……秀秀姐，病恹恹的……被我哥气的……他老不回家……木叉婆的话却如同突然袭来的一股寒风，得意的脑海立刻像波涛翻滚，一种说不清的震惊和痛楚迅速地在他心中冲击着、汹涌着，形成了一股刻骨铭心的爱、刻骨铭心的恨、刻骨铭心的屈辱……

这种爱、恨与屈辱，不知是从什么时候就开始了。那个夜晚他原本多么兴奋，那是他想入非非的时刻呀！早在上中学的时候，远处传来那个声音，他一听就知道是她，她的声音明亮，如蓝色的天空，干净晴朗。她的身材苗条婀娜多姿，眼睛就像一轮迷人的月亮。中学毕业后，那轮明月便深深地印进他心灵中了。她的一举一动，一言一行，一颦一笑，甚至包括生气时鼓起的秀目和噘起的红唇，都是那么动人可爱。飞梅恬静、灵秀，如山中的一株修竹；春梅则雍容华贵，像一朵盛开的牡丹。修竹固然可爱，牡丹却更容易让人心迷神驰，对于年轻气盛的得意，尤其如此。

得意是真正爱上了春梅，正像青山爱上了碧水，蓝天爱上了白云。

那次他与春梅去省城办事，为了买一支笔，两人跑遍了大街小巷。

184

当时得意不懂春梅的意思，两人跑啊跑啊，这个店看看，那个店瞧瞧，却没有春梅想要找的东西。得意感到莫名其妙，鼓起一对大眼睛斜眼瞟她，把她瞟得呵呵直乐，直走到一条街的尽头，春梅才告诉他，她要给他买支笔。

回到县城，寒冬慢慢结束了，阳光照着大地，虽还不那么暖和，毕竟冬天快过了。两人分开不久，得意意外地听到黑影中的一段对话：

"你们刚刚听到没有？春风又泡上一个美女，真是钱多，心就作怪。"

"哪个美女？"

"还有哪个，就是公司接待处那个漂亮的女处长啊。"

"县城漂亮姑娘多的是！"

"我们公司新来的接待处长，你说是哪个，丕狗叔那个大女儿。"

"这话不能乱说，这事我听说过，人家只是跳跳舞。"

"跳什么舞，两人搂搂抱抱跳舞，那是什么关系……"

得意听了，顿时感到极为愤怒，仿佛被兜头泼了一瓢冷水，全身凉透。他又伤心又愤怒。当时，春风把春梅安排在接待处他是知道的，却万万没有想到他两人就搞到一块了……当他清醒之后，又觉得不相信，社会上说三道四的人多了，不能听了几句闲言碎语，就信以为真。他急忙回到家里，心想，即使春风与春梅有这回事，自己没亲眼看到，他也是不会相信的，要知道，春风是自己的亲哥哥，春梅是跟自己相爱多年的恋人。因为自己与春梅恋爱从不公开，哥哥一直不知道，难道……难道……

他不相信，但有些相信了。他想那天听到的也许是真的，他连自己也不相信自己了。事情就有那么巧，那天早晨他起得很早，顺着街道走，不知不觉到了原公司租住的办公楼附近。他慢慢地走着，从办公室那边传来轻轻优美的歌声，他一听不禁一怔，心想这大清早办公室就有人了。他抱着好奇的心来到了办公室，门虚掩着，他推开门，就看见春风与春梅……那一刻，那绝望的心情像洪水一样淹没了他，他没有打扰他们，而是失魂落魄地离开了办公楼。从此，他决定离开春风的公司。然而就在今天的会上，他突然决定要收留烂斗篷，他要与春风斗争到底。

得意从回忆中回到了现实。他真没有想到，这个家冷冷清清，要不是秀秀和秀娟住着，这栋别墅就成了一座荒屋。他想，父亲会去哪里呢，秀秀她会跑到哪儿去了呢？

他要彻底了断心中的仇恨和屈辱！他要等着父亲回来，把事情的真相告诉父亲，要父亲主持公道。为了让这个家庭能够回到以前的亲热和欢乐，为了父亲以后的生活，他愿意终身侍奉在父亲的身边，哪怕需要把自己的血肉之躯一点一点割下，去换取父亲的一丝欣慰。同时他还要等秀秀姐，告诉她，劝他离开春风，去另找真爱；并要她去自己的公司上班，这样，离开了春风，眼不见心不烦。父亲和姐姐能听自己的吗？我得意就是苦点累点也要让他们过好！

一种崇高得近乎神圣的情感像股热流升腾起来，那种近乎神圣的情感很快到达了极致，随之变成异乎寻常的速度和力量，其中也包括了仇恨。仇恨又使得意从近乎疯狂的神态中冷静下来。

冷静下来之后，他并没有放弃仇恨，他知道不能对春风动武，也不能大张旗鼓对外宣扬，他要用智慧和手段狠狠给春风一棒。当他准备离开这栋别墅时，他从一楼上到五楼，在每层楼的窗前瞧了瞧，看屋内有什么东西可以拿走的。当看到三楼屋内有一样贵重的东西时，他又犹豫了。他想不能这样做，这样做就跟贼一样，他要等他们回来之后，大大方方地拿走。那件东西是什么？那是他以前在省城出差时购来的一幅名画，这幅画很珍贵，他不想留给他们，要让自己保管。当他下到一楼时，黑桃拖着尾巴冲冲地奔到他面前，他一脚把它踢到围墙上，砰的一声，喵喵地叫着，那双圆圆的眼睛恨恨地瞪着他，似乎在说，我不怕你，主人不在，你休想拿走一件东西。

得意不知道他们多久才能回来，只要有人在，他是一定要把那幅画取走的，留在这里，反而会被春风糟蹋。春风只认钱不认人，他把钱看作是命，在他的心目中，有钱能使鬼推磨，所以他能把一切买通，把公司做得风生水起。

186

此刻，他站在院子里，看到林荫道上的梧桐都已经落光了叶子，悲伤如同那树枝一般光秃秃地无处躲藏。他一会儿在院门口站站，一会儿又坐在葡萄架下，大脑里不时想到当时建这栋别墅时，春风指手画脚，那神情仿佛指挥着千军万马。原本他把春风当作是个好哥哥，好兄弟，却没想到，他现在变成这样一个翻脸无情的人，一个乱性的人。这样的人，没有必要再相处，再依靠，虽是亲人，也要划清界线……当得意想到这里的时候，不知怎的，两行泪珠滚落下来……哥哥，那是得意的哥哥，是他一手把自己带大的呀……

不知过了多久，得意被一串推门的响声惊醒了。他连忙转过身，见是秀秀提着一把菜站在面前。

得意叫了一声秀秀姐，那是一声真诚的呼叫。只见秀秀把菜放在石桌上，仔细打量了一下得意，笑了，笑容很美，却有几分凄凉。

得意感觉到了，一刹那有一股热热的东西涌上他的喉咙，他差一点流下眼泪。

秀秀身心一阵颤抖，眼神显得迷茫，随后她咬着下嘴唇笑了笑——这是得意多么熟悉的表情。在他们还在上中学的时候，不管什么事，只要他坚持，她都会支持他。

只是一会儿，秀秀就收起了笑容，对得意说："你今天总算回家了。"秀秀推开一楼大厅的门，一边走一边说，"你呀，你爸来了，也不来看看，他八十几的人了，好在身体还算硬朗。"

秀秀的话让他愧疚，是啊，父亲是个老残疾军人，就住在附近，自己却很少来看他，真不应该。

"听说你们公司做得不错啊！有飞梅姑娘给你献计献策，现在你们关系怎么样了？千万别像你哥那样，至今还把我晾在一边。"秀秀说着，眼睛望着远处，好像在观看远处风景。

秀秀形貌憔悴，有谁知道她忍受了多少煎熬！这时，得意觉得喉咙堵塞了。刚才还信誓旦旦想要劝说秀秀离开春风另找对象的念头和决心，一下子消失得无影无踪了。

得意跟飞梅的恋爱关系有些波折，但总算有了进展。

那天得意跟飞梅在那栋楼的小房子里，因一件小事争得不可开交，见得意口出狂言，飞梅顶了他几句。

"我不是夸夸其谈……你能听我讲下去吗？"

"我不听，我不听，你知道有句这样的格言吗？决心，测量着人们对理想的忠诚；勇敢，检验着人们对事业的忠贞。"

"我就是按格言在做，我对你忠诚，对事业忠贞。"

"我看你就是在脱离实际，夸夸其谈，你认真理解这句格言吧。"

"我的理想你知道。"

"我是知道，可现在我越来越看不懂你了。"

"你放心，今后凡是公司做重大决策，必须有你参加，这样总行了吧？"

"我才不管这些烂事呢！"

"不管，那你还生我的气干嘛，那天仇发他们做得不错，锦绣花园项目马上就可以动工了，你的功劳最大。"

二人说着说着就出了屋门，沿着那条小路来到了小河边。飞梅不理他的原因，就是怕得意办事情易冲动，怕他乱做决策，其实飞梅是故意气得意，这样做是提醒他。她想做任何事情都要脚踏实地。

……

看着得意这会儿诚实的样子，把他的锐气挫得像一个泄了气的皮球，她再也无话可说了，拖起他就跑……

"听飞梅说，你们又拿下了锦绣花园这个大项目，你真行啊！"秀秀夸奖道。

"不是我行，是公司团队行，锦绣花园这个项目谈的时间太长了，现在总算拿下了，费了很多心啊。"得意说起锦绣花园这个项目，感慨万千，把种种的不愉快都抛到九霄云外去了。

"这么大的项目都能拿下来，是不容易呀。听说你们公司有二十套房为合同的事，购房户在闹意见，有这回事吗？"

"有啊，你也听说了？"

"县城就这么大，能不知道吗？"

"谢谢秀秀姐替我担心。"

"我不是担心你的能力，是担心有人陷害……"秀秀没把话说完。她后悔这话不该说，特别现在得意跟春风兄弟之间矛盾闹得不可开交，这话更不能说。她怕得意听了会胡思乱想。现在既然说了，就得跟得意讲清楚，劝他不要听人家说东说西，要坚持自己的立场，怎么说怎么干都得靠自己拿主意。秀秀这么想着，心里堵得慌，后悔不该提到这事，但回过头来一想觉得也没有什么，就看你怎么去理解。

秀秀见得意站着不动，忙说："坐呀，你今天回来总得见到你父亲再走吧！"

秀秀边说边倒茶拿水果，得意蹲在一边，看着这个未过门的嫂子。想到世间的事情，刚才还是满天乌云，一刹那间又都变得那么云开雾散。

"你告诉我爸，要他别为我操心。"得意边说边喝着茶，想起刚才秀秀跟自己说的话，又补充道，"城飞国际房地产公司现在可以说有上千万的资产了，完全有能力克服一切困难。"

"我知道得意老弟有能力，有办法。"秀秀边说边笑着。

得意也笑着。

黑桃站在门口，像是在听屋里的人谈话。它在门口东蹿一下西跳一下，仿佛要问他们这个家，到底怎么了？

十五

从平阳县城到三河水库，路程虽然很近，但却要走半个多小时，桑塔纳开到半路时，天气放晴了。

三河水库实则是三条小河拦截而成。库区是崇山峻岭，山峦起伏，那河中央，浩浩河水，穿山越谷，奔腾而来。有文人描绘这里的景色是：两岸之上峭壁险峰，俨若画屏，松柏掩映，生于石罅；禽鸟飞鸣，如在镜中；春涧野花，秋林红叶，望之如锦。

　　水库如同一个神奇的净化体。阳光下的水库碧波轻荡，发出金子般的光来，一闪一闪的，直晃眼睛。当春风和刘大雄等人走在坝上，突然间弥漫着一股凉气，沁人心脾。

　　水库面积并不大，人们利用这里有利的地形，修起一座八百八十五米长、三十六米高的拦河坝，蓄水量约一千九百多万立方米，可浇灌八百多亩土地。随着县城的发展，城区废弃的各种垃圾把这里堆成了山，四周高楼林立。春风为了在这里投资，曾多次来过这里考察，那时周边的树木被当地人砍得光秃秃的。半个月之前，开发项目决定投标前，春风来水库考察时，生发万般感慨："这哪像是座水库，现在周边都在开发，还要这水库干吗？"

　　"这里的土地都被政府征收了，开发规划还没出，三河水库这块地我吃定了。"

　　"听说县里要在这里建设开发一个文化园，地址就选在这里，好几拨人想投资，水库旁边不是有个叫高斯贝尔的加工厂吗，他们也想投资，我看他们是吃饱了撑的。"

　　春风的感慨从来都是有感而发，无遮无拦，刘大雄等人早习以为常，在一旁不时应着，或附和补充几句。

　　几个人沿着水库边转了一圈，又去了要招标转包的这块地——高斯贝尔一个加工车间看了看，一行人这才往厂部办公室走去。

　　厂部办公室里，此时正在酝酿着怎样对付春风投标的方案。

　　"听说对方已经确定要把三河水库拿下来，几次想来探听情况都被我们按总经理的意见给挡回去了。"高斯贝尔丁副厂长汇报说。

　　丁副厂长四十来岁，这人能说会道，算盘打得精，所以高斯贝尔让他负责三河水库这块地的拍卖，董事会放心，工作人员也尽心。三河水库离城不到五华里，原本高斯贝尔拿下三河水库后想开发，但因总部要搬家，所以三河水库要拍卖。

"春风是个鬼精，他搞开发也算是行家，所以我们必须注意保密，不能让他轻易得手。"他说了一通又问，"根据县城里的拍卖土地有关规定和行情，标的最高可能会是多少？"

"经过我们跑了几家房地产公司摸底，大概不到六万一亩，这是最低的价格。"分管拍卖的一名负责人回答道。

"那按我们的想法，标的要定到多少？"

"每亩八万，少了不行，多了也难。"

"那就按这个标准吧。"

"如果每亩能拍卖到八万，公司的收入也就很可观了。"

"好，那就这样定吧。"总经理最后做出决断，"不过，这个价格就高不就低，正式招标时，你们要多加注意……"

标的商量完毕，春风带着几个人也出现在了门口。办公室几个商量的人不觉一愣。

"是什么风，把你们吹过来了。"与春风有过一面之交的分管拍卖负责人忙着招呼。

总经理很客气而又不失身份地与春风寒暄了几句后，说："春风老板，你们公司在平阳县城可算是响当当的，今天来我厂里转圈有何感想？我知道你是个干事爽快的人，对我们公司拍卖三河水库兴趣大不大？"

"总经理真是快言快语，让我佩服。其实，我们是刚从市里办事回来，顺便到水库看看。"春风笑着，话锋一转，说，"你们总部要搬，你这个厂好像也得搬吧。"

"我们是管生产的，其他的就不知道了。春风老总消息真灵通，我们厂部搬家你也知道。"

两人相互对视了一下，不再言语。

春风恬然一笑，端杯喝了一口茶。

总经理早就知道春风是很想吃掉三河水库这块地的，连忙问道："春风老板，听说你对三河水库这块地很感兴趣，是吗？"

春风笑笑："兴趣当然有，这么一块肥肉谁不想吃，只是不知道总经理这块地怎么发放？"

"怎么发放？当然是投标。"

"是的，那是肯定的。"春风接着说，"其实这块地我是很久以前就看上了，也不是在总经理面前吹牛，说实话，不是我，一般人是啃不下这块骨头的。"

"当然当然，所以投标时，我们对这块地是非常认真的。"

"你们公司是给人承包还是拍卖……"

"是拍卖，你知道我们公司不久就要搬到别的地方去了！"

"拍卖好。"春风依然笑笑，"我先问一下，你们打算什么时候投标？如果我们两家先来商量商量是不是少很多麻烦？"

总经理微微一笑，知道春风公司有这个能力，就朝丁副厂长使了个眼色，丁副厂长立即从身上拿出事先准备好的标书，说："当初我们刘总从县里买下这块地时是想把总部建在这里，但根据市场需要，平阳县还是不适合我们在这里建总厂。因此，我们厂准备搬家，三河水库这块地就要拍卖。通过计算我们厂原购买这块地的价格与现在的行情，地价要超过这个数。"说完伸手比了一下。

总经理与丁副厂长对视了一下，随后把目光转向春风。

春风当然知道对方那眼神，刘大雄看在眼里。对方这会儿倒是热情大方，递烟、添茶，似乎要把好吃的东西全部摆上桌来。

"我们这个标的，你们公司完全可以接受的。"

"怎么接受，标的数目我们又不清楚。"

"刚才我不是比画了一下吗？"

"你哪是在比画，我看是在打手势。"

"当然，标的是不会告诉你们的。"

"你们只能一口价，太高了的话，那除了我们公司，其他公司那是承受不起的。"

此刻办公室没有声音，都在沉默。两位厂领导感到有些尴尬，二人朝总经理瞟了一眼，总经理却在屋里踱来踱去。

春风依然笑笑："总经理，我还是那句话，三河水库我是想买下来，但你们标的到底是多少，能透露点吗？"

"标的暂时还不能告诉你们。你也知道，这块地有许多公司老板来看过，虽然他们没有你们公司有实力，但也不排除有胆子大的，你说呢？"总经理话里有话。他知道讨价还价是一门高超的谈判艺术，不仅需要实力，更需要耐心和心理素质。

"照你们的意思是要投标时再谈。刚才我说过在平阳县城搞开发的，只有我们公司有这个实力。"春风的话很有底气，总经理和两位厂领导你瞧瞧我，我瞧瞧你，没有马上回答。

然而，不回答并不意味着没有诚意，这正是春风所等待的。

"我知道你们公司实力强。"颇有谈判经验的丁副厂长说，"但是你也要知道三河水库这块地是黄金地块，优势特别明显。"

"当然知道！"春风似笑非笑，"如果不是特别，我怎么会跟总经理说这么多，我们是有心购买，但也得看你们标的是多少，总不能漫天要价吧？"

总经理与两位厂领导又相互对视了一下，知道春风是有决心要这块地的，因为三河水库县里正想在这里建设一个文化公园，这块地的价格肯定还会涨的。何况还有几家公司留下了话……

沉默，又是一阵沉默。总经理和两位厂领导又相互对视了一眼，似乎感到问题有些大了。

"春风老总，你真想知道我们的标的？"

"当然想！"春风说，"如果标的符合我们公司的承受力，我毫无疑问会马上跟你们签合同。"

两位厂领导不约而同地露出了满脸笑容。总经理却不知道为什么，他眨巴着眼睛愣愣地盯着他们。

"总经理你看这事？"丁副厂长有些迫不及待了。

总经理板着的脸舒展开了，眼神也亮了，突然哈哈大笑："春风老弟真是财大气粗。好，既然说到这分上，我也不瞒你了，这事我们还得请示一下总部……请示后，我们再告诉你，你看可以不？"

　　听到这话，春风心里顿时感到冰凉冰凉的，但只一瞬间，他又猛地站了起来，用掺杂着嘲讽与轻蔑的语气，丢下一句话："闹了半天，你们是这样办事的！"

　　春风是一个富有理想、勇于创新、勇于开拓的人。迎难而上是他一贯的工作作风，即使今天的事情没有办好，明天也会顶着困难而上。

　　开发三河水库是春风多年的追求和愿望。今天，为购这块地与对方进行了试探，双方斗智斗勇，他早有思想准备，尽管结果并不如意，但打破了僵局，坚定了决心。虽然没有达成协议，但春风此行已经有了收获。对于三河水库开发，他是铁下心决不放弃。因此，在返回时，他没有直接回县城公司，而是把小车开进了平阳宾馆。

　　平阳宾馆位于县城北面通往市区方向的半山腰上，这儿翠竹成林，水光潋滟；远眺碧烟笼绕，花木扶疏；近观倒影婆娑，秀丽如画，的确是个休闲住宿的好地方。

　　春风是平阳宾馆的常客，去年召开全市民营企业会议就安排在平阳宾馆。那次会议由刘大雄、春梅负责招待。会议结束后，市领导都客客气气要邀请春风开个座谈会。他当然乐意，而且当天的一切费用都由春风公司负责。平阳宾馆是三星级宾馆，在当时可算是县城一家最高档的宾馆。散会后，有的领导就在宾馆住下，春风自己全程陪同，专门开了一间房，搓搓麻将。春风是个麻将王，他另外又开了一间房，几个企业老板也乐意玩玩。玩到半夜，大家觉得有些饿，春风又派人到厨房送些吃的来。吃完后，又玩起了麻将。那天晚上县公安局搞行动，专门抓嫖赌。平阳宾馆离城区较远，公安局不会到这里来查，春风后来便成了这里的常客，还买下一间套房，专门供领导和企业界老板用。

　　这间套房买下来之后，进行了精装修，后院有个两百平米的院子，有路可通往东塔岭。出外可登山，套房内可尽享休闲玩乐。来这里的人都是有头有脸的企业老板。春风与那些老板不同，他爱看书、下棋、喝茶。这间套房装有个二十平方米的雅室，雅室古朴精致，小巧玲珑，他有空时晚上都要来此一转，一个人烧茶，一个人要喝两壶，茶叶都是他在昆明的堂兄弟寄送的，他几乎不买茶叶。他的朋友不多，来往的都是县城搞建筑的老板。读高中时，他就有一个远大的目标。他说，人需要理想，但是需要符合实际的理想，而不是幻想。这句格言他时时记在心间。当时的理想，他是想搞文学创作，但这是条比登天还难的路，他只能作为爱好者不断地买书、默默地读书，经常要读到半夜。自从他到县城打工后，他爱学习的习惯没有变。随着业务的发展，公司慢慢地做大了，他的心也变大了，变宽广了。事业大了，自然对学习看书渐渐也淡了。人说有钱能使鬼推磨，这话放在春风身上可以说恰如其分。他现在的平阳房地产开发有限责任公司可谓风生水起，他是老板，这就是他的休闲所，也是他最快乐的地方。

由于秀秀对自己的误会，父亲要找自己是问，这几天春风一直住在这儿。他在三河水库转了转，仿佛又看到了希望。在宾馆这套房喝了一会儿茶，天也暗了，他也就不打算回城了。

当他推开房门时，门里站着曾凡。曾凡来的意图他很清楚，肯定是为秀娟复读的事。马上快开学了，秀娟心里着急，吵着曾凡来找春风。

秀娟想去复读春风心里是不赞成的，但谁不想复读后考上一所好大学。秀娟是自己的姨妹，虽然自己跟秀秀在闹矛盾，但毕竟扯了结婚证，是合法夫妻了，自然秀娟的事他必须要管。于是，春风立即抓起话筒，给县三中的校长打电话。

放下电话后，春风告诉曾凡："你回去告诉秀娟，要她去学校教务处办手续就是了。"

曾凡转身就走了，刘大雄走近春风面前说着："刘总，你早点休息，茶喝了几壶了，要没什么事，我也该回去了。"

"不用急，我还有事找你商量，就是为三河水库地段的事。"春风话里带着不快，他知道刘大雄在三河水库投标的事上有些犹豫。是的，从一开始春风就没跟他交过实底，直到现在刘大雄还一点不知道自己的底细，难怪刘大雄要走。春风见大雄坐了下来，就说："关于三河水库能不能把它盘过来，我心里已经有底了，可以这么说，只要能开发或者说参与政府开发文化园，这也许就是我们公司的一个大项目。三河水库这地段可谓是天时地利，政府规划要建设文化园，那我们公司就按政府的规划承包下来。这三河水库，三面环山环绿，实在是个风景美丽的地方。如果真能让我们公司来建设文化园，这可是我们公司为全县做的一项标志性的项目。现在我们要做的，就是要排除一切干扰，要把三河水库这块地拿下来，所以说，这件事我们要抓紧，千万别误事。"

刘大雄早就猜到春风这几天东跑西跑找这找那，电话打个不停，一定是有要紧的事。以前春风对三河水库开发只是口头说说，没有什么实际行动，没想到这回他动了真格，而且想得很细，可谓滴水不漏。如果真像春风说的在三河水库开发一个文化园，那意味着公司向外拓展市场进入了新阶段。刘大雄想到这里，心里涌起一股激情，春风的形象再次在他心中高大起来。

"三河水库确实很有开发价值，我相信你一定能拿下来这个项目！"刘大雄怀着一股激情大声对春风说。

"能不能拿下来，关键还是要靠大家，拿下来它的意义不仅对我们公司，而且对全县人民来说也是一件有功德的事。"

刘大雄不得不佩服春风的工作劲头。他对春风，是无话可说的。他是春风一手从农村带到县城来的，自然在心中把春风当作可敬可亲的人。春风在平阳县城能呼风唤雨，而他对手下的人却平易近人。

房间响起一阵电话铃声，春风一看显示是朝阳律师事务所徐发的。他抓起话筒，电话中说市里组织法律知识进企业宣讲活动，徐发要春风约个时间会个面，在平阳县搞一期全县民营企业法制培训班。

"春风老板，这次由市里组织的活动，县里安排我负责，你们是大

196

公司，可要大力支持啊。"

"啊，我当然支持，民营企业法制培训班好，既然徐大律师信任我们公司，我春风肯定会支持的。"

放下话筒，春风在屋里转了两圈，徐律师的到来让他求之不得，显然这是他所期待的。

"三河水库投标，我们只要等对方通知就行了。这次，我们一定要把它拿下，凭我们公司的实力，决不能放弃。"春风起身摆了下手，示意刘大雄可以走了。

"先这样也行。"刘大雄说着，与曾凡一起退出了房间。两个人来到楼梯出口时，却看到春梅红着脸站在楼梯脚下。

"春梅处长，你怎么站在这里？"曾凡口里打着招呼，心里却恨之入骨。因为秀秀是曾凡的亲姐，所以他每次见到春梅，心里就会涌起一股恼怒、轻蔑的感觉。

"春风老总在吗？"春梅边问边向二楼走去。

"春梅处长，刘总正在有事，你不要去打扰……"曾凡试图阻止。

春梅似乎没有听到一样，直接上了二楼，把曾凡晾在那里。

楼梯里一片寂静。刘大雄若无其事地走了。倒是曾凡心中的一团火气就要爆发，他停在楼道许久，才一步步挪开脚步。

春梅的到来，让春风感到有些意外和惊讶。春梅少女般的红润和妩媚已荡然无存，取而代之的是满面憔悴和惨白。

"春梅，是不是发生什么事了？"

春梅没有吱声，长发垂下来挡住半边脸，双腿有些颤抖。这一切明白无误地告诉春风：她肯定是经历了一场感情冲击。

没错！春梅就是在那天发生了一场感情风波。

那天，春梅与秀秀碰面后吵了架，耽误了她与郑技员看电影的约会。郑技员当时看得清清楚楚，两人见面后，郑技员也没说什么，心里就像打翻了五味瓶。当时，郑技员听了春梅解释，为了能让郑技员相信自己，春梅就把怎么跟春风跳舞的事一五一十毫无保留地讲了出来，末了还说，她不爱春风，她找春风是为了她父亲的事。这话说得合情合理，有根有据，但在郑技员心里却是一个难以解开的疙瘩。直至有一天晚上，春梅约郑技员吃晚饭，当时，郑技员满口答应了。但到了吃饭时，春梅到郑技员上班的地方去接，郑技员却提早溜了。春梅死死地在门口等他，等得很不耐烦时才问门卫，才知道郑技员早就走了。当时，春梅仍然爱着郑技员，她对二人的关系依然充满着希望。她想，郑技员总有一天会理解自己的，她要想个办法，让他心甘情愿地拿着鲜花跪在自己跟前向她求爱。

然而，这一切的一切都成了泡影。

此前，春梅还是信心满满，她知道爱情不只是亲吻和微笑，更重要的是相互忠诚和纯洁。当爱情受到挫折后，就必须互谅，互让，互相理解。于是她为了表明自己的态度，她要亲自去找郑技员，让他明白事情的真相。春梅想了两天，一直没想出什么好办法，是那天一个同事帮她的忙，说要她好好打扮一下自己，让郑技员见了会欣赏她的美丽和风度。回到家后，她还责怪自己无用，连这么简单的主意都没想到。当天春梅就买了一身时髦衣服，画了个淡妆之后，给郑技员打了个电话，电话是郑技员同事接的。放下话筒后，她又犹豫了，怎么电话是同事接的，没过多久，她又改变了主意，于是她安排好这一切后，就穿上那身时髦衣服，在镜前左瞧瞧，右看看，感觉蛮好。到了下班时间，春梅高高兴兴出了门，来到郑技员上班的办公大楼，正要去叫郑技员时，门卫就递给她一封信。

春梅接过那封信，感到莫名其妙，她有种预感，不会是什么好事。她站在门口，感觉自己的心像掉进了冰窟里，手心沁出一抹擦不去的凉意。

信虽然很轻，她撕开看了一眼，却如同重石砸在春梅心头上。春梅的一颗心和一片美好的期待，被撕裂得七零八落，浸泡在苦涩酸辣的泪水中了。回到家里的春梅，感到天崩地裂，一段情缘就这样了断了，春梅感到有苦无处诉，内心却在滴血。

冷静之后，春梅感到很不甘心，但她还是把那封信看了一遍。信是这样写的："春梅，当我看到那天你跟秀秀吵架的那一幕，知道你与春风的事，我对你的心就死了。现在说什么都已经不重要了。今后，你不要再来找我了……"春梅没有再看下去，把信撕得粉碎。

春梅躺在床上，思来想去，辗转反侧。她把自己跟郑技员这段恋情的破裂怪在了秀秀身上，是她有意要害自己。这个狐狸精害得我好苦，既然你这样害我，我也不会让你好过，我会让你身败名裂。这个女人难怪跟春风打了结婚证却没睡到一起；真可恶，这个坏女人！

在床上翻来覆去睡不着的春梅，心中不知有多少哀怨仇恨，她不甘心，她要报复，她要让秀秀像自己一样，吃不香睡不着。这样翻来覆去到深夜才渐渐平静下来。她望着墙壁上挂着那套特意购买的时髦衣服，想哭又想笑。她心里想，离开郑技员以后该怎么办，传出去自己的名声不会好，在公司上班还怎么见人？

怎么办？怎么办？只有离开公司。可父亲、春蕾怎么办？春风现在不也正跟秀秀闹别扭吗，这个女人，既然对自己无情，那自己也就对她无义了。同样有好事也不能让她得逞，让她如意，也要让她欲哭无泪。

"对，对，就这样决定。"春梅在自己心里这么说。

要想让秀秀欲哭无泪，就得利用一个人，这个人就是春风。

可是，春风会听自己的吗？

他不听，那就争取啊，他不是早就想打自己的主意吗？

是啊，以前想占我的便宜，不知现在对我会怎样？

狗是改不了吃屎的，不去试试怎么知道……

春梅打定主意，立刻从床上爬起，梳妆打扮了一会，径直往平阳宾馆春风住的那套房走去。

现在，春风已经站在自己的面前。

"你说话呀，到底发生了什么事？"春风问道。

就像一道水坝，突然打开了一个口子，春梅伤心的泪水倾泻而出……春风被春梅弄得不知所措，他心里估摸个大概。他把春梅让进屋，顺手关上门，然后帮她倒茶，递到她面前。这时，春风已经明白她来找自己的原因了，脸上的表情有些严肃。

"春风哥，我……我……以前是我不好。"

春风听得云里雾里，不知道她在说什么？

"春风哥，以前是我不好，都怪我。"春梅说着就走近春风面前，突然就倒进他的怀里。

春风对春梅这突如其来的行动感到陌生，用手推开了春梅。

如果那天春梅依着她，或许春风会快乐地接受她，如果当时春梅有一丁点让春风感到温暖，或许现在春风会毫不犹豫地抱紧她。但现在，尽管春梅使出这般招数，春风也没感到怜惜，因为道德使他不能背叛。但是，春风也不是正人君子，有这么一个漂亮的女人，以前自己对她有过欲望，现在乖乖投进自己的怀抱，他能不动心吗？他当然动心过，而且一见春梅就有冲动，只是想到秀秀，想到自己已经欠下了秀秀很多债。他与秀秀已经是夫妻，虽然没有同房，但已是合法夫妻，这是改变不了的事实。现在因为自己与春梅跳舞的事秀秀还在产生误会，还在和自己冷战呢。

看到春梅这美貌如花的打扮，和她吞吞吐吐的话语。他不敢回答，只用眼睛望着窗口，就好像被窗外的风景吸引了，一阵风把春梅的头发吹起来飘到他的脸上，那种温柔的感觉让他浑身一颤。他在心里说，冷静冷静，不能不能。可是这么僵着总不是个事，他得立即把原因问清楚。

"春梅，你来找我的原因我是猜到几分了，那你现在……"春风极力想缓解春梅的情绪，摆脱面前的窘境。

"既然你猜到了，我……"春梅试图想把心里话倾吐出来，见春风不冷不热，想要说的话又打住了。

"春梅，有什么需要我帮忙吗？"

"我没事，就是想要你娶我！"

"不，不，不能，我跟秀秀已经结婚了。"

"我知道你们结婚了，我愿意……"春梅目光幽幽地望着春风，心

200

却冰冷的。

春风突然感到全身都在发热，热得让他难受。

"不能，不能这样。"春风对春梅说。

一听这话，春梅想说的话又止住了。此刻，她眼睛湿润了，心里犹如翻江倒海一般。她感到委屈，甚至有些生气，觉得春风完全不像一个男人，她那么来求他，他却拒自己于千里之外。

看着春梅气得泪流满面地走了，春风也无比难受，他不明白春梅会走到这种地步，难道怪自己吗？不，不可能会怪自己，要是上次在深圳两人迈出那一步，今天的情况就不同，要怪就怪她自己吧！

十六

十月二十日，平阳宾馆举办全县民营业主法制培训班，一行二十人陆陆续续被迎宾小姐迎进了宾馆。

法制学习班是按上面的要求举办的。目的是为了增强全县民营企业主的法制观念。作为法律工作者的徐发，原本不是由他牵头的，但因为他跟平阳县房地产开发有限责任公司总经理春风比较熟，负责辅导学习的华华喜欢他牵头。加上授课老师又是徐发，他便成了牵头人，徐发接到任务后，先是联系培训地点，再是提前备课，他决心要把所学到的东西传授给每个学员。还有一个原因，他同郑明星在一起工作，春风一直想找个机会，请他们一起来公司坐坐。有了这个原因，徐发那天一打电话，春风二话不说就答应了。

参加培训的人员情况各有不同，有的已在市里培训过，有的已在乡镇法律服务所工作；有的觉得很开心玩几天也，有的却无所谓，也有的走进房间就躺在软绵绵的席梦思床上再不出门了。春风是自告奋勇要参加培训的，有的人早就清楚，这期培训班全是春风老总资助的，有人就问，他一个老板怎会与法律扯上关系。当然有些人的确看不懂这里面的内幕，但有一点，春风能私自掏腰包办学习培训班，已经在全县传得沸沸扬扬了。

"不好意思，没去门口接大家，但我欢迎大家来参加这个培训班！"

参加培训班的人刚刚落座，大家叽叽喳喳说个没完，见春风一身西装革履微笑地走进来，会客厅突然安静了下来。他一手拉着县法律退休干部华华，一手拉着徐发笑着坐在了中间的沙发上。

迎宾小姐手上端着水果款款而来，放下果盘后给在座的倒上茶，然后就对春风说："刘总，事情安排好了，我先走了。"说完，笑了一下退出了。这位迎宾小姐名义上是为了照料父亲进城工作，实际上都是春风在指挥。小姐长得非常漂亮，一米七二的身材，小蛇腰，屁股翘，性感极了。她的出现使徐发等人不由得生出怀疑来，怀疑在这里会见的是一位令人敬畏的领导干部，而不是一个地地道道从农村进城的大老板。

"你们都是搞法律工作的，都是法官，能到我们山庄来看看，我非常高兴。"春风热情地说，"我一听徐律师说来我们公司搞培训，我高兴得两个晚上都没睡好，为什么睡不好？其实在我心里就是想多学习法律知识，我这个法盲就应该认认真真、扎扎实实地学习。这些年，我们在城市闯世界，虽然没碰到大的麻烦，可小麻烦却不少，这是什么原因？很简单，其实就是对法律知识学习不够理解不透。所以学习法律知识，办培训班，增强法律意识，这对于我们搞企业的多么重要。我们这些人虽然在城里发展，其实对法律知识懂得并不多。说心里话，我就是吃了法制观念淡薄的亏，才出了场笑话，所以学习法律知识，增强法律意识是我们每一个人的当务之急。今天在大家面前我是很自卑的，因为我在农村书读得不多，理解不了法律，最后我想向培训班的学员提两点建议，一是你们都是法律先锋队，在这里学习需要我做的事情尽管提出来；二是你们都是法律工作者，法律观念较强，希望你们边学习，边给我指出错误，让我好好提升自己。"

春风话音刚落，在座的学员你瞧瞧我，我瞧瞧你。可以想象，这番话说得很在行，从理性知识到感性知识，鼓励与表态亲切坦诚，毫无矫揉造作、盛气凌人的气味。

有个叫光头的学员站了起来，目不转睛地打量着面前这位大名鼎鼎的所谓"农村人"，眉宇间露出的是惊异和惶恐的目光。徐发望着他的神态，不知说什么好。

光头是飞仙乡政府法律服务所所长，在乡政府是个很活跃的人，法律知识懂得较多，一般他参加这样的培训班几乎不去上课，而是与人谈天说地，他最不好的就是爱钻牛角尖，现在碰上春风这个老乡大老板，自然他不问个彻底是不会放手的。

"培训几天，计划里面好像没有安排到我公司去转转看看？"春风笑着说道。

培训几天计划里面的确没有安排去参观的议程，但现在老板提出来了，自然有人懂得东道主的意思。

"那就按春风老总的意思，在参观之前，先由你介绍介绍公司的情况，你看怎样……"华华说。

"这怎么好意思呢？这是法制学习培训班，怎么要介绍我们公司。"春风这样说，却又道，"当然也可以了解了解我们公司。"

"这太好了，就按春风老总的意思办。"

"那好。那么，要我讲什么呢？"

"讲什么不难，我们是想春风老板先谈一下民营企业是如何生存发展的，大家说是不是？"华华说着带头鼓起了掌。

紧接着大家都拍起了掌，并异口同声地说："要得，要得！"

春风望了望大家，站了起来，说："这个话题不应该我来讲，而是由上面的领导讲。我只是讲讲党的十一届三中全会后，农村实行田土责任制，我才硬着脖子闯进了平阳城，在平阳城闯荡了半年，不知道做什么，那天要不是碰上我的老乡，不是他的指点，我根本混不到今天。今天的我，毫无疑问，问心无愧，没有共产党，没有改革开放，就没有我。说心里话，今天看到你们都是法律工作者，有些话我是不敢说，说了反而不好。因为在县城办事，每天都会碰上那些你想不到的事，一旦碰到就牵扯到法律。去年初由市企业局组织的民营企业家培训班，我讲了一些问题：民营企业与国营企业的差距在哪里，我说国营是拿着国家的、用着国家的，效益好与不好都无所谓。而民营企业却不同，要有效益才能生存，效益好坏在于管理，在管理上做文章，里面的东西可多了。我可讲不完，所以说，如何生存，如何发展，这不是一句话能说清的，大家心里都知道，我就不一一说了。"

春风虽然高考以两分之差与大学失之交臂，实际上根本不是这回事，两分之差那是骗他父亲的。不过他很要强，也很愿学，一学就懂。如果不是他自学成才，他怎么现在能在城里发展这么大？所以刚才他所说的并不是夸夸其谈，那是通过一番努力才达到这种境界的。

他见几个学员拿笔记着什么，就笑笑说："学员同志们，法律知识是丰富的，这次我为什么双手赞同在我公司举办法制培训班，为的就是让同志们更进一步学深学透，将来大家都是法官，我春风要是违了法，希望你们网开一面，多帮助帮助我。"

在座的人都笑了，那几个学员也合起了记录本。

"有些同志来自乡镇，可能对我们企业的情况不太了解，这样吧，你们想知道什么，你问我答，反正还有时间，怎么样？"春风说完注视着华华、徐发，又看了看其他几位学员。

这时，会客厅安静下来。华华提出的问题得到了回答。徐发原本也不想讲什么，他的心思都在授课的内容上，看到几个学员都把目光集中到了光头所长身上——怪不得光头在路上扬言，跟春风老板见面后，他要提几个问题。

光头当然知道春风是同乡古楼人，却一直没有见过面。这次一见面果然不同，春风人长得高高大大，性格也独特，一般人是管不住他的，他有着超凡的自信。

"刘老板，你我是老乡，客气话就不讲了，你是改革开放搞得最活的一个人，我想问你一个问题，可以吗？"光头郑重其事地说。

"什么问题？只要在平阳，什么问题我都可以回答。"春风道。

"那我不客气了。"光头清了清嗓子，"第一个问题，有人说有钱能使鬼推磨，改革到这一步，不管是国营还是民营，办事情都离不开钱，你能帮我解释一下吗？"

"我的解释很简单，首先要理解这句话的含义，有钱能使鬼推磨，钱是个好东西，我完全同意这个观点。因为这世上没有钱，你就寸步难行。至于国营与民营的关系，我想能不能不讲出来。"

问得尖锐，回答得不客气。与会学员都竖起两只耳朵。

"谈到国营与民营企业的关系，其实回答很简单，我不便讲出来，因为我是一家民营企业，如果硬要我讲出来，那么现在是改革开放年代，国营已经替代不了私营，这个理由不用我说想必大家都清楚，因为我们公司当年就与国营企业联营共过事，结果呢，国营慢慢退出了，民营却慢慢做大，所以，我……"

"刘老板回答虽然不够全面，但已经很不错了，因为谈到国营与民营之间，有着不可替代的东西。这里面就牵到了在运作中行贿受贿问题，而行贿受贿就是一种犯罪，那么就牵扯到了法律，所以……"

"所以什么，我来帮你细说，所以国营企业走向衰败，民营企业走向壮大。两者之间与刚才谈的有钱能使鬼推磨的道理，说白了就是国营是国家的，国家的每天七八个小时班后就不管了，民营企业是私人的，私人的它可以二十四小时上班。出现重大问题，可以拿钱送人一下子得到处理，而国营企业出现问题，一级向一级汇报，等到汇报完毕，黄花菜早就凉了。道理就是一个道理。当然这又牵扯到法律的问题。原本行贿受贿是一种犯罪，可为什么这条路还是有人在走呢，这是为什么？"

光头伸手抓了抓脑壳。

春风又补充说："为什么？当然话又说回来，这与我国的国情分不开，为了搞活经济，有人请客送礼，有人说是不正之风，我说是礼尚往来，所以说这是为什么，原因就在这里。"

光头听得露出了好奇的目光，这个老乡刘春风真不简单，不简单之处在于他不但能说会道，而且对企业管理还真有一套。本来他想杀杀春

205

风老板的傲气，又觉得没有这个必要，毕竟他是一个从农村走出来的农民企业家，的确不容易。这么一想，就把"刘春风"三个字写在了笔记本上。

徐发脸上露出茫然的表情，他知道春风后来的表述并不那么准确，想提醒纠正，又止住了，只有暗自抱憾。

光头说："你从农村走进城市，现在身价高，你觉得你自己现在需要给农村做点什么？"

春风说："我不觉得我自己身价高。"

光头说："春风老总，你当然不觉得，可社会上都说你高傲自大，你认为呢？"

春风说："我不这样认为，说我高傲自大，这是扯淡，我反对。至于需要给农村做点什么，我是想过，我是从农村来的，自然知道回报。这点前次我回古楼的时候，就跟村支书讲过，可他一直没来找我，我也事多。但是今天讲了这么多，归根结底，还是党的政策好，今年的中央一号文件号召一部分人先富起来，我为什么不能富，我现在这些享受确实有些特殊，但我是拼命干出来、挣出来的，问心无愧，至少比有些干部整天自己不干事，这指责那指责要强得多。比起那些无功无德，甚至有罪有过，还照样向上爬官的强得多！"

"讲得好极啦！"徐发鼓起掌。他想起法院那位办公室主任，那样一位无德无能的法官，并且已经超过提拔的年龄线，由于机构改革，没聘上办公室主任，主动辞职不干调走了。

春风没有因为他的叫好而停止，继续说："其实，我说的这些都是真实存在的。那也是早几年前的事了，现在改革开放多年了，农村实行责任制，不愁吃、不愁穿。不说别的，就说我那个村子吧，古楼的五一水库，那个村子，以前是什么样子，现在是什么样子，五一水库以前就是一口大塘，后来才筑成一座大坝，这当然得益于党的政策好。我那个村子不到四百口人，有穷的，有富的，穷的吃不上饭、穿不上衣，富的呢，当然还是吃饭，农村能吃上饭也算是富人了。还有些人，那是因为不爱劳动，好吃懒做，不是打牌就是睡觉，自家的田土在哪儿都不清楚。这个人现在被我带到了公司，他什么也不会做，什么也做不起，只好安排他看大门，所以说来说去，人需要勤奋，才能有所得。大家说是不是？哎呀，对不住，我只记得说话，把你们培训的时间都耽误了。"

春风赤裸裸地表白，毫不掩饰地感情宣泄，以及让人难以接受却又无法驳斥的理论，使这些来培训的学员听惯了那些有钱人的虚言假语，如同进入了另一个星球，看到了与自己全然不同的外星人。

光头再一次陷入了沉思，脸上浮起了迷茫而呆滞的笑容。没想到他真的碰上了外星人，这个高傲自大、夸夸其谈的家伙，要怎样才能杀杀他的傲气？停顿片刻，光头又说："没想到春风老板不但财大气粗，而且能说会道，不简单。刚才我问几个普遍性的问题，我想还要问一下与你相关的问题，是否可以？"

"刘所长，你别说了，让同志们也说说嘛。"华华连忙阻拦。

"哟，华干部，别阻拦，既然敞开肚子了，凡是问题都可以提，与我本人有关的也可以提嘛。"春风一脸堆笑，轻描淡写地说。

"谢谢刘老板爽快。"光头故意客客气气地说，"有人说春风老总是个独断专行的人，开会从不要下属发言，有这回事吗？"

"有啊，因为我是老总。"

"这话不假，既然不要下属发言，那你公司还要那么多副总干吗？"

"这个话题，我可以讲一个晚上。说到独断专行，这话不假，我承认我独断专行，因为我要为公司着想，公司是我私人的，当然什么事情都由我说了算。难道这也有人有意见，有意见我也没办法，我的独断专行已经是我的专利，谁也管不了。"春风目空一切，越说越激动，"你们都是搞法律工作的，你们说说自家的公司，不是主人说了算，难道还是别人说了算？"

光头知道这个春风不好惹，低头再不作声了。

一位来自城郊乡法律服务所的说："当然是主人说了算。"

"这是毫无疑问的。一个国家，一家企业，一个家庭，当然是当家人说了算。"华华发表评论说，"不过，我有我的看法，既然主人说了算，那今后在安排副总的时候，可以考虑不安为好。"

"对，这话说到点子上了。"光头说。

"我看未必，中国人的版本谁都清楚，特别在用人方面。比方说，一个科局，就有一正三副，照你们说，同样是一把手说了算，何必安排那么多副职。"春风想到自己的话没错，更加理直气壮："当然，我这个比喻有些不妥，毕竟那是国家干部，研究讨论问题肯定不是一个人说了算，还是靠民主集中制，不比私人企业，因为在我们公司庸人太多了，不得已需要独断专行。所以光头所长，你应该要理解独断专行，这也是我的优点。"

光头听得没办法，只好笑了笑，又问："有人说在春风老总公司上班，要加班到深夜，有这回事吗？"

"有这回事，但不全是。"春风目光闪烁了几下，他没有直接回答这个敏感问题。只是微笑了一下，又爽快地说，"作为私营企业，首先想到的是利润，其次还是利润，离开了利润来谈那是不实际的。在这里我也不隐瞒，也不夸张，该怎么样就怎么样。说到加班到深夜，这情况还是有的，因为企业的工程几乎都是实行承包的，是多劳多得，多劳多得自然必须得加班加点，甚至一个劳力做到天亮，这种情况也是有的。所以要想一家企业搞好，实行承包制那是必然的，怎么有人会提出这样的话呢？"

光头被春风夹枪带棒一顿指责，便低下头，拿起笔在笔记本上画来画去，不知道的人以为他是在做记录，其实那是被春风骂得在装蒜。

"是不是实行承包制就可以延长劳动工作时间？"

"只要承包了，那就得按合同或者协议进行劳动，工人在上班时，延长劳动时间，与企业老板没任何关系。"

"你说得并没有错，实行承包制，延长劳动时间是工人自己的事，那么我问刘总，听说你们公司除了一些小工程承包外，大部分都按人头发工资，这又是怎么回事？"

"这种现象还是有的，那得根据工程的大小而定。"春风笑了笑，说，"你这位法律工作者，对情况还是比较清楚，你是听人说的，还是自己编出来的？"

光头一脸尴尬，众人发出一阵哄笑。

春风的话句句实话实说，又语含机锋，滴水不漏，兵来将挡，水来土掩，既不冒犯他们，更不会落入他们的圈套。所以，这让培训班的学员们佩服至极，不愧是一位有胆有识的企业家。

光头没有死心，继续问道："刘总，我还想提最后一个问题，外面的人对你跟你弟得意分道扬镳很感兴趣，到底是什么原因呢？"

"光头！"华华严厉地叫了一声，同时十分抱歉地朝春风拱着手，"刘老板，千万别生气，这个光头喜欢开玩笑，别跟他一般见识……"

春风原本脸上挂着笑容，通过一段激烈的对话，脸上的笑容慢慢消失了。他不知道会出现这种情况，明明自己掏腰包让他们来培训法律知识，怎么转个弯像是一个记者来采访一样。不过春风没有发作，他看在徐发和华华的分上，保持着镇定回答下去。

徐发感到有些莫名其妙。他没想到光头会问这些问题，虽然这些问题是个人私事，但提到这些问题，自然会让对方产生误会，如果真要产生误会，这该怎么办？人家好不容易拿出钱来让大家培训，倒是像引来一场风波。这么一想，他立刻站了起来，走到春风面前笑了笑，然后伸出右手指着光头道："你是不是吃错了药，胡说八道。"

光头听得脸都转了猪肝色，愣怔片刻后，再也不发言了。

春风很不明白，这个光头是有意还是无意，如果有意，那自己该怎样反击。想起这件事，春风的心就隐隐作痛。因为与得意反目，他正在经受着心灵的磨难。这种磨难是痛苦至极且必须深为掩藏的，而这个狂妄的家伙，竟然……他仿佛突然找到了发泄的对象和机会，几天来郁积胸中的一切愤懑、烦恼，像一股沸腾的岩浆，就要一齐喷礴而出！

然而，迎着徐发、华华老干部等人紧张的目光，春风突然发出一阵朗笑，回到原来坐的沙发上。

"其实你对我们兄弟的情况并不了解，如果单从法律角度来说，我

209

完全可以到法院诉你个诽谤罪。不过，既然大家这么信任我，那我就不妨多讲几句。"春风极力显出宽厚、豁达的神态，"其一，你们所听到的这些谣言，你们信吗？就算你们说得对，我春风敢做敢当，说到我弟弟为何和我分开干，那是因为他有志气，他不想跟在我屁股后面转，他要单干，他要让我看看他的能力，既然他有这样的打算，我做大哥的难道不同意？"

"我看你弟弟是好样的。"华华接口发挥道，"能让他一个人去发展，我看不简单。"

"那是不简单，创业嘛，总得有自己的用武之地。"

春风明白他们的意思，端着茶几上的杯子喝了一口水，顺着他们的话说道："其二，既然讲到这个分上，今天我也不怕同志们说我什么，我想问一句光头同志，你还想知道我的事情吗？只要你能说出来，我会毫无保留地告诉你，我没有秘密。有人在私下议论，说我与弟弟分道扬镳是因为我与春梅跳舞引发的。的确是有这么一回事，其实中间完全是个误会，但这误会最终还是导致我们兄弟分道扬镳。因为误会，他今日创业基本成功，所以，我没有什么后悔的，应当后悔的是那些爱造谣生事的人，你们说是不是……"

"刘总，有电话找你。"迎宾小姐推门进来，打断了春风的发言。

春风立马起身到隔壁办公室拿起话筒。打电话来的是刘大雄，他询问春风今晚有什么事需要安排？

"安不安排，总得在家等电话。另外，三河水库招标的事，一定跟踪好。"

"一切都按你的安排执行。刚才我又打电话问了，我还告诉对方，你最近要去广州出差，估计明天就会得到结果。"

平阳房地产开发有限责任公司的分工大体是这样的：不管公司大事小事，先由公司常务副总经理组织人研究讨论，讨论结果，再报春风审定。刘大雄是常务副总，办事能力强，是春风最信任的人之一。

"那就好。"春风应着又随口问了一句，"快下班了，你要不要过来陪客人喝杯酒？"

"我就不过去了，前几天有几家住户刚购的房子下水管漏水，我要去处理一下。"

"下水管漏水，有这事？"

"我也是下午上班时听高斯贝尔的能秀说的。"

"有几户漏水？"

"五户，房子没交付，就被人发现了问题？"

"那你马上安排人处理好。"

"我已经安排人了，如果不行，那就换新管子。"

"干脆都换新的。"

"那好，我马上告诉施工人员。"

"这些小事情千万别让客户说三道四，这关系到公司质量声誉问题。"

"我知道了，马上去处理……"

"怎么会出现这种事，这是哪个狗屁经理负责！"春风勃然大怒，多日在心里闹腾的愤懑和刚才被强制压抑的火气一齐喷发出来，"那栋楼具体是哪个在管，房屋还没交付就被客户发现了问题，你告诉他，要他立即安排人员把水管拆下来换成新的。住房工程，质量第一。另外，你通知几个副经理，找出原因向客户解释，明天直接到购房处听候处理。"

"知道了，刘总……"

"还有一件事，你通知那栋房的主管，如果那几个客户有意见，你让售楼部经理带他们去看看 A 栋的房子，这事你要亲自去处理。"

"好，我亲自去！"

挂了电话，春风回到会场，向培训班的同志们微笑地致歉。

"对不起啊，耽误大家的时间了。不过，这次是举办法制培训班，不是作家采风团，要是作家采风团，我还有好多故事讲呢。"

光头所长再没讲什么。倒是华华与徐发你瞧瞧我，我瞧瞧你，但也没有发表看法，他们都清楚地听到了春风刚才在电话要求给客户处理水管漏水的问题，春风真能保证明天把水管处理好，保证房屋不行

211

可以另换一套吗？

　　时间过得真快，转眼天就黑了，离明天处理水管漏水问题只剩八九个小时……

　　清早的平阳县城，那粗犷的线条，是宽阔、笔直的大街；那纤细的线条，是深长、弯曲的小巷。一会儿，朝霞在路面上镀了一片金色。自行车的铃声、汽车的喇叭声、人们的谈笑声一齐欢乐地喧闹起来，人潮涌向工厂、商店、学校——街道像传送带似的繁忙。天大亮了，宝山路的尽头，东塔岭的尽头，像一片彩色的宝石那么瑰丽。

　　八点刚过，只见法制培训班一行二十余人出现在那栋新建大厦的门口，那几户刚买房的客户在那里吵吵闹闹，指指点点。

　　平阳县城新修的一条宽广的路，两边是新建的房屋，房屋整整齐齐，一色幽蓝的新型水泥结构房漂亮、美观，清爽、恬静。右边有两栋大厦，看上去，这与刚刚竣工的一排新舍并无多少区别。正在施工的工人忙碌着，刘大雄和眼珠熬得红红的几个副经理，正汗流浃背背着水管。法制培训班的那二十余人，他们争先恐后在屋前屋后窜来窜去，让几个副经理莫名其妙，好在水管很快换好，几个购房户看到换好的水管已无话可说。可就在昨晚，购房的几户人跟几个副经理还吵得不可开交，差点要打起来。

　　"这么快就换上了新水管，真讲信誉，了不起啊！"培训班的学员一同发出感叹。

　　一个讲诚信的人，自然有不同的个性！几个小时，把几栋房子的水管卸下又安上，这让徐发等人感慨不已。

　　吵闹声停了。几个购房客户来到售楼部，他们开始并不说话，似乎感到有些不好意思，见几个副经理汗水淋漓地进来，几个客户有些感动，随后，就把所欠的购房款全部交上了。

　　"这次你们公司做了件好事，能够及时解决……"一个中年妇女感动得流下了泪水。华华他们不知发生了什么事，急忙走近中年妇女问道：

"大嫂，怎么啦？"

"高兴，高兴啊……"

"嫂子，回去吧，这是法院的退休干部，你也不怕人家笑话。"三十来岁的弟弟走过来劝说。

中年妇女擦了擦脸，笑着对站在不远的华华和徐发等人说："哎呀，你们是法院的干部，那我更要对你们说说，平阳县城出了个好人啊，他叫刘春风。我为了儿子来县城读书，好不容易买了这套房子，昨天发现水管漏水，刘老板今天就派人换了新的，刘老板真是个好老板啊。要不是刘老板讲信誉，交了房，老板就不会管事了……"话没说完，不知什么原因又哭了起来……仿佛眼眶不管事似的。

中年妇女急忙用衣袖擦了擦，又激动地说："好人啊，好人！"

"方方，快请你妈回去。"一个三十多岁的青年人吩咐着，"不瞒你们几个干部说，平阳房地产开发有限责任公司出售的房子，质量好，讲诚信，刘老板是个好人。"

方方已拉起中年妇女向那边走去。

法制培训班的学员都站在门外看着。

"一个建筑老板能做到这点真不错。"太和乡司法所所长发表着感慨。

"是啊，要是各行各业的工作都能这样负责，那我们的国家经济发展就快啦。"华华甚至想，也许平阳县的发展状态离致富不远了。

"我承认一个老板能做到这一点是不容易。但这也是他们的职责所在，购房卖房，两者关系应该是互惠互利的，没有什么了不起的。"光头所长不以为然地说道。

"那是人家群众的心情，能说出这话，证明春风老板还是做得好、得人心的。"徐发插嘴道。

"我可不这样认为，应该说，客户是上帝，怎么变成卖房老板春风成了上帝……"

"你还是少说两句吧，我算是服了你。"

"好，好，我不说了还不行吗？"

"办企业肯定要得民心，明白吗？"

"明白，明白……"

远处传来汽车的嘟嘟声，没多久，一辆桑塔纳驶了过来。春风下车，刘大雄连忙迎上向他低声汇报着，一起来到售楼部，刚到门口，就被那几户购房的围住了。

"感谢刘总……"

"刘总是个讲信誉的人。"

"如果不及时发现，住进去漏水就麻烦了，所以值得感谢！"

……

一阵七嘴八舌，那几户购房的人夸着。"我被你们弄糊涂了。"春风说，"你们感谢我？要感谢的是你们，我们工程没做好，要向你们道歉才是啊！"

这几句话让购房户心里充满暖意。

"我们是购房人，又是公司的员工。今后我们一定配合公司认真工作，把房子建好。"

"刘总，你真是个好老板，我们会跟着你好好干。"

"刘总，没有你开的公司，我们哪能在城里买得起房啊！"

……

听到这些滚烫滚热的话，春风笑了笑，说："事情处理好了，那就抓紧时间去干活吧，有什么困难可以向我说。"

购房的人刚散，几个副经理灰头灰脸走了进来，个个脸上似乎霜打了一样，无精打采，却站得笔挺，眼珠儿带着几分呆滞斜视着街面，等待着一场雷霆与责骂的降临。

春风心里依然不舒服，直问刘大雄："售楼部的能秀来了吗？"

"来了。"能秀从人群后面挤了过来，看着一排排的售楼小姐，不知排队要干什么，由于紧张，售楼部的女青年个个灰着脸，不知道发生了什么？

"你就是刘能秀？"

"我是！"

"水管漏水是你发现的？"

"是……但我……我第一个就报告了大雄叔。"

"来公司几年了。"

"五年。"

"现在哪个部门上班？是临时工，还是合同工？"

"在售楼部，临时工。"

春风问了能秀一番话后，脸上有了笑容，他起身踱了两步，然后对刘大雄说："通知人事部，刘能秀从今天起从临时工转为合同工，工资加一级，今天这事报告有功奖励两千元。"

刘能秀听得蒙了，刚才吓得出了虚汗，这是怎么了？眼皮像鸡啄米似的眨巴着。

"这是刘总对你报告有功的奖励，还不感谢刘总。"刘大雄瞥了能秀一眼。

"刘总发财！"刘能秀突然一个蹦起，野驴撒欢般地跑去。跑去好远，又一扬手送去一声呼叫，"谢谢刘总。"

几个副经理黑着脸，越发感到问题严重。春风的奖惩制度是非常严格的，奖罚分明可以说是他经营的一把利剑，但随时都可以用口头的法律加以修正或发挥。一个职工如果不请假、迟到或者不来上班，第一次警告，第二次辞退。一个部门的经理和股长以上的干部，就更不用说，那还要严重得多，不是罚款能解决或原谅的，公司的章程法规就是春风怎么说、怎么做的。不管任何人，触碰这一点，什么事都别想干了，拎东西滚回老家去。所以公司对于规章问题他从不担心。

"你们几个是干什么的？老是出问题，都抬起头来。"春风由恼怒转为和颜悦色地打量着众人。

没人回答，只是你瞧瞧我，我瞧瞧你，大家知道这个时候要是有人乱答，你不脱层皮才怪呢。

看到众人不语，春风脸带微笑在他们面前走了几步，那神态就像在跟大家亲切交谈，随后说："大家别紧张，昨天的事也不完全怪你们，今天能很快解决就行了。不过，尽管你们辛苦了，有句话我还得说，在我们公司，不管你的官级多大，只要错了就得改，我春风这点面子会给，因为公司培养你们这些管理人员不易啊。今天你们回去休息，写份检讨交给办公室，回去吧。"

几个副经理听后，脸上泛着轻松的笑容，这真是太阳从西边出来了，简直难以置信！

其实，春风对自己的部下知道怎样恩威并用，只是以威为主而已。恩也是时常布施的，村里曾有两个青年人要求来公司打工，作为本村人，自然同意；进公司后，这两个青年每天耍嘴皮子，布置的任务口头答应很好，可是没有行动，直至这项工作快要验收了，他们不但没做，反而说这种工作他们不想做，上班没几天就自己背着被盖滚回农村去了。这是一个事例，还有一个，也是本村人，这个人是招进来的，进来后又不符合要求，有人问他是怎么招工进来的。经他一介绍，原来负责办理招工的那个人是他的亲戚，这事也没追究，反正要招人。哪知工作一段时间后，他嫌工资低，上班得过且过，晚上整天不归，没过几天就辞去了工作，辞去工作后却走上了一条违法的不归路，后来被抓进了派出所。他父母找上门来，春风不能不救他，看到他父母的分上才出面把他救了出来，他父亲千恩万谢，才把他留在了公司，经过施恩行威最终改邪归正，现在成了公司骨干。所以，春风并不是只施展"威""恩"，归根结底还是做人的底线不能丢。

几个副经理脸带微笑，像欠了春风什么似的，一步三回头地走了。

忙了一阵后，春风这才想起法制培训班的学员就在这里，让他总算明白了他们来此的目的。

"刘总，我们是想证实一下你昨天讲的话，现在的确做到了，刘总真是一个说一不二的人。"华华由衷地说。

春风笑笑："能得到华老革命的表扬，真的很荣幸。作为一个搞企业的，不只是要赚钱，更要讲良心啊。像刚才那样的情况不是偶然发生，而是必然发生！"

走到三岔路口，华华招了招手准备带学员回去。春风说既然来了，大家看看工地也不妨，顺便吃个早点。

培训班的人是春梅带来的。徐发做了解释，后又跟春风进了接待室，服务员很快端上了茶，各种水果早就摆上了桌。

"小徐，吃啊。"春风礼貌而热忱地朝徐发面前示意着，说，"你难得来一次，要不是为了办班，你是不会找我的。"

"你是个大忙人，我哪敢来麻烦你，这次得谢谢你了！"

"这么说就见外了，郑明星怎么没一起来？"

"我告诉他了，他没时间参加，要我向你捎话，感谢你的邀请，也感谢你对上次成立律师事务所的支持，他说下次有机会肯定会来的。"

徐发喝了一口茶，尔后点上一支烟，抬手时那块金表就露了出来，这块表是春风送给他的，那是因为春风官司打赢了。

"来就好啊，能来就是看得起我们这些跑泥腿的。现在工作还轻松吧，郑明星是不是没在律师事务所干了。"

"还在律师事务所啊，上半年他还去北京学习了一段时间，本来是要我去的，我有事离不开。"屋里只有两个人，徐发还是朝门口瞅了一眼，压低了音调，"齐良宝可能会调开，因为事务所重新组合了，听说他没投资，肯定要离开。这让人想不通，好不容易读了大学，毕业后却变成这样？"

"齐良宝是不是马上会走？"

"不会那么快，毕竟单位改革还是有一个过程的？"

"齐良宝，人是不错，就是办事欠果断。"

徐发知道春风对齐良宝有些看法，就说："人无完人。行了，不讲他了。"

春风笑笑，又道："不讲他了，不管怎么说，你能来我这里，我已经很高兴了。特别来办班我是双手支持，因为我也可以好好学习一些法律知识。"

217

"那好，这话可是你说的。"

"当然是我说的。怎么，你打算在我这里开个法律事务所！"

"那是不可能，明年所里还有次活动，请你支持。"

"我还以为什么事，只要你开口就行了。"

"有你这句话我就放心了。"

春风与徐发律师的交谈很开心，虽然还不是推心置腹，但也到了无话不谈的地步。想起第一次见到徐发那小子，那时还真看不上他，那情形，还历历在目。那天，徐发剪着一个平头，着装也很一般，春风一看就没上眼，后来经介绍，他是政法大学毕业，春风才对徐发另眼相看。经过这场官司，从开头调查以及到调查整理文书，到官司打赢，春风与徐发的关系发生了翻天覆地的变化，最终到了称兄道弟的程度。春风清楚，有了这层关系，他在各方面的事业就会顺利多了。记得有一天上午，春风在一个招标会场，几个老板一看他来了就吊着脸，扬言这工程不准平阳房地产开发有限责任公司承包。春风一听，心里就堵得慌，凭什么我们公司不能承包，正要发火，一辆桑塔纳开了过来，车上下来的正是徐发，徐发一看春风也在，老远就大喊道"春风哥"，这一句春风哥，把那几个老板吓愣了，最后这个工程是春风中了标。

徐发这次来举办法制培训班，为春风提供了一次极好的机会，不仅仅是加深相互间感情，更重要的体现了他有钱了，能为社会多做贡献了，更为他又赢得了一次中标的机会。

直到两人把茶几上那壶茶喝完，徐发才开口说："最近有几个工程在上吗？"

"托你的福，手上有几个大工程都上亿了。"春风抽了一口烟，笑着说，"如果不是你帮我把那场官司打赢，就没有我春风的今日。开始时镇里新来的一把手，对我不冷不热，我有些担心。"说到这里，他停了停，忽然想起刘老来那次召开乡镇企业座谈会的情形，又悄悄问道："听说市里又要来平阳召开民营企业法制宣传方面的会，你听到这消息没有？"

徐发想了想："好像有这回事，那天我也是听郑明星讲的，他说平阳的民营企业搞得好，就是法治观念淡薄。所以刘老对平阳很感兴趣，更感兴趣的是你跟你弟的创业经历很有味道。"

"不会是在看我与得意的笑话？"

"应该不会，他是有些担心。哎，现在你跟你兄弟的关系如何？"

"还能怎样，现在和我反目成仇了。"春风悻悻地说，"他呀，完全是我惯坏的，我妈生下他后出血过多就去世了，我爸又是残疾人，不方便带，所以得意是我一手带大的。可没想到大了之后，脾气也大了，两兄弟讲不到一起，经常为一些事争到脸红，我真后悔。"春风讲起得意的事，心里就来火。

徐发知道春风有道不完的难言之苦，说道："毕竟这些都是家事，再怎样你们还是兄弟啊！"

春风听了，苦笑一下，说："老弟，你说得没错，可我这个老弟完全是一个翻脸无情的人，我一想到他就头痛。"说完，他又想到司机小刘告诉他，烂斗篷被城飞国际房地产公司收留的事，心里就更恼火。他不愿意把心中的隐痛暴露到徐发面前，于是把话题转到他准备开发三河水库的事上去了。

十七

站在三河水库最高顶点，春风不禁吸了一口暖气，放眼望去，库面水平如镜，朝阳洒下来的光射在水面上，像是铺了一层柔和的缎面。春风心潮起伏，今天他要以崭新的姿态拿下三河水库，为创办文化园献计献策。

约定时间快到了，想到那几个为投标而争论不休的人，春风觉得他们真的有点不自量力。

时间就是金钱。一辆桑塔纳急急驶来，车上坐着总经理和两个厂长及招标人，他们没想到来参加投标的人只有春风，更没想到，他那个分道扬镳的弟弟得意竟然也不来竞标。接下来便是大家猜测春风为何来得这么早，为何非要投标三河水库，春风明明知道，高斯贝尔平阳分厂要搬家了，他跟高斯贝尔老总是同村人，为何不去找老板，春风他又愿意拿出五百万作为押金。这座水库离城里那么远，能开发什么？难道春风是想在这里建一幢高级宾馆搞一条龙服务不成？……现在问题的关键是怎么办，拒绝竞标是不可能了，那五百万押金早已存进银行。最让人想不透的是，投标报名的有二十几家公司，为何到了关键时候，只有春风这一家。尽管如此，还得按程序投标签约，否则是要负法律责任的。再拖是说不过去了，人家大清早就来了，你想用什么办法也于事无补了。

他们就这么猜来猜去，就是不跟春风签合同，而且扬言就是今天要签合同，也要拖到下午才签。春风听完后转身扬长而去。

春风刚走不到一小时，此时传来消息说"春风要去深圳"。两位厂长急忙找到总经理，总经理听了不但不急，反而笑了一下：那是春风在耍小聪明，这种伎俩能骗得了我吗？这恰恰说明春风迫不及待。别管他，他去深圳让他去，我们稳坐钓鱼船。可没坐到中午，两位厂长又接到命令："立即到平阳房地产开发有限责任公司找春风，探探风去。"两人到了公司没人接待，春风躲得远远的。他们只和刘大雄见了一面，也没跟他们谈什么，只说春风要去深圳，两位厂长回到厂里，向总经理汇报，总经理听后后悔不已，立刻决定亲自出面："走，马上去找春风。"

可是他们到了平阳房地产开发有限责任公司，却不见了春风。有人说春风在平阳宾馆他的私人别墅里。

"砰砰砰"一阵叩门声，打断了正在睡大觉的春风。

春风急忙起床，伸手搓了搓眼睛，拉开门，见总经理带着两位厂长站在门口。

"春风老总不简单，到处有办公地点。不过我得说你两句，我们两位厂长来找你，你们没人接待不说，还理都不理，像什么话啊。"总经理假装生气地说。

春风笑了一下，说："不会吧，怎么突然找我来了，有什么事吗？"

"唉，这事还真有些怪我自己。不过，春风老总不要跟我们一般见识，现在来找你，就是那天的事怎么处理。"总经理一反沉稳姿态，单刀直入。

"这我就不清楚了。"春风想了想，说，"你看我正准备去深圳办理投资的事，你们急急忙忙来了，我天生就是个苦命人，没福分。你看我清早去了三河水库，可你们拿我当小孩儿玩，我现在不同样接待你们嘛。所以什么事情总有原因，找出原因才有发言权，你们说是不是呀，我们的总经理！"

"那我无话可说了，你春风老总在平阳谁人不知谁人不晓。"总经理笑着说，"现在不说这些了，我们言归正传。你春风财大气粗，我很佩服，不然。我才不会来登你这个门！"

"总经理，你可能不知道我的难处。"春风解释道，"一家民营企业能走到现在是很不容易的，你看这里里外外，哪一点都要去打点，你也知道现在房地产的情况，要是在深圳，什么事都好办。因为那里是特区，我这次去的原因……"

"这些我不管，我只管三河水库！"总经理一摆手，"三河水库是你梦寐以求的愿望。现在我以五百万把开发权、经营权全部交给你！"

春风听后并没有吃惊，说："经理大哥，你这不是要为难我吗？我听说……"

"听说什么？倒是我听说你想在平阳县做点事，准备把三河水库开发成文化园，有这回事吗？你真有胆量，不像我这个总经理，一没钱，二没权！现在'货'送到你名下，你还有什么推辞的！"

春风思索了片刻，才勉为其难地说："既然总经理话都说到这个分上，也算够意思了，我要不仗义……"春风没把话说完，沉默了一会儿接着说，"既然总经理这么说了，我春风不给你面子也不行了，那我就再赌一次吧，深圳我就不去了，可以派其他人去。"

开拓创新，奋发进取已是县域经济发展的主旋律。平阳县地处丘陵地段，有山有水，向水的方面做文章，开发文化园，漫步水库人行道，泛舟垂钓，浪中戏水，也能让人其乐融融。春风精于此道。三河水库面宽、水深，便于开发，还有两面的山上到处是蜜蜂，春风早就有了打算，可以在园里建个蜜蜂城放蜜蜂！

放蜜蜂在平阳县城还没有过。但是春风想让城里的男男女女都跑到三河水库来看蜜蜂城，那也是一件新鲜的事。不过，好在三河水库开发在即，为了让更多的县城居民了解三河水库，动工前，工程队准备搞一次活动，有人提出就要丕狗叔放一次蜂。放蜜蜂这消息一出，引来了大批观众，水库各个角落到处是人。

放蜜蜂纯属好玩。蜜蜂是一种社会性昆虫，由蜂王、雄蜂、工蜂等组成。只要控制了蜂王，整群蜜蜂就听你的了。所以玩蜜蜂那是小儿科的事。但今天却是大人在玩，还是平阳房地产公司组织的，自然有许多人跑来观看。

早饭刚过，从县城赶到三河水库旁边的山路上，一群又一群的人都站在公路的两旁。这里是一片开阔地带，没有太高太密的树林，便于蜜蜂及时采花，以最佳的角度和最快的速度去施展本能。

县城的人们就是喜欢新鲜事物。刘兵带着黑桃和几个人早就来了。黑桃在路上这儿闻闻那儿闻闻，似乎发现了什么。徐发听到这个消息立刻把培训班的人全带过来了，他们都很好奇，觉得蜜蜂是一种勤劳的动物，它为社会产蜜糖呢，不一会儿，山上山下到处围满了观看的人，只见一辆黑色的桑塔纳不紧不慢地驶了过来。

丕狗叔早早推着车，车上放着几箱蜜蜂，只等喊放飞了。

"有几个头号蜂，没有到时候怕会收拢不来哟。"

丕狗叔把板车扎稳，又把那几箱蜜蜂移了移，他怕蜜蜂暖死。

"大家站在两旁，千万不要站在路中央，对，像烂斗篷那样，对，像烂斗篷那样……我要放蜂了，你们千万别用手去抓啊。蜜蜂蜇人很疼的……"

"怎么还不放蜂啊？快放！"春风催促着。

"马上放，已经做好准备了。你的事就是我丕狗叔的事，你这么帮我忙，我会记住你的。"

丕狗叔接到放蜂的号令，已经早早准备好了。他没放是因为想在春风这里讲讲他女儿的事。当然，春蕾是不会讲的。

"我开始放蜂了，请同志们注意安全，蜜蜂虽然不会主动惹人，但叮一口是非常疼的……"

"快放啊，怎么还不放……"

因为春梅的原因，有人提出放蜂，春风没有反对，想到春梅跟自己跳了一曲舞，发生那么多的事。所以对丕狗叔嘴上好了些，心里依然还是很恨。丕狗叔今天非常高兴，成千上万的人都注视着他，终于有了一次炫耀自己的机会，他把春风那种怨恨诅咒抛到了脑后。

"我马上就放。别急，蜜蜂一群一群的有好几千只。我怕伤着人，说好了，咬到人，我不负责的。"

"你啰唆什么，快放！"

"我放，我放了……"丕狗叔见春风不耐烦，话到嘴边又停下来，兴犹未尽也只好罢了。

春风小时候也跟着村里的大人们上山捡菇、抓鸟、捉蜜蜂。长大后这些事就远离了。总经理年轻时也喜欢抓蜜蜂，那天一听要在三河水库放蜂，丢下手头的工作就带着两个厂长跑过来看热闹。因此，原本上不得台面的丕狗叔倒成了今天的主角。

看放蜜蜂的人越来越多，山上山下到处都是人。春风见总经理被蜂蜇了一下，被几个人扶起站在路边。只见远处立刻响起一片吆喝声和敲打树枝的声音，还有被蜜蜂蜇到的哎哟声汇集在一起。呼啦啦的蜜蜂此刻在天空中像一片黑云滚来滚去，只见那团蜜蜂正在空中对准总经理下面的那群人，发出轰轰的叫声。

黑桃睁开双眼跟着主人跳来跳去像是发现了什么，做好随时逃离的准备。

"站着别动，别动！"

飞在那群人头顶上的蜜蜂，像一团乌云在空中滚滚旋转，山坡上到

223

处是人，到处是蜜蜂，蜜蜂时而成线条飞蹿，时而又滚成一圈，吓得观看的人胆战心惊。

"喵喵！"黑桃发出两声尖叫。尖叫发出的同时，只见大头蜂一抖翅叶，闪电般地朝那群人多的地方飞去。刘兵抱着黑桃也以最快的速度蹿了出去。

顺着那团蜜蜂飞去的方向，山坡上的人们看到一只很大的大头蜂。大头蜂飞上飞下，像一架小飞机在空中颠簸一样，飞向前方。

整个过程不到五分钟的样子。山上山下发出一片呼叫。春风和总经理与众人一起朝大头蜂方向走去。

忽然大头蜂停止了飞行，紧接着呼的一声，那几堆蜜蜂围在了大头蜂周围，飞着飞着，变换成一条十字架形，好看极了。

"你看，你看！"气喘吁吁的总经理坐在一块岩山上大笑着，直笑得弯下了腰。

"是啊，蜜蜂都能这样抱团，何况人呢？"两位厂长和徐发等人，也笑得小孩似的像疯了一样走来走去。

"蜜蜂在空中飞行，养蜂人能收回吗？"总经理扶了扶眼镜，说，"说起来真不简单，蜜蜂都能调教，那真有两下子，我们家乡的人，看到蜜蜂都会吓出冷汗……"

蜜蜂一下高一下低地飞着，观看的人群又大叫起来。总经理和两位厂长兴致勃勃地看着蜜蜂。

"春风老总，我算是服了你，你们公司还养殖这个？"总经理问道。

"是啊，真了不起，难道这也会有收入？"两位厂长连忙响应。

"当然有收入，你们不信吗？"春风笑笑告诉他们公司是怎么养蜂的。然而没等春风说完，忽然大头蜂又向这边飞来，只见曾凡急呼呼跑来："春风哥、春风哥……"

春风看到了，连忙迎过几步。

"镇里来电话，说要你……"曾凡上气不接下气，目光扫了一下四周，"要你……要你派人去市里把郑生花那个婊子接回来，她现在正拦了

224

副市长的车……县里找了镇里，才知道是我们公司的人……"

春风听到这话，仿佛遭了雷击，"郑生花"这个名字早就在他心中飘走了，突然听到这个名字，听到她上访拦了副市长的车。春风心里既气又难过。哼，这个郑生花，你有本事上访告状，我就有本事把你搞臭。可是她怎么会碰上副市长呢？副市长本身与自己说不到一块去，现在碰上这事，又该怎么办？

"大哥，你看这事？"曾凡显得有些慌张。副市长亲自过问，这不比镇书记郑光明在会上说几句重话就能解决问题了，郑光明好说，可是现在是个副市长。

"怎么办？"春风在原地转了两圈，立刻说，"你去告诉刘大雄，就说我没在县里，市里无论怎么处理，那个疯婆无论说什么都答应下来。回来后再收拾她也不迟。"

"明白了。"

"那你快去！另外，给镇里回话也要态度好，不能耍性子，知道吗？"

"知道了。"曾凡转身就走。可心里却在打鼓，随后一步并作两步往前冲去。

春风吸了一口凉气，看到曾凡走远了，他才慢慢回到原地，说："这个家伙，在东莞打工，被人炒了鱿鱼，怪谁啊，怪自己没本事！"

"东莞的事你也要管，我看你还是叫人赶快把蜜蜂收拢吧。"

"对，我也是这个意思。俗话说，放虎归山，现在放出去了，看你们怎么收。"总经理不以为然地说。

春风笑了笑，双眼立刻瞟向了那边。

这时蜜蜂滚成了一团，大头蜂一上一下地飞着，不知什么原因，蜜蜂忽然又分开，分开后又滚到一团，这样连续了好几次，弄得黑桃"喵喵"地叫着。紧接着大头蜂呼的一声，像飞机起飞那样呼啸而去，大大小小的蜜蜂也随之而去。

春风心下一沉，顾不上向总经理等人解释，撒腿朝蜜蜂飞去的方向奔去。

黑桃像一只野猫一样飞奔而去，不知道那里发生了什么，没多久，头顶的蜜蜂也飞奔而去。

　　"准备收网。"丕狗叔提起一个箱子，里面装着几个蜂头，叫着，"注意，大家看我收网啊！但千万别过来，被蜂咬到，别怪我……"

　　"叫什么叫。"春风大喝一声，然后朝赶来的总经理等人说，"大家看看收网，你们还是头一次看，蜜蜂这种小动物，只要找到头头，自然就跟着来了。"说完，他脑子里忽然冒出一个念头：这个丕狗死老鬼，怎么自己还帮他宣传。嗨，真是的！

　　看到蜜蜂自自然然、顺顺利利聚进了网箱，看到观看的人惊奇地望着丕狗叔，个个竖起大拇指夸赞他，春风不禁露出一脸的冷笑。

十八

　　年轻就是资本。无疑，春风今年才三十岁，来县城打拼已经有七年多了。这七年的光景，说长不长，说短不短。他在县城已拥有了几家企业，已成为平阳县城一个响当当的人物，他能走到今天，不单单是靠智慧。他一米八几的身材，威武高大，像一个军人，坚毅、果敢、敏捷，办事雷厉风行。

　　清晨，春风早早就到了办公室，刚烧开一壶茶，一群员工就拥进了办公室。他们看到春风忙得不可开交，也不问话，就一直站着。春风知道他们进来的意图，一一答复了他们的要求。刚送走他们关上门，门又推开了，一看是镇政府一个副镇长走了进来。春风没开口，副镇长就告诉春风明天县里有一个重要会议，要他必须参加。

　　"镇长，你是知道我不喜欢开会的。"春风说。

　　"我知道。可这会是……"副镇长没有把话说完，知道春风这里面的情况，笑笑说，"你应该清楚是谁要你一定参加的。"

　　"还有谁？这个我也不管。你知道我们这些搞房产的除了投标的会，其他的会都不想去。"春风发着牢骚。

"不想去，那要看开什么会，是谁请你去的。"副镇长笑着说，"这是镇里一把手请你去的，这种会一般人是不会派人来请的，你是重要人物，书记看得起你，你去了也是为我们镇里增光添彩嘛！"

"既然你大镇长都来了，我不去也就不对了。"春风露出了笑脸，副镇长也露出了笑脸。

其实副镇长来请春风是有原因的。七月一日全镇党员开会学习，举行新党员宣誓仪式，颁发优秀党员奖。哪知，这次领奖的企业只有春风房地产开发有限责任公司和城飞国际房地产公司。两个老总，一个是哥哥，一个是弟弟。宣布领奖时，他们有着一段揪心的对话：

春风说："你好意思吗？"得意没理他，脸上有一丝恼怒。"回答我，为什么不相信我，为什么要变成这样？"这话问得够笑人的。得意还是没有吱声，依然慢慢地往前走，哪知春风又将了他一军，"你不吱声是吗，我告诉你，请你注意一些，别让我听到你的名字，你真是一个翻脸无情的家伙。"得意一听这话，原本想刚才的话你说几句无所谓，毕竟你是兄长，说两句没意见，可现在听到这话太过火，得意一股怨气涌上心头，说，"你才是一个无情的东西，你在平阳称王称霸，你的名字我才不想听呢。告诉你，我才不想见到你。"得意话音刚落，春风又气冲冲地追问道，"我问你，谁要你管闲事，谁让你收留烂斗篷的，你这是什么意思？"得意望着他说："难道你不要他，我不能要吗？告诉你，做人要讲人道，不要搞霸权。"春风盯着他，用手指着，差点伸手一拳打去，但他还是忍住了，毕竟是在会场上，觉得这样做太没风度，想了想又骂道："跟我斗，你差远了，马上给我滚。"得意没理他。

刚好刘大雄过来立马把春风拖回座位坐下，得意气得冲出了会议室。春风的气色不好，趁人不注意时也溜了。镇党委那班人还是注意到了，同时也知道一些情况，一边派人去春风家做工作，一边派人到得意家解释。所以今天副镇长实际上是代表党委书记来疏通他们兄弟感情来的。春风心里当然明白，看到副镇长一片好意，自然表示感谢，并要他代向镇党委书记问好。

送走副镇长回到办公室，刚关好门，门又被推开了。刘大雄、曾凡就来到春风面前。春风要他们坐下，然后就把门关死，转身坐在他们面前。

"把那个泼妇带回来了吗？"

"带回来了。"刘大雄说。

"什么情况？"

"是这样的，就是副市长要我们处理好关系，要求恢复郑生花承包的果园。还有，如果今后再次发生类似现象，可要追究我们的责任。"

"追究我们什么？"春风说着跳将起来。

"追究我们还要赔偿她的损失……"

"他还要你给她赔礼道歉，太欺负人了。"曾凡不满地说。

"那你们怎么说的？"

"还能怎么说？当然是按你的意思说的。"

"我们的果园被她损坏了，这事你们反映了没有？"

"肯定反映了，我还说了很多。但人家好像在帮她说话……"

"那个泼妇现在在哪里？"

"应该在出租房吧？"

"她不会再乱说了吧？"

"应该不会，毕竟我们还是有些在理嘛。"

听完他们的汇报，春风似乎千斤重担卸了下来，站起来说："你们做得不错，先回去休息，有事我会通知你们。"

刘大雄和曾凡本来还有很多话要说，见春风下了逐客令，他们只能把一肚子要说的话都吞回肚里。春风等他们跨出门，电话响起，来电话的是刘兵和刘二吉，说他们有事要汇报。

放下话筒，春风思绪万千，心里想到郑生花的事情气就不打一处来，既然你告我的状，你也别怪我无情，我会让你吃不了兜着走。

刘兵和刘二吉很快就来了。两双眼睛直直地盯着春风，正等待着他的吩咐。

"郑生花回来了，你们知道吗？"

两人又死死地盯看着春风，然后一起摇了摇头。

"这个泼妇，把果园的事告到了市里。市里吩咐我们马上恢复果园，依然由那个泼妇承包。"

愕然，沉默。两双眼睛这回鼓得大大的。春风移动了一下脚步，看着面前两位亲信大将如何反应。

"这个泼妇！不能让她顺顺利利地得手啊？"刘兵愤愤然地说道。

"依然让她承包可以，但那些被她破坏的树木又该怎么处理？"刘二吉阴沉着脸。

"可是怎么办？人家市里有人帮她说话，不执行又能怎样呢？现在已经这样了，你们说说该怎么办？"

"怎么办？如果非要按市里的……"刘兵看了看春风，然后又思索了一会儿，才肯定地说，"怎么办？我们听老总的。"

"不能光听我的，你们也要动动脑筋，就算我主意好，你们总不能什么事都依赖我。反正这果园是你刘二吉在分管，人是你刘兵的，这事你们先拿个意见，但必须认真对待！"

春风的话让刘兵和刘二吉心事重重。两人对视了一下，说："刘总，我们还是听你的，你的话只在我们两人心里，不会让第三个人知道。"

春风听得心里暖暖的。他瞧了一下大门，然后放低声音说："首先说给二吉，你听着，果园退回，但不能再让郑生花使用；刘兵，郑生花得不到果园肯定还会去告状，你要想办法拖住她。"

办公室里静静的，静得可以听到他们几个人心跳的声音，仿佛呼吸也清晰可辨。刘兵和刘二吉一时不知道怎么回答，只是你看看我，我看看你。等到春风从卫生间出来，他们总算领悟了他的意思，小声商量着协调方案。

"春风哥，你还有什么指示没有？"

"什么指示不指示，就刚才的事办不好，今后你们会有苦头吃的。"

"春风哥，这事你放心！"

"刘总，你就看我们的。"

春风是个是非分明的性格，从不听他们这些屁话，他只要结果，结果好了他高兴，如果不好，这几天不要见他，等他情绪好了，自然就不会骂你了。这会儿，他哪有心思管他们，春风正端着一壶茶品着，随后大口吞饮起来。

在刘兵、刘二吉领受任务的同时，帮郑生花看出租房的二伯正在招呼人去车站，去找烂斗篷回来见他的老娘。

城飞国际房地产公司安排烂斗篷去听培训课，开始时烂斗篷怎么也不肯应声。是飞梅几次找到这位二伯，把情况说清楚，二伯才做主，烂斗篷这才带着一腔疑惑勉强地来到了城飞国际房地产公司。

那天下午，烂斗篷跟在飞梅后面，向城飞国际房地产公司走去。路上，飞梅看到烂斗篷心情不好，就想问问他的情况，但想想又没有。哪知他在路上这儿站站、那儿站站，似乎很不情愿的意思。当时飞梅没哄他，毕竟他年龄不大，又没进过学堂门，家里没人管，可以说烂斗篷是一个无依无靠的孩子。这么一想，飞梅还是没有忍住，就问烂斗篷，你想读书吗？烂斗篷一听"读书"二字，立即站着不走了，鼓起勇气对飞梅说，我想读书。这话让飞梅内心涌起一股暖流，立即抱起烂斗篷，然后笑着回答他，你愿读书那就对了，你一定要为你母亲争口气，知道吗？

其实烂斗篷没有读书，不是他不想读，而是因为家庭的原因。他母亲为承包春风公司的果园闹得不可开交，哪有时间和精力去管儿子。但是烂斗篷想读书的情形，总在他梦中出现……他就坐在教室的前排，听得很认真。每次老师提问题，他第一个举手回答。每次回答都非常准确，老师十分喜欢他，同学们有的羡慕，有的嫉妒，但烂斗篷并不在乎，他要的是好好学习，将来做个有用的人。"呼"的一声，不知是谁推开了门，打乱了他的美梦……醒来后的烂斗篷冲出了房门，向果园奔去，在秋天无边的原野上尽情地奔跑着、呼喊着。阳光是那般美丽！秋色是那般绚烂！人生是那般美好！烂斗篷童稚的心中，再次闪耀起生活的七彩光环……

烂斗篷跑得上气不接下气，累了他就站一会儿，然后又往前跑，看着花花绿绿的草地，他的心早已在蔚蓝的天空中翱翔了，好不容易才平静下来。他想起飞梅问他读不读书的感觉，他的心就久久不能平静。谁不想读书？谁不想做一个有用的人？烂斗篷这么想着，直到丕狗叔来到面前才停下。

"丕狗叔，是你呀。"

丕狗叔见烂斗篷浑身泥土汗流浃背地站在他面前，摇着脑壳说："你这是在干吗，满身泥巴？"

"这是泥巴吗？"烂斗篷嚷着。

"哎呀，懂事了，不会要你丕狗叔放蜜蜂吧。"

"我没时间跟你胡扯，我要去上班了。"

"你要上班，我没听错吧？"

烂斗篷到城飞国际公司上班前跟丕狗叔说过。丕狗叔一口咬定：天下哪有这种美差事？不是骗你去出苦力，就是有人存心要你的猴，要不就是哪个坏种想瞅机会给你耗子药吃！烂斗篷去后，丕狗叔着实为他提心吊胆了一阵子。更多的自然他还是因为缺了一个帮手做伴儿。

"你当然不会相信，可我还不想去呢？要不是我二伯死缠烂打，我才不去呢……"他没有把话说完，就看到丕狗叔那惊疑的眼光，不禁一笑。

"真是怪事，天底下还有这种事儿。"丕狗叔自言自语着。

烂斗篷做出跑步的姿势，又准备跑。

"跑什么跑，你要赶时间吗？"丕狗叔不解地望着他，然后把一箱蜜蜂挂在树枝上，嘴巴气鼓鼓的。

"我怎么会跑到你这里来了？那天放蜜蜂我没看清，你能再放一次吗？"烂斗篷故意哈哈大笑。

"你笑个屁啊，烂斗篷，有人看中你，我可不看中你。"丕狗叔把那箱蜜蜂放在烂斗篷跟前，故意将蜂箱打开一个口子。蜜蜂陆陆续续地飞了出来，先是飞出一个大的，然后一群小的也飞了出来，蜂在附近飞来飞去，忽然像龙卷风一样一下就不见了。

"不见了，丕狗叔怎么办？"烂斗篷大嚷道。

丕狗叔知道是自己故意这样放的，他想让烂斗篷开开眼界。烂斗篷见那么多蜜蜂飞走了，很是着急。这时天空中只听到蜂嗡嗡嗡嗡的叫声，却看不到蜂的影子。

"怎么回事，丕狗叔，你教教我吧。"

烂斗篷看得火烧屁股似的跳将起来。丕狗叔知道他是个没心没肺的人，根本不理他，一个人嗑瓜子，望着空荡荡的天空。烂斗篷见他不理，沮丧地一屁股坐在地上，两行泪珠悄无声息地滚落下来。他恨自己不该跟丕狗叔怄气，把蜜蜂放走了。他跟蜜蜂可亲呢！要不去上班，他宁愿跟蜜蜂一辈子。

然而，没到一刻工夫，没等烂斗篷脸上的泪水抹干，头顶上忽然传来一阵嗡嗡的叫声，蜜蜂神奇地飞来了。只见大头蜂领着一群小蜜蜂在头顶上转了几圈，然后又飞到丕狗叔头上转了起来。

丕狗叔从箱子里抓了一把散装的糖，撒在空中，蜜蜂蜂拥而去，看得烂斗篷惊呆不已。丕狗叔一边撒糖一边嚷道："怎么样，怎么样！"

烂斗篷惊喜地想去抓那个大头蜂，刚伸手，却又缩了回来，只好冲着丕狗叔道："丕狗叔，那你也不能说我去上班，那是骗人的吗？"

"不骗人，我问你，你上班这么久了，领过工资吗？"

"工资倒是没领，但你养蜂又能拿多少钱？"烂斗篷皱皱眉头，说，"我问你话呢，你养了那么久的蜜蜂，又挣了几个钱……"

"……这个……你不懂……"

"我不懂，你不劳而获，为什么……"

"为什么，你难道真不懂？"

"我是不懂，那你命真好……你养蜂供给公司，一年能产多少蜂糖，丕狗叔，你真行啊！"

"你说这个干什么，你小孩子家家懂什么？"丕狗叔说完就去忙自己的事了，忙着忙着，见烂斗篷全神贯注地看着蜜蜂进箱子，忍不住又说，"看什么看，你不好好学，一辈子都看不懂！"

"我看不懂，那你丕狗叔成蜂精大王啦，你养蜂不是为了挣钱，而是……"烂斗篷故意损他一句，"你呀养了个好女儿……"

一听这话，丕狗叔忽然停住，片刻后才说："烂斗篷，你别再胡说八道，不然我会打断你的腿的。"

话没落音，忽然跑来一个人，这个人就是郑生花的使臣。

"我娘真的告状告赢啦！"烂斗篷知道这回事，又问。

"是你二伯说的。"

"我二伯！"烂斗篷一个高儿蹦起，原地打了一个转儿，挺着胸站在丕狗叔面前，"丕狗叔，我妈这回赢了，今后你别再骂我妈了。"

丕狗叔像傻了一样看着眼前娃儿似的烂斗篷。

"我妈告状赢了，我妈回来了啊。"

山谷里，天空中响起一片回声，回声由大到小，渐渐远去。

"难道世上还有这回事，告状真赢了？"丕狗叔半喜半疑，摇摇头，看到烂斗篷走了，就拿出一片糖啃了起来。

烂斗篷回到出租房，门口围满了许多人，多半是邻居，这些人正在听郑生花绘声绘色讲述见到副市长和刘大雄、曾凡去市里做检讨、接受处理的情形。

四十岁的郑生花，来到县城不到两个月就自愿承包了平阳房地产开发有限责任公司包下来的一块果园。为了便于管理，公司把果园承包给了郑生花，因为当时村里的人没有一个懂水果技术的，刚好郑生花死了老公，公司就派人把她接了过去，并让她承包这片果园。谁知承包三年后，果园效益很好，而且盈利不少，公司要开发果园地，可她不交。于是，郑生花与公司起了纠纷，公司把果园收了回来，从此，郑生花走上了上访告状的路，可是怎么告也告不准。半个月前，她在同情人的指点下，出现在副市长面前时，副市长也不禁为一个病恹恹的女人感慨良久。"郑生花，你这个事情如属实，我这个副市长就要管到底，你先回去，问题如果解决不好，你再给我打电话好吗？"离开前再次见到副市长时，副市长叮嘱说。

郑生花的果园纠纷告状虽得以胜诉，但她并不完全对。果园是平阳房地产开发有限责任公司的，为了延长开发时间，就把果园租了出去。公司要开发果园地，按合同上约定条文，郑生花必交还果园。可郑生花不交，公司必定收回，这样才造成今天告状的局面，所以郑生花虽然告状赢了，但她心里能安心吗？

观看的人群自然不分青红皂白，都拍着手掌在听着郑生花的讲述。她说："有理走遍天下，无理寸步难行，这一次我是亲眼所见啦。市里的领导说了，只要我们做任何事都是对的，就不怕任何人。现在是法治社会，必须以理服人，大家说是不是！"郑生花讲得头头是道。

"妈！"

这一声突如其来的叫唤，让整个在场的人不约而同把目光盯上了门口。

烂斗篷丢下手上那顶与他名字同音的烂斗篷冲进了屋里，然后什么话都不说地盯着郑生花。

"斗子。"郑生花喊着迎过来。

烂斗篷擦着眼睛，似乎不认识面前这个人似的，打量着她。

"斗子，这是你娘，你娘也认不出来了？"给郑生花看房的二伯指点着。

烂斗篷的目光望着眼前这个头发全白腰弯背驼的女人，他浑身一下变得冰凉，忍不住号啕大哭起来。

望着号啕大哭的烂斗篷，郑生花的泪光也在眼眶里流动起来。她知道自己只为了去告状打官司，把儿子丢在陌生的县城，不知吃了多少苦？

"妈……"

"斗子！"

"妈呀！……"

母子拥抱在一起，心中千言万语、万语千言，一种久久的期待与期盼，都在交汇的泪水中缠绕。

围观的人见到这一幕，都摇着头散了。

"斗子，妈对不住你，让你受苦了。"

"我没什么，可你自己却累出一身病来！"

"这是心病，事情过了就会好的。"

"妈，你为何一去就几个月，你不怕……"

"妈当然怕，可是怕也得坚持，现在告状赢了，他们得给我赔钱，得按合同把果园还给我们。可是，我又想到赢了他们，今后更会没好日子过了。所以我思来想去，我们回老家，果园不要了。斗子，你说呢？"

"我们必须要！而且要得光明正大！妈，你别怕。"烂斗篷信誓旦旦地说。

"斗子，不能要，我们不要果园了……"郑生花知道自己只能退，不能进，退可以心安理得，进反而会让自己坐立不安。尽管儿子什么也不怕，可他还小，不懂事，人家赔礼道歉是看上面的人，尽管副市长留下话让她有事还可以去找他，可一个农民能真的总是去给人家招惹麻烦吗？

烂斗篷不理解娘的意思，依然不依不饶地嚷着："我们不怕，既然妈告状赢了，你为何还怕他们？你不是说有理走遍天下，无理寸步难行吗？"说完挺了挺胸，仿佛妈妈又要回果园了。

"你不怕，我怕呢！"郑生花被儿子感动了，脸上露出了微笑。但很快脸色又变得青紫，"这事放一放，我们现在只能静观其变。"

烂斗篷点了点头，脸上自然有了微笑，他觉得自己已经长大了，成了一个有本事有主张的能人，是一个天不怕、地不怕的好汉。

十九

欧阳花嫂被 120 救护车送到县人民医院后，经医院精心检查、打针服药，终于醒了过来。飞梅寸步不离地守着母亲。得意这边急得团团转，公司正处于招标阶段，整天忙来忙去，忙了公司，又跑医院。到了下午，欧阳花嫂拉着飞梅的手说，你去上班，我没问题，都是老病了，你看我气色那么好，你就放心吧。飞梅见母亲这样说，以为真没问题，就答应了母亲，匆匆提包离开了房间。

其实，飞梅并没有离开多远，她知道母亲脸上的气色，那是一种回光返照，只是母亲这样说了，她只能顺着母亲的意思。飞梅本来想要得意过来看看，却又怕打扰他，这几天公司特别忙，公司承包的一栋办公楼，有两千多个平方米，累得得意上气不接下气。正在这么想着的时候，飞梅看到母亲慢慢地从房间走了出来，刚到门口，母亲一下子就倒了下去。说时迟，那时快，飞梅急忙奔过去抱住了母亲，母亲又昏迷过去。飞梅哭着要医生抢救，没过多久，欧阳花嫂才醒了过来。

抢救过来的欧阳花嫂此刻正在休息。站在旁边的飞梅，哭得泪水与汗水合着往下掉。见得意满脸汗水跑进屋，急忙向他招了招手，示意他别说话。

"怎么让妈起床了呢？"

"是妈自己起来的，还好，我心中有数，估计妈是回光返照。"飞梅难过地说。她知道得意不是在责怪，而是心里急。

"对不起，让你一个人在医院陪着。"得意说。

飞梅瞧了一下床上的母亲，然后招了一下手，得意会意，立即走到飞梅旁边。飞梅把脸一侧就倒在了得意肩膀上，飞梅实在太累了，疲惫的眼睛一闭就打起了呼噜。

飞梅的呼声并不大，轻轻地细细地，脸上红扑扑的。她眉毛弯弯的，眼睛和嘴巴都紧闭着，不一会儿就进入了梦乡。得意的肩膀，让她感到了安全、舒适和香甜……

忽然，欧阳花嫂发出梦呓般的呻吟，既轻且短。飞梅旋即惊醒，揉了一把眼睛，站到欧阳花嫂面前，轻轻唤着："妈，妈……"

欧阳花嫂醒醒睡睡不知多少次了，久病的老人几乎都一样。她用尽力气鼓起眼睛瞥了一眼，见得意站在旁边，显然脸上有些紧张。

"公司那么忙，就别来了嘛！"花嫂轻声地说。

"那怎么行？妈的病是大事！"

"不会的，有你这句话，我，我就可以放心走……"

"妈，别说乱话，不会的！"

欧阳花嫂笑笑，笑容里仿佛藏满了幸福的回忆。

"时间过得真快啊！我们从农村到县城也有好几年了，你看得意都当大老板了。"

"妈，我是大老板了，那你就得把身体养好，多活几年啊！"

欧阳花嫂只是笑笑，对这位卧病多年的老人，得意能说什么？欧阳花嫂的过去，让他始终敬仰。至于公司的改革和工作，他和飞梅自有一套办法，不会出事的，绝不能在欧阳花嫂面前透露不高兴的事。

"妈，你的病医师说没多大问题，注意休息就行。"飞梅拉着得意走出病房。她生怕欧阳花嫂兴奋或激动。太兴奋和激动，对于欧阳花嫂意味着什么？她心里非常清楚。

欧阳花嫂见他们想离开病房，立马抓住得意的手不放："梅啊，你的心思我懂，我想跟得意聊两句。说说话不打紧的啊，你放心吧！"

飞梅只好退出病房，她朝得意使了一个眼色，得意会意，那是暗示他不要多说话。

"你爸呢，他不是在县城吗，他身体还好不？"

"我爸来县城，我只见过一面。"

刘冬生来到县城，原本是来做春风和得意两兄弟的工作的，没想到，见了这个又见不到那个。所以刘冬生来到县城，得意只见过一面，见面时也没谈什么，他知道谈来谈去就是要他跟春风和好。

"你爸找你哥没有？"

得意对这个话题本不关心，但为了安慰老人，说："可能找了，具体谈了什么我也不清楚。"

欧阳花嫂露出微笑，微笑中带有几许痛苦。刘冬生来县城做两个儿子的工作，她第二天就知道了，但她不许得意和飞梅去向刘冬生讲一句与自己有关的情况。为的什么，自己明明想见他却又不见。或许因为自己的情况牵连着刘冬生的两个儿子,或许是想看一看这个现在的刘冬生,还是不是当年那个让他爱得死去活来的"刘英雄"。

是的，她承认，她确确实实爱过"刘英雄"。

三十八年前的一个中午，当国民党抓壮丁要抓刘冬生去当兵时，欧阳花嫂挺身而出，那时她还不到二十岁，她漂亮，不胖不瘦的身材、马蜂腰，细窄细窄的。几个国民党兵用枪托打她，她也无所畏惧因为她心里早就爱慕刘冬生……后来两人渐渐产生了爱慕之情……后来，刘冬生还是被抓去当了壮丁……后来刘冬生在解放军部队当了英雄……后来刘冬生转业讨老婆生子……后来欧阳花嫂再没与刘冬生见面……想想那时，欧阳花嫂心里的苦有多深啊，为了等刘冬生回来，欧阳花嫂一直没嫁人，直至碰上飞梅，她的心才安定下来。她想刘冬生是多么好的一个后生，可是那时他还在部队，不能扯人家的后腿，内心里的矛盾和反复、坚定和动摇把欧阳花嫂折磨得面容憔悴。最后舍掉的是个人的爱情和幸福，留下的是对战友同志高尚纯洁的真挚友情，那友情像宝山的云、春陵江的水，像东塔山峰长年不息……

可是，那友情又一次次冲击着欧阳花嫂的心，她合起眼帘，安详地陷入遐想，嘴巴不时蠕动着，发出隐隐约约如呓语般的声音。

"妈、妈在叫你爸的名字，怎么办？"飞梅俯耳听了听说。

"我去找我爸，要他马上赶来！"得意站起来。是啊，爸爸来县城好几天了，欧阳花嫂怎么不思念他呢？这对恋人的感情，是人间任何真情都无法比拟的啊！

得意正要跨出病房门，住院部四楼的过道上却意外地出现了刘冬生那一崴一崴的身影。

刘冬生那天上城回到别墅后，便四处找春风，春风没找到，就问秀秀，谁知秀秀总是落泪，不知发生了什么，得意也不见人了。从烂斗篷和秀娟断断续续的话语里，他大致弄清了春风与欧阳花嫂关系演变的过程，知道了欧阳花嫂目前的情况。他很想去见她，但又没脸去见她。他

238

要找到春风，狠狠骂他一顿，让他随自己一起去向欧阳花嫂认错。可是到哪儿去找那混账儿子呢，他感到真是家门不幸，兄弟反目，都不着家，来去无踪，手下那帮喽啰似乎得到过指令，一问三不知。

"先找欧阳花嫂去！起码先看看她的病情。"好不容易打听欧阳花嫂住医院了，刘冬生不得不改变原先的主意。

欧阳花嫂让刘冬生几乎辨认不出了。这就是那个和国民党兵打架、制止抓他壮丁的欧阳花嫂吗？这就是那个为了爱情顶着风雨一直没有结婚的欧阳花嫂吗？这就是那个有一颗善良的心在树下拾到一个女儿养育的欧阳花嫂吗？……然而，不是她那又会是谁呢？

"妈，得意他爸来看你啦！"飞梅俯到欧阳花嫂身边说。

欧阳花嫂没有反应，只是嘴唇有隐隐约约地嚅动。

"花嫂，我是刘冬生，冬生对不住你了"。

没有回音，嘴唇也不动了，只是一只干瘦的手伸出抓住了另一只手，然后，两只充满亮光的明眸睁开，欧阳花嫂从床上爬了起来。

这一举动把在场的人愣住了，刘冬生急忙扶住欧阳花嫂，欧阳花嫂动了动嘴道："冬生，是你吗？"

"花嫂，是我，我是冬生呀！"

两双手紧紧地合在一起，两双泪眼紧紧地对视，泪水倾流而下。

"花嫂，对不起，我知道得太晚了！都是我那不孝之子春风不听话，把你害成这样。我对不起你，今天特地向你请罪来了……"刘冬生话没说完，沉重地低下了那颗从未低过的头颅。

"这是怎么啦？你不用这样！"欧阳花嫂老泪纵横，"冬生，你别这样，我得感谢你才对，多亏了你二儿子得意和飞梅两个！飞啊，还不快叫爸爸。这是你爸，是你俩的爸呀！"

"爸。"飞梅叫了一声，对得意说，"得意，你也叫啊！"

得意只是笑笑，没有叫出声。

刘冬生退伍转业回到农村，得知欧阳花嫂在树脚下捡到一个女儿。今天第一次见面，看到眼前的飞梅和站在飞梅身后的得意，心里立时明亮起来。开始他对得意同春风分道扬镳的事一直不以为然，上城这几天一直想搞清楚。此时他明白了。他把得意、飞梅拉到身边，声音颤抖着："好，我又多了个女儿，爸爸谢谢你们！"

病房里只剩下刘冬生和花嫂两个人了。欧阳花嫂伸手抓起放在床边的裤子，拿出一封写好的东西交到刘冬生手里。这是一篇文章，是多年来欧阳花嫂对当前改革与发展的看法和建议，要求刘冬生找个熟人投到省市、中央级报纸上去发表，内容是以一个老共产党员的身份，指出了改革开放后，一些党的干部和党员蜕化变质的种种危险信号，请上级各部门引起重视。改革开放让老百姓富起来，国家强大起来，我们这些老东西坚决拥护。可是在改革开放过程中，有些干部和党员腐败堕落、无法无天，那可是丢了根本……材料的末尾欧阳花嫂这样说。

"说得好，说到我心里去了。春风就是个例子啊！"

"那不能指名道姓，我呀可能出不了院了，要是能出院，我想去上级走一趟！"

"好，一定能出院的，我陪你一起去！"

"冬生，我们是哪年离开的，到现在好多年了。"

"怕有三四十年了。"

"我看也差不多。"

"岁月不饶人啊！一晃就二十几年了，你还记得那次你被国民党抓壮丁的事吗？"

"记得，这辈子也不会忘记那天的情景。"

"那天的情景，你还记得？"

"当然记得，现在想起来还记忆犹新。说心里话，我非常感谢你，那天被抓走后，到国民党那边当兵，后来看到国民党的部队是一支无组织纪律的部队，我就想方设法逃走了。"

"是啊，如果不逃走，你就不可能站在这里了。"

"是的，是的。"

"国民党没待两个月就向共产党八路军投诚，看来我欧阳花嫂没有看错你。后来，你还能在部队立功，获得了荣誉……飞梅、飞梅！"

"妈，妈。"

"你过来，你也过来。"

"妈，妈，你这是……"

"你们快过来！"

"妈，我们过来了。"

"过来就好，现在你们都在这里……冬生，把你的手也搭在上面！"

"好！"

飞梅、得意，还有刘冬生的手都搭在欧阳花嫂手上面，只是她的手颤抖不停。

"冬生，我可能会去得早，现在我把飞梅交给你，飞梅有得意，值得信赖。你可要把他们……"

"你不会走的，你是世界上最了不起的女人……"

"飞啊，你要听话，协助得意把公司做好。"

"妈，你放心，我一定的。"

"这样，我就放心了。还有……还有……得意，我也有话要跟你说，冬生，你也听着。"

"我在听，花嫂，你有什么话就说吧。"

没有回答，欧阳花嫂的心脏似乎跳动得更弱了。

此刻医生正在为欧阳花嫂进行检查。

大家的心怦怦直跳，都注视着欧阳花嫂。

经过医生一番诊治，欧阳花嫂心脏又跳了起来。

"我刚才怎么了，是不是有人找我。嘿，人老了真是没用。你看我说这些干吗，刚才我叫得意，是当着你这个做父亲的面，我想让得意让一让春风，让这个当哥的有个台阶下。当然说到春风我是有气的，两件事伤透了我的心，先不说他跟得意闹矛盾分开干，就说第一件吧，那年为了承包宝山那块地，我劝他别去争了，他不听，后来那块地没承包上，他把一切怒气全发泄到我身上，我只是劝了他几句也是为了他好，结果

241

怎么样，地没承包上，反而跟上面的人闹翻；第二件，就是村里人对春风很有意见，上班劳动时间长工资不高，村里人对他很不满，如果再继续发展下去迟早会出问题。所以，今天我当着你们的面提醒你们，春风不是别人，是飞梅、得意的亲哥。所以，得意，你要冷静想一想，你爸老了，春风毕竟是你哥，自家兄弟……所以……所以……你要冷静地想一想……"

讲述中断了。欧阳花嫂面含笑容安详地合上了眼帘。被欧阳花嫂的讲述打动了的刘冬生，也沉浸在往事甜蜜的旋涡里。

"妈，妈。"飞梅呼唤着。

欧阳花嫂动了动嘴，似乎还想说什么。

飞梅熟练地摸着欧阳花嫂的脉搏，医生赶来了，医生对花嫂做了全身检查，最后当着大家的面，摇了摇头出了病房。飞梅知道医生的意思，突然发出一声撕心裂肺的呼喊："妈妈……"

正在参加三河水库承包协议签字仪式的春风听到欧阳花嫂过世的消息，心中不禁一惊，冷静一下后，拿定主意准备要把这场丧事揽过来。一来表示对欧阳花嫂的情意，同时也为父亲做出一个交代。但是，另一个消息很快传来，城飞国际房地产公司决定按老村支部书记的规格，大张旗鼓地为欧阳花嫂举行葬礼。春风震惊的同时，感到这是一种严峻的挑战。当即，喊过刘大雄要他立马去找春梅，务必把欧阳花嫂的丧事揽过来。

经历一场疾风暴雨式的爱情冲击，春梅的心帆已经驶进了一处宁静的港湾。从那天开始，春梅上班下班、开会、接待客人，督促小妹做作业、做家务，仿佛一切都恢复了正常。然而，在接待处工作的姑娘们却以惊奇的目光观察着她，不明白她们的处长怎么会从"十八的姑娘"变成一个"八十的老太婆"，难得露出一点笑容。

是啊，这些天的确如此，因为春梅有了新的想法，自然心里想的也有一条退路。虽然春风没有答应跟他结婚，那阵子她心里感到很不安，一心就想跟春风结婚。后来，经过冷静思考，觉得自己有些荒唐，哪有姑娘死缠烂打一个男人，这个男人虽然有钱，但他不爱自己。冷静之后，她又换位思考了一些时日，对秀秀进行报复的念头也变得淡薄了。还好春风没有答应，如果答应了，秀秀怎么办？秀秀与春风早就扯了结婚证。然而，她对郑技员的感情还是一往情深，而且他们的关系似乎又产生了某种新的希望。春梅自己也无法弄清楚，她只觉得这些天，是在一种恍惚中度过的。

直到刘大雄站在她的跟前，传达春风的指令，春梅才突然从那种恍惚中惊醒过来。

"不可能吧，欧阳花嫂死了！"

"长期有病，拖一段时间了。"

"那你要安排……"春梅顿时感到一种从未有过的痛惜和悲哀。

对于欧阳花嫂，春梅有一种特殊的感情。她十五岁那年读初中，长得个子高、皮肤白、眼窝微凹、眼珠略灰，外貌像大姑娘一样漂亮性感。几个男生知道春梅父亲是一个养蜂人，外号叫丕狗，家里穷得响当当，就在放学路上欺负春梅。一次春梅走在前面，突然一个人从后面抱住春梅，双手去抓她的奶子。春梅奋力抵抗，却不小心一脚踩空，摔到了几米高的田埂下，鲜血直流，右脚摔断。当时欧阳花嫂是村支部书记，是她为春梅主持公道。从那时起，春梅就把欧阳花嫂看作恩人，后来长大了，欧阳花嫂一直在病中，春梅虽然只去看过两次，但在心里一直对欧阳花嫂很敬重。欧阳花嫂的尸体并没有运回本村，停放在人民医院殡仪馆。当春梅赶到殡仪馆时，心中蕴藏的情感止不住倾泻而出，站在蒙着白布单子的欧阳花嫂遗体前失声痛哭。这使身着粗布孝服守候灵前的飞梅大为感动。因为得意而在两人心中形成的爱怨和隔膜，顷刻间冰消雪化了。

金雄、金亮带着一伙人已经忙过一阵了。殡仪馆里没摆什么，只能停尸、召开追悼会，吃喝都在宾馆招待所进行。刘大雄和春梅进来，招呼也没人和他们打一个。

"金雄大哥。"有人低声喊着。

然而金雄正眼不瞅，只把手一扬："干什么，没见我正在忙着吗？"

"我知道你在忙，金雄大哥！"刘大雄急忙拉住他，"你们知道吗？欧阳花嫂当过村党支部书记，我们准备把她运回乡下去，你们是不是……"

所谓的乡下，不过是春风让刘大雄亮出的一个招牌，得意和飞梅对运回乡下早已商量过，不再议。

"你们别浪费口舌了。"金雄瞪圆两眼，"飞梅是我们公司的领导。我们只听她的，其他不管。"

"这我知道，金雄大哥。因为欧阳花嫂过去为党为社会主义事业做出过贡献，所以要运回乡下去。"刘大雄按照春风交代的"任务"，把贡献和事业一股劲儿往外抛。

"事业和贡献？"金雄哈哈大笑起来。片刻，招手把金亮叫到面前，"这是怎么回事？金亮，刘大经理说要把飞梅妈妈欧阳花嫂运回乡下去，怎么不早告诉我们。"

"没有这回事，你做好你的事就行！"金亮打着官腔说。

刘大雄急忙从袋里掏出烟来递给金雄说："金雄大哥，你是个明事理的人，这事你们就别管了，好不好？"

"不管行吗？这事我们做不了主，你得找飞梅和得意他们！"金亮似笑非笑地跟金雄商量起来。

刘大雄知道城飞国际公司已有计划安排，并且欧阳花嫂是飞梅的母亲，顺理又成章，如果再费口舌也是多余。同时自己清楚，在欧阳花嫂的问题上，感觉春风做得确实有些欠情理，如果为这点小事争吵起来，自己不但没有面子还会难堪。于是想了想，干脆放弃，回办公室向春风汇报后再说了。

对于春梅来说，这事她并不关心，此刻她只帮着飞梅整理一下物件，表达自己的一点心意，整理完后才提一个桶向门外走去，谁知与正走进来的得意撞了个满怀。

被得意撞得满脸绯红的春梅，此刻心跳如蛙，毕竟很久没见面，得意已经不是以前的得意了，现在的得意长高了、长胖了，小平头啤酒肚，脸上细皮嫩肉、丰满红润，还散布着几个麻坑。因为走得匆忙，得意不知道该说些什么。

"怎么，你也来了？"说出这话时，得意显得有些突然。但他很快镇定下来，不时打量一下，春梅依然没有变，还是那么温柔，那么漂亮，连自己也不知道怎么回事，自己的声音会意外地轻柔，无法想象这声音会是出在自己口中。

这轻柔让春梅感到一阵慌乱，那件被剪得丝丝缕缕的蝙蝠衫留给春梅的，不仅仅是爱情的失落，还有内心的愧悔和惊骇。她想得意到现在可能还对自己充满了刻骨的恨。因为往日与得意偶尔会面，不是视而不见便是远远躲避。她完全没有想到，这一次猝然相遇，得意竟有这样亲热的目光和口吻。此刻她禁不住一阵心跳，丝丝情愫又油然而生。

"这要辛苦你了！"春梅以同样的轻柔回答他。回答时，感激又火热地瞥了得意一眼。

两人又对视了一眼，清澈的眸子互相凝视着对方。得意心里一动，他从来没有从哪个女人的眼里见过这样热烈直率的眼光。这是得意、春梅分手之后说的第一句话，这一句话一束目光，犹如一阵凶猛的魔风，把两人同时卷进一种神奇迷离的幻境之中。

在得意的眼睛里，春梅又成了当年那个纯洁美丽的安琪儿。而在春梅心目中，她全部的情和爱突然间一起转移了位置：因为自己没爱他，伤了他的心，所以人是要讲究缘分的，没有缘分的婚姻，迟早得失散。

他们依然对视着，得意和春梅都仿佛听到了各自的心跳。然而，仅仅持续了几分钟，殡仪馆门口传来一声含糊的问话，春梅把目光再次投向对面时，对面那片明媚绮丽的天空已经被骤起的阴云改变了模样：那是伤痛、伤感、伤心、仇恨凝成的阴霾，好厚好厚的阴霾。

此刻的春梅心被感染了。因为她美丽，所以才战栗，那战栗直打进了得意的五脏六腑。

殡仪馆外面传来说话声，春梅转身出了门。

来的不是别人，而是刘冬生和秀秀。秀秀被秀娟扶着，脸上没有光色，显得憔悴。

"秀秀姐。"得意似乎不好意思地迎到门口。春梅分明觉得，那喊声如一柄利刃朝自己心窝飞来。

飞梅扶着刘冬生、秀秀，殡仪馆里顿时一阵唏嘘，抚慰的深情在互相传递。躲在门口的春梅被心中的悲哀和绝望冲击着，她两手掩面向门外奔去。

殡仪馆的灵堂布置一切就绪，欧阳花嫂被安放在一张专用的木板床上，身上盖着一面白布。

到了晚上十点，待刘冬生、秀秀他们离开后，春风满脸绯红，醉醺醺地来到得意面前。他没有看一眼躺在木板床上的欧阳花嫂，而是这儿指指、那儿点点，没有一点沉重的意思，看到金雄和得意忙上忙下，立即叫住得意，开始得意没理，哪知春风变本加厉起来。

春风就到了得意跟前，得意依然没理。春风见状便大声吼道："刘得意，你是什么意思。"

得意故意歪着头，说："有事吗？"

春风不眨眼地瞪着他。得意也不示弱。他们兄弟很久没见面了，此次见面就像两只斗鸡公一样。

"找你肯定有事。"春风伸手指着得意吼道，"你们城飞国际的人，为何不让刘大雄解释？明明知道我派他来安排欧阳花嫂的丧事，你们为何理都不理？"

"你这是痴人说梦话。"得意听了心里像被什么狠劲击了一下，说不出是什么感觉，比疼痛还难受，"这话你好意思说？欧阳花嫂有儿有女，怎么轮到你们安埋？你们充什么孝子！"

"扯你妈个屁。"春风说着打了自己一个耳光，然后稳住了心神，不慌不乱地说，"她哪来的女儿、儿子？你是说飞梅吗？她是花嫂在树下捡来的一个孩子。儿子是谁？真是乱弹琴，简直是胡说八道。"

"我不跟你说这些，我只问你，你到底找我要干什么？"得意很不耐烦，"捡来的女儿也是女儿，总比你亲。再说花嫂当过村党支部书记，对社会做出过贡献，市里还专门派了刘老参加追悼会，镇党委书记也主动来参加。你说这些话，有意思吗？"

"我也请示了镇党委书记，才派人来跟你们商量的。"春风见事情没有改变余地，话锋一转，大嚷道，"这件事已经这样了，我不跟你多说，总之你看着办吧。"

来参加葬礼的人越来越多，得意忙得团团转。春风似乎觉得有失礼仪，看到那么多人拥过来，他马上转到一排房子的后面，生怕被人看见，匆匆走了。

随着棺木关闭的"咔嚓"一声响，人群中响起了一阵哭泣。那飞梅的哭声悲痛欲绝。她捧着欧阳花嫂的遗像，在秀秀与秀娟搀扶下，慢慢移动脚步。得意作为飞梅的男人，自然是孝子。他穿一身白色粗布，一步三回头地走着，泪水与痛苦交织在一起。还有在春风公司和城飞国际公司上班的两百多位村人也参加了欧阳花嫂的葬礼。烂斗篷带着八九个儿童，双手举起那沉甸甸的花圈走在前面。飞梅看在眼里，想在心里。要不是二十几年前欧阳花嫂担任村党支部书记关照丕狗叔，春梅家能有今天吗？

飞梅哭得悲痛欲绝。想到自己与欧阳花嫂的命运连接在一起是多么不容易啊！她想到妈妈卧病以后，自己精心照料未能让她的病有所好转。她恨春风，是他那些贬损的话让欧阳花嫂气病。她原以为妈妈已经连同那个年代一起被人遗忘了，谁知眼前这令人悲痛而又感人的场面，让飞梅真切地感到了妈妈的价值。妈妈，你在天之灵有知的话可以安息了。

灵车在一片唏嘘声中慢慢地走着。刘冬生由秀秀搀扶着紧随其后。车后面的是市里的刘老、镇党委书记、得意、金雄、刘仇发、刘金龙等。在欧阳花嫂正要入土时，飞梅哭得撕心裂肺，用双手拍打着棺木，那"砰砰"声真令人感到悲伤……

二十

从欧阳花嫂墓地回到招待所的刘冬生头昏眼花，大脑不时发出"梆梆梆"的声音。他知道身子可能出了问题，必须去医院看病。他起身拿着双拐，刚走两步，人就四脚朝天摔倒在地上。他慢慢爬起来，解下白丝巾，擦了擦脖子里沁出的汗，眼睛一酸，那种愧悔不已的绝望感再一次洪水般袭来。想起欧阳花嫂走了，刘冬生一下子仿佛苍老了许多，心里空虚了，老对于他来说并不可怕，可怕的是，人活着已没有了意义。想起欧阳花嫂，他又联想到无情无义的大儿子春风。通过这段时间在县城所了解的事，是该给春风算算账了。早上如果不是在那种场合，那么多人面前，他是不会让春风溜走的！可是，这儿子现在不是一般的人物了，他的心坏了，怎么才能把他找回来呢？

刘冬生一路走着，东瞧瞧西望望朝着亲家木叉婆家走去。他望着几棵直挺的白杨树，他也挺直身子，加快了脚步。快到那栋五层楼的别墅时，他突然站住了，一眼看到木叉婆在院子里忙着什么。

"哎呀，亲家公，您可回来了。"木叉婆笑着来到刘冬生面前，"你身体也不好，还东奔西跑，怎么不来家里住啊，秀秀在找您啊！"

刘冬生对这位大大咧咧的亲家母并无多大好感，但听说秀秀在找自己，心里还是动了动：秀秀找我有什么事？

木叉婆见刘冬生站着不动，于是就在他面前唠叨着："您那个春风啊，到底是怎么回事？跟秀秀扯了结婚证，又不摆酒，是不是要把秀秀折腾死呀！"

"不是不摆酒吗？说好扯了结婚证就行……"刘冬生回道。

"您这个战斗英雄怎么当的，您养了两个儿子，你大儿子养得多出色，在外面到处下种，您说丢不丢人啊！……"木叉婆这回总算找到机会——以前她把他看作英雄，什么事都不想讲，现在却不同了。在县城几年历练了一副利嘴。于是便把春风与秀秀扯了结婚证不同床，又如何与春梅乱搞，如何被秀秀抓住，春风老是不回家，如何在外面找情人……总之把这些事情活灵活现地数落出来，"您知道吗，春风这样做，可苦了我家秀秀啊，您可要好好管管他了。"木叉婆说到这里，泪水哗啦啦地掉了下来，她撩起衣襟在眼角那儿不停地擦着。

刘冬生听得心脏狂跳了几下，不明白这是悲伤，还是惶恐和焦虑。这是一种莫名的情绪。是啊，春风这个混账东西，他是我亲生的儿子啊，怎么会变成这样？以前自己还引以为荣的儿子，现在却变得独断专行、无所不为，乱搞关系。怎会是这样啊！真是作孽啊！春风你这样怎能让你父亲在人前抬得起头，真是家门不幸啊！

木叉婆见刘冬生不说话，也不走路，就像一个呆子一样。她突然感到有些害怕，急忙扶他进屋里。

"秀，你看谁来了？"

秀秀把欧阳花嫂送上山后没有立即回家，还帮着飞梅安顿了一阵子才回家。她感到很累，要不是秀娟来找自己有事，她想睡上三天三夜。可她没这个命，她得把刘冬生找回来，他已经八十几了，随时可能发生老年痴呆，她知道欧阳花嫂的死，刘冬生是最伤心的一个人。这么想着，打算去找得意和曾凡，要他们俩来一起找刘冬生。听到木叉婆一喊，秀秀赶忙出门把刘冬生扶进了屋。

"爸，快进屋。我到街上买了几个玉米，甜甜的，蛮好吃。"

秀秀从灶房里端了一大碗玉米放在桌上，递给刘冬生一个。刘冬生接过没有看，也没有吃。秀秀看在眼里，急在心里，她知道都是因为欧阳花嫂去世伤心悲痛引起的。秀秀知道他们之间的关系，他们的感情是纯洁的，他们的友谊是很深的。可事已至此，他也该知道如何调节自己。秀秀感到一种责任压到了自己的肩上，让她一下子难以承受这种压力。

一碗香喷喷的熟苞谷就摆在刘冬生面前，他却一点不动，他没有一点食欲。只是两眼愣愣地盯着秀秀，心里酸楚，不时暗自叹息：春风这个畜生，你看秀秀长得多么漂亮啊，你还要在外面找野食，真是气死我了……

"爸，你怎么不吃苞谷呀？"

刘冬生慢吞吞拿了一个，咬了一口，哽咽地说："秀啊，爸知道你受的委屈。爸上了城只记着自己的事，要不是这几天了解那些真相，我还不知道，是爸对不住你啊。"

秀秀一听这话，眼泪涌了出来，没想到刘冬生能这样理解自己。此刻秀秀暗暗松了一口气，紧绷的神经也松弛了下来，说："爸，你知道了就好。"秀秀知道公公的心情不好，于是压住自己，在嘴角眼角上露出一丝轻松。她说，"爸，这不怪你。怎么能怪你呢？要怪还得怪我自己不够好，春风才……"

"不，秀啊，是爸没教育好他……"

"爸，不是的，是我自己不主动。你看我们扯结婚证那么久了，我们还没……"

刘冬生和秀秀心里都明白，说的话都是在安慰对方。但同时也都是带着自责和反省。这种自责和反省，让两人备受煎熬的心得到了些许慰藉，相互间似乎靠得近了。

"爸，不说这些了，吃苞谷吧，不吃就凉了。"

"好，我吃。"刘冬生说完抓起苞谷就啃了起来。秀秀看着老人心情好些了，自己也拿着苞谷吃起来。

"爸，你别住招待所，就住家吧！"

"不用，我习惯了，招待所蛮好的。"

刘冬生见秀秀这般通情达理，这是他没想到的。秀秀的表现让刘冬生很为满意，香喷喷的苞谷很快被他啃得一干二净。

门口响起了敲门声。曾凡汗水淋漓地冲进屋内，叫了一声"姐！"见刘冬生在，想说的话忍住了。

"吃个苞谷吧！"

"不吃！"

"这是甜苞谷。很甜的。"

"我哪有心情吃苞谷？"

"出什么事了？"看到曾凡急急的样子，秀秀问。

"没事？"曾凡瞥一眼刘冬生。

秀秀明白曾凡肯定有事，立即放下手中未吃完的苞谷，拉着曾凡进了卧室。

"……姐，我告诉你，但可不能跟任何人讲。"

"那就快说！"秀秀见曾凡还在吞吞吐吐，知道他一定是有重要的事，就催他道，"快说呀！"

"春风哥可能会跟得意大干一场！"

一听曾凡说春风他们兄弟要干一场，急切地追问道："什么大干一场，是跟我有关吗？"

"他要组织人把得意最近办的厂子炸了，并且还叫我跟刘大雄也要参加。你说这么大的事，我能不告诉你吗？"

"为何要炸得意的厂子？"秀秀担心地问道。

"这我还真不明白。"

"得意知道这回事吗？"

"可能还不知道。"

"不知道，你不告诉他，告诉我有什么用？他为什么要这么做？"

"那天城飞国际公司把烂斗篷招为员工，春风哥就大骂得意，说是跟他作对。早上送欧阳花嫂上山，春风哥就准备要打得意……"

秀秀一听这话，急得连呼吸都觉得困难了。她又问道："招烂斗篷做工又没错，春风为何要这样？"

"这我就不清楚了。反正春风哥已下了决心，要把得意打成残废，不能让他……"

秀秀感到一阵眩晕。得意招收烂斗篷也是在做好事啊。烂斗篷不是别人，他也是同一个村的，怎么就要闹成这样。难道你春风不要的人，不喜欢的人，也不许别人要，这是哪来的道理。不行，这事我必须要去制止，必须把这事告诉得意，不能让事态发生。

"钱多了就作怪，这个抛尸的。"秀秀心中暗自骂了一句。

"我才不管这些闲事。"秀秀平静地说，"你肯定没吃中饭，刚好春风爸在，你陪他喝两口。"说完就进了厨房。

卧室里的对话，刘冬生听得清清楚楚。待秀秀和曾凡回到客厅时，他心里下了一个决心，就是去一趟镇里和市里，找镇党委书记和市里那个老头——刘老，把春风这个败家子的事全盘汇报一下。

从上午十点直睡到下午五时，飞梅总算起来了，其实她根本没睡着。她想一个人静下来梳理一下目前得意公司的一些事务。但梳来梳去，总感觉不对，于是立马起床，风风火火找得意去了。

办完欧阳花嫂丧事后的第三天，秀秀半开玩笑半当真地说："飞梅，别跑来跑去了，你干脆搬过来一起跟得意过算了，免得你一个人孤单。"飞梅听了，就反驳说，"我才不咧。我妈走了，现在有时间，我要抓紧读书呢。"为了便于工作，最后飞梅住在了公司一个小办公室里。按金雄和黄伯军的意思，让得意和飞梅直接住在一起了。但他们都不同意，想做出一番成绩才能在一起。

飞梅送走妈妈后原本还不想上班的，毕竟欧阳花嫂刚走，自己作为她的女儿，应该按当地农村风俗，要"一七"即过了一个礼拜才能离开家。可飞梅没那么做，因为欧阳花嫂是死在医院，也就打破了这一习俗。当她来到办公楼旁边时，见门口三个一团、四个一堆在议论着什么。飞梅一见这情形，立即停下脚步，仔细听着。"毕竟不是亲妈生的，一周没满就出门了。"听到这话，飞梅咳嗽一声，那堆议论的人戛然而止，纷纷散去。飞梅刚要跨进办公楼，黄伯军匆匆赶来说有事找她商量。

黄伯军找飞梅要商量的事是关于企业培养人才的问题。早在两个月前，飞梅就提出了要对员工进行培训，再挑选有素质的员工到大专院校进修培训。黄伯军听了这个建议，立刻表示赞成。

这个思路一出台，可苦了飞梅。因为公司目前绝大多数人都是来自本村的农民。飞梅算是个有文化的人。黄伯军提出要飞梅任辅导老师，飞梅觉得培训要先找些学习资料，她根据要培训的知识，在新华书店翻来覆去找了半天，终于找到一本培训企业与员工相关的书籍。买回书的当天，飞梅翻看了好几遍，最后决定把该书作为辅导资料，但她觉得资料还很不够。

得意猛地一把抓起书，说："飞梅，这几天你忙来忙去，结果是这种情况，这我可要批评你了。辅导员工靠找资料是没有用的，你要把你所学到的文化知识传授给每个员工才是你的任务。"

飞梅听了这话，心里很不舒服。这几天为了找资料，朝熟人借，跑新华书店翻也没有找到合适的资料。

得意知道飞梅有些不高兴，笑了笑，就把脑壳朝她肩上一倒，然后把一封准备好的信甩到了桌上。

"这是什么？"飞梅抓起桌上的那封信，瞧了瞧。

"你打开信就知道了。"

"我不打开，我要你告诉我！"

"告诉你可以，但你答应我一个条件！"

"什么条件？"

"条件嘛，很简单。你不是在找辅导学习资料吗，我帮你请了湖南农大的教授提供内容。以后辅导班的事就交给你了。"

"啊，这真是让我太高兴了。"飞梅这两天正为辅导班上课资料的事犯难哩。

得意拿起那封信："说，现在你怎么谢我！"

飞梅故意噘了噘嘴，猛地在他面颊一边吻了一下。

得意见她吻了自己，心里感觉暖洋洋的，于是伸手一拉，把飞梅揽在他身上。

"你一身烟味，少来这套！"飞梅急忙躲避着。

"烟味，那我戒烟还不行吗？"

"你戒，不戒是小狗……"

门外响起了叩门声，没等他们反应过来，秀秀就出现在了面前。

秀秀原本不想这么做的，想到春风太无聊了，自家兄弟也不放过。她安排好刘冬生跟曾凡一起在家吃饭，便一个人匆匆赶来了。看到得意、飞梅满脸笑容，秀秀就把春风要炸得意厂子的事说了一通……

秀秀话没说完，得意已惊出一身冷汗。事情的缘由是因为招烂斗篷来厂里看大门，这完全是出于好心，一个村子里出来的少年，怎么就不能收留呢？再说欧阳花嫂去世安葬的事，他春风凭什么跟我争，世上哪有这样不讲道理的人。欧阳花嫂是飞梅的母亲，也是得意未来的丈母娘，凭什么飞梅母亲去世,他春风来插一竹杠？好在当时在收留烂斗篷之前，得意就想到了这一层利害关系，他春风真要这么做，我得意也绝不会放过他。

然而，没想到春风不动声色，就想来个"釜底抽薪"，让得意彻底地臣服。得意不能不佩服他哥哥的老谋深算。作为对手，在这些年的争斗中，特别在房地产争地皮的过程中，得意每每是把春风的为人和智谋反复咀嚼多少遍的。对于招收烂斗篷和安葬欧阳花嫂这两件事，他曾经设身处地思考过，如果自己站在春风的位置上，可能也会做出种种报复。但他疏漏了最为致命的一点！那就是他有这个心，却没有那个胆。一句话，自己还是太嫩了！与那个流着同一条血脉的人相比，自己还真不是对手。

是对手也罢，不是对手也罢，现在关键的问题是如何把春风这场怒火冷静下来。这么想不是因为城飞国际公司怕春风，还是得有一个如何解决问题的办法才好。

办法当然有。当下最要紧的是人心，稳住了人心，员工才能有干劲，公司才能有发展。有了这个"稳"字，不愁没有办法解决！

首先，对城飞国际公司的一些人，就不能靠指手画脚，成天说这个不行，那个不行，就是他行。现在有人看出了公司的问题，得意学着春风的行事风格，在城飞国际公司作威作福。只顾往上爬，不顾公司员工的死活，这样下去迟早会失败的。当然，这些话是谣言还是事实就很难说了，必须让员工来评价。

得意呀得意，针对目前的处境，你有什么好的办法吗？

没有办法，那只有向春风赔礼道歉兄弟和好，或者把这个厂的资金转移到另外一个厂去。这样既能缓和一下气愤，又能让已经上马的工厂继续运转。如果不这样做，事情就很难得到解决！

要么还有另一种办法，就是把一切责任归结到春风和他一起的那个人。这样也许可以起到转移目标缓解矛盾的作用。但那样做，于人于己又有何益？

摆在面前的境况已经清楚，针锋相对，必将两败俱伤。现在只有协商，只有妥协，先找镇政府王凯副镇长，做好上面的工作。虽然工作有些难做，但世上无难事，只要坚持去做，也许可以走通。而且只有这样做，才能让春风口服心服，让他知道人上有人，山外有山……

几个人都想到了一块儿，感觉这事轻轻松松就可以定了。但得意沿着这条思路没有走出多远，又断然否定了：即便这样向春风低头，把事情办妥，以春风的性格也不会允许任何人在他面前指手画脚的。同样会在春风面前得不到半点好处，人都说春风这人，只有他做什么都行，你做就不行！

然而，这一次得意偏偏不信那一套……不怕一万，就怕万一。作为老弟的得意，终于找到了春风这个哥哥的致命软肋。

"秀秀嫂，飞梅！既然春风不讲兄弟感情，要一根筋斗到底，那我就让他来吧。我看他有多大本事！"

飞梅、秀秀愕然相视。

"他说来就会来的，不能让他有可乘之机。"

"我不怕他，这回就得顶着！"

"得意啊，你怎么顶？他六亲不认，要与你来硬的。我看你得先有所准备，不然吃亏就是你了。"

"既然他六亲不认，我也不管那么多了。我就不信，城飞国际两百员工没有人敢站出来评理的。"

"不是没人敢评理，还是要冷静处理这件事。"秀秀思索地说，"你

255

是知道你哥那人的，他认定的事，死都不怕。"

"我也不怕。他怎么来，我就怎么对付。我还是那句话，只要他来，我城飞国际两百员工就站在门口迎接他！嫂子、飞梅，等一会就通知公司董事开会。让仇发、金龙那帮年轻人见见世面！"

一切疑问都成为多余。秀秀看到坚定沉着的得意，忽然起身，没看大家一眼就向门外奔去。

"嫂子，吃饭再走！"

"我不吃，等会还回来。"

"嫂子！……"得意预感到了什么，忙拉住秀秀。

"你别拉我。我不能眼睁睁看着春风对你和你公司这样胡来，如果他真敢这么干，我就马上……"

"嫂子，你别这样……"

"你别管。我跟春风虽然名义上扯了结婚证，但他用这些乱七八糟的行为来压你，我再也看不惯了。我要跟他离婚，退出公司，加入到你们城飞国际。你们答应我吗？"

这还用回答嘛，多好的嫂子呀。

秀秀抽开得意的手，向前方走去。飞梅扑进得意怀里。她看到秀秀嫂子能那么支持得意，心里想到了秀秀嫂子这几年的痛苦与折磨。嫂子要加入城飞国际公司，这是让她和得意没有想到的。

二十一

通过争论，董事会终于决定了两件必须尽快解决的事情：一是对春风要针对城飞国际公司捣乱做了应对安排；二是根据秀秀与飞梅的提议，立即组织全部员工集资建房。秀秀与飞梅提议后，公司组建了集资建房领导小组，要求在五日内完成集资任务，完不成任务，要对公司各部门负责人追究责任。

然而，城飞国际公司员工安排轮流值班，却并没有看到春风公司来人干扰，这事总算放到了一边。但员工集资建房一事却没有一个人来响应，而且员工还议论纷纷，猜测疑惑地等待着。

　　"等什么呀？我们先到几户人家去看看？"

　　得意办事心切，带上分管员工集资工作的负责人金亮，坐着桑塔纳向员工租住的地方驶去……

　　不知是车子抛锚了，还是没油。突然桑塔纳不走了。司机下车检查，原来是没油了。得意一听是没加油误了办事，心里很不舒服，眼睛狠狠地盯着司机和金亮。

　　桑塔纳加好油后，很快就到了刘仇发租住的地方。刘仇发见得意来了，十分热情，又是倒茶又是端花生。然后又从卧室里拿了一块四方形的布出来，布包着一沓厚厚的钱，一数有好几万呢。

　　"仇发叔，你是好样的。你能带头集资，做的是一件好事，值得表扬。以后大家都有了自己的房子，就是真正的城里人了。这个想法已经有好几年了，这次总算实现了。"

　　"这个想法好。既然想在城里打工安家，靠租房住过日子总不是个事，自己有了房住着心里踏实。"刘仇发感慨地说。

　　前面住着黑嘴大伯家，几个人步行前来他家。

　　黑嘴大伯是去年被儿子接来县城的。听说要集资建房，他的脸黑得像炭一样，说建房干吗？都是农村人，到时城里房子卖不掉，还得要回农村，所以我不想集资建房，再说我儿子一下也拿不出那么多钱，你们就看着办吧。

　　"走，去刘金龙家里！"得意听得很不舒服，嘴里直想骂娘。他没想到事情会是这样，明明是为了大家能在城里安下心来，而且土地也容易批，这是一个多好的机会。难道这里面春风又派人来说了什么？得意越想越乱，心情特别不好。

　　他们一路走着，桑塔纳跟在后面。走了一段路，大家又上了车。车上有点挤，速度也加快了。快到太阳当顶了，才到达了下一个目的地。

大家下了车，不等刘金龙开口，得意跨腿就往张荣家里走去。

张荣是城飞国际公司的技术工，工资比较高，但他很小气，看他租的房子就知道。他来到得意跟前，见得意东瞧瞧，西瞧瞧，以为在看什么，就望着他笑。得意看了一会儿，大体把张荣的心思猜得八九不离十，才笑着说："张荣叔，我想问你一下，这次公司集资建房，你有什么看法？"

"要说看法肯定有。不过，得意老总，你是知道的，你看我们家只一个劳力做事，要养一家啊……"得意忽然明白了，知道这人的想法，就特意给刘金龙使了个眼色，小声说，"我只是这样问他，他就这么反对。"

"张叔，我知道你反对集资建房。其实这是一件大好事，能让每个员工有个属于自己的家。张叔，你是最有影响的公司员工，只要你带头，那么这事就好办了。"

"我带头？"张荣丢下烟头，"得意老总，不是我不想带头，而是很多员工都反对。说什么人家平阳房地产开发有限责任公司的员工都不集资建房，我们集什么资？要是我带了这个头，不遭骂才怪呢……"

得意见张荣反对集资建房，没有吱声。这时，门外进来几个人，都是城飞国际公司租房的员工。他们是来打听情况的，看有没有在集资。这几天许多员工都在准备集资，搞得他们心里打不定主意。得意知道这工作难做，但见来了这么多人觉得是个好机会，便趁机动员起来："张叔，情况我是知道了。要说集资带头怕人骂，我才不相信呢。大家想清楚了没有，我们城飞国际公司集资建房是不可能半途而废的，只要下了决心，就会顺利把事情做好。当然，我也听说了，平阳房地产开发有限责任公司比我们公司有实力，他们都不集资建房，而我们公司却要集资，这是为什么呢？集资建房都是为了员工尽快有个家，让员工安心工作，所以公司才做出这个决定。"

"说得比唱的好听，人家有实力都不集资，没有实力的却要集资，有本事就不要员工集资嘛。"有人低声说着。

"我才不上这个当。农村人买房干什么，不打工了，又得回农村，买房有屁用！"不知谁又补了一句。

258

一些员工最注意上面的动向，听说以前可以集资，现在好像不行了。这样是有人在兴风作浪。

"这不是什么问题。"刘金龙有些恼火，"这是公司的决定，希望大家参与，但不会强求你们。"

"当然是自愿集资，强求是不可能的。"

张荣见得意有些尴尬，赔着笑脸说："你不知道，这些人都不愿意集资。这样吧，得意老总，你来一趟不容易，我和大家先说说，做些工作，看能不能……"

话说到这分上，得意只好谢过张荣叔出了门。出门没走几步，院子里传来了声音："嘿，想集资建房，打什么歪主意，我才不会给他们骗。"

"话也不能这样说，租房毕竟是租，要是能有一套属于自己的房子，那该多好呀！"

"那你就集资啊！"

"我能集什么，哪来的钱……"

得意听得火气直往上蹿，但也只能强自忍住。几个人走在路上，闷闷不乐。抬头望向天空，西边的晚霞点燃了半边天，夜归的鸟儿匆匆飞过，如箭般在高空划出一道金色的线。

"为什么会这样？为什么会这样？"来到一条街道上时，得意忍不住心中的怒火，终于发泄了。他指着随从人员气势汹汹地说："早几天就跟你们说过，要你们先来做做工作，可是你们不把我的话当回事。现在怎么了？你们知道吗？时间是金钱。有时候你不好好抓住它，它就溜走了，再想要回来就难。现在就是这个道理活该穷，反正穷惯了。告诉你们，如果这个项目落空了，大家都回老家去。"得意说得既气愤，又着急。这个工程项目已经通过规划、国土、城建的审批，马上就可以施工了。但公司缺钱，想通过集资来解决。没想到，一片好心却得不到支持。此刻，震惊、失望、愤怒，仿佛像一团火，突破得意理智的防线喷射而出。

众人被惊住了，像不认识似的望着得意。

"太不可思议啊！"得意犹自挥着胳膊，"既然这样，我也尽力了，权

259

当我吹了一通牛皮做了一场梦！集资建房不干了，董事会散了，大家回去各忙各的事去。走，回去！"说完，他朝金亮看了一眼，径自大步朝不远处的桑塔纳走去。金亮愣了一下，只得随后而去。

太阳西斜，镀着金辉的山、树、公路，在车窗外飞奔。得意倚窗而坐，任随万千思绪在山林原野中飞翔。一腔热血，一场惨败，一阵歇斯底里的大发作，就像一次涤荡灵魂的大洗礼，使他仿佛一瞬间变得成熟起来。

他想起刚才的尴尬，更加坚定了自己要振作起来，他要挺住，要迎难而上！

这个秋天，是个多雨多梦的季节，让人辗转无常。原本飞梅把欧阳花嫂的后事处理完后，就要投入新的工作，谁知送走欧阳花嫂的第二天，晚上就做梦了。她梦里正在打扮自己，把头发梳理得油光，脸洗得白净，一件杏黄色上衣，大翻领露着白净的脖颈，然后在镜前转了两转，面若桃花，感觉非常好。忽然背后被人拍了一下。她转过头，见赤裸裸的得意正向她扑来，然后两人滚到了河边……醒来好一阵，心脏还狂跳不止。

吓醒的飞梅一个人待在房里坐也不是，站也不是，想起得意讲的集资建房的情况，集资的事碰壁，得意并不悲观，但飞梅心里却沉甸甸的，感觉难受死了。因为这个项目批准了，如果资金不能到位，不能开工，按有关规定，超过时间不能动工，项目的土地又得收回去。想到这里，飞梅急得心神不宁！

就在她心神不宁的时候，脑海里忽然涌出一个去找春风的念头，让他别在村人面前再煽风点火，不要再去干扰，这样或许集资建房的事就能办成。

这个念头蹦出来后，飞梅感到既可笑又可恨。可笑的是有些荒唐，可恨的是春风变成这样一个无耻的人。以前春风不是这样的，为何与得意闹翻，跟欧阳花嫂断绝关系后，他会变成一个陌生人？飞梅为了得意这个项目，又不得不去找春风试一试，或许春风会通情达理，不会再说城飞国际公司的坏话。但春风会转变吗？她心里没底。

这个念头那样固执而又强烈，搅得飞梅心绪如河里的水浪，一刻也难得平静下来。

做完家务，飞梅看到得意拿着一本书进了卧室。原本飞梅想把找春风的想法如实告诉他，但又怕他不同意。如果让他知道了，这事就会泡汤。她心里还是在犹豫。因为秀秀正闹着与春风离婚，得意父亲刘冬生要找春风算账，这么多事找春风，他能好受吗？尽管如此，飞梅还是拿定主意，不管成败，也得去试试。见机行事，也不会让得意难堪。

下午上班后，她跟黄伯军打了个招呼，便出了门，搭了辆的士，来到春风会客的宾馆小会议室。

进了春风私人别墅里，这里装修特别豪华。飞梅心里敬佩不已。听说今天春风在等候深圳几个房地产老板，这些老板是刘兵的姑丈、县企业局方九胜介绍来的。他们是来商量与春风公司一起开发三河水库的。客人说好下午到，春风跟曾凡几个一边等候着，一边商谈着如何开发三河水库。

门外忽然响起叩门声，"请进！"是别墅服务员进来。她向春风说有个叫飞梅的要见老总。

"飞梅？她？她要见我？"春风有些惊疑，"你去看看，是不是搞错了？"他朝曾凡努努嘴。曾凡起身出门，旋即又回来了，告诉他说没错，是飞梅，她要求见你本人。

春风感到十分意外。在他的想象中，这个欧阳花嫂在树脚下拾来的女儿、自己未来的弟嫂，跟他恐怕一辈子也难得有几句话要说的。他断定飞梅未必是为欧阳花嫂的后事。出于礼貌，他让曾凡去请，同时，让另外几个人回避一下。

春风已经很久没见过飞梅了。只见飞梅亭亭玉立，风韵绰约，心里不禁一动，觉得得意还真有眼力，这姑娘还算可心。

飞梅进门朝房间瞧了一眼，然后坐在沙发上。曾凡要走，春风给他使了个眼色，他会意后就站在旁边。

261

"什么风把弟妹吹来了。"春风表面显出和颜悦色的样子，心里想着，只要飞梅提出什么要求，尽量给她一个满意的答复。撇开别的不说，她能主动来找自己，证明她有非凡的胆量。但是此刻看到她那愁眉不展的样子，让人感到既可怜又可爱。

"春风哥，我来就是想请你做做你们公司员工的工作，要他们别再去城飞国际公司煽风点火……"飞梅鼓起勇气说着，她不敢抬头看他，她极力平息着内心的慌乱，试图把话说得简练而又清楚。在大庭广众之下，飞梅说出这话，让春风脸色立刻变成猪肝色，嘴巴动了动，但最终他什么也没说。飞梅来时已经做好了准备，就算春风骂自己也得顶住。然而，飞梅完全想错了，春风不但没有骂也没有责怪她，这就是他老谋深算的表现。

春风听了飞梅那句无头无脑的话，不禁哈哈大笑起来，笑后他又把脸绷紧，心里就想骂娘。但他还是忍住了，他要以一个长兄的风度展现在她面前。因为他知道，如果自己骂了，反而会让飞梅瞧不起。

"今天我来找你，我是下了很大决心的。小时候我就知道你有一股奋斗的劲，现在你做到了，你把全村的人都带了出来。可现在得意也不错啊……你为何要这样对他？"飞梅再次鼓起勇气，但她的腔调却怎么也"硬"不起来。毕竟眼前的春风是得意的亲哥，是有血缘关系的！这时春风看到飞梅脸色平稳，思索良久，才问："是谁派你来找我的？"

飞梅露出一个笑容，笑容轻飘飘贴在那张略红的嘴上。她想克制自己，尽量不露出胆怯之意。可春风的声音满含嗔怪。飞梅看到春风就想到了秀秀，春风话里有话，让人难以捉摸。秀秀呀，亏你忍得住性子，要是我早就与他分了。

"难道我来找你，还要谁指派吗？"飞梅回答。

春风有些失望却又不好发火，只是沉默不语。

"得意知道你来找我吗？"二人时不时抬头看着对方，依然不语。

飞梅似乎领悟到了春风的用意，回答说："得意不知道我来，我也没告诉他。"说完，飞梅又瞧了春风一眼，不明白他这样问的目的何在。

然而春风要的就是飞梅说是得意派她来的，现在看来又失望了。"你说我们公司煽风点火，那是要负责任的，好在都是一个村的，又是自家人。你就是为这事来找我的……"春风还不甘心，还在一问到底，他想弄个一清二楚。但看到飞梅这姑娘有着这样的胸襟和胆识，春风心里不禁掠过一丝佩服。

"对，我就是为了这事来找你的。"飞梅脸色变红，多年来锁在心中的一腔怨气，突然间冲破理智的封锁，倾泻而出，"春风哥，得意到底是不是你的亲老弟？"说到这里，飞梅清秀的面颊上落下两行晶莹的泪珠。

春风被飞梅的一席话震撼了。他本来想责问她，为何到公司来说派人去城飞国际公司煽风点火，但看到这样，他也忍住了，内心里不时隐约感到有一丝疼痛。不知怎么的，他的泪水也突然涌了出来。

曾凡见到眼前这一幕，似乎也被感染了。但他抬头，只用眼睛在地板上扫来扫去。

"谢谢你来找我……飞梅，谢谢你……"春风吞吞吐吐，声音很小。沉默了一会儿，春风抬头又说，"回去告诉得意，我们今后不会为这事放一个屁。给员工建房集资这是个好想法，我们公司今后也会搞。你转告他，有事要他来找我。"

意思再明白不过了，内容也表达清楚了。飞梅起身，默默地瞥了春风一眼，默默地向门口走去，很快就消失了。

看着飞梅消失在人流中，春风一声不响地站起，两手靠背，在房间里踱来踱去，直到刘兵风风火火闯进门来。

刘兵仿佛像中了什么奖，满脸兴奋。城飞国际公司有两名员工路过这里来打听房价，被我们公司的几个人抓住了，现在把那几个人当作小偷送去派出所了。

"这回他们是无话可说了。早几天售楼部的人告诉我的，我就特意布置好了口袋，哪知这次真的抓住了。现在看镇党委、镇政府还有什么可说的。嘿嘿，真是踏破铁鞋无觅处，得来全不费工夫。这回可要让城飞国际公司好好喝一壶。"刘兵急着报功。

"人在哪里？"春风并没有露出刘兵期待的笑容。

"已经押去派出所了，并且问了他们来公司的目的。一问那两个城飞国际公司的人都是我们公司的代理。"

"你马上把他们叫到我这里来。"春风突然手一挥，"谁要你这么干的？赶快把人追回来！"

刘兵猛地一惊，他呆呆地望着春风，不知道是自己听错了，还是耳朵出了问题。好不容易抓住城飞国际公司的尾巴，这样一来就可以搞臭他们的名声，同时又是对城飞国际公司和得意的高傲行为进行回击，这项任务是几天前由春风亲自安排的，为完成这个任务，他费了不少心啊。

"还不快去！"春风又一声吼。曾凡理解刘兵，只得上前又推又搡，刘兵才懵懵懂懂出了门。出了门的刘兵还是愣愣的，不知道春风今天招了哪路邪，犯了哪路神经。

飞梅回到城飞国际公司已是汗流浃背，见办公室有人，推门就冲了进去。一趟"单刀赴会"，虽说没有完全达到既定目标，但心情却开朗多了。这不仅是因为春风已经透出不再来公司煽风点火的意思，更重要的是飞梅依稀看到了春风兄弟间重归于好的可能性。那种可能性对于未来刘家弟媳的飞梅，不能不是一种欣慰。她急于找到得意把情况详详细细告诉他，急于劝他到平阳房地产开发有限责任公司去跟春风见见面。可找了两圈连得意的影子也没有见到。这个臭得意，到哪儿去了呢？

得意是个吃得苦的硬汉子，他一整天都在为集资建房的事忙着。按照昨天商量的办法，十几个董事开了一个碰头会，从员工的情绪和各方面的情况及问题，透透彻彻做了一番详细研究，决定针对员工的不信任心理采取新的办法：分人到户做员工的工作，确保集资能够如期完成。散会后，得意、金亮又到镇政府办了点事。此刻，桑塔纳小车正悄无声息地朝城飞国际公司方向驶去。

"停一下！停一下！"车出街道，得意突然发现了什么，拍着司机的肩，同时指挥着，"往左，往左……"

桑塔纳驶进一条小胡同。胡同有个小院，院门口有块亮光光的"平阳县印刷厂"红牌子。

车停人下，前面就响起了哈哈的大笑声，来人正是这儿的厂长瘦肠子。

"今天是个好日子，大老板光临，是什么风把得意大老板吹了过来！欢迎，欢迎！"

"当然是北风啊！瘦肠子，我早就想来你这里参观参观了。今日顺路，自然就来了，你现在怎么样？"得意说。

"你是大老板，能来我这个小庙，我当然欢迎。"瘦肠子爽声应着。

印刷厂是县办企业，几年前企业改制被瘦肠子购买了。那时厂里有二百多名员工，厂子占地面积有二百多亩，当时政府出标不高，被瘦肠子拿下。瘦肠子是个外号，本名叫改发。他是二十世纪五十年代的中专毕业生，专业学的就是印刷，印刷厂没人来投标，就被他捡了个金元宝。

印刷行业已经不是很景气，旺季还得有人打广告，眼下正是旺季，看到地面上到处堆满了纸，为大批印刷生产做准备。

"生意还可以吧？"得意边参观边说。

"还好吧，总之能把县城的生意拉过来已经相当不错了。如果像今年这样发展下去，这个行业还是有些奔头。"

"那就好啊！下次来不能叫你瘦肠子，要叫你胖肠子了。"

"哪里哪里，能把这碗饭吃下去就不错了。"两人来到办公室，得意问："做名片吗？"

"做，大老板，你要做名片？"

"我考虑考虑。"

"没事。大老板做名片，免费！"瘦肠子眼珠一骨碌，"要做多少？"

"别急！"

"要做就别吞吞吐吐，你大老板能来我这里参观，我当然免费帮你做，到底要多少张？"

"你别急嘛，我们老板正在想事呢。"金亮道。

"不是着急，我是很想帮大老板做点事，出点力。"

"好，瘦肠子，你帮我做一万张吧。"

"啊！"瘦肠子立即睁大了双眼，"你大老板早就该要名片了，别看它只是小小的一张纸，对你的宣传是非常有用的。"

"要几天才能交货，两天行吗？"

"没问题，一定做好。"

出了办公室，瘦肠子热情地朝里边走。同时吆喝着，"没见来了客人吗？快倒茶。"

不多久，一个消息从印刷厂传出：城飞国际公司的得意一下子要印刷一万张名片，为销售新楼盘"员工大厦""花园大厦"提供方便。凡收到名片的购房者一律享受特惠价。消息如此传奇，仿佛一夜之间那些要购房的员工都接到了名片。

当接到名片时，不知是谁说了这样一句话，得意这小子还真有超前意识。

二十二

自从那天飞梅从平阳宾馆离开后，春风心里一直有些不安。两天来，想起那天自己对飞梅说的话，很是后悔。想起这事，仿佛自己是在让步了，可是想想，就算让步，得意会领情吗？说心里话，自己能退一步，已经下了很大决心。然而得意那边一直没有回应。这到底是怎么回事？管他呢，自己不能因这点事误了其他事。有件事比什么事都重要，那就是一直在筹划三河水库开发县文化园的事。现在已与政府达成协议，由平阳房地产开发有限责任公司负责开发……春风在人员调配，财力物力方面做了充分准备。这些天如同一位指挥作战的将军，精神十分亢奋。

一切安排停妥，总算有了一点空余时间。刚好与深圳的朋友洽谈了一个项目，已正式签约。双方决定按照合同的要求各负其责。春风决定要成立一家文化公司，以便开发县文化园。为了落实各项注册手续，刘大雄和曾凡跑遍了县市几个权威部门，最后文化公司没能办下来。两人如实向春风做了汇报，又向县企业局方九胜汇报了，结果没有通过。春风听后大发雷霆，不同意也要干。

此时，展现在春风面前的是一片阳光灿烂。他自信文化园开发、创办文化公司，必将在平阳房地产开发有限责任公司的发展史上谱写新的篇章。现在的春风再也不是一个小小的包工头了，即便是农民企业家桂冠上的"农民"二字，也是注定要成历史了。他将以更加令人羡慕的形象，登上更加广阔、壮丽的人生舞台！春风倚在会客室的沙发上，仿佛看到了自己大展宏图的未来。

"啪啪啪"，不知是谁叩了几下门，打乱了春风的思路，让他从梦幻般的陶醉中惊醒过来。他站起身，忽然想起了一件事。春风立刻回家，刚到别墅大门，正好碰上秀娟。秀娟想要躲开，却被春风叫住了。

"你去哪，你姐在家吗？"

"她不在，我想出去转转。"

"我爸在家吗？"

"没看到，你自己去屋里看看。"

"你别走，等会有事问你。"春风知道秀娟因为她姐姐的事不爱搭理自己。春风已经两个礼拜没回家了，回来顺便看看家里的情况，向秀秀认个错，解释一番，争取早日消除误会。

进了院子，家里似乎什么都没变。黑桃听到春风的脚步声，立刻跑到面前，摇头摆尾表示着亲热和抗议——这个主人到底出了什么问题，几个礼拜都不回家，这是什么原因，难道主人又有了新欢？

吩咐好秀娟，又逗了黑桃，春风从一楼慢吞吞地走着。他边走边看忽然又站着。别墅已经住好几年了，新建时是水泥钢筋结构，但经过风吹雨打的浸洗，水泥开始掉落。春风看了一阵，又走到三楼。他想去看看秀秀的房间，心里又很犹豫，于是慢慢地走到窗口，窗户是关着的，看不到里面。春风想象着秀秀睡觉时的形态，无情无绪，脱掉外衣外裤，被子一盖，或呼呼入睡或睁大眼睛数天花板；他猜想秀秀在家一定心情不好，气色不好，在床上辗转反侧，每夜睁大眼睛到天亮，痛苦不堪。

春风近期有空就在反思自己的行为，每当坐在沙发上，微微地合起双眼，往日的一幕幕就会浮现在脑海。秀秀给他的爱太多太浓，似乎已经无从追忆了。但落在他脸上的两巴掌，却是那么真切、清晰，仿佛还带着脆亮的响声和麻辣辣的痛感。一切值得留恋的回忆都蓦然浮现眼前：如火在烘烤，如雨在滋润……

站在窗外看了好一阵，春风又想到秀秀给他一张旧报纸时高兴的样子。说心里话，那时如果不是秀秀情真意切地开导他们兄弟，那就没有今天的收获。那时的秀秀是他们兄弟的开心果，一旦每天看不到秀秀就会亲自找她。现在想起来，是自己有负于她！可自己没有做错什么，自己完全是被人误会的呀？

为什么是误会，为什么是误会却不能推心置腹地挑明呢？为什么就要一直误会下去？这样问了自己几个为什么后，春风毅然离开了三楼。下到一楼时，伙房飘来了香味，他闻着香气，大步地走了过来。

"你姐不是病了，去看医生了吗？"

"我姐的病不是被你气的吗？你好坏！"秀娟白他一眼。

"我知道你姐还在生我的气，连你也在生我的气，是不是？"

秀娟抱着黑桃故意气春风。

春风说："秀娟，你多劝劝你姐，以前都是误会了！"

秀娟说："误会？鬼才信。你刚才说有事要跟我说，什么事？"

"没什么事，你就不能把你姐的情况告诉我吗？"

"真的没事，我要走了。我劝不了我姐，你们的关系你们自己解决。"秀娟鼓起一双眼睛望着春风。

春风被秀娟望得不好意思，调侃道："你别这样看我。文化园那个项目马上就要上马了，这样我回家的时间会更少。所以你要帮我劝劝你姐，好吗？"

"男人有钱就变坏。"秀娟瞥了春风一眼，却学着姐姐秀秀的口气说，"误会，什么误会？"

春风说："真的是误会，绝对是误会！"

"就知道说误会，姐夫，你还不改一改！"秀娟放下黑桃。黑桃望了一下主人就爬到葡萄架上去了。高考在即，秀娟不想把坏心情带到学校去，于是提着书包，把大门"咣"一声关上了，跑着上学去了。留下春风独自一人。

春风听着门外噔噔噔的脚步声，脸色变得难看。他知道秀娟话里有话。以前的秀娟不是这样，怎么现在也变得让人难以接受？

秀秀是个要强的女人。当自己丈夫与别人发生误会，又不去消除误会，矛盾越来越深。现在春风不知秀秀心里是怎么想的，她的坏脾气连秀娟都学到了。秀秀难道真的对自己死心了？难道真要让自己失望了。

春风心里突然有种莫名的烦躁从胸膛蹿到喉咙口。一想到这些烦恼，春风什么也不顾了。他走出了别墅，顺着小路，向沙坪方向奔去。

春风边走边想，他要好好找秀秀谈一次，他要尽快找到秀秀，跟她讲清楚，说明白，向她道歉，请她谅解。

他一路奔跑，快到河边时又转身沿着小河返回，春风暮然停下了脚步。他不知道秀秀会去哪里，秀秀一个人也不会来这些地方。刚想着，前面河边上站了许多人，走近前去，才得知是一个女人寻短见跳水了。

春风听得吓了一跳，身上一阵酥软。他想打听清楚，这个跳河的女人会不会是秀秀？这么久没与秀秀见面了，难道她真的想不开了？走近前面，得知那个女人已经被人送到医院，却看到路边有块圆镜子。他立刻捡起圆镜，一看愣了，镜子照片上的那个女人，正是秀秀……

春风顿时像丢了魂似的，心里默默地说："秀秀，你不会有事的，都是我害了你，我……我……你不能这样就走了，现在我有钱了，正准备给爸和你买很多很多的好东西，你必须给我活着……

是谁造谣说秀秀投河寻短见？听到这个消息，本来想去上班的秀秀忽然打住了。她不知道是谁在造谣，谁在乱嚼舌头。她要弄清楚才去上班。说心里话，自己的确也不好意思，自从发现春风和春梅跳舞后，就

269

一直没去上班了。现在又传来自己寻短见的谣言，她很看重自己的名声。她想把这个人找出来，这个人不会是城飞国际公司的人，不用说那肯定是平阳房地产开发有限责任公司的人。这个人会是谁呢？不会是春风吧？自己不是要找他离婚吗？秀秀想到这里，心里猛地泛出酸水。她不能让人摆布，必须行动起来。想着想着，秀秀顿时心里明亮起来。于是这天她早早地出了门。

出门时她伸手拍了拍衣袋，身上没带钱，便到银行取了两百元，在对面的店铺买了几个包子，准备作为中饭。秀秀一路想着一路走着，心里一时欢快，一时气愤。她不服气，要抗争。她沿着那暗淡的光线走着，不时传来脂粉味。那七拐八拐的街道让她意识到走错了地方，于是停下，看到前面一群穿得花枝招展的姑娘。秀秀知道自己走错了。她真不明白，自己怎么会走到这条街来呢？她抬手看了看手上的电子表，时间已到了中午时，她想不能再去找了，只有改天了，于是打道回家。秀秀心里乱糟糟的，一股酸水在心里翻滚。

回到家里，秀秀闭上眼睛，慢慢地把那天的事重新梳理一下。她想，现在要想跟春风离婚容易，他现在身上的钱可以买下小半个平阳城，离了你有什么？你什么都没有。秀秀一时拿不定主意，是离还是不离？离，春风会偷着笑；不离，春风也不敢说什么！

深秋凉了，房子也凉。她呆呆地望着门口，门外除了灰尘，就是嘟嘟的汽车声了。她想去一个安静的地方，去哪儿呢？哪里又是她能开心的地方呢？坐着很难，不如躺着。刚躺下，木叉婆叽叽嚷嚷走进门来。

"秀秀，你真要气死我才好？"

秀秀没有应声，木叉婆这段时间每天都要来两趟，她不知道木叉婆哪里还有那么好的精神。其实秀秀非常清楚，木叉婆来看她不是为了什么，是怕她想不开来开导自己。

"秀秀，你是要让娘气死才怪呢！外面到处都在说你跳河了，这事是真的还是假的？你要是有个三长两短的，娘怎么活呀！"说完，木叉婆见秀秀没有转头，也没有应答，就坐在了秀秀的床边上，干瘪的眶子里又湿了。

秀秀见她这样，安慰说："妈，你是哪儿听到的？那是谣言，故意伤人。我怎么会去做这事呢？"

木叉婆见秀秀这么说心就宽了，她也安慰说："秀秀啊，妈没本事，没带好你们。可是你们必须要听话，要好好活着，人活着就好，哪怕再穷，总会有一天好起来的。"

"你说这话什么意思？"秀秀望着母亲。

"你听不懂吗？"木叉婆起身走了两步，又嘟囔起来，"你们办证那么久了又不同房，这到底怎么回事？告诉妈，妈去找春风。我知道春风忙，可我老是看不懂，你这些天在家里，他一个脚印都没来踩一下。你们是不是出了问题？"

"妈，这事你别管！"秀秀一骨碌翻身坐起。

"我不管能行吗？你呀就只知道待在屋里生闷气。春风为何不回家的原因你知道吗？如果再这样下去，春风就是人家的了……"木叉婆知道劝不住女儿，只好把话说穿，说着就进了厨房。

如果再这样发展下去……春风就是人家的了……木叉婆的话，蓦然打开了秀秀封闭、沉闷的脑袋。可是刚才自己还准备跟春风离婚，母亲的话难道是对的？春风虽然不回家，但他一直没提出跟自己分手。想起母亲的话是对的，那么就得抓紧时间找到他问个究竟。

对，秀秀呆坐片刻，一个主意便在脑子里形成了。她梳洗一番出门，穿街过巷，直朝三河水库奔去。

来到三河水库文化园开发指挥部，秀秀同值班的秘书拉了一会儿家常，这才推开了"工程师室"的门。

"哟，刘工在啊。"秀秀笑眯眯地朝正在伏案忙碌的刘工递过一笑脸，"我还以为你们都不在呢？"

刘工是郑技员的大学同学，经郑技员引荐来春风的公司上班，两人相交甚好。郑技员在春梅的关系中牵扯到秀秀，他是知道的。

"是什么风把刘经理吹了过来。"刘工听了连忙站起。

"我来找你们郑经理说点事，怎么都不在。"秀秀装出一副随意的样子。

"啊，找他……"

秀秀见里面没人随即说，"那你忙，我来转转。听说你们郑总马上要结婚了，有这事吗？"

刘工听了支吾道："这事还不好说。"

"为什么呢？"秀秀一吐为快，"你不是郑总的好朋友吗，这事你都不知道？"

刘工瞟了秀秀一眼，心平气和地说，"听郑总说，好像对春梅还有些不大放心。"

"哦，是这样的，这有什么不放心的。俗话说平日不做亏心事，半夜不怕鬼敲门，是吧！"过了片刻，秀秀才又似笑非笑地说，"这话怎么说呢，你们郑总来我们公司，是人家春梅出了很多力才安排进来的。你可能有所不知，郑总原是在一家个体户打工，如果不是春梅为他出面，他能进公司吗？所以说，刘工，你是个有文化的人，你说人家春梅等郑总几年了，也该结婚了。一个人谁不犯点错误，就春梅跟春风那点事算什么？只要人家诚心诚意跟他郑总过日子，那也是他的福分！刘工你说，我这话在不在理儿。"

刘工听得一愣一愣的，他望着秀秀，不知道说什么才好，只是赞许地连连点起了头。

二十三

城关镇镇政府坐落在县城中央，与县委、县政府办公地点距离不到四百米，出门左手是十字街，十字街是一条老街。在漫长的岁月里，这条街商铺林立，琳琅满目，十分繁华。街面整洁光滑。青石板路，春天不见沙，夏天阵雨刚过，便能布鞋不湿脚。不宽的十字街上，人来人往，穿行如梭。这里没有拥堵的车辆，没有喇叭的鸣叫，只有鼎沸的人声。十字街的夜晚是迷人的。每当夕阳西下，暮色苍茫，十字街的街灯、门灯、柱灯、挂灯，还有五彩美丽的霓虹灯，全部亮起来，闪着熠熠耀眼的光芒。这时候如果你走在十字街上，仿佛是被包在了彩色的灯海。

　　平阳县城这条十字街远近闻名，街区紧邻县委、县政府办公楼，来来往往的人流非常多。县委、县政府大门两边更是热闹，大小饭店，总是那么繁华。酒气、肉香、烟味、人味混合成一种特殊的气息，飘荡在店堂里。尤其是早晨，来上班的到办公室签个到，又出来吃早餐。闻着香喷喷的肉香，人们像开了闸的潮水一样，把饭店挤得水泄不通。城关镇与县委、县政府中间相隔十字街，所以城关镇也是一个热闹非凡，人群聚集的所在。

　　刘冬生终非寻常百姓可比。他手拄拐杖一崴一崴走到城关镇政府门口。门卫不认识他，问他找谁。他微微一笑，没有立即回答。门卫却是冷眼看他。刘冬生正要跨腿走人，一辆轿车驶到面前。车停下，镇党委书记看到是刘冬生，立即下车走了过来。

　　"哎呀，刘老革命，稀客稀客，有什么事打个电话来，让我们去就是，还要让你亲自跑来。"镇党委书记拉住刘冬生的手，引到会客室。书记刚从市里开会回来，正准备去县委汇报工作。

　　"不好意思，打扰书记了。"

　　坐下后，服务员送来一杯开水。刘冬生拿出欧阳花嫂留下的那张字条递给镇书记。镇党委书记很快把字条浏览了一遍，是关于春风的情况，露出异常惋惜的神情："是这么回事啊，多好的一个共产党员。可惜我来平阳不久，没去看过她，不知道最近几年，她是在病魔中挣扎。"他把字条放下，说，"谢谢刘老亲自把信送来。这里面的内容，我们会好好认真对待。当然，改革开放春风步伐很快，但也得遵纪守法，不能乱行乱为。一个老共产党员临终还这样关心党的干部建设，我们做晚辈的就应该好好向她学习。"

几句话让刘冬生心中感到十分温暖。来到县城的这几天里，他早就想见见镇党委书记，听人说镇党委书记不仅年轻，而且工作非常负责。镇党委书记刚才的那几句话，使刘冬生对这位年轻又文质彬彬的党委书记特别信任和亲近。

　　他谈到了儿子春风，说春风当了大老板后，如何负情绝义，如何伤害欧阳花嫂。如何独断专行、骄横跋扈，农村带来的人，对他意见很大……他作为春风的父亲和老革命的身份，检讨自己无能，责怪自己没有教育好儿子，要求镇党委、镇政府对春风进行严厉批评和教育。

　　镇党委书记听了不禁有些疑惑，不知道这里面到底发生了什么。哪有父亲告儿子的状，看来这件事不是一般的事，得认真负责对待这件事。

　　镇党委书记是一位大学高才生，毕业后就分到了基层。三年后从乡党委副书记提到乡长，后又调到城关镇任党委书记，一路走来，其中的酸甜苦辣其他人不知道，只有他自己才清楚。看到眼前这个老前辈送来的信，心里涌动起一股暖流。但让他很不解的是，儿子创业成功，父亲却来告状！这是为什么？刘冬生与欧阳花嫂是什么关系？儿子为什么要阻挠他们见面？看到刘冬生脸上的沟沟壑壑、满脸沧桑，那张面孔就如饱受岁月侵蚀过的土地，留下的是时间走过的艰辛印迹。

　　要怎样跟他老人家讲呢？是不是要请法律专家齐良宝来帮忙接访，还是以后再慢慢给他答复？听上届党委书记说，他也接见过刘冬生。那时刘冬生很威武，脚虽然有点不方便，但步伐有力，讲话思路清楚，有条有理。一看就知道是一个转战南北、久经沙场的老人。面对老人，镇党委书记能说什么呢？说得不好，老人会有意见，有想法，说不好他还会对你留下不好的印象。所以，刘冬生老人站在他面前，他只有笑脸相迎，客客气气，如果偏向春风，老人会是什么脸色？听了他刚才的言辞，儿子与父亲的关系已经到了很僵的地步了。

　　镇党委书记接受前任的教训，对老干部要尊敬有加，处理问题要稳妥。在这个前提下，他在工作中大张旗鼓抓了两件事：一件是开展"文明村"创建活动；一件是开展私营企业评奖活动。两件事一抓，就真抓活了一盘棋。这样做，既能把文明村建设落到实处，又增强了企业老板与员工的和谐，两项活动做得很好，影响很大。得到了领导的表扬和推广，在全县引起巨大的反响。早几天齐良宝所长传来消息，说根据县里的精神，县里要组织评选一批优秀企业和成功人士，其中齐良宝是政法战线的评委。这好消息，无疑是给城关镇党委书记提供了一个重要机会，还提到县里对平阳房地产开发有限责任公司及城飞国际房地产公司在私营企业中运行改革发展的经验，已经给市里汇报过了。市里很重视，要把这两个公司作为企业致富的不同典型，在市改革发展经验交流大会上以重点介绍推广。这无疑是一件大好的喜事！不仅对平阳县的工作成绩是一个充分肯定，对于私营企业也是一个了不起的推进，同时还会缓和这些企业老板之间的关系。

然而，就在这时，平阳房地产开发有限责任公司与城飞国际房地产公司又闹出一连串的风波。先是郑生花告状，惊动了市里，他知道郑生花这个寡妇是个"惹祸精""告状油子"，但得知平阳房地产开发有限责任公司的处理态度很不错之后，总算放心了。接下来是欧阳花嫂的丧事。这事不应该拿到桌面上来讲的，是因为刘冬生上访的关系，把欧阳花嫂的丧事闹得不可开交。一是平阳房地产开发有限责任公司要求安葬欧阳花嫂；二是城飞国际公司对欧阳花嫂要以革命功臣的规格来安葬。最后只好请县民政局和城关镇协商又请示法律顾问齐良宝参谋，事情总算得到圆满解决。现在，春风的父亲，平阳县的一个老革命战士，怎么来告儿子的状来了？

春风的问题在平阳传得沸沸扬扬，但只是一些传言，没有证据，他是私营企业，不宜多管，但要加强疏导，因为春风是在发展私营企业做出了较大贡献的人。但什么原因，刘冬生老人怎会来向镇党委告状汇报呢？而且老人说得还义愤填膺，到底又是什么原因？

对于这件事，虚与应付不行，不表态也不行。要怎样才能给刘冬生老人一个明确交代？怎么让他满意？刘冬生是一个老革命，对他提出的问题必须重视。当然也不能让春风无故受到伤害。

平时，人们说一把手前呼后拥，其实一把手也有他的难处？春风的问题就是一个例子，父亲都告儿子，你能不重视吗？阻拦不了，但也不能乱作为，需要调查清楚才能下结论，不能操之过急。

听完刘冬生的讲述后，党委书记脸带笑容，内心激起一股敬意。是啊，同样是人，为什么他在是非面前分得如此清楚，不遗余力地把他儿子的事讲得透彻，一点都不保留。党委书记来平阳工作已三年，只听说过春风工作作风有些问题，春风是一个民营企业家，过多干扰对企业发展不利。对刘春风应当肯定。当然，春风如果对长辈、对待员工或有违反组织原则的问题，是要批评教育的。这不是刘冬生教没教好子女的问题，是镇党委、政府对民营企业的管理也有责任。刘冬生提的关于刘春风的工作作风问题，也是一个老革命对党委政府的信任，镇里应当感谢。刘春风是镇里户口，又是镇里的风光人物，自然不管什么问题都会找到城关镇。对这个问题，镇里一定要尽快采取措施解决。

镇党委书记对刘冬生说："刘老，您尽管放心，我们会找他谈的。您对镇里的工作还有什么要求和意见欢迎提出。镇党委，首先我这个一把手会保证诚恳接受，认真研究解决。"

镇党委书记估计这样解释刘冬生会能够接受，当他讲完这番话后，刘冬生就心满意足地起身告辞了。在送刘冬生下楼时，刘冬生把未过门的儿媳与春风之间的变化情况也告诉了他。

"刘老革命，这件事要冷静，千万不要生气，必要时，找春风开导开导，您是他父亲，他会听您的，这样，也是对我们工作的支持嘛！"镇党委书记亲切地对刘冬生说。

春风从三河水库回到公司办公室，就被从郴州赶回来的几个老乡缠住了。他们听说春风的房地产公司建的房不错，而且售价比较实惠，几个人都想给农村的父母买套房。春风一听他们是为了购房，自然高兴，立马安排服务员好好招待。春风详细向他们几个介绍房子的价格及四周环境。正要往下讲时，邮电局的领导打来电话，说给他弄到三个"大哥大"，价格虽然贵，但对他来说很管用。一个大老板正合你身份。春风觉得新鲜，他把几个老乡安排到接待处，自己立即就往家里赶。

"大哥大"虽然不像邮电局的领导吹得那么神乎，也确实不同凡响。春风为了方便，特地给父亲买一个，方便有急事就可以立刻找到。在院子里他扫视了一下也没看到父亲。正要跨出院门，外面就传了一根拐棍噔叮噔叮的声音，不用猜，那是父亲回来了。

"爸，这么早去哪了？"他边说边扶着父亲进屋。

刘冬生没有理他。父亲知道欧阳花嫂的真相后，一个劲儿要找这个儿子算账。谁知欧阳花嫂不早不晚又在这个时候死了。春风见了父亲有些紧张。春风知道此时父亲还在气头上，几次父亲派人去找他，他都是退避三舍，想等父亲气消了或回到县城的家里之后慢慢再解释，哪知工作一忙，把这事给忘了。现在被父亲截住，他自然得乖乖地向父亲好好解释。

春风告诉父亲，要给他买个"大哥大"，刘冬生说，"我才不要你这东西。这么多天为何不见我？什么原因？"刘冬生不停地追问着。

"这不是东西，叫'大哥大'，是目前中国最好的一种打电话用的通信工具。"

"我才不要，你把情况告诉我！"

看来不说是不行了，也好，反正迟早要面对的。既然父亲想听自己解释，证明父亲的气可能消了。春风这样想也便坦然了，刚要跨出门的脚却又缩了回来。

黑桃先前讨了主人的欢心，这会儿又吃了主人丢下的几块鱼骨头，咬完后抬起头盯着主人，尾巴摇动着，又要撒欢，却被春风一脚踢得老远。它委屈地在一旁盘着坐下，又朝老人这边瞟了瞟。没有得到同情，泪水就流了下来，它不明白，今天主人何以会喜怒无常，这样对自己。

刘冬生这会儿坐在院子里的石凳上，冷静了下来。想到刚才城关镇党委书记说的几句话，一切过火的做法都不会起作用的。此时此刻，自己只有认认真真地跟儿子交谈各自的想法才能有效果。

277

"站着干吗，坐呀！"刘冬生朝春风招了下手。

春风听了，慢慢走到父亲身前。

"我问你，我让人找你，你为何不见？"

"我没时间。"春风等待着父亲发火。

"一座这么大的别墅不住，还要住出去？"

"这里离公司有点远。"

"我看不是这样吧。"

"不信随你！"

"你为何对欧阳花嫂那么无情？"

"没有啊，"

"还说没有？"

"当然，在欧阳花嫂的问题上我是有些错，但错在不该对你说谎。"

"既然知道不该，为何还要这样做？"

"只是……"

"只是因为欧阳花嫂对你的行为不满，你才……"

"也不完全是！"

"我看你就是！"

"你说是就是吧！"

院子里一阵短暂的沉默。随后，刘冬生声调变得平缓。春风感到自己面临的威迫越来越大，他无法忍受这种威迫，哪怕来自自己的父亲。

"看来你的口气不小，你这样迟早会吃亏的！"刘冬生盯着春风疾言厉色。儿子的骄横倔强让他深感不满。他同样不能忍受春风这种强硬和狡辩，"你现在飞得高，我看哪天会摔得粉碎。你骗我说欧阳花嫂死了，你还对一个老人指手画脚，你这算什么本事！"

春风听得脸上直发烧，烧得像刚喝过酒，心里有些发毛，但他面对父亲，还是不依不饶地说："爸，你还是少管闲事。既然你一直在追问我，那我今天就把事情全告诉你，先前欧阳花嫂没死，我在你面前说了假话，可你知道吗？如果不是她胡说八道，我能被人抓到山上的岩洞殴打吗，如果不是她……还有……你作为父亲，一碗水不端平，这是我不想见你的最大原因！"

刘冬生一下震惊了，顿时脸上的沟沟壑壑变得更加明显，更加沧桑。是啊，自己在这一点上可能也犯了错的，总认为大儿子的做法不对。说心里话，特别是在春风与秀秀的婚事上，觉得他有些对不住秀秀了，对得意死死抓住春风与他未婚妻跳舞之事不放没有全面了解。这两天，刘冬生时时感到头痛。今天春风谈到如果不是欧阳花嫂胡说八道，他怎么会被人抓到山上遭殴打呢？至于二儿子得意与春风反目成仇，不就是跳了一次舞吗？为何闹成这样？为何水火不容？春风说到一碗水端平的问题，难道自己没有端平吗？那时他们兄弟俩来县城打工，自己是当着他们的面说的，每人五万元，怎么会一碗水没有端平？刘冬生为两个儿子骄傲过，因为他们能把县城的事业搞得轰轰烈烈。也曾经为两个儿子担心过，有钱了，他们兄弟反而成了敌人。难道是自己一碗水真的没端平，还是哪里出了差错？春风的话，此刻让他的心灵受到煎熬。

"听你这么说，是我一碗水没有端平才导致你跟欧阳花嫂闹矛盾的。这就是你的理由吗？"沉默了片刻，刘冬生反问道。

"我说的一碗水不是你在我跟得意出来打工时的那种，而是在有些问题上，你总是帮得意讲话。"春风说，"这句话原本我是不想说的，也许压抑久了，自然要爆发了。至于欧阳花嫂为何我要骗你，因为她一个老人一个病人，她管得太宽了，所以……"

"所以什么？"

"所以我不阻止她，她手会伸得更长！"

"她的手伸到哪了？"

"每次我承包工程，她都要出面阻止。这事开始我不知道，是后来有人告诉我的。难怪我每次投标哪个项目，不是这里不对，就是那里有问题。"

"你怀疑是她吗？我看你是想偏了，欧阳花嫂不是那样的人。你在公司骂人，搞个人独裁，搞那些乱七八糟的外交，她提醒你，你却把她当成坏人。"刘冬生本想在"乱七八糟的外交"后面把"欺骗秀秀，乱搞妇女"一条也加上，但他觉得不妥，话到嘴边又咽了回去。

"我不这样做，公司能有今日的发展吗？"

"不可理喻！"刘冬生的沉稳和耐心被打破了，"你张口公司，闭口公司，你心里还有我这个父亲吗？你的所作所为已经有人将你告上法庭了。你可要注意，到那天有你哭娘的时候。"

"谁有本事就去告啊！"春风泰然自若，话语却变得锋利起来。他无法接受父亲这种审讯式的指责。你对欧阳花嫂有感情，却不能代表我们后人也要跟着你对她有情。你的话是对的，作为儿子是应该听的，然而父亲的话都能听吗？虽然，自己来县城创业父亲帮了一把，但不能总拿这点说事。公司就是公司，父亲就是父亲。你想拿欧阳花嫂来说事，儿子不会买你的账。不错，欧阳花嫂是当过村党支部书记，进城后，也跟县领导熟，在县城有活动能力，所以才出现目前的现象。

"说到有人告我，那就让他去告吧，您别在我面前浪费口舌了。我是公司老总，有很多事情等着去处理，我得走了。"春风说着跨腿就走。

"你站住，混蛋东西！"刘冬生像一头毛发直竖的狮子，跳将起来，由于本身残疾，一下子倒在了地上。

黑桃扑过去，发出几声惊叫。跑近刘冬生面前，用那双锋利的眼睛望着主人春风。

春风正要去扶，刘冬生好不容易站了起来，指着大逆不道的儿子吼道："混蛋，我白养你了。你现在有钱，可以无法无天，那时真不该把我的卖命钱给你。我告诉你，现在你可要收手，不要再为所欲为，总有一天会有报应！不信你就等着吧。"

"我等着什么？"春风哭笑不得，说，"爸，您最好别管？您那一套已经过时了。我知道，欧阳花嫂对您深情厚谊，结果呢……现在我们兄弟虽然有些矛盾，但我想，等这段时间事情明朗后，得意会清楚的。"

"你现在这个样子，我才懒得管呢！你呀！……"刘冬生坐回到石凳上，声音颤抖着，手拿着拐杖往地上不停地敲着。不知过了多久，拐杖的噔噔声才停止，他站了起来，向空空荡荡的院子打量了一番，然后，进屋提着他的生活用品。刚想走出门，突然，他的头一阵天旋地转，只听"哐"的一声，手上的东西落地，他倒在地上就不知人事了……

"爸……爸……"春风吓得冒出冷汗，抱起父亲就跑……

二十四

春梅一路气着哭着走在街上，这儿看看，那儿站站，仿佛像街上的叫花子一样心神不宁，她不知站了多久，最后还是决定要去找他做个了断，这么一想，便迫不及待地朝前走去。

春梅没走多远，一睁开眼，觉得从云层的缝隙中投射下来的阳光实在太刺眼，她只好慢慢走着。这些天，她仿佛置身于大海里的狂浪中，整个身心一直承受着一波又一波的冲击。最先是郑技员"变卦"，引起她要与春风结婚的冲动，后来在欧阳花嫂丧礼上，得意从亲热到仇视的突变，得意与嫂子秀秀及未婚妻飞梅像一家人一样亲热在一起的情景，使她明白了自己多么渺小，秀秀多么强大，也明白了春风对自己态度变化的缘由。同时也清楚自己同春风强扭在一起会是什么样的结果——不仅秀秀、刘冬生、飞梅，就连得意也会把自己视作路人。那时，被剪破的就不仅仅是一件蝙蝠衫了。

走了一阵，前面就是三河水库了，她想到刚才的事越来越悲观和绝望，这是从未有过的悲观和绝望！那种绝望的感觉，让春梅心力交瘁，如果不是父亲丕狗和春蕾要靠自己养活，春梅就会马上跳进这深深的水库里。然而，命运就是这样捉弄人。看来自己这辈子没有多大希望了。今后怕是没有几天好日子过了。

春梅站在水库堤坝上，望着坝下奔泻的急流，那澎湃的气势，滚滚流到堤坝下方，她心乱如麻。这时她忽然听到远处传来一阵叫她的声音，那声音有点像春蕾的，她扭过头，朝四处张望了一下，却没看到人，她正要移动脚步，才听清是一个男的在叫她。

随着叫声眼前出现了一个高挺的身影，竟然是郑技员。郑技员今天穿着一身中山装，上衣兜里还插着一支笔，左手时不时地在鼻梁上推着那副宽边眼镜，一副文化人的样子。

"你？你来找我干什么？"春梅望着这个没主见的男人，一股怨气涌上心头，郑技员正要靠近她，她没理会，把他推得老远。

"……春梅……我这几天忙，没来找你……"郑技员一脸憨笑，用手抓住春梅的手用力搓揉着，嘴上说道，"春梅，你今天到三河水库来干吗？那天，刘工程师把事情都告诉我了……"

春梅甩开郑技员的手，一脸的不高兴。

"是秀秀姐那天跟刘工闲谈中讲出来的……"

那天，秀秀好像是无意间跟刘工讲过，晚上刘工便把那番话连同秀秀当时的情形一五一十地告诉了郑技员。

"怎么会是这样？"郑技员一阵惊讶，说道，"怎么会这样，这里面是不是有什么误会？"

"什么误会不误会，人家讲的那个理是对的。"

郑技员一时无语。

刘工程师说："郑技员呀，春梅对你是不是真情实意，你难道一点都看不出来吗？"

"我不知道，但有一点，春梅对我好那是可以肯定的。"

"能肯定那不就成了吗，我看你呀，早晚会后悔的！"

刘工的一番话，在郑技员心里引起强烈的触动！半年多了，他和春梅的关系时好时差，先是听到春梅与春风如何如何，觉得让人看了笑话！回想起与春梅的交往中，感觉到她是真心爱自己的，不像人家说的那样。但那些风言风语的阴影在他心里一时没法抹去，这才断了与春梅的一切关系。谁知，秀秀的话惊醒了他，加之刘工程师一旁推心置腹地劝导，他不知不觉动摇了。经过几个不眠之夜的思考，他还是鼓起了勇气，要找春梅说明个中缘由。

郑技术员回过神来，慢慢说道："春梅，你别这样好吗？我知道你心里是喜欢我的，你和我一起马上回去，仔细听我说好吗？"

春梅听了，神色渐渐高兴起来，但一时又难以相信他。郑技员看在眼里，见她脸上阴转晴了，便拉着她就走。

"你别拉我！"春梅站着不走。她内心开始有些松动，她想，他今天的话应该是真心实意的，他对自己真的有爱慕之心？这么一想，春梅那双大眼不禁流下了泪滴，一双拳头雨点般轻落到郑技员的胸膛上……

二人在回去的路上就明确了关系。春梅心里的悲观和绝望随风而去，感觉生活又像升起的火炉燃烧起来。

为文化园项目上马的事，春风连日召开了各种会议，做动员部署，每次会议都让春梅参加。在最近一次会议结束后，春风把春梅单独留下了。

"春梅，经总公司研究决定，把你调到总部来上班，你同意吗？"春风坦然地说。这时，会议室里空气僵硬了，尴尬的场面像一潭死水一样。是的，自从那次他们分开后，除了开会，春梅没有再找过春风，春风也没有再单独找过春梅。

"调我去总部，我能干什么呀？"春梅有些意外。

"接待处另有安排！"

"安排谁去？"

"谁也没去，县里决定在三河水库建文化园，公司把项目揽下来了。所以接待处暂由刘大雄代管一下，以后有人选再安排，把你调来文化园项目工作，是因为你漂亮又能干，能者多劳，你看怎样？"

春梅惊住了。这些天公司不停地开会，春梅多少觉出春风可能有些新想法新安排，但绝没想到自己干得好好的，会突然把自己调到新开发的文化园项目。接待处虽然工作轻松，但每次接待不是醉死就是胀死，派别人来，难道春风是不相信自己才调离其他的岗位。

"到总公司工作，我怕没这个能力。"

"你有这个能力，你在接待处干得好。经公司研究，调你来总公司，你会干得更好。"

　　春风见春梅一脸不情愿，他起身在会议桌边转了两圈，说："春梅，公司把你调过来是经过认真考虑的，文化园项目开发是一项重大任务，每天所接待的人大都是领导干部，所以调你来指挥部工作你最适合，我相信你一定会干好的。"说完春风看了看她，见春梅在犹豫，忽然话锋一转说，"听说你跟郑技员好上了，有这事吗？"

　　春梅听了这话并不慌张，但她没想到春风这么快就知道了。她想知道就知道，反正与你春风无关。这么一想，春梅胆子大了起来，依然没有回答春风。

　　春风并没有要等她回答的意思，接着又说："春梅，你跟郑技员的关系也算是峰回路转，我祝福你。不过，个人生活得要，事业也得要。你是公司的佼佼者，应该多为公司着想，听公司安排。可以这么说吧，我春风能把全村人带到县城来是不容易的，你看我现在也是人模人样了，你是公司的能人，应该为公司多出力。我们一起努力把县里交给我们公司的这个文化园项目做好，不是很好吗？"

　　春梅心中有一种说不出的愤怒笼罩着，这些年来与春风同甘共苦，风雨同行，自己说过什么？可这次居然没有打招呼就把自己的职位给免了……

　　"好吧，你现在不一定马上答应，过几天就会答应的，文化园的设计由郑技员负责，以后你们两人在同一家公司上班不是挺好吗？"

　　春风扔下几句话走了。春梅不知是喜还是忧，望着离去的春风，然后飞快下楼，向郑技员的办公地点跑去。

　　到了郑技员办公室，屋里却静悄悄的。郑技员正在做工间体操，春梅悄悄入门，想给他一个惊喜，看到他做操挺拔的姿势，那身肌肉完全像一个运动员。

　　"做得好啊！"春梅笑着拍起了手掌。

　　郑技员停了下来，满脸的汗水，他顺手抓起毛巾擦了擦汗，然后拉起春梅坐在凳子上，说："你来得正好，我正要找你呢。是这么回事，昨天我听春风老总说，凡是要进总公司工作的必须要先写个保证书，他说得很认真。我说不用写，一切行动听指挥，可他说，口说无凭，立字为证。所以，我想问你这事，你看怎么办？"

"怎么办？要给他写保证！"春梅黑着脸说。

"不写，怕是进不了总公司的。春风老总说得很坚决，任何人进总公司都得写保证书。"

春梅的脸色有些难看，她不明白这算不算给人绑架了，这种莫名的情绪，让她大声说道："不能写，就是不能写！"

"春梅？……"

"没有他，难道地球就不转了吗？"春梅的声音有些尖厉。

郑技员见春梅如此暴躁，突然像不认识她似的，一双眼睛茫然地盯着她。

"郑技员，你不要进这家公司了，我也辞职不干了。我们马上结婚，去广东深圳发展。天下这么大，凭什么低三下四给他写什么保证书！我们有一技之长，发挥能力的地方多得是！我们凭什么偏要困在这里，郑技员，你说呢？"

郑技员一听，心脏猛地跳了几下。一种莫名的激动从胸腔涌出。好样的，有骨气，这让他感动不已："春梅，听了你的话，我真的好感动。你说吧，你想到哪儿去，我都跟着你。"

春梅用白丝巾擦了擦眼角，那激情，那豪气，像洪水般奔涌而来。她毅然对郑技员说："我已经想好了退路，我们去深圳发展！"

二十五

得意听说父亲被春风气得倒在地上，就想马上见到父亲，还要狠狠揍一顿春风。但一想又不妥，因为城飞国际房地产公司目前正处于一个关键时期，尤其是销售，几栋高楼的住房几乎没人来购买。为了能更好地发挥现有的优势，公司出台了一个新规定，如果实施不好，势必影响销售。现在已进入秋季，金九银十，购房的客户会越来越多，为了吸引客户来购房，公司还专门安排了公关部的人来接待，得意虽然感到对父亲不够孝顺，可眼前公司的情况，也不知道怎么办才好。

父亲被春风气倒这事，得意一直没有时间去处理，也一直没时间去接父亲过来。恰在这时，他接到电话，说那家印刷厂要他立马去取那一万张名片。

那天得意从印刷厂取名片回到公司，飞梅把她去找春风的情形给他讲了一遍，得意对飞梅的举动既不惊讶，也不气恼。春风已经将自己逼进了死胡同，眼下正是二人斗得你死我活的时候，飞梅竟然还去找"仇人"春风，即使不是"仇人"，你找到人家门上去，就是一种丢面子的事，就是一种手足无措无能的表现。不知道飞梅为什么要这样做？目前公司并未到穷途末路的时候。他朝飞梅瞪了一下眼珠子，直瞪得飞梅泪眼汪汪，立刻把他推出门去，扑到桌上大哭起来。直到此时，站在凉风习习的月光地里，听到飞梅委屈的泣哭声，得意才慢慢品出了飞梅的心思，品出了春风答应有条件地帮自己处理的意思，理解了春风作为胜利者和作为亲哥哥双重意义上的宽容。至于胜利者的宽容，得意只是一笑了之，而作为亲兄弟的宽容，让得意心底泛起了一股暖流。他好不容易叫开了飞梅的门，又是道歉，又是赔礼，连哄带劝，发誓赌咒，才把她哄得像朵开了的花，一丝笑容很快抹在了飞梅的香腮。

当飞梅知道了一万张名片的用意和得意公司今后的对策和思路时，飞梅心里自然是拥护和赞赏的分儿。

一万张名片的大力宣传，让公司的知名度大增，已成为一件令人瞩目的大事了。许多人在看热闹，许多人在哈哈大笑，这笑多半是讥笑。镇政府一个领导打来电话，问公司是否有这么回事，公司办公室请示得意，得意只一笑："我发放名片难道还要向镇里汇报不成？不理他。"

又有电话打来询问，得意只好让金亮通知办公室，把找他的电话一律接到公司门卫去，办公室不再回复。

金亮刚安排好回来，办公室又找得意来了："镇政府新来的吴副镇长要见你。还好，没几个人知道你'大哥大'的号码，否则你会烦死的。"

副镇长急着要见他，他只好出去应付了。

"吴镇长，我是得意，你有什么指示吗？"得意说。

"没什么指示，这几天忙，没能去公司看你，不好意思啊……"吴副镇长一阵哈哈之后，又是问起那一万张名片的事，"我说得意大老板，听说你印了一万张名片，真大气魄，你印那么多名片有何用啊？"

"这你还不明白？自我宣传宣传嘛。"

"得意老板真是赶时尚，佩着'大哥大'，名片一大把。佩服，佩服。我听说你印名片是要跟春风大老板比试比试，是这回事吗？"

"啊？吴副镇长，现在、大哥大、名片已不是什么新鲜事，有什么大惊小怪的。镇长，才几天就你也听到这事了，真是好事不出门，丑事传千里。至于是不是与春风比试，还真有那么点味道。印发名片就是其中的一项。"

"比工作是可以的，千万不能比出风头，你们是兄弟嘛。"

"谢谢领导关心，我知道了。"

"那就好，再见。"

电话放下，几个人都看着得意。得意晃晃脑壳，似笑非笑地说："这事儿还真有些怪，吴副镇长才来几天，就知道名片的事了，我们公司那些房子没人买，没人去关心，印刷了一万张名片却有人说三道四，你们说怪不怪！"得意说完，看看大家，之后又对金亮说，"你去印刷厂打个招呼，让他们别乱说，免得人家多嘴多舌。"

金亮点了点头，欲走，得意又说："还有，你告诉瘦肠子，公司打算印一批广告，要他先设计一下。"

"好，我马上去。"金亮跨腿就离开了。

"金雄叔，今天这会就别开了，我看还是先想想如何去发这一万张名片，研究研究如何去销售我们公司的房子吧。"得意对金雄说道。

"是的，是应该坐下来好好研究研究。"金雄应着，"你得意老板不是有急事要找我说吗？"

　　"也不是什么急事。"

　　其实也不是什么重要事，只是上次购房的客户与公司的销售员争吵，最后还动手打了起来，被打伤的人还住进了医院。现在正要出去办点事，顺路去医院看看受伤的人。于是两人匆匆走出公司大门，上了车一溜走了。

　　一万张名片的事，得意并没有怎么在意，倒是公司的员工及金雄有些担心，还让得意的父亲刘冬生坐立不安起来。

　　那天，刘冬生与儿子春风争吵了一下，气得昏倒在路上，醒来后才知道是一个好心人把他送到了医院，同时他对儿子春风的行为又恨又气，同时，也责怪自己没有教育好儿子。就在昏倒的那一刻，春风所作所为，让他改变了主意。他从医院出来后，没有回别墅，而是朝另一条大道走去。

　　刘冬生跨进城飞国际房地产公司大门，正与出来办事的金雄撞了个满怀。金雄见是春风父亲有些喜出望外。但心里又在打鼓，大清早的，老头怎会跑到公司来，是来找儿子办什么事？他的到来，让公司的人都围了过来。员工们都知道得意父亲是抗美援朝英雄，所以都有些好奇，向他问东问西，叽叽喳喳。刘冬生不但没烦，反而给大家作了解释。直到快下班了，员工们才散去。因为得意不在公司，为了接待刘冬生，金雄把黄伯军找来，两人一见面，黄伯军的嘴就像一挺机关枪，只顾一个劲地往外突突放枪，说你这个老家伙在县城这么多天终于露面了。今天总算有一个共同话题，自然谈到春风与得意俩兄弟的事情。

　　"春风与得意闹成这样，怪我没有教育好他们。"刘冬生愧疚不安地说。

　　"不是你没有教育好，是他们的思想变了，想法有些超前了。你看，现在他们兄弟都是县城的企业家了。"黄伯军说。

　　三个人说了一阵，刘冬生突然站起来对他们说，情况我已经全都清楚了，这个混账东西，我不能再让他胡作非为，我要协助得意把城飞国际房地产公司做大做强起来，我要让春风那个混账东西威风扫地！

得意对父亲的到来，心里先是一紧，随后又慢慢放松下来。他几次要父亲来公司看看，父亲一直没有来，现在不请自来，得意自然高兴。他打量了一下父亲，父亲是从医院出来的，虽显疲态，但精神尚好。

"怎么，父亲来了不欢迎？"

"哪里，爸，你来也不先打声招呼，我好去接啊。"

"这次爸来了就不走了。爸要跟你黄伯伯一起帮你打理你们公司……"

"那我求之不得啊！爸。"得意满脸笑容，随即又对刘冬生说，"爸，你这么大年纪了，打理就不用了。但是，你提出好的建议我都会采纳。你从现在起就住在公司，我们有好多话该交谈了。"

刘冬生没有把心中的打算全讲出来，但儿子能这样安排也算满意了。

从此，他就住在了公司办公楼的一间小房间里。这天，他趁得意出了门，就一个人在公司转了几圈，他要全面了解一下公司的情况。吃过早餐，他一个人溜出公司，门卫见他要出门，要跟他搭讪，他理都没理。在离公司不远处几栋新建的高楼大厦广场上，刘冬生一眼便看出了公司新建的高楼，这大楼对公司发展前景有着不可估量的意义。他欣喜，激动，儿子，你是好样的，你为我争了气。你能在县城发展得这么好，我做父亲的以前从来没有想过，自己只知道大儿子春风发展好，谁知你比你哥也不差，难怪秀秀几次说起你的公司满口赞叹。那时，我还不太相信呢！

印发那一万张名片的事，刘冬生是上午听公司售楼部的人告诉他的，他并没有感到吃惊，名片是一个人的身份标志，有了名片碰上人送一张，就能知道你是做什么的。虽然得意没把名片的作用和好处告诉大家，但大家也能猜到他的用意。因为公司目前那几栋大厦完工许久了，大都没有销售出去，得意采取这种方法来宣传，心里虽然不知效果怎样，但也是死马当活马医。是啊，明明自己没有想好，却想一下子把那几百套房子卖出去！明明比不过兄长春风的公司，自己却还不认输，总要与人家比试比试。死去的欧阳花嫂那么喜欢得意，临终时口里还喊着得意的名字。

　　快到下班时，刘冬生才回到公司，他听到黄伯军老婆又在说售房那件事。作为公司老总，最能让员工议论的莫过于工作没做好。是的，公司那么多房子卖不出去，资金周转不过来，员工工资不能按时发。这种种问题，他要找到得意，要他想尽办法如何将那些房子卖出去。

　　第二天早晨，刘冬生还是不放心，早早地又跑到昨天没有看过的那两栋新楼，看完后才回到公司，见几个公司的员工叽叽喳喳从二楼办公室出来，黄伯军的女人也跟在后面。刘冬生随口问了一句："大妹子，在凑什么热闹啊？"

　　"没什么，我们的大英雄，都在说你儿子得意发放名片的事。"

　　"大妹子，年轻人的事我可管不了啦。"

　　"是啊！年轻人办的事我们哪去管呀。不过，这一万张名片倒是在县城里传开了。你儿子得意现在正拿着那些名片东奔西忙呢？连我家老头子都很感兴趣。"

　　黄伯军的女人笑嘻嘻地离开了。那笑声似乎有些怪异，让刘冬生有些心惊肉跳，他有些无地自容。这是怎么回事？我刘冬生前世犯了什么罪孽，竟然养出这么两个不忠不孝的儿子！可是不对啊，二儿子得意可不是那样的，他印发那一万张名片肯定有他的道理，自己怎么不分青红皂白去责怪呢？"是啊，是自己错怪了得意，还是得意真的做错了什么？"刘冬生站在那儿自言自语地东瞧瞧，西望望。

　　"爸！"远处传来儿子得意的声音，随之是一串急促的脚步声。

　　刘冬生转过头，看到儿子得意正在与人打招呼。他想了解一下那一万张名片的事，正要移动脚步走过去，谁知儿子得意就进了办公室。刘冬生有些不高兴，心里折腾起来，想不到二儿子对待自己也是这种态度，忽然一个念头涌上心头。刘冬生想了想，什么话也没有说，就转身离开了城飞国际房地产有限公司。

精细的安排让董事会的人拍手称赞，然而他们都对今天的会议内容一无所知，不知道开什么会，只猜想办公室有一万张没发完的名片，到底名片用于什么却不知道。不过猜归猜，疑归疑，会议是两天前通知的，通知上说，公司门口有一个宣传栏，内容很简洁，是让员工们看的。

　　开会时间到了。按惯例要求，参加今天董事会的人必须穿着整齐。得意进了会议室，看到大家能按时到会，心里有几分满意。一会儿，服务员送来了开水，她们放在桌上便走了。与会人员端着热乎乎的开水，坐在各自的座位上，没有人说话，大家的眼睛却四顾张望着。

　　"大家别担心，任何事都不会是一帆风顺的，不就是几百套房没售出去吗？"金雄笑着说。

　　得意见大家安静地坐着，不说话，心里想着一个人，这个人就是飞梅，飞梅前几天去见过湖大来的两位领导，想请两位领导帮忙，去湖大读书。两位校领导了解她的情况后，知道她的成绩非常好就向学校力荐，保送飞梅去湖大经济管理系学习，毕业后再回城飞公司。飞梅听后，仿佛获得了新生，热血沸腾。得意也十分高兴。如今飞梅只等通知了。能够实现自己和母亲多年的心愿，飞梅兴奋不已。但又想到要离开城飞公司和得意，心中不免一阵空虚。因为这一层关系，飞梅对得意的感情比起往日不觉又增多了几分。

　　会议散后，大家直接登上了早已准备好的中巴车，朝那栋已经完工一年，有一百套住房的花园大厦驶去，那里现在已经是人山人海，好不热闹。

　　花园大厦竣工后，一套房子也没有销售出去，不但老板烦心，还成了居民茶余饭后议论的话题。今天听说那些名片要在这里散发，让人心生好奇。这时，眼看几辆中巴车敲锣打鼓来到了花园大厦，许多人却是怀疑，那些小小的名片，还能兴起大浪。现场上，人山人海，几栋高楼大厦的走廊上挤满了人，花园大厦门口，一长溜穿奇装艳服的公关小姐，一条横幅上贴满了各种各样的名片，还有一些小广告，五花八门，这些新花样，让百分之七八十的人们心中的种种疑惑抛到九霄云外。然而，还有不少人的怀疑却越发严重了，这个得意老板到底想干什么？县里镇里都来了人，是给他捧场还是来帮忙的？总之得意这小子借发名片，到底想达到什么目的？

怀疑！怀疑！这一万张名片竟掀起如此狂风大浪！

在一些人心中，散发这么多名片，简直是一个天大笑话，可是又不想错过，男男女女老老少少，都用可笑的目光来看热闹，有的说得意有钱就变成了疯子，有的大骂得意爱出风头，一万张名片，能玩出什么花样！笑话，笑话！然而来看热闹的人也像得意疯了一样，看着挤来挤去不肯离开，就想看个究竟！

刚从农村进城的张荣来了，他进城的原因是为了孙子孙女读书的事，他看到花园大厦这里如此热闹，也就站着不走了。

时间过得真快，已是上午九点，中巴车停靠在花园大厦前的草坪里。金雄穿着一身时髦衣裳出现在大家面前，人们看着他似乎不认识似的。接着董事会的人也都来到早就搭好的台上站着，他们同样穿着笔挺的服装。开始人们还以为市里来了干部，个个伸长脖子瞪着眼去看，好一会儿才认出，这些人竟是城飞国际公司那帮董事，让人笑得合不拢嘴。

"看到了吗？那不是刘仇发带着老婆孩子在看房子吗？大妈，你儿子不是没有买房吗？"

"仇发家发财了，他当然要给儿子买房啰！"

"你老别说人家，你儿子在县城打工也得买。"

"买房的事，那得去问他！"

"黑嘴大伯，你看这里，多好的地段，再不买就没了。"

"是啊，黑嘴大伯，再不买就没了。"

"张荣哥，你看金龙伯，全家都来看房子哩。"

"金龙买什么房？他不是在公司上班吗？"

"上班是上班，自己买套房住着不是更舒服嘛！"

"我不买，没那么多钱。"

"我才不信呢，来县城打工这么多年了，买套房我看是绰绰有余了。这房子设计好，地段也好，再不买过了这个村就没有那个店了。"

……

台下的人群，正三个一团、四个一堆地议论着买房的话题。十几个董事在台上落座，好一副庄重自信的样子，仿佛是前来参加剪彩的嘉宾。

接着来的是刘老和镇党委书记。刘老三和各居委会主任跟随在后边。然而，迟迟不见刘春风到来。前天给春风送请柬是派专人送去的。他不来也是意料之中的事了。

这时，只见得意、金亮陪着一个人登上主席台。那是一个少妇，长得标致，十分耐看，仿佛看一眼就有着一种不想离去的感觉。刘老和镇党委书记热情地与那少妇打招呼，得意向主席台上的人们一一做介绍，主席台上响起一阵掌声。

"那漂亮女人是谁？"台下躁动起来。在平阳，长得如此漂亮，有如此资格享受这种礼遇的可不多哩。

"得意老板艳福不浅啊，有这么漂亮的女人。"

"那还用说！肯定是他情……"

"别乱说！"有人打断了前面那人的话。另一个人说，"不要乱猜测。哎，那不是宁远茶油销售站站长的女儿吗？"

"她怎么也来这里？难不成是嫁到我们平阳县了？"

"是啊，她是嫁到平阳来了，还是得意做的媒哩。"

这女人确是宁远茶油销售站总经理王保成的女儿。她已嫁到平阳县来了，今天来这里是为发放名片，得意安排来公关的。她的到来，自然会在销售房的大会上显身手。得意还知道她要购两千平方米的写字楼办公，所以她也是今天的重要客人。

王保成的女儿一落座，会议便开始了。得意主持，镇党委书记、刘老依次讲话。讲话很短，台下喧闹声不断，没几个人认真在听，都知道今天的内容不就是为城飞国际公司售房做宣传吗？得意这一招还真行！

讲话很快就结束了。此时，天空乌蒙蒙的，楼盘远处隐约能看到秋收后的景象。坐在主席台上的董事们，到目前才恍然大悟，原来刚才从车上抬下来的并不是名片，而是一大堆售房订单。

春风拿着得意签了名的请柬，手忍不住打战。请柬是昨天早上由迎宾小姐送到春风手中的。请柬上几行庄重的字，印在有着现代风格图案的纸页上。

尊敬的刘春风总经理：

谢谢您在百忙中看这封信，城飞国际公司花园大厦一百套住房经过一段时期销售工作，现在基本销售完了。兹定于本月十二日下午五时举行购房协议签订仪式，敬请您参加，以表谢忱。

平阳县城飞国际公司董事长刘得意

春风从迎宾小姐接过请柬时只掠了一眼，便若无其事丢到一边。迎宾小姐离开时看到春风的手有些打战，当时，春风是有些失态，但很快又镇定下来，他坐在沙发上思前想后了一番，毫不犹豫地把请柬撕成碎片，丢进墙角的纸篓，脸上很不自然地笑了一下，随后就倒在了床上。他知道得意发请柬的意思，来请他，一半是真一半是假，既有些显摆，又带着嘲讽和挑战。他躺在床上，双眼望着天花板，这思绪搅得他几乎一夜未眠。那天飞梅来找他，看在飞梅的面子上和兄弟关系，答应只要得意亲自来找他一趟，他就会答应支持他、帮助他，那也算是给得意十足的面子。可哪曾想这家伙先是让人难以想象印发一万张名片，拿名片来搞事……后来又送请柬要他参加签约仪式。春风见了请柬末尾那有着几分潦草签了名的落款，分明看到了得意嘲弄和蔑视的眉眼。又何止得意一人，包括秀秀、春梅、刘老三等许多人，都把他当作嘲弄、轻视的对象！春风想到这里，心中怒火万分，恨不得找到得意狠狠揍一顿。然而就在他这样想的时候，突然觉得头昏眼花，全身无力，他慢慢地从床上爬起来，推开窗户，望着窗外。

窗外是几棵小叶榕，郁郁葱葱，树荫下一条小河流淌着，阳光掩映，水波不惊。春风感觉头昏眼花腹酸背疼，但他尽力忍着，他不想告诉他人，让人知道了，那些嘲弄、蔑视的眼光会不时地瞪着你。春风在靠窗的位置上坐下，看着窗外拥挤不堪的人流，听着人流动的喊声、笑声，那色彩缤纷款式新颖的服装，那飘动着炫目的长裙，那匆匆忙忙的脚步，那年轻男女并肩谈笑时兴奋的脸和眼睛，让春风看得眼花缭乱，仿佛在一股清风中沐浴了一会儿，渐渐感觉身子好了一些，心情也缓和多了。

这一段时间，春风的心情一直不好，先是春梅死缠烂打，然后是秀秀对自己产生误会。说心里话，他不想失去秀秀，也不想得罪春梅。可现在两个人都离他远远的。他自信自己能把公司做大做强。他知道，按伦理道德他有愧于秀秀，也有愧于春梅。因为自己跟秀秀扯了结婚证，却不举行婚礼，至于春梅，那是因自己无意间头脑冲动所产生的误会。至于后来欧阳花嫂的死及自己与父亲的争吵，他不该骗父亲说欧阳花嫂不在人世了，父亲才这样恼恨自己，但在葬礼的问题上，自己派人去争揽过，是他们不接受。父亲离开去了城飞国际公司与得意在一起，这是他始料不及的，让他陷入了窘迫的境地，这就等于向外人昭示了自己的失败和得意的胜利。家事如此，公司的事亦不顺利，刘兵、刘二吉对他的指示理解执行得还好。公司签下了有郑生花亲笔签名的退还承包果园的合同，虽然逐级呈送到市里去了，但是，果园的事依然如故，郑生花因为告赢了状过于兴奋，突发面瘫就嘴歪了。再也不可能去告状了。郑生花的儿子烂斗篷，因为偷东西进了牢房，这让自己心情平静了一些。三河水库开发文化园的工程进展还较顺利，第一期工程开工，第二期也正在筹备，他原打算开个庆祝会，鼓鼓劲，谁承想又在得意这边生出不愉快。

转眼冬至已过，天变得更冷了。这一天，春风愣在那里，站着不动，傻了似的，眼里没了神情，一片痴呆。他仿佛被什么东西猛撞一般，身体晃了一下，他用手扶住墙才没摔倒，只觉得耳朵里一片嗡嗡作响。

"春风老总，春风老总！"迎宾小姐在春风耳边的呼叫使他从梦境中醒来，他看到站在面前的人是徐发。

徐发刚从市里回县城路过这里，几个月没看到老朋友春风了，他想会会面，叙叙旧，心中有许多话要当面跟他讲。这段时间，听到一些关于春风的风言风语，作为一个法律工作者，作为春风的朋友，更应该主动坦率地与春风交谈，了解情况，一方面提醒他注意自己的形象，另一方面，也要维护他的正当权益。

谈话应当是随意的、讨论式的，必须使春风易于接受、乐于接受。他想作为老朋友，应该主动来找春风交流。

徐发与春风见面后，两人寒暄了一阵，然后慢慢转入正题。

"几个月没见你了，看你脸色不太好，是不是太累了，你可要爱护好自己的身体。早几天，我去了你弟弟得意的公司，这小子干得还不错，公司发展快，让我有点刮目相看啊。当我提到你时，他似乎很平静，你们兄弟弄成这样，让我无法理解。"徐发话里的意思讲一半留一半。

春风没感到什么意外，他只是想从徐发的话里知道点什么，想了想，就问道："他没骂我吗？"

"他怎么会骂？你是他亲哥，他心中对你还是好的。我觉得你们兄弟间是不是有什么误会，最好找个时间一起坐下来谈一谈。"

"有什么可谈的。"

"不要这样嘛，他对你还是很尊敬的。他说，你能把全村人带出来，改变了大家的生活，是一个值得大家感谢的好大哥。他还夸你有眼光，有能力，是值得敬佩的。"

春风苍白的脸上有了一丝笑容，他一直注视着徐发，徐发是不是为了缓和他们兄弟之间的关系，在编造着善意的谎话。

"当然，得意也说了，他佩服你的能力，但不佩服你的人格。"

"人格？"

"是啊，开始我也不明白，后来问他，所谓的人格指的是什么？"

徐发给春风递过一根香烟，帮他点上火，自己也抽出一根烟来吸，显出十分轻松和随便的样子。

"得意说，你为了公司发展，采取多种手段都可以理解的，但你独断专行，这点是你的长处，但又是你的缺点，你的独断专行导致你的声誉受损。当然，也不可怕，关键是如何引导去补救去克服这缺点。"

徐发边说话，边吸着烟。他的这些话确是出自得意之口，是徐发和得意一起喝酒得意醉烂如泥时讲的。说的虽然是醉话，但酒醉吐真言，徐发明白这个道理。

春风听了得意这些话自然也明白了其中的含义，也明白了徐发转告这些话的良苦用心。能力？人格？我春风的事还需要他人来认证？而且是个老弟！说自己"独断专行"，想到这些就有气，他想骂娘还想揍人，但是他按住内心的冲动没有发作出来，还勉强一笑。

"他的话能信吗？我才不信，他说我独断专行，那是他的看法，我才不管！他懂什么？他现在玩起骗人的手法，拿名片搞事，他要真有本事，还弄这一套吗！"春风说着，把烟按熄，讥笑地说道，"不提他了，徐律师，几个月不见，你最近见过郑明星主任吗……"

徐发没有回答，他心里只感到一种深深的悲凉。这不是因为春风，也不是因为得意，而是因为春风所讲过的"社会现实"。这的确是社会的现实啊！他心情有些沉重，感到无奈有点像长河中的水，缓慢而沉重地从他心头淌过。

有谁知道"社会现象"这条河流有多长，又有谁知道这河流流淌过多少年代，从古至今，谁也讲不清楚！

那沉重的情绪压迫着徐发，直到与春风告别出来，重新钻入车里才逐渐有所宽释。

这次，春风连自己都不清楚，平时见人都容易暴躁，怎么今天见了徐发自己变得哑口无言。其实徐发只是一些劝告的话，这类话他听多了，总是这耳进那耳出。送走徐发后，他便与几个迎宾小姐谈起心来，谈着谈着，就谈到那名片的事了，谈起这件事心里一时间五味杂陈。

在发放名片的现场，当一对青年夫妇拿着名片走向主席台时，整个会场响起一阵掌声。片刻掌声停了，人们看到那对夫妇拿着名片，举起来高兴向大家摆手，花园大厦周边的人群响起一阵欢快的尖叫。台前的彩门两侧空地上，同时升腾起两团礼花，礼花像两个神奇的魔术师，在连续不断的、脆亮的爆响声中放着异彩。两个男青年双手举着"热烈祝贺花园大厦住房销售成功！"横幅红布金字十分醒目。在议论声、呼叫声和一片欢呼声中，两条龙形焰火同时点燃了，无数只花炮以雄浑的气势蓬勃爆响。那声音，有如一群骏马奔驰急促脆亮，开始尚可分辨，一瞬间，奔驰的骏马就被一片洪涛淹没了，天空只剩下震耳欲聋的雷鸣声。

　　人群中开始的怀疑、猜测、忧虑都被这洪涛冲散了，被惊雷击碎了，被狂飙卷走了。

　　人们由新奇而震惊，由震惊变振奋，慢慢地由振奋又趋于平静。平静中又开始对新楼房进行宣传，大讲特讲购房的实惠。

　　"张荣叔，这下信了吧，每套房都降价百分之十，你买的是哪一栋？"张荣拿着购房名片在众人面前炫耀着。

　　"别再炫耀了，你以为只你一个人购了房？我看这是得意的主意好，要不然大家会争先恐后来购房子吗？"

　　"听说宁远老板的女儿要了好几套……"

　　"是啊，一百多套房，全都卖光了，不简单啊……"

　　大家你一言我一语，紧接着一排漂亮的公关小姐，双手拿着名片和购房订单站在了主席台中央，这时，一道洪亮的声音传来："女士们，先生们，尊敬的客户们。首先我代表城飞国际公司，向莅临这次活动的各位表示热烈欢迎。现在我宣布，请大家用右手举名片，左手举订单……"话没说完，小姐们纷纷走动起来，随后草坪上无数双手把名片和订单高举起来："城飞国际，我们爱你！我们爱你！"

　　"啊！啊！"

　　欢呼声中，张荣拿着名片和订单在和左右的人说着悄悄话，也举起双手挥舞着。当他站在一个制高点上看到草坪上举起的名片与订单时，心里发出声声感叹："这房买得好，买得真好！"

在这片欢乐的人群中，有一个老人拄着拐杖走进了花园大厦。这老人就是刘冬生，他看到这儿人山人海，个个双手举起一样东西，那东西就是名片和售房订单。看着看着，他陷入了沉思。那天，他本来执意要回农村，是被秀秀和飞梅强行留下。当他说起那一万张名片时有些愤怒，飞梅拍着双手笑得合不拢嘴。

"伯父，是你想多了，印发名片，是得意为了让购房者方便联系才用的公关策略！"

刘冬生听了一愣："名片只是代表身份，印那么多名片有何用？这不是自卖自夸吗？"

"是的，现在办事就是要敢于宣传自己。"

"印这么多名片，这多浪费啊？"刘冬生不解地问。

"这不算浪费，是以小换大啊！"飞梅说，"伯父，一万张名片就可以销售一百套房子。你说这划不划算呀。伯父，你是老八路，扛枪打仗是内行，可经商做生意，你就老外了。这么跟你说吧，你儿子得意为了尽快把那些房销售出去，睡不香，吃不甜，原因是什么？就是因为那房没有销出去。房地产生意千变万化，你不想办法做广告，搞宣传，谁会来买？房屋卖不出，就说你没本事，公司就会出问题。多亏得意脑子活，绞尽脑汁想出了这一着棋。"

"用这个办法就能把这么多套房子卖出吗？"

"是的。得意说用名片开展宣传，提高知名度，花不了多少钱。成功了，它的价值就大得很。"

"印发名片又能干什么？需要买房的就会来买吗？"刘冬生听过刚才飞梅的话，又提出疑问，"那么多人举起的是什么？难道真的都是来买房的？"

"伯父，千真万确，这就是事实！"飞梅认真地说。

得意那天从印刷厂出来后，他就把自己的想法向董事会做了说明。

大家一致认为是个好点子，但是，对这名片能不能产生效益都没有把握，只有列席会议的黄伯军谈出了个人想法，认为发放名片的思路是不错的，可要怎么才能发送出去，怎么才能让它产生效应，黄伯军这一补充，得意很是赞成，于是他想出了这个法子，做了周密安排。由他联系宁远的王保成，得知他女儿嫁到了平阳县，急需办公大楼和住房。他随后就找到王宝成的女儿，把情况说了，当即就与她签订了购买办公大楼和住宅的合同，并安排了这次签约仪式，才有了今天这个好局面。

事情总算真相大白，刘冬生脸上有了笑容。但他心里还是感觉得意这种做法有些别扭，不太光明正大。他是被秀秀和秀娟搀扶着来到现场的，看到这儿人山人海，个个拿着名片举得高高的，无形中，自己的心里也激动起来。他从主席台中寻找儿子得意的身影，不知不觉中想到了年轻时的自己。那时的他才十五六岁，也是一个天不怕地不怕的小青年，他在家里排行老二，六兄妹，他以下四个妹妹，家里根本不要他劳动。那时他个子不高，偏瘦，但村里的年轻小伙子们都会听他的。他说要反对哪个就反对哪个，有一天晚上还组织人把那家人地里栽的菜扯了，事后有人才告诉他父亲，痛骂了一顿，他才收手了。一晃现在儿子都三十好几的人了，自己也八十几了，有些事应该放手，孩子们怎么做怎么想，都会有他的道理。想到此，一种苦涩无奈混合着一丝甜蜜的情绪从心底泛起，刘冬生觉得眼前有些迷茫，但更多的是些许欣慰。

在刘冬生与秀秀身后的一块高地上，春梅像做贼一样，时不时探出头，这边看看，那边瞧瞧。这次签约仪式原本是不想来的，但在欧阳花嫂葬礼上与得意见了一面，加上传出的那一万张名片的笑话，想探探是真是假，看看热闹散散心。另外，她也是来告别的，毕竟在这儿打工好几年了，这里的头头是本村人，得意跟自己也曾相好过，现在要离开，心里多少有些感情，酸甜苦辣，五味杂陈。她站在花园大厦的高地上，望着眼前热闹的场景，不觉鼻子一酸，热泪顺流而下。

秀秀和飞梅一起陪刘冬生来的，此时她急切的目光只是投向主席台的中央。作为得意的嫂子，为了让他们两兄弟能和好，自然对得意的事格外关心。这次得意成功了，让在县城的乡亲对他刮目相看！花园大厦的住房全部销售完，秀秀真替得意感到高兴自豪。

　　仪式接近尾声，随着人群渐渐离去，秀秀的心不知怎么总有些空落落的。是的，他们兄弟都成功了，可自己呢？自己依然无依无靠，她感到十分孤独，是喜、是悲、是怨？百感交集，这种生活什么时候才能结束呢？

　　现在得意、飞梅只顾忙他们的事业，成天和秀秀招呼都不打一个，秀娟也考取大学读书走了，走前她劝秀秀说："姐，你管那么多事干什么？这些都与你无关的，你要管的就是如何拴住你那男人的心。"秀娟的话说得没错，可现在一栋五层楼的别墅，自己独守空楼，宽大的院落空空荡荡，只有她和那条并不解人意的黑桃，黑桃与她一样受着同样的孤寂折磨。一阵晚风吹来，发出丝丝的响声，如同蝈蝈在叫，这叫声没有往昔的圆润，仿佛在乞怜，在哭泣。

　　春风呀春风，你这个负心汉，我好恨你……

　　这一天，秀秀上班正忙得不可开交，见曾凡汗流浃背地跑来，站着大口大口地喘气。他抬着头，用一双眼睛朝秀秀瞪着，秀秀见了犯疑，问曾凡："怎么啦？出什么事了？"

　　"快……快……春风与得意打了起来。"

　　"他们打起来，关我什么事！"

　　"打得头破血流，妈要我来找你的，叫你快去。"

　　"为了什么事打起来呀，妈是怎么知道的？"

　　"妈也是听说的，现在两个公司的人都知道了。妈说，要你马上过去。妈还说凭着春风给你买的那件东西，就证明他对你没变心……"

　　"什么东西？我才不稀罕呢！你告诉妈，我正要把那东西扔到大路旁垃圾桶呢！"秀秀莫名其妙发泄着心中的怨恨。她那天回到家里看到一

301

部崭新的大哥大，当时心里高兴了一阵子，假若当时春风能当面说是送给自己的，秀秀也许会觉得一些宽慰。她现在听曾凡转告木叉婆的话后，倒觉得大哥大像是刘春风用来了断他们之间关系似的。

"你扔就扔吧，反正我已经告诉你了。"曾凡见她脸色不好，掉头就走，没走两步又扭过头说，"这次，他们兄弟不争个高低，看来是不会罢休，镇政府谢书记也来做过工作，他们还是不听，非要斗个你死我活……"

见曾凡离去，回到屋里的秀秀心里乱乱的。刘春风是大哥，平日也还稳当，怎会与得意打起架来呢？虽说他们兄弟早已反目成仇，但也不至于在大庭广众下相互殴打。他们兄弟都是在平阳县城有头有脸的人，不可能会像曾凡说得那样动手打架。她恨春风，恨他背着自己与别的女人跳舞，这女人还是自己弟弟的恋人。但话又说回来，刘春风是不是真的在另寻新欢？是不是只是跳了一下舞，她也说不清，难道是自己误会他了。自从那天她与刘工合演了那出戏，似乎感到自己的担心完全是多余的。昨天春梅与郑技员远走高飞了，她暗自庆幸了一番。如今她对刘春风的爱与恨，已经不是那么撕心裂肺了，更多的是感到凄楚、悲凉。至于对木叉婆和曾凡原先的怨气，虽然表面上依然不冷不热，但心里早已释怀了。

秀秀想躺一会儿，眯一下眼睛，想安安静静梳理一下春风与得意兄弟俩打架的事。她知道，他们兄弟俩迟早会有一场大战，只是迟早而已。听曾凡说，这件事还惊动了镇政府书记，二人的工作依然没做通，看来大战还会继续。想到此，秀秀睡意全无了，她下决心，要去立刻制止他们兄弟打架。

春风会被得意打伤吗？打伤了又怎么办？

她思忖着。刘春风纵然有天大的不是，但毕竟是自己喜欢的人，而且是拿了证的丈夫，自己的心里不是时时在盼着他能回到自己身边的吗？

看着秀秀急急忙忙要出门，黑桃早早地立在葡萄架上，嘴里发出喵喵的叫音，此刻秀秀哪有心思听它叫唤，她推开门，跨出院子，拔腿就往前奔去。

谁料秀秀没走几步，就远远看见春风与得意扶着满脸兴奋的父亲刘冬生向别墅这边走来。秀秀擦了擦眼睛，她不相信自己的眼睛，难道看错了，眨了眨眼，继续瞪大眼睛，没错啊!是春风和得意扶着刘冬生啊……难道……难道……这对冤家呀，真让人捉摸不透!

初春的阳光格外明媚，阳光照在大地上，映在秀秀的脸上，远处，一幢幢挺拔的高楼耸立在草地上，好一幅壮阔绚丽的画卷……

图书在版编目（ＣＩＰ）数据

春意 / 刘路一著. -- 北京 : 中国文史出版社，
2020.10

（实力榜·中国当代作家长篇小说文库）
ISBN 978-7-5205-2342-4

Ⅰ. ①春… Ⅱ. ①刘… Ⅲ. ①长篇小说－中国－当代
Ⅳ. ①I247.5

中国版本图书馆 CIP 数据核字(2020)第 187503 号

责任编辑：全秋生

出版发行：中国文史出版社
地　　址：北京市海淀区西八里庄路 69 号　　邮编：100142
电　　话：010－81136602　　81136603　　81136606 （发行部）
传　　真：010－81136655
印　　装：北京温林源印刷有限公司
经　　销：全国新华书店
开　　本：787×1092　　1/16
印　　张：19.25　　字数：300 千字
版　　次：2021 年 1 月北京第 1 版
印　　次：2021 年 1 月第 1 次印刷
定　　价：58.00 元